W0354463

REMEMBER

Si vous souhaitez contacter Alexandre Valéry
merci d'écrire à :
ella-editions@ella-editions.com

ELLA Éditions
42, route de Chavannes,
28300 Lèves
www.ella-editions.com
Dépôt légal : juin 2022
ISBN : 978-2-36803-545-0

# REMEMBER

Alexandre Valéry

*À Olivia de Havilland, fidèle amie de ma chère et regrettée tante Claudine.*

## Avant-propos

La mère de mon arrière-grand-père Paul Valéry, fille de Giulio di Grassi, apparenté aux Visconti, et de Jeanne di Lugnani, racontait de nombreuses histoires à propos des grandes familles italiennes dont la sienne faisait partie. Pour ce récit, j'en ai retenu une, qui est parvenue jusqu'à moi.

Il s'agit de l'histoire des Grillo, qui furent mêlés étroitement aux intrigues de la couronne de France, et plus particulièrement à un secret de Diane de Poitiers qui eut des retentissements jusqu'à nos jours.

C'est cette histoire surprenante que je vous propose de découvrir.

# Prologue

1981, Buckingham Palace.

Lady Diana sortit de ses appartements à sept heures. Le palais d'Elisabeth II brillait de tous ses feux.

Ce soir-là, la reine d'Angleterre offrait une réception officielle à de nombreux chefs d'État étrangers.

À sa droite se tenait son fils, Charles, prince de Galles, marié depuis peu à Lady Diana Spencer. La jeune femme paraissait intimidée, mal à l'aise. Elle n'avait pas pu choisir elle-même sa robe, le service du protocole de Sa Majesté s'en était chargé. Elle la serrait trop.

Au bas du grand escalier, une femme d'une rare élégance descendit de voiture, le front ceint d'un somptueux diadème. La jeune Diana n'avait d'yeux que pour cette femme, cette déesse tout juste descendue de l'Olympe. Un homme en uniforme lui offrait le bras. « Qu'ils sont beaux ! » se disait-elle en les regardant gravir les marches du palais.

Cette femme superbe, qu'Hollywood avait adulée avant que ses sujets n'en fissent autant, c'était Grace Kelly, princesse de Monaco, au bras de son mari, le prince Rainier.

La princesse de Kent, debout derrière Diana et somptueusement vêtue de noir et de blanc, lui souffla à l'oreille :

— Un jour, vous aussi, vous serez comme la princesse Grace. Croyez en vous.

Après les compliments et les révérences d'usage, les convives furent introduits dans la salle à manger pour le dîner.

Diana ne parvenait pas à quitter Grace du regard. Elle avait vu tous ses films lorsqu'elle était enfant : *Le crime était presque parfait*, *La main au collet*, *Fenêtre sur cour*…

Tout à coup, elle éprouva le besoin de s'isoler. Elle ne serait jamais qu'une godiche dont on ne s'apercevrait pas, au bras d'un mari qui ne la regardait pas.

Prétextant une légère indisposition, la jeune princesse de Galles sortit de table et alla sangloter devant la glace d'un petit salon voisin qui la renvoyait encore plus cruellement à son mal-être et à son chagrin.

Soudain, Diana fut frappée de stupeur. Grace de Monaco venait de pénétrer elle aussi dans ce petit salon.

— Eh bien, qu'avez-vous donc ? lui demanda-t-elle.

— Je n'y arriverai jamais… sanglotait Diana.

— À quoi, mon enfant ? interrogea Grace d'un ton maternel.

— À être une femme… À être la princesse de Galles…

— Mais si, vous verrez. Pensez-vous que je n'aie jadis pas eu peur comme vous ? Et pourtant je suis toujours là ! répondit Grace avec un radieux sourire. Ayez confiance.

Grace essuya elle-même les larmes de la jeune femme. Puis elle la renvoya à table en lui répétant avec douceur :

— Tout ira bien, vous verrez.

En reprenant sa place au dîner, Diana sentit que, peut-être, quelque chose en elle venait de changer.

Mais elle remarqua quelques secondes plus tard un billet qui avait été glissé sous son assiette durant sa brève absence. Elle le retira discrètement, le posa sur ses genoux, l'ouvrit et lut ces mots :

« Comme le cerf bruit après le décours des eaux, ainsi brait mon âme après toi, ô Dieu. »

Plus bas, un mot, un seul mot, était écrit en lettres majuscules : *« REMEMBER »*.

La princesse de Galles pâlit. Le billet n'était bien sûr pas signé, mais il reprenait dans leur intégralité les mots d'un psaume inscrit dans le cartouche d'un tableau de la collection Spencer d'Althorp. Un tableau qui représentait Diane chasseresse.

À la fin du dîner, lorsque tous les convives sortirent de table, Diana alla trouver Grace de Monaco qui avait été si délicate à son égard, et lui montra le billet.

— J'en ai eu un aussi, lui répliqua l'ancienne égérie d'Hitchcock. On se croirait dans un de mes films. Lisez donc.

Le billet était ainsi conçu :

« L'héritier sur l'usurpatrice l'emportera,

Dans profond ravin sa voiture précipitera,

De Valentinois jamais ne sera, puis mourir de mort cruelle. »

Plus bas, le même mot, le même seul mot, était écrit en lettres majuscules : *« REMEMBER »*.

Diana regarda Grace.

— Ce qui m'inquiète le plus, c'est que la personne qui a déposé et sans doute aussi composé ces billets est ici, dit imperturbablement cette dernière. Nous sommes épiées.

Puis en riant :

— Heureusement je peux rentrer en voiture. Il n'y a pas de ravin, à Londres, n'est-ce pas ?

Diana sourit et fit signe que non.

Lorsque toutes les lumières de la fête se furent éteintes, aucune des deux femmes ne put trouver le sommeil.

Une épée de Damoclès était maintenant suspendue au-dessus de chacune de leurs existences.

Ces menaces adressées à elle-même et à la princesse de Galles ramenèrent au beau milieu de la nuit à l'esprit de Grace de Monaco une vieille histoire datant de son arrivée dans la principauté, peu après son mariage avec le prince Rainier.

« Et si c'était lui ? » pensait Grace, tout en se disant tout de suite après : « Mais non, voyons, c'est impossible. » Pourtant, une implacable logique la torturait : « Qui d'autre pourrait-ce être ? ». Des questions qui, ainsi qu'avait coutume de le dire Hitchcock, menaient d'ordinaire tout droit à la vérité dans toutes les affaires criminelles.

Une vieille histoire, oui, mais une histoire qui, loin de l'image de papier glacé que l'on connaît, coûta bien des nuits sans sommeil à la princesse Grace peu après son mariage.

Une vieille histoire, oui, et ô combien : vieille de cinq cents ans.

## Chapitre 1 :
## Mort à Monaco

1982.

Une voiture descendait à vive allure la belle route en lacets surplombant la principauté de Monaco, rendue célèbre par *La main au collet* d'Hitchcock, où Grace Kelly donnait la réplique à Cary Grant. Ce jour-là, près de trente ans après le film, la princesse Grace était aussi dans la voiture, avec sa fille Stéphanie à ses côtés.

Grace était fière de sa fille cadette, avec laquelle elle avait ouvert quelques semaines auparavant le traditionnel Bal de la Croix-Rouge. Pour l'occasion, comme à Buckingham un an auparavant, elle avait porté un étincelant diadème qu'elle n'avait plus osé porter depuis ce jour de 1956 où il venait de lui être offert par son mari le prince Rainier.

À Buckingham, l'année précédente, Grace avait aimé en Diana, la toute jeune princesse de Galles, ce qu'elle appréciait tant chez Stéphanie : sa spontanéité, sa délicatesse, et son infinie tendresse.

Grace voulait un beau mariage pour Stéphanie, et y songeait très sérieusement depuis quelque temps déjà.

La voiture continuait de descendre avec assurance le long de la route escarpée, que la princesse Grace connaissait si bien, et depuis si longtemps.

Une voiture arrivait en sens inverse, grimpant à grande allure la pente raide. Les deux voitures n'allaient pas tarder à se croiser sur la route étroite, et Grace serra à droite. Tout à coup, elle aperçut le visage du conducteur de la décapotable, qui lui cria :

— *Remember!*

Aussitôt, blême, livide, la princesse s'évanouit sans un cri sous le choc.

La voiture de Grace roulait vers le précipice, Stéphanie, paniquée, tira le frein à main de toutes ses forces. Il était trop tard : la voiture tomba et alla s'abîmer quelques mètres plus bas.

À l'arrivée des secours, Grace était perdue, et Stéphanie, miraculeusement rescapée, pleurait sa mère.

La nouvelle de la mort de la princesse Grace fit le tour du monde. On parla à tort d'un accident vasculaire cérébral ayant causé le décès, avant même que la voiture ne verse dans le ravin. Vous savez maintenant à quoi vous en tenir, même s'il n'est pas encore temps de vous révéler l'identité du conducteur que la princesse avait aperçu avec effroi en sens inverse et qui lui avait crié ce sinistre *« Remember! »*.

Lorsque Diana apprit la mort de Grace, le choc fut terrible. Cette nuit-là, elle ne pensa qu'aux billets qu'elles avaient toutes deux trouvés sous leurs assiettes à Buckingham, l'année précédente, et à la conversation qu'elle avait eue avec la princesse de Monaco.

*

Un autre point pour le moins obscur demeure : pourquoi la princesse Stéphanie n'a-t-elle rien dit aux enquêteurs de cet homme croisé en sens inverse et de ce *« Remember! »* qu'il avait crié à sa mère ? Il paraît en effet très peu vraisemblable, voire impossible, qu'elle ne l'ait pas entendu, à défaut de l'avoir compris. Avait-elle intérêt à ne pas en parler ? À quoi faisait donc allusion ce *« Remember! »* ? Au passé de Miss Kelly ? À une sombre affaire où s'était trouvée mêlée la Principauté de Monaco ? Aux deux à la fois ?

Il nous faudra, pour répondre, remonter à l'époque où Grace, fraîchement arrivée du Nouveau Monde, venait, sous les regards d'admiration du monde entier, d'épouser l'un des derniers princes régnants d'Europe.

Mais avant, repassons un instant en Angleterre, où une autre femme promise à devenir elle aussi une étoile n'était encore, en ce triste jour de 1982, qu'une toute jeune et fragile princesse de Galles.

*

Le lendemain de la mort de Grace de Monaco, la jeune Diana alla trouver la princesse de Kent, qui, depuis son mariage, s'était toujours montrée si douce et affectueuse à son égard.

Diana la trouva occupée à écrire.

S'excusant de venir ainsi la déranger, elle lui montra le mystérieux billet qu'elle avait trouvé glissé sous son assiette lors du fameux dîner à Buckingham l'année précédente, et lui récita celui qui avait été adressé de la même manière à la princesse Grace.

Alors que la princesse de Kent, ayant terminé sa lecture du billet, tournait vers elle des yeux emplis à la fois de stupeur, de terreur et de curiosité, Diana ajouta aussitôt :

— Le mien cite une inscription qui figure sur un tableau que nous avons chez nous, à Althorp.

— Oui, répondit la princesse de Kent, la voix troublée et le regard perdu dans le vague. Un tableau représentant Diane chasseresse, n'est-ce pas ?

— Comment le savez-vous ? lui demanda Diana. À vous je peux donc d'autant plus le dire : il se trouve qu'un lien particulier me relie à ce tableau depuis mon enfance. En effet, le jour de mes sept ans, papa m'a emmenée devant et m'a dit :

« Voilà Diane, la déesse de la chasse et de la lune. C'est elle qui m'a inspiré ton prénom. Un prénom prédestiné pour ma belle petite fille qui n'aime que le grand air, la liberté, et rêver la tête dans les étoiles ! »

— Je connais bien ce tableau moi aussi, lui répondit la princesse de Kent. J'en parle d'ailleurs dans le livre, intitulé *Serpent and the Moon*[1], que je suis en train d'écrire sur Diane de Poitiers, favorite du roi de France Henri II, qui est aussi mon aïeule. Comme le prouve la description qu'en a laissée l'ambassadeur d'Angleterre en France qui fut reçu chez Diane, que j'ai pu consulter au cours de mes recherches, ce tableau était autrefois dans sa propriété d'Anet. Et ce qui est encore plus troublant, c'est que le billet adressé à Grace de Monaco, que vous venez de me citer, ressemble de très près à un quatrain de Nostradamus dans lequel le célèbre astrologue prédisait justement la mort du roi Henri II.

Après une courte pause durant laquelle elle parut s'abîmer dans une profonde réflexion, elle reprit :

— Qui peut bien avoir écrit de pareilles menaces, avec de telles références ? Et avec ce mot, *« REMEMBER »*, qui figure dans les deux billets ?

---

[1] *La lune et le serpent.*

## Chapitre 2 :
## Un mystérieux personnage et de dangereuses révélations

1956, Palais de Monaco.

La princesse Grace reçut un coup de téléphone.

— Allô, Grace ? C'est Lana… Ça y est, j'ai le rôle ! David vient de me l'annoncer. Je voulais t'en informer tout de suite ; grâce à ton mariage, j'ai perdu en ta personne une de mes plus redoutables concurrentes !

*

Quelques précisions doivent vous être données avant de poursuivre.

L'interlocutrice de Grace Kelly, mariée depuis un mois à peine au prince de Monaco, est Lana Turner, sa rivale dans le monde glamour et féroce des studios hollywoodiens. Elle vient de décrocher le rôle de Diane de Poitiers dans le film du même nom du réalisateur David Miller, dans lequel elle doit donner la réplique au jeune Roger Moore dans le rôle du roi de France Henri II. Sa joie est d'autant plus vive qu'un véritable combat avait eu lieu entre les grandes stars du septième art pour obtenir le rôle. À la fin du casting, seules restaient en lice Grace Kelly et Lana Turner. Mais le mariage de la première à Monaco avait mis de fait un terme à sa carrière cinématographique, et c'est donc Lana Turner qui avait obtenu le rôle de la belle favorite du roi de France qui devait être l'héroïne d'un grand film en costumes de la MGM.

*

— Alors tu te prépares en lisant des récits de sa vie ? demanda Grace.

— J'ai commencé par faire copier toutes les robes de Diane par Walter[2], répondit Lana avec joie et gourmandise.

— Tu vas venir tourner en France ! lui dit Grace.

— Oui, à Chantilly, répondit Lana.

— Pourquoi pas à Anet ?

— Anet ?

— Oui, la demeure de Diane de Poitiers, en Normandie. Oh, toi, tu n'as pas lu grand-chose, mais je t'avoue que moi non plus. Il se trouve seulement que j'ai fait la connaissance des propriétaires du château de Diane à un dîner hier soir, et tu penses bien que cela m'a beaucoup amusée de les rencontrer après nos essais pour le film.

— J'en parlerai à David, alors, dit Lana. J'oubliais, ajouta-t-elle en riant, que j'ai maintenant pour amie une Altesse Sérénissime, très introduite dans le monde…

— Attends, ce n'est pas tout. Il y avait également à notre table un certain monsieur de Grille, qui n'a cessé de parler durant tout le dîner de tapisseries appartenant au château d'Anet et représentant l'histoire de la déesse Diane. Il me jetait des regards noirs et ne cessait de regarder le diadème que je portais ce soir-là.

Grace fit une pause, puis reprit :

— Écoute, Lana, ce rôle t'offre une occasion de me rendre un grand service. Demande à David de tourner *Diane de Poitiers* à Anet, et renseigne-toi sur les tapisseries. Trouve le moyen d'en faire faire des photos. Je veux savoir si ces tentures cachent véritablement un secret que détiendrait monsieur de Grille et qui serait dangereux pour la Principauté de Monaco. Malheureusement, il manque aux propriétaires d'Anet les deux premières tapisseries de la série, qui, selon monsieur de Grille,

---

[2] Walter Plunkett, le grand maître des costumes d'Hollywood, le génial créateur des robes de Vivien Leigh pour *Autant en emporte le vent*.

donnent la clé de l'énigme, et qui sont chez lui, à Monaco. Mais si j'obtiens les photos de celles qui sont à Anet, je pourrai peut-être essayer de comprendre et de les raccorder aux propos de monsieur de Grille… en attendant de voir, qui sait, les deux pièces qui lui appartiennent.

— Entendu, je te tiendrai au courant. *Bye, Grace, and see you soon.*

— Au revoir, Lana, et merci !

Lorsque Grace eut raccroché, elle s'avança vers la fenêtre ouverte, et contempla la mer scintiller dans le soleil. Elle espérait beaucoup de l'enquête de son amie Lana Turner.

S'étant battue en vain pour que le réalisateur de *Diane de Poitiers* accepte de venir tourner son film à Anet, Lana parla du château de Diane à Sean Connery, qu'elle avait recruté pour jouer son amant dans le film *Another Time, Another Place,* et avec lequel elle vivait aussi une romance torride derrière la caméra bien qu'elle eût eu dix ans de plus que lui. Elle ne lui confia cependant pas la conversation qu'elle avait eue avec Grace de Monaco.

Cette conversation n'était pas la seule chose que Lana cachait à Sean. En effet, elle lui cachait sa liaison avec Johnny Stompanato, un gangster américain d'origine italienne, qui séduisait depuis plusieurs années les belles Américaines, jusqu'aux étoiles du cinéma. Turner n'avait pas plus résisté à son charme qu'une débutante, et s'était laissée prendre comme tant d'autres avant elle, notamment Grace Kelly, dans ses filets. Elle savait que son beau Johnny avait des associés, mais elle ne savait rien de plus, pas même leur nom. Son *boy-friend* ne lui parlait jamais de ses affaires, leur relation n'était que sensuelle, animale, au-delà des mots et de la raison. L'actrice n'hésita pas à mettre sa carrière en danger pour cette folie.

*

À ce stade du récit, faisons une pause et un nécessaire flash-back pour introduire le capital et mystérieux personnage dont il a été question dans la conversation téléphonique que j'ai rapportée entre Lana Turner et Grace de Monaco, à savoir monsieur de Grille, et suivons-le depuis ses jeunes années jusqu'à ce fameux dîner où il a paru avoir si fort inquiété la princesse.

*

Stompanato avait un associé nommé Grillo, c'était du moins le nom que tout le monde lui donnait. Un Italien aussi, né dans les bas-fonds de la ville de Gênes, qui était parti tenter sa chance aux États-Unis à la fin des années 1930. C'est là qu'il avait rencontré Stompanato, et s'était associé à ses larcins. Ils avaient fait la guerre en Asie dans la même compagnie, puis étaient revenus sur le sol américain. C'est alors que Stompanato s'était lancé à la conquête des danseuses de Broadway, où il avait obtenu quelques francs succès, puis, visant toujours plus haut, à celle des stars d'Hollywood. Grace Kelly lui avait cédé la première, alors qu'elle tournait ses premiers films, bien avant son mariage avec le prince Rainier. De nombreuses autres suivirent, puis ce fut au tour de Lana Turner à l'époque dont nous nous occupons, celle de la deuxième partie des années 1950.

Et Grillo, pendant ce temps ?

Grillo n'était pas comme Stompanato. Il n'était pas une canaille dans l'âme et, l'eût-il été, un certain air aristocratique émanant de toute sa personne lui aurait permis aisément de tromper son monde.

Il ne cessait de répéter à Johnny qu'il avait une revanche à prendre, un héritage à récupérer. Il disait qu'on lui avait tout volé, qu'on avait fait taire les siens, que sa famille était une victime de l'arbitraire. On imagine bien que ces propos paraissaient absurdes à Stompanato, mais il ne s'en souciait guère. Que lui importaient les motifs de Grillo pour voler son prochain, du moment qu'il le volait bien pour leur compte à tous deux !

Puis, un jour de 1956, Grillo avait quitté les États-Unis pour Monaco, dans le sud de la France. Grâce à la fortune qu'il avait amassée dans le crime avec Stompanato, il s'était installé dans la principauté, que la princesse Grace venait d'ouvrir à la jet-set du monde entier. L'argent sale y affluant, le sien ne se remarquait pas davantage que celui des autres.

Sa villa donnait sur la mer, mais les stores en étaient toujours baissés. Peur d'être surpris dans ses trafics ? Peut-être, mais une autre raison se trouvait aux murs de son salon : deux magnifiques tapisseries de la Renaissance y étaient en effet accrochées, et illustraient la légende de Diane chasseresse. Sur les bordures, des « G » entrelacés alternaient avec des deltas grecs, des flèches, des carquois, des croissants de lune et des têtes de béliers et de cerfs.

Des tapisseries volées à un riche collectionneur, penserez-vous sûrement. Pourtant, cette fois, ce n'était pas le cas.

Ces œuvres appartenaient à Grillo, et constituaient même son seul bien avant son départ pour les États-Unis à la veille du second conflit mondial. Elles lui avaient jadis servi de tapis dans le taudis de Harlem où il s'était installé, le protégeant un peu l'hiver contre le froid glacial du sol.

Ces tapisseries lui venaient de son père, un ouvrier de Gênes qui lui racontait sans cesse qu'ils faisaient partie d'une grande famille qu'un roi de France, il ne savait plus lequel, avait anéantie autrefois.

Il n'avait jamais connu sa mère, et son père était mort lorsqu'il venait d'avoir sept ans, lui léguant pour unique héritage ces deux tentures. Des œuvres qui, à la Renaissance, avaient appartenu à la duchesse de Valentinois, maîtresse d'Henri II, en son château d'Anet, en Normandie, et que les Grillo avaient acquises au dix-septième siècle, du temps de leur apogée, lui avait raconté son père.

Seul, orphelin, Grillo avait vécu à Gênes une vie de misère, et s'était fait très vite employer comme docker dans le port de commerce. Puis, attiré par le Nouveau Monde, il s'était embarqué pour l'Amérique, où il avait construit cette fortune qui nous permet maintenant de le retrouver installé à Monaco, dans le sillage de la princesse Grace, elle aussi nouvellement arrivée d'au-delà des mers.

Dans le jardin de sa villa monégasque, une autre curiosité attirait l'œil : une magnifique copie de la *Vénus d'Arles* du Musée du Louvre.

Grillo se rendait souvent dans cette ville, errant dans les ruines antiques. Puis il rentrait contempler la mer à Monaco, où Johnny Stompanato et l'Amérique lui paraissaient désormais bien loin.

En outre, les élégantes enseignes jalonnant les rues de Monte-Carlo entraient à merveille en résonnance avec le goût prononcé de Grillo pour tout ce qui avait trait à la haute joaillerie. Il n'était d'ailleurs pas le premier de sa famille à s'y intéresser. En effet, son père lui avait autrefois raconté l'étonnante histoire et la surprenante rencontre de l'un de leurs ancêtres qui, pour tenter de retrouver un train de vie digne de la splendeur passée de leur lignée, s'était lancé dans ce fructueux commerce à Paris au lendemain de la Révolution française. De nouveaux revers de fortune étant survenus depuis cette époque, cet éphémère retour de la famille à la lumière n'était hélas plus qu'un lointain souvenir. Mais ce souvenir, gravé dans la mémoire de Grillo depuis son enfance, avait profondément ancré en lui le désir de bâtir, lui aussi, une carrière analogue. Dans son esprit, cette ambition avait même pris une telle importance qu'il n'aurait guère été surprenant qu'elle eût résulté d'un devoir des plus sacrés envers sa lignée, d'un serment auquel il se serait trouvé lié par le sang dont il descendait.

Ce fut à l'hôtel de Paris, cigare aux lèvres et confortablement installé pour lire le journal en surveillant qui entrait et sortait du casino, que Grillo apprit la liaison de Stompanato avec Lana Turner. L'article comparait le filou Johnny donnant le bras aux plus grandes stars du cinéma au célèbre Arsène Lupin, le gentleman cambrioleur de l'écrivain français Maurice Leblanc. Grillo se dit alors, en regardant les hommes et les femmes entrant au casino, tous élégamment vêtus, mais arborant pour certains des mines peu recommandables, qu'il pourrait fort bien lui aussi essayer de s'immiscer dans la « société », comme on disait alors, c'est-à-dire dans les cercles huppés monégasques.

Il décida de reprendre le nom de *monsieur de Grille*, qu'une branche de sa famille installée à Arles au dix-septième siècle avait adopté, au temps où les Grillo dominaient Gênes, alliés aux Spinola, rivaux et ennemis des Grimaldi. Il jugea avec raison que cette métamorphose lui serait aisée, car, à examiner cet homme de trente-cinq ans, son rasage impeccable, ses courts cheveux bruns soigneusement cirés à la brillantine, sa minceur, sa haute taille et ses mains fines et blanches, on ne pouvait rien deviner du mauvais garçon qu'il avait été jusque-là, mis à part quelques détails aisés à corriger, comme cette façon qu'il avait parfois de jurer à l'américaine par de furieux *« Damned! »*, ou encore cette habitude de gangster qu'il avait prise de ne pas ôter les bagues de ses cigares.

Ce fut ainsi que Grillo, sous le nom de *monsieur de Grille*, commença à se rendre tous les soirs au casino de Monte-Carlo. Tous les grands noms de France y passaient alors des heures entières, se mêlant dans une insouciance et un étourdissement délirants aux plus viles canailles du monde entier. Les temps étaient à la dépense. Après la guerre, on voulait rire. On jetait l'argent par les fenêtres dans cet unique dessein. Un but certes bien éphémère, mais l'on s'en moquait à l'époque. Des fortunes se faisaient et se défaisaient tous les jours au casino, des sommes astronomiques passaient de main en main aussi facilement que les bulles de champagne du fond à la surface de la coupe.

La comtesse de *** était une joueuse impénitente, qui gagnait tous les coups qu'elle jouait. Remporter une partie contre elle était devenu un véritable défi que les joueurs se lançaient les uns aux autres, et faisait l'objet de paris en sous-main que la direction du casino avait bien du mal à empêcher. Il y avait donc un jeu dans le jeu.

Monsieur de Grille apprit bien vite que la comtesse était la petite-fille d'un riche industriel, préfet de la Seine, qui avait racheté en 1860 le château d'Anet, d'où provenaient ses deux tapisseries.

Monsieur de Grille, un jour où plus personne n'osait jouer contre elle, se posa en adversaire de la comtesse. Un murmure traversa l'assistance. « Quel courage ! » disaient les femmes ; « Quelle inconscience ! » disaient les hommes.

La comtesse observa alors ce monsieur qui, jusqu'à ce jour, n'avait été la plupart du temps que simple spectateur, et auquel elle n'avait jamais adressé la moindre parole ni le moindre regard.

Monsieur de Grille, avec un air de défi, s'assit en face d'elle à la table de jeu.

Il remporta si bien toutes les parties que la comtesse dut admettre que cette fois, elle avait trouvé son maître. Adoucie par un mélange de fascination et d'admiration qu'elle éprouvait pour cet homme, si mystérieux, elle commença à lui parler et à entamer avec lui un innocent badinage qui la grisait.

Un jour où monsieur de Grille venait encore de remporter successivement quatre parties contre elle, elle lui dit en l'attirant un peu à l'écart de la table de jeu :

— Je reçois à dîner avec la princesse de Polignac lundi prochain. Le prince Rainier et la princesse Grace seront parmi nos invités. Voulez-vous être des nôtres ?

Grillo, ou plutôt monsieur de Grille, s'empressa bien sûr d'accepter l'invitation de la comtesse.

Le destin lui permettrait peut-être ainsi de réparer les innombrables préjudices infligés autrefois à sa famille, tombée dans la misère puis, avec lui, dans le crime.

Il attendit le jour fixé avec impatience, et veilla à se rendre si élégant qu'à le voir on le croyait du plus grand monde.

« Mais après tout, se disait Grillo, ne le suis-je pas ? »

*

La princesse Grace était elle aussi en train de se parer pour le dîner de la comtesse. Sa robe fourreau soulignait avec élégance sa taille de guêpe, et devant un haut miroir en pied, elle enfilait soigneusement ses gants. Soudain, dans le miroir, elle vit Rainier entrer, un écrin à la main. Elle le laissa s'approcher derrière elle, et lui déposer un chaste baiser sur l'épaule. En même temps, il lui présenta l'écrin de sa main droite.

— J'ai pensé que cette parure ne pourrait qu'ajouter encore à votre beauté. Ouvrez l'écrin, ouvrez-le donc.

Grace prit le délicat coffret des mains du prince. À l'intérieur se trouvait un étincelant diadème incrusté de brillants.

Elle se jeta au cou de son époux, et l'embrassa tendrement en le couvrant de remerciements.

— Depuis ma mère, expliqua Rainier, les femmes de la famille ne sont vraiment intronisées princesses de Monaco que lorsqu'elles ont porté pour la première fois ce diadème créé par le joaillier Mercurizzo. Les pierres qui le composent ont jadis été offertes à Diane de Poitiers par son amant le roi de France Henri II, le jour où il la fit duchesse de Valentinois. Or, après elle, plus personne ne porta ce titre jusqu'à ce que le roi Louis XIII en fasse don aux Grimaldi, princes de Monaco. En tant que comtesse de Valentinois, ce joyau vous revient de droit. En outre nous sommes reçus ce soir par la comtesse de ***, qui est l'actuelle propriétaire du château d'Anet, la demeure de Diane de Poitiers. Ne trouvez-vous pas la coïncidence amusante, vous que j'ai privée de ce rôle en vous épousant ?

Grace sourit et, de ses belles mains, posa le joyau sur sa tête. En un instant, la vedette glamour d'Hollywood s'était métamorphosée en reine.

Rainier à son tour vint contempler sa femme dans le miroir, dans lequel ils se miraient à présent tous deux, lui l'enlaçant amoureusement par la taille.

— Songez, lui dit-il dans un murmure au creux de l'oreille, que vous portez à présent le poids de l'Histoire. Ma tante, la princesse de Polignac, qui reçoit ce soir avec la comtesse de ***, suppliait ma mère de porter ce diadème, mais elle ne s'en para qu'une seule fois.

— J'en serai digne, comptez sur moi, répondit Grace en déposant un léger et furtif baiser sur les lèvres de son mari.

Puis ils sortirent pour se rendre au dîner chez la comtesse.

La comtesse de ***, outre le château d'Anet, avait une magnifique villa sur les hauteurs de la principauté. Pour se rendre dans les salles de réception, elle obligeait toujours les invités à traverser les jardins illuminés dont les fleurs exhalaient le soir d'enivrants parfums. Amie de toujours de la princesse de Polignac, la tante du prince Rainier, elle avait toutes ses entrées à Monaco, et pas seulement au casino où nous avons fait sa connaissance.

Elle accueillit Grace et Rainier avec ce parfait mélange de chaleur et de retenue qui indique la femme de qualité rompue aux usages du monde. Quelques minutes auparavant, elle avait reçu monsieur de Grille avec non moins de délicatesse et d'égards, ne formulant aucune allusion déplacée sur la manière dont ils avaient fait connaissance ni sur le lieu de leur rencontre.

Tous les invités se retrouvèrent donc dans le salon d'apparat, ouvert à l'arrière sur les jardins, et devant sur la mer.

Monsieur de Grille était fort curieux de revoir Grace, dont Johnny Stompanato lui avait tant parlé du temps où elle débutait au cinéma et où il était son petit ami. Il l'avait d'ailleurs croisée jadis au bras de Stompanato, mais ne lui avait pas adressé la parole et ne s'était plus jamais trouvé en sa présence depuis cette lointaine époque. Lorsqu'il la vit répondre avec Rainier aux innombrables compliments qui lui étaient adressés, il eut de la peine à imaginer que cette femme eût pu être jadis au bras de ce bandit de Stompanato. Et pourtant.

Il apprit bientôt qu'il pourrait la contempler tout à son aise, puisqu'il serait assis à sa table.

La comtesse de *** avait réuni autour d'elle tous les invités qu'elle recevait pour la première fois, riant avec Rainier qu'elle connaissait bien en lui disant qu'elle lui volait sa jeune épouse pour la soirée, et qu'elle le plaçait, lui, à la table de sa tante. Seule l'extrême complicité qu'elle avait avec le prince pouvait permettre ce qui, ailleurs, eût été un irréparable impair.

En s'asseyant à table, le regard de Grace croisa celui de monsieur de Grille, assis en face d'elle. Elle ne savait pas pourquoi, mais cet homme la mettait mal à l'aise. Elle dut pourtant dépasser ce malaise pour répondre comme il se devait à la comtesse, dont la conversation était aussi ininterrompue à table que le jeu au casino.

Alors que la comtesse expliquait à Grace avoir entendu maintes fois la princesse de Polignac parler du diadème qu'elle portait et des pierres de Diane de Poitiers qui y étaient incrustées, l'un des convives dit aux deux femmes :

— Ces pierres restent donc aux Valentinois !

Grace sourit à cet élégant compliment, comme tous les invités, mais monsieur de Grille, lui, restait sombre. Il prit la parole :

— Ces pierres devraient plutôt être entre les mains des descendants du roi Henri II et de Diane de Poitiers, duchesse de Valentinois.

— Mais que dites-vous donc, mon ami ? demanda la comtesse, qu'un tel affront fait chez elle à la princesse Grace rendait impuissante.

— Vous le savez fort bien, Comtesse, répondit monsieur de Grille, puisque vous habitez au château d'Anet toute une partie de l'année.

— Que sais-je, au juste ? En vérité, mon ami, expliquez-vous, je ne comprends pas.

— Prétendez-vous ignorer l'existence de descendants du roi et de la duchesse de Valentinois ?

— Mais que me contez-vous là ? Jamais Diane n'a eu d'enfant du roi Henri. Tous les historiens le confirment.

— Vous avez chez vous de jolies tapisseries sur l'histoire de la déesse Diane…

— C'est exact. Des tentures tissées à la gloire de Diane de Poitiers pour orner la galerie d'Anet. Mon grand-père les a acquises dans une vente aux enchères, à Paris, peu après avoir acheté le château d'Anet au comte de Caraman.

— Ces tapisseries, Comtesse, avaient été mises aux enchères de manière anonyme par mon grand-père. Il m'en reste deux. Elles sont ici, chez moi, à Monaco.

— Mais alors, les « G » entrelacés des tapisseries qui ont été plaqués sur les croissants et les deltas, symboles de Diane de Poitiers…

— … sont ceux de ma famille. Oui, Comtesse. « G » pour « Grille ». Le grillon est notre emblème. Nous avions acquis ces œuvres auprès du duc de Vendôme, propriétaire d'Anet au dix-septième siècle. Mon grand-père a été contraint d'en mettre plusieurs aux enchères après quelques… vicissitudes familiales.

La princesse Grace, qui n'avait pas encore parlé et avait écouté avec une grande attention l'échange entre la comtesse et monsieur de Grille, lui dit alors d'expliquer où il voulait en venir.

— Les tapisseries, Altesse, je vous renvoie aux tapisseries, répondit ce dernier en inclinant légèrement la tête avec un fin sourire.

Voyant qu'un silence empli de curiosité s'était abattu sur tous les invités placés à sa table, il but une gorgée de champagne et poursuivit :

— Il est vrai, Comtesse, qu'il vous manque deux pièces essentielles pour résoudre l'énigme. Je veux parler des deux premières tapisseries de la série de *l'Histoire de Diane*. On y voit les amours de Jupiter et de sa maîtresse Latone, la jalousie de son épouse Junon, la mise au monde par Latone de Diane et d'Apollon et leur transformation par leur père Jupiter en divinités planétaires, Lune et Soleil. Or, la subtilité est que c'est Latone qui figure la duchesse de Valentinois dans ces tapisseries, et non Diane, qui, elle, figure Diane de France, la fille que la duchesse a eue avec le roi. Dès lors, Jupiter n'est autre qu'Henri II, et Junon, Catherine de Médicis. Quant à…

— Je vous arrête, interrompit la comtesse. Diane de France était la fille d'Henri II et d'une maîtresse d'une nuit, Filippa Duci, et non la fille du roi et de Diane de Poitiers.

— C'est ce que la rusée duchesse de Valentinois a voulu faire croire à la Cour. Être la mère d'enfants du roi la comblait d'aise et renforçait encore davantage le pouvoir qu'elle avait sur lui, mais pour être acceptée aux yeux du monde il fallait qu'elle restât la digne veuve inconsolable de son époux défunt, le grand sénéchal de Normandie. Certains courtisans n'étaient pas tout à fait dupes, mais la peur a sans doute retenu leur langue, et le temps n'a retenu, lui, que la version officielle forgée par l'habile duchesse.

— Et l'Apollon des tapisseries, qui figure-t-il, alors ? demanda la princesse Grace, que tous ces mystères faisaient replonger avec délectation dans ses souvenirs hitchcockiens.

— J'y viens, Altesse, répondit monsieur de Grille. L'Apollon des tapisseries figure Henri de Saint-Rémy, le fils du roi Henri II et de la duchesse de Valentinois, le frère de Diane de France.

— Mais vous voulez parler de l'ancêtre de Jeanne de Saint-Rémy, comtesse de La Motte-Valois, qui perdit la réputation de la reine Marie-Antoinette dans l'affaire du collier en faisant passer la reine pour une voleuse aux yeux de l'opinion ! s'exclama la comtesse.

— Tout juste, répliqua monsieur de Grille. Mais je sais ce que vous allez me dire, à savoir que cet Henri de Saint-Rémy était le fils du roi et d'une certaine demoiselle de Savigny. Il n'en est rien non plus, et la duchesse de Valentinois était bien sa mère. Elle a usé du même stratagème que dans le cas de Diane de France. Mademoiselle de Savigny avait été une des rares passades amoureuses d'Henri II et une de ses rares infidélités à Diane de Poitiers ; elle avait été vue tous les jours au bras du roi pendant quelques semaines ; Diane a donc décidé d'en faire la mère officielle d'Henri de Saint-Rémy, car la chose paraissait tout à fait plausible. De plus, ce choix écartait encore davantage les soupçons sur le fait qu'Henri de Saint-Rémy et Diane de France auraient pu aussi avoir la même mère. Filippa Duci dans un cas, mademoiselle de Savigny dans l'autre. Qui aurait pu suspecter la duchesse de Valentinois de se cacher derrière tout cela, et d'être la véritable mère des deux enfants du roi ?

Monsieur de Grille fit une pause, puis reprit à l'intention de la princesse Grace :

— Les diamants du diadème que porte Votre Altesse, cadeau du roi Henri II à la duchesse de Valentinois, ont été légués par elle à son petit-fils François, fils d'Henri de Saint-Rémy, et à ses descendants. Permettez-moi donc de trouver amusant de voir ce joyau sur votre tête…

— Amusant ? demanda Grace avec une pointe d'irritation dans la voix. Monsieur de Grille, je vous vois pour la première fois ce soir, et si votre présence à cette table ne me prouvait l'estime en laquelle vous tient la comtesse, je…

— Vous… ? répliqua avec insolence celui qui depuis quelques minutes focalisait sur lui toute l'attention des convives.

— Monsieur de Grille, je vous en prie … supplia la comtesse, effrayée par les conséquences possibles d'un tel scandale arrivé chez elle.

— Laissons cela, reprit Grace. Monsieur de Grille, vous nous avez bien divertis, mais trouvez bon qu'à présent nous changions de conversation.

— Un dernier mot, si Votre Altesse le permet, ajouta monsieur de Grille. Que Votre Altesse prenne la peine de lire attentivement les *Mémoires* de Catherine Charlotte de Gramont, princesse de Monaco au temps du roi Louis XIV. Elle y trouvera certaines allusions qui confirment très exactement et point par point ce que j'ai eu l'honneur de lui dire ce soir.

Et, après ces paroles qui jetèrent encore un peu plus le trouble dans l'esprit de Grace, le dîner s'acheva sans qu'on reparlât en quelque manière des tapisseries de Diane et du secret qu'elles recelaient.

Au sortir de table, monsieur de Grille s'approcha de Grace par-derrière et lui dit à voix basse :

— Vous faites erreur, Votre Altesse, lorsque vous prétendez ne me voir aujourd'hui que pour la première fois. De plus, lorsque vous lirez les *Mémoires* de madame de Monaco, l'ancêtre du prince votre époux, vous comprendrez j'en suis sûr de quel crime les Grimaldi se sont rendus coupables, par leur silence devant l'odieuse machination du roi Louis XIV, envers les miens et envers les descendants du roi Henri II et de la duchesse de Valentinois.

— Qu'est-ce à dire, Monsieur, expliquez-vous, répliqua Grace sans se retourner.

Voyant qu'aucune réponse ne lui parvenait, la princesse se retourna.

Monsieur de Grille avait disparu.

Oppressée, prise soudain d'un violent malaise, Grace rejoignit Rainier à qui elle fit part de son désir de s'en retourner au palais.

Puis elle alla prendre congé de la comtesse, et quelques minutes plus tard, le prince et la princesse de Monaco quittèrent la villa.

— Qu'avez-vous ? lui demanda Rainier.

— Rien, mentit Grace, un simple malaise, mais qui m'aurait empêchée de faire bonne figure chez la comtesse si nous étions restés plus longtemps.

« Qui est-il ? Que voulait-il dire, se demandait-elle en elle-même, lorsqu'il a prétendu que je ne le voyais pas aujourd'hui pour la première fois ? Et que renferment donc ces *Mémoires* de la princesse de Monaco ? »

Une fois rentrée dans ses appartements, Grace s'assit à sa coiffeuse pour ôter le diadème qui ornait sa chevelure. Elle eut un mouvement de dégoût, et l'enferma aussitôt dans son écrin.

« Qui est-il ? Et que voulait-il dire ? Quel secret détenait donc jadis madame de Monaco ? »

Ces trois questions ne quittèrent pas la princesse de toute la nuit, et ne la laissèrent jouir d'aucun repos. Dès les jours suivants, il lui faudrait rechercher les fameux *Mémoires*. Peut-être y trouverait-elle les réponses à ses interrogations.

La princesse Grace entreprit donc le lendemain de fouiller frénétiquement dans les archives du palais princier de Monaco pour tenter de mettre la main sur les fameux *Mémoires* dont lui avait parlé monsieur de Grille.

Son doigt courait de volume en volume, de rayon en rayon. Soudain, dissimulé derrière des livres sur l'histoire de la principauté, elle aperçut dans les rayonnages de la bibliothèque un portefeuille en maroquin. Elle s'en empara, le posa sur une table et l'ouvrit.

*Mémoires de Catherine Charlotte de Gramont, princesse de Monaco* pouvait-on lire sur la première page du manuscrit, de la main même de l'ancienne maîtresse de monsieur de Lauzun, le turbulent favori de Louis XIV qui devint plus tard un ennemi du monarque.

— Voilà ce que je cherchais, s'exclama Grace.

Elle prit une chaise et se plongea dans la lecture du précieux document.

L'ancienne vedette d'Hollywood découvrait page après page une vie encore plus romanesque que la sienne, et en particulier les amours de Catherine Charlotte de Gramont avec le duc de Lauzun, qui n'hésita pas à la suivre lorsqu'elle partit épouser le prince de Monaco !

Soudain, Grace s'arrêta sur une phrase, conçue en ces termes : « L'inclination que mon jeune cœur éprouva jadis pour M. de Lauzun ne venait pas seulement de sa belle apparence, mais bien aussi d'un je-ne-sais-quoi de mystérieux qui seyait si bien à sa personne, au point qu'il me fit un jour entrevoir au cours d'un séjour qu'il fit à Monaco toute une sombre machination ourdie contre l'un de ses sujets par le cruel souverain d'un pays étranger au nôtre, par crainte de se voir contester sa couronne. »

« J'y suis certainement », se dit Grace. « Voilà ce à quoi monsieur de Grille devait faire allusion l'autre jour chez la comtesse. »

Afin de compléter les connaissances en Histoire de France qu'elle avait acquises auprès de son mari, le prince Rainier, et à la lecture de quelques livres, Grace prit un ouvrage qui se trouvait dans le rayon consacré au dix-septième siècle, se souvenant que monsieur de Grille avait parlé du roi Louis XIV, contemporain de Catherine Charlotte de Gramont et de Lauzun.

Grace venait de s'emparer du célèbre *Siècle de Louis XIV* de Voltaire.

Elle se plongea dans le livre, et lut notamment toute la partie consacrée à l'affaire de l'homme au masque de fer. Puis elle continua sa lecture des *Mémoires* de Catherine Charlotte de Gramont, et revint à la phrase que j'ai citée plus haut.

« Le "cruel souverain" dont parle madame de Monaco, pensa-t-elle, n'est-ce pas ce Louis XIV de la famille des Bourbons, qui aurait "ourdi une sombre machination" contre son "sujet" monsieur de Grille "par crainte de se voir contester sa couronne" par le descendant Valois du roi Henri II et de la duchesse de Valentinois ? Tout s'expliquerait alors, et madame de Monaco, informée par son ancien amant Lauzun de ce crime de Louis XIV envers monsieur de Grille, se serait tue, ne confiant ce terrible secret qu'à ces pages demeurées cachées ici pendant trois cents ans. En ce sens, elle se serait rendue coupable, par son silence, de complicité avec le roi. Comme il n'y a plus aujourd'hui de roi en France, ce sont donc les Grimaldi, selon monsieur de Grille, qui doivent payer ce crime envers sa famille et envers le descendant d'Henri II et de Diane de Poitiers. D'autant plus que ce sont les Grimaldi qui, depuis Louis XIII, portent le titre de Valentinois offert jadis à Diane de Poitiers par Henri II. Les princes de Monaco sont donc aux yeux de monsieur de Grille des criminels et des usurpateurs. »

*

En un instant, on le voit, la princesse Grace avait tout compris. Ses années auprès d'Hitchcock lui avaient donné non seulement le goût des enquêtes et des énigmes, mais aussi l'habileté à les décrypter.

*

Elle referma les *Mémoires* de madame de Monaco ainsi que le livre de Voltaire, remit ce dernier à sa place et remonta dans ses appartements avec le portefeuille en maroquin sous le bras, qu'elle rangea dans un tiroir de sa table de chevet.

Puis elle alla rejoindre le prince Rainier pour déjeuner.

Ce fut précisément cet après-midi-là que la princesse Grace reçut le coup de fil de son amie Lana Turner que j'ai retranscrit au début du chapitre.

À présent que je vous ai exposé tout ce que vous aviez besoin de savoir à ce stade, refermons notre flash-back pour reprendre le cours des événements qui s'ensuivirent.

*

En Angleterre, sur le tournage du film *Another Time, Another Place*, Lana Turner apprit peu à peu à connaître son partenaire Sean Connery, le débutant à qui elle avait donné sa chance. Beaucoup dirent qu'elle se laissa même prendre peu à peu à son charme. Le bruit devint rumeur, et la rumeur traversa les mers jusqu'à parvenir aux oreilles de Stompanato, le petit ami officiel de Turner à l'époque, demeuré aux États-Unis.

Un jour, alors que Sean et Lana étaient en train de tourner une scène du film, Stompanato arriva dans les studios puis sur le plateau, un revolver à la main. Il le pointa sur Sean Connery, en le menaçant de tirer s'il ne s'éloignait pas à l'instant de Miss Turner.

C'est alors que Sean Connery, d'un geste d'une suprême habileté, empoigna le revolver et tordit le poignet de Stompanato qui hurla de douleur et s'enfuit en courant des studios.

Ce geste spectaculaire d'habileté et de sang-froid ouvrit à l'acteur une éblouissante opportunité de carrière : il fut choisi pour incarner à l'écran l'agent secret déjà connu grâce aux romans de Fleming, le fameux *James Bond.*

Stompanato, quant à lui, eut l'interdiction de reparaître en Angleterre.

Après le tournage, au moment de retourner chez eux en Californie, Lana supplia Sean de s'éloigner pour un temps de Los Angeles, où Stompanato était revenu. Elle lui dit de demander au producteur et au réalisateur de *James Bond* de tourner hors des États-Unis.

C'est alors qu'elle parla à Sean du château d'Anet, en France.

— Et puis, lui dit-elle avec un clin d'œil coquin, te savoir chez Diane de Poitiers, l'un de mes grands rôles, c'est un peu comme te savoir chez moi… J'aurais tant aimé y aller… Prends des photos, tu me les montreras. Il paraît qu'il y a là-bas de somptueuses tapisseries, photographie-les, j'aimerais tant les voir…

*

La passion de Sean Connery pour Lana Turner, jointe à son charisme, bien plus que sa peur de Stompanato qu'il méprisait davantage qu'il ne le redoutait, lui permit d'obtenir que *Thunderball*[3], de la série des *James Bond*, soit tourné en partie en France, au château d'Anet.

---

[3] *Opération Tonnerre.*

Une scène de bataille entre 007 et son ennemi Jacques Bouvard devait avoir lieu dans la salle des gardes, dont les murs étaient ornés des belles tapisseries de Diane de Poitiers.

Lorsque Sean Connery lui annonça la nouvelle, Lana Turner se hâta de prévenir la princesse Grace. Ils viendraient bientôt tous les deux lui rendre visite à Monaco.

Alors que Sean était parti la veille pour la France et Anet avec toute l'équipe de tournage, Miss Turner reçut un billet, chez elle, à Los Angeles. Ce billet était ainsi conçu : *« Turner, Keep away from Johnny if you and your friends want to stay alive*[4]*. »* Le billet portait une signature : « Grillo ». Ce nom était inconnu à Lana, il devait s'agir d'un comparse de Stompanato, « peut-être un de ses fameux associés », pensa-t-elle, profondément troublée par ces menaces.

Elle quitta sa maison pour plus de sécurité et alla passer la nuit chez une amie.

Dans la demi-conscience qui précède l'endormissement, une conversation qu'elle avait eue avec Grace et ce que la princesse lui avait dit lui revinrent en mémoire : « Monsieur de Grille vient de la branche installée en France de la famille génoise des Grillo. Au dix-septième siècle, les Grillo installés à Arles, non loin de Monaco, ont acheté plusieurs des tapisseries conçues pour Diane de Poitiers à Anet. Au seizième siècle, un Grillo avait épousé une Spinola, une grande famille rivale de celle des Grimaldi, et génoise comme elle. L'accession des Grimaldi, Génois à l'origine et qui s'étaient emparés par ruse de la forteresse de Monaco, au rang de princes régnants n'avait fait qu'attiser la haine du clan Grillo-Spinola contre ces rivaux qu'ils avaient toujours détestés. Puisque me voilà devenue une Grimaldi, il me hait, et son regard me hante. »

[4] « Turner, ne t'approche pas de Johnny si tu veux que toi et tes amis restiez en vie. »

Lana Turner décida cette nuit-là qu'elle irait rejoindre Sean Connery à Anet sans tarder, et que de là ils partiraient immédiatement pour Monaco. Elle ne se sentait plus en sécurité en Californie, et elle devait absolument parler à Grace. Elle aussi avait aimé Stompanato, elle aussi était menacée par un Grillo, que de choses auraient-elles à se dire !

*

— Silence, on tourne !

C'était l'effervescence au château d'Anet : Sean Connery en personne tournait *Thunderball*, ou *Opération tonnerre* en français, de la fameuse série des *James Bond.* Le petit Jean de *** n'en croyait pas ses yeux. Depuis toujours, la comtesse, sa mère, qui avait hérité du château, lui avait raconté les amours de l'ancienne maîtresse des lieux, la célèbre Diane de Poitiers, avec le roi de France Henri II. Cette magnifique demeure, où le vent de l'Histoire n'avait cessé de souffler durant des siècles, était depuis une semaine déjà devenue une annexe d'Hollywood !

Ce jour-là, on tournait la scène où James Bond/Sean Connery assistait dans la chapelle de l'architecte Philibert de l'Orme aux funérailles de Jacques Bouvard, un membre d'une organisation criminelle. 007 voyait la veuve du bandit sortir de la chapelle, monter en voiture et se diriger vers le château. Il la suivait à travers le vestibule puis ils se retrouvaient face à face dans la salle des gardes. La veuve de Jacques Bouvard n'était autre que Jacques Bouvard lui-même déguisé. Un violent combat avait lieu entre les deux hommes. Enfin, Bond s'échappait par les airs avec une sorte de propulseur, passait au-dessus du portail au cerf, esquivait les tirs de ses poursuivants qui le canardaient depuis les balustrades du portique d'entrée et finissait par rejoindre son Aston Martin qui crachait eau et projectiles sur ses assaillants. Sacré James !

Les parents de Jean s'étaient d'abord étonnés du choix que le réalisateur avait fait du château d'Anet. Pourquoi un tel lieu pour un *James Bond* ?

Jean n'avait jamais su ce que le réalisateur avait répondu, mais ses parents avaient accepté. Et puis, cela leur avait permis de restaurer et d'entretenir de nombreuses parties de la propriété.

Sean Connery, pour être agréable à sa chère Lana, et sans savoir qu'elle-même le faisait travailler pour le compte de son amie la princesse Grace plongée dans son enquête sur les dires de monsieur de Grille, avait pris beaucoup de photos de la demeure et du parc, et en particulier de nombreux clichés des tapisseries de la *Tenture de l'Histoire de Diane*.

Il avait signé un autographe à Jean, et l'avait emmené faire un tour dans le parc à bord de son Aston Martin. Un souvenir inoubliable pour ce petit garçon bercé depuis sa naissance par d'épiques récits de rois, de belles et de héros, et appelé à devenir un jour le propriétaire d'une des demeures les plus célèbres de l'Histoire de France.

Et puis, après environ deux semaines de tournage, l'équipe du film était repartie. Anet, comme après chacun des épisodes brillants de son histoire, avait replongé dans sa torpeur…

*

Palais princier de Monaco.

Ce fut dans une superbe Mustang rouge que Sean, tout juste sorti du tournage de *Thunderball* à Anet, arriva avec Lana au pied du palais de Grace, après avoir dévalé, comme dans la célèbre scène de *La main au collet*, la route en lacets dominant la mer scintillante qui descend à pic vers la principauté.

Grace et Rainier les accueillirent dans la cour d'honneur. Puis, tandis que ces messieurs allaient deviser à l'intérieur, Lana suivit Grace dans les célèbres jardins où elle avait rencontré le prince quelques années plus tôt, pendant le Festival de Cannes dont elle avait été la vedette.

— J'ai appris ce qui s'est passé dans les studios anglais, commença Grace. Tu as dû avoir si peur quand Johnny Stompanato a pointé son revolver sur Sean. Méfie-toi de Johnny, Lana. Fais comme moi, dégage-toi de son emprise avant qu'il ne t'étouffe. Je serais mal placée pour te dire qu'il n'a pas de charme. Mais c'est un charme dangereux, qui attire pour mieux tuer.

— Écoute, répondit Lana, j'ai reçu chez moi un billet me menaçant si je continuais à faire surveiller Johnny. Ce billet portait une signature, « Grillo ». J'ai repensé à ce que tu m'avais dit. Je suis donc allée rejoindre Sean à Anet sur le tournage de *James Bond* dans la pensée de venir ensuite m'entretenir avec toi ici, à Monaco. Ce « Grillo » n'aurait-il pas par hasard un rapport avec ton odieux monsieur de Grille ? Ne m'as-tu pas précisé que cette famille était génoise à l'origine, avant qu'une branche ne vienne s'installer en France ? Et ne m'as-tu pas indiqué qu'il avait prétendu que tu ne le voyais pas pour la première fois le soir du dîner de la comtesse ?

— Tu veux dire… Tu veux dire que ce monsieur de Grille pourrait ne faire qu'un avec ce « Grillo », et être un proche ou un associé de Johnny Stompanato ? interrogea Grace.

— Exactement, confirma Lana. Ils devaient déjà travailler ensemble lorsque tu sortais avec Johnny. Tu l'as peut-être croisé alors, sans savoir qui il était puisque Johnny ne parlait jamais de ses affaires. Lui, en revanche, savait déjà qui tu étais : une débutante à Hollywood promise sans doute à un bel avenir.

— Monsieur de Grille, lorsqu'il évoquait les tapisseries d'Anet que ses ancêtres avaient acquises au dix-septième siècle, a dit que son grand-père les avait ensuite vendues aux enchères suite à des difficultés, financières, j'imagine, et qu'il ne lui en restait plus que deux, démontrant l'existence d'un descendant de Diane de Poitiers et d'Henri II auquel revenaient de droit les pierres du diadème des princesses de Monaco.

— J'ai vu ces tapisseries à Anet, reprit Lana. Elles ont précisément été rachetées dans une vente aux enchères à Paris par l'industriel et député de la Seine qui a acquis le château. Voilà les photos qu'en a prises Sean pendant le tournage.

Grace commença à examiner les clichés que venait de lui remettre Lana.

— Ton monsieur de Grille dit donc sûrement la vérité, continua Miss Turner. Mais ces difficultés financières ne sont-elles pas ce qui aurait pu le faire tomber ensuite dans cette vie de brigand, et le faire s'associer à Johnny, de surcroît d'origine italienne comme lui ?

— J'avoue que tout ceci est troublant, répondit Grace. Mais monsieur de Grille était un invité de la comtesse de ***, et je ne l'imagine pas inviter des brigands.

— Peut-être est-elle aussi dupe que toi... ajouta Lana.

— J'essaierai d'en savoir plus sur le lien éventuel de cet homme avec Stompanato. Venant moi-même de m'installer à Monaco, j'ignore depuis combien de temps il habite ici, et d'où il arrive. Une chose est sûre, qu'il ait ou non un lien avec Johnny, il faut empêcher ces deux hommes de nous nuire, à toi et à moi. En tout cas, merci pour les photos des tapisseries et du château, je vais les regarder attentivement.

Les deux femmes en étaient là de leur conversation lorsque le prince Rainier et Sean Connery les rejoignirent dans les jardins, sur ce superbe balcon dominant la Méditerranée.

— Surtout, pas un mot de notre conversation, dit Grace à Lana en les voyant se diriger vers elles. Je te tiendrai au courant lorsque j'en saurai davantage.

Lana échangea un regard complice avec Grace, et ce fut comme si de rien n'était que les deux femmes accueillirent l'acteur et le prince.

*

Los Angeles, Californie, États-Unis, quelques jours plus tard.

Lana venait de rentrer de Monaco, tandis que Sean était reparti pour la suite du tournage de *Thunderball.* Sa fille Cheryl était avec elle.

La mère et la fille étaient en train de dîner, quand soudain Stompanato fit irruption dans la cuisine en brisant la fenêtre. Il alla droit à Lana, et la frappa si fort que sa chaise se renversa et qu'elle tomba à terre, inconsciente.

Cheryl hurla d'horreur et de terreur.

Alors que Stompanato était penché sur Lana inanimée, elle prit un couteau et se plaça derrière lui. Lorsqu'il fit volte-face, elle le poignarda et retira de ses entrailles une lame dégoulinante de sang.

Elle venait de tuer Stompanato.

En larmes, horrifiée à la fois par la vue de sa mère évanouie et par le meurtre qu'elle venait de commettre, Cheryl lâcha son couteau et tenta en vain de ranimer sa mère.

Pour finir, elle dut appeler les secours.

Une heure plus tard, la nouvelle de la mort du célèbre gangster, poignardé par la fille de Lana Turner, faisait le tour du monde et les gros titres des journaux du lendemain.

On imagine aussi la stupeur de Grace de Monaco lorsqu'elle apprit l'événement. La mort de Stompanato sauvait son amie Lana, mais quant à elle-même ses ennuis n'étaient pas terminés pour autant.

Miss Turner fut vite rétablie, mais ce fut pour assister au procès de sa fille pour le meurtre de Johnny Stompanato.

Finalement, Cheryl fut acquittée, les juges ayant estimé qu'il s'agissait là d'un cas de légitime défense.

Affaire classée ? Ne répondons pas tout de suite à la question, et poursuivons.

Quelques semaines après la mort de Johnny Stompanato, Lana Turner reçut un coup de téléphone de Grace de Monaco.

— Allô, Lana ? Comment vas-tu ? Je n'ai pas voulu t'appeler pendant ta convalescence, tu devais avoir bien besoin de calme et de repos. Toute cette histoire, c'est affreux ! Comment va ta fille ?

— Cheryl se remet lentement, mais tu sais, je dois en permanence la rassurer et lui dire qu'elle n'est pas une criminelle, que c'était un accident, qu'elle n'a pas eu d'autre moyen de me défendre et qu'elle me pleurerait aujourd'hui si elle n'avait pas poignardé Johnny. Elle est si jeune…

— Pourquoi ne viendrais-tu pas à Monaco passer quelques vacances avec elle ?

— C'est gentil, Grace, mais pour le moment je pense que Cheryl doit surtout se reposer à la maison.

— Bon, je comprends. Mais sache en tout cas que tu es la bienvenue quand tu veux. Et puis… j'ai des nouvelles. Tu sais, des nouvelles de notre mystérieux monsieur de Grille…

— Ah, oui, je n'y pensais même plus, avec tout ce qui est arrivé. Alors ?

— J'ai interrogé la comtesse de ***, la propriétaire du château d'Anet. C'est au casino de Monte-Carlo qu'elle a fait la connaissance de ce monsieur de Grille, il n'y a pas si longtemps, et elle m'a assuré ne l'y avoir jamais vu auparavant. J'ai donc poursuivi mon enquête : monsieur de Grille ne réside à Monaco que depuis peu. Mieux : il a acheté sa propriété sous le nom de Grillo…

— J'en étais sûre ! s'exclama Lana Turner. Ton monsieur de Grille est donc le même homme que mon « Grillo », un associé de Johnny Stompanato. C'est pour ça que vos chemins s'étaient déjà croisés ! Fais très attention, Grace. Dans son billet, il menaçait de me tuer, ainsi que tous les ennemis de Johnny. Maintenant que Stompanato est mort, il va certainement chercher à se venger. Il ne t'aime pas, Grace, car tu es à présent membre de cette famille Grimaldi qui a su le complot ourdi jadis par le roi de France contre sa famille et ne l'a jamais dénoncé, et en plus il sait sûrement que tu m'as accueillie à Monaco, et que tu es au courant de tout. Méfie-toi, je ne voudrais pas qu'il t'arrive malheur.

— Rassure-toi, Lana, répondit Grace, j'en ai parlé à Rainier. Deux de nos agents surveillent désormais monsieur de Grille de très près. Et puis…

— Et puis ?

— J'ai confié le diadème de Monaco à la comtesse, qui le gardera chez elle, à Anet. Puisque les pierres qui le composent ont appartenu à Diane de Poitiers, où pourrait-il être mieux ? Il est inutile de provoquer davantage monsieur de Grille et les descendants de la duchesse de Valentinois en portant encore ce joyau.

— Tu as bien fait. Ces diamants sont maudits.

— Les femmes qui les ont approchés ont toutes connu des destins tragiques. La reine Marie-Antoinette, la comtesse de la Motte-Valois… Je ne tiens pas à être la prochaine sur la liste, ajouta Grace.

— Surtout, ne perdez pas de vue ce monsieur de Grille, recommanda Lana. S'il se sait surveillé, il ne bougera pas et ne tentera rien pour vous nuire.

— Entendu. Je t'embrasse, Lana, et fais mes amitiés à Sean. Grâce à vous deux, j'ai pu voir Anet et les fameuses tapisseries de la *Tenture de l'Histoire de Diane* dont parlait monsieur de Grille sur vos photos, en attendant de les voir dans *Thunderball.* Qui pourrait un jour suspecter que James Bond est en mission pour mon compte dans ce film ?

— Personne n'en saura jamais rien, Altesse, promis, ce sera notre secret, lui répondit Lana en riant. *Bye, Grace, and see you soon,* conclut-elle en raccrochant son téléphone.

*

Au même moment, la comtesse de ***, de retour à Anet après son séjour monégasque, disposait le diadème de la princesse Grace dans un tiroir de ce même buffet de sacristie où la duchesse de Valentinois avait caché les diamants quatre siècles plus tôt. Ce buffet, à l'origine placé à l'intérieur du couvent des Cordeliers au bout du parc d'Anet, ornait à présent le beau vestibule du château. C'était, avec une table de réfectoire également dans ce même vestibule, le seul meuble qui avait échappé à la destruction après le bombardement du couvent des Cordeliers par l'aviation allemande en 1940. Les pierres étaient donc à nouveau dans le meuble où Diane de Poitiers les avait précisément dissimulées autrefois à l'intention de son petit-fils François, fils d'Henri de Saint-Rémy. La boucle était-elle bouclée pour autant, et leur histoire terminée ? Pas si sûr, nous allons le voir.

*

La princesse Grace, quant à elle, libéra vite son esprit de toute cette affaire et devint peu à peu la légendaire icône de Monaco admirée dans le monde entier. Après Caroline et Albert, les aînés, elle donna naissance à une petite Stéphanie, comblant par là à la fois ses propres désirs de mère et la principauté tout entière.

Lana Turner mit un terme à sa brillante carrière cinématographique, son contrat avec la MGM ayant pris fin après le tournage de *Diane de Poitiers.* Elle consacra désormais une grande partie de son temps à sa fille Cheryl, et ne fit plus que quelques apparitions, très attendues, à la télévision.

Comme Grace de Monaco, avec le temps, elle oublia Johnny Stompanato et Grillo. Souvent d'ailleurs elle se demandait ce qui avait pu la séduire chez le premier d'entre eux. Mais peu lui importait à présent, le temps de la gloire était passé, et avec lui celui des folies et des excès en tous genres. L'âge de la sagesse était enfin venu.

Cependant, en 1982, la mort de Grace la plongea tout à coup dans une morosité dont elle ne devait plus jamais sortir. Refusant de croire à la thèse d'un simple accident de voiture, persuadée, mais sans preuve, que le mystérieux monsieur de Grille *alias* Grillo était pour quelque chose dans le décès de son amie, assaillie jour et nuit par cette pensée, elle commença à s'affaiblir progressivement jusqu'au jour où se déclara le cancer qui devait précipiter sa fin.

Lorsqu'elle mourut en 1995, elle emporta avec elle ce terrible secret qu'elle avait partagé pendant si longtemps avec la défunte princesse de Monaco ; un secret qui, désormais libéré de deux témoins gênants dont l'un avait aussi été sa victime, n'allait pas tarder à frapper à nouveau.

*

Janvier 1997, Paris.

— Attention, attention, écartez-vous ! criait un pompier lancé à l'assaut de l'incendie.

Un, puis deux, puis trois camions de soldats du feu vinrent à leur tour prêter main-forte à l'équipe déjà présente sur le lieu du drame. Six personnes au visage ruisselant émergèrent de l'atelier en flammes et furent conduites à une ambulance qui attendait pour leur apporter les soins nécessaires.

— Cet atelier était toute ma vie, pleurait le plus âgé des six, que va-t-on devenir maintenant ?

Puis soudain, l'œil allumé d'un éclair de panique :

— Et les tapisseries ! Les tapisseries ! Il faut les sauver…

À ces mots, l'homme s'élança vers le brasier dans un mouvement désespéré.

— Arrête ! hurla sa femme. Arrête !

Trop tard. L'homme pénétra dans l'atelier, le regard cherchant à percer l'épais rideau de fumée. Il s'avança, commença à suffoquer, n'entendant même plus les appels désespérés de sa femme. Le pompier que nous avons vu le premier s'élancer pour éteindre l'incendie se rua à son secours. Lorsqu'il l'atteignit enfin, le pauvre homme, asphyxié, tomba à terre.

— Les tapisseries… Anet… Grillo… lança-t-il au pompier dans un dernier râle.

Puis plus rien. Il était mort.

À deux pas de lui, ce qui avait dû être une grandiose tenture finissait de se consumer. Sur sa bordure, deux G entrelacés, des deltas grecs, des croissants de lune entrelacés, des flèches et des carquois étaient encore visibles. Puis ils finirent à leur tour par être dévorés par les flammes.

L'homme fut ramené par le pompier auprès de sa femme et de ses quatre employés, tous en larmes et incapables d'articuler le moindre mot. Pourtant, au bout d'une heure, la femme trouva la force de demander :

— Qu'a-t-il dit, qu'a-t-il dit ?

— Je crois que votre mari a dit quelque chose comme : « les tapisseries, Anet, Grillo… »

À ces mots, le visage blême et le regard étrangement fixe, la femme du pauvre homme, jusque-là prostrée sur le cadavre de son mari, se releva et murmura :

— *Nitimur in vetitum, semper cupimusque negata*

— Comment ? lui demanda le pompier, peu familier du latin et épuisé par la tragédie et la lutte contre l'incendie maintenant vaincu.

— « Nous nous efforçons vers l'interdit, et désirons toujours ce que l'on nous refuse », reprit la femme.

Puis, devant l'incompréhension de son interlocuteur, elle ajouta :

— C'est la devise… la devise des Grillo !

*

Nuit du 30 au 31 août 1997, Paris.

Une voiture lancée à grande allure quitta le Ritz, place Vendôme, comme poursuivie par une terrible menace. Tunnel de l'Alma, la voiture s'engouffra, dérapa, heurta un pilier. Tragédie. Une femme que le monde entier aimait et admirait disparut. La mort de Lady Diana Spencer, princesse de Galles, fut un choc sur tout le globe.

Septembre 1997, funérailles à Londres.

À Westminster, pendant qu'Elton John entonnait un chavirant *Candle in the wind*, une cousine par alliance de l'icône défunte était en pleurs. Il s'agissait de Marie-Christine von Reibnitz, princesse de Kent, vêtue de noir et de blanc. Ses larmes faisaient écho à l'argent scintillant de sa broche aux trois croissants de lune entrelacés.

À quoi songeait-elle ? À ces moments délicieux qu'elle et la princesse de Galles avaient passés ensemble ?

Ce fut Lord Spencer, le frère de la princesse de Galles, qui tira finalement la princesse de Kent de ses souvenirs. Il rendit un bel hommage à sa sœur défunte, et parla d'Althorp, où il souhaitait l'inhumer sur une île, dans le calme et le recueillement. À la fin de son discours, Lord Spencer vint reprendre sa place aux côtés de la princesse de Kent, et murmura en français :

— « Comme le cerf bruit après le décours des eaux, ainsi brait mon âme après toi, ô Dieu ».

Un observateur attentif n'aurait pas manqué de noter le tressaillement de la princesse de Kent à ces mots de Lord Spencer. Cette phrase, elle la connaissait ! Cette phrase, c'était celle qui figurait dans un cartouche sur le portrait de la déesse Diane d'Althorp ! Ce portrait auquel la princesse Diana devait son prénom, ce fleuron de la collection Spencer ! Ce portrait de la belle ancêtre de Marie-Christine de Kent, la célèbre Diane de Poitiers, favorite du roi de France Henri II, pour laquelle il avait fait édifier le beau château d'Anet où s'était jadis trouvé le portrait…

Septembre 1997, Althorp.

La princesse de Galles fut inhumée dans le parc de la propriété familiale, fief des Spencer depuis la nuit des temps. Une réception eut lieu dans le salon d'apparat de la vieille demeure. La princesse de Kent s'entretenait avec la reine quand soudain son regard s'arrêta sur le fameux portrait de Diane chasseresse. Prenant congé de sa très gracieuse majesté, la princesse de Kent, prétextant un malaise passager, marcha à pas rapides vers les appartements qui avaient été ceux de Lady Diana. À travers salons, escaliers, couloirs et antichambres, elle s'éloigna peu à peu de la foule des invités. Parvenue à destination, elle s'assura que personne ne puisse la surprendre, puis entra dans la chambre de la princesse de Galles et referma la porte.

— Morte, morte ! cria-t-elle en éclatant en sanglots. Exactement comme la princesse Grace, d'un accident de voiture !

La conversation qu'elle avait eue avec Diana, qui, vous vous en souvenez, était venue la trouver le lendemain de la mort de Grace de Monaco en 1982, hantait son esprit : « Qui peut bien avoir écrit de pareilles menaces, avec de telles références ? Et ce mot, "*REMEMBER*", qui figure dans les deux billets ? »

*

Octobre 1997.

Quelques semaines après les funérailles de Lady Diana, le milliardaire Mohamed Al-Fayed, père du défunt Dodi avec lequel la princesse de Galles avait passé son dernier été et qui était mort avec elle sous le tunnel de l'Alma, lança la théorie du complot. Son fils et la princesse de Galles auraient été assassinés. La reine avait voulu se débarrasser d'une Diana enceinte d'un homme qui n'était pas son mari… Peu de gens y ont cru, la thèse était peu crédible.

Pourtant, et même si ses mobiles pour lancer cette théorie du complot étaient plus que douteux, il convient de mettre au crédit de l'homme d'affaires d'avoir le premier, immédiatement et publiquement, mis en doute la thèse du simple accident de voiture. Une thèse qui, avouons-le, écarte bien rapidement des éléments troublants.

Pourquoi tout d'abord Diana et Dodi ont-ils dû quitter le Ritz clandestinement, par la porte de service, si peu de temps après leur arrivée éclair à l'hôtel et après d'infinies précautions avec leur chauffeur, monsieur Paul, que nous ont révélées les caméras de sécurité ? Pourquoi ce départ précipité, cette course folle à travers Paris ? Fuyaient-ils ? Et qui fuyaient-ils ? Il semble peu vraisemblable que tout ce stratagème à la sortie du Ritz n'ait eu pour but que de semer des paparazzis devant lesquels ils n'avaient pas craint de vivre leur amour au grand jour durant tout l'été. Et qu'a-t-il bien pu se produire dans ce fatal tunnel de l'Alma où, on le sait, ils n'étaient pas seuls ?

N'aurait-on pas mieux fait, pour tenter d'y voir plus clair, de se demander d'abord ce que la princesse de Galles était venue faire en coup de vent à Paris en cette fin d'août après avoir quitté son séjour tropézien, plutôt que d'être rentrée directement en Angleterre ? Ne fallait-il pas à cette mère si aimante de bien sérieuses raisons pour retarder ses retrouvailles avec ses chers fils ?

## Chapitre 3 :
## Une étrange découverte

Mai 2008, musée du Louvre, Paris.

Deux brillants médecins légistes avaient rendez-vous avec un conservateur. Ils venaient d'exhumer les restes de Diane de Poitiers, duchesse de Valentinois, célèbre favorite d'Henri II, roi de France, de la fosse commune située derrière l'église du petit village d'Anet, en Eure-et-Loir. En effet, alors qu'elle avait été jadis inhumée dans la chapelle sépulcrale du somptueux château qu'elle s'était fait construire à quelques pas de là, son tombeau, la représentant agenouillée, en prière pour l'éternité, avait été profané en 1795 par des révolutionnaires, et son corps embaumé avait été dévêtu, promené à travers tout le village puis finalement jeté dans la fosse commune du cimetière.

Le conservateur les conduisit à travers le dédale des salles du musée jusqu'à la célèbre *Diane d'Anet*, sculpture longtemps attribuée à Jean Goujon, qui regarde aujourd'hui la rue de Rivoli. Tâchons d'en donner une brève description. On y voit la duchesse de Valentinois dévêtue, sous l'apparence de Diane, déesse de la chasse, symbole auquel elle n'eut de cesse d'avoir recours et qui la rend éminemment poétique, étendue sur le côté, enlaçant de son bras droit un cerf majestueux, en qui l'on est tenté de voir une représentation de son royal amant, et brandissant un arc de sa main gauche. Diane est aussi accompagnée par ses deux chiens, couchés à ses côtés. Cette sublime sculpture était, au temps de Diane de Poitiers, placée au sommet d'une fontaine monumentale, la célèbre *Fontaine de Diane*, qui ornait l'une des cours du château d'Anet.

— Sur quoi est-elle couchée ? demanda l'un des médecins, remarquant la forme étrange du socle de la statue.

— Ah, ça, on n'a jamais bien compris, répondit le conservateur.

— On dirait un cénotaphe, remarqua le second médecin.

— En effet, reprit le conservateur. Et c'est tout le mystère qui entoure la *Diane d'Anet.* À première vue, on serait tenté d'y voir une simple représentation symbolique de la déesse de la chasse. En affinant la lecture, on pourrait y voir, et c'était certainement l'intention de la duchesse, une allusion aux amours de Diane et d'Henri II. Mais est-ce tout ? La signification n'est-elle pas beaucoup plus complexe ?

— Vous voulez parler de ce tombeau sur lequel elle est allongée ?

— Oui, reprit le conservateur. Beaucoup d'hypothèses ont été avancées depuis des siècles, mais aucune n'a véritablement convaincu. On a dit par exemple qu'il pourrait s'agir d'une représentation de la fidélité de Diane de Poitiers à l'égard de son époux, Louis de Brézé, mort bien avant le début du règne d'Henri II. Et de fait cette théorie pourrait paraître séduisante. Sur le tombeau de son mari à la cathédrale de Rouen, Diane a fait inscrire une épitaphe, dans laquelle elle lui jure une éternelle fidélité, « dans le tombeau comme dans le lit conjugal ». À Anet même, sur la façade principale du château, Diane avait fait placer une statue monumentale de son époux, en hommage à cet homme bien plus âgé qu'elle, père de ses deux filles, pour lequel elle avait toujours éprouvé un infini respect. Mais ce n'est pas tout : partout, à Anet, on retrouvait le motif mortuaire du cénotaphe. Dans le décor peint, sur le dessus des portes, dans la Galerie de Diane, au-dessus des fenêtres, jusque sur les cheminées, qui sont les seules à n'avoir pas disparu.

— Sur les cheminées ? insista l'un des médecins.

— Oui, reprit le conservateur. La partie haute des cheminées d'Anet s'évase et a la forme d'un cénotaphe. Ainsi, vous voyez que cette demeure, dont on a fait une sorte de simple palais de l'amour, possède une part d'ombre dont on ne parle jamais.

— Lorsque vous dites que les théories avancées, et notamment celle concernant Louis de Brézé, n'ont pas totalement convaincu, que sous-entendez-vous ? Le cénotaphe pourrait-il être celui de… quelqu'un d'autre ?

— C'est en effet une des pistes que l'on serait tenté de suivre. Mais dans ce cas, qui donc serait ce « quelqu'un d'autre » ?

— Peut-être s'agit-il d'un hommage à l'un de ses enfants ? hasarda l'un des médecins.

— Impossible, répondit le conservateur, elle n'a eu que deux filles, mortes bien après elle. Et bien qu'elle ait été sa maîtresse affichée pendant une vingtaine d'années, elle n'a pas eu d'enfant du roi.

Ils en étaient arrivés à ce point de leur conversation lorsque le conservateur dut quitter un moment les deux médecins pour aller accueillir des restaurateurs, et comme en ce jour de fermeture hebdomadaire le musée n'était pas ouvert au public, ils se retrouvèrent seuls. Seuls avec la belle duchesse de Valentinois qui, dédaignant de leur jeter le moindre regard, continuait de regarder en direction du cerf.

L'un des hommes caressa le museau du chien couché auprès de Diane.

— Brave bête, j'en voudrais une comme ça.

Aussitôt, un mécanisme se mit en route, et le couvercle du cénotaphe où étaient allongés la statue de Diane, le cerf et les chiens pivota, laissant entrevoir l'intérieur. On se figure aisément la stupeur des deux médecins. La statue étant assez haute, ils allèrent chercher les chaises des gardiens, les accolèrent à la *Diane d'Anet* et, ainsi surélevés, regardèrent à l'intérieur.

Une maquette complète du château d'Anet au temps de Diane de Poitiers était sculptée avec une extraordinaire précision. La *Fontaine de Diane* ne faisait pas exception, et on la voyait sculptée en modèle réduit dans l'une des deux cours latérales. Autour de la maquette étaient inscrits les quatre points cardinaux. Sur les parois du cénotaphe figuraient diverses inscriptions en latin. Sans oublier, encadrant chaque inscription, le fameux H aux deux D entrelacés, dont la belle favorite était si fière puisqu'elle mêlait son initiale à celle du roi. En dessous, enfin, dans des cartouches, on pouvait lire des noms de personnages mythologiques, tous en lien avec la légende de Diane chasseresse.

On imagine la surprise des deux médecins à la vue de cet étrange ensemble. Ils ne pouvaient en détacher leurs yeux, à tel point que lorsque le conservateur revint, il les trouva toujours perchés sur leurs chaises.

Après avoir frôlé l'évanouissement en voyant la statue de Diane complètement pivotée sur son socle, le conservateur regarda à son tour à l'intérieur du cénotaphe. Les deux médecins lui expliquèrent comment le mécanisme d'ouverture s'était déclenché, et lui montrèrent les mille et un détails qu'ils examinaient depuis un moment déjà. Le conservateur alla chercher un appareil photo, prit de nombreux clichés et des notes abondantes, puis actionna à nouveau le mécanisme. Diane reprit sa place sur le cénotaphe, et personne n'aurait pu suspecter que les deux parties de la sculpture ne faisaient pas qu'un seul et même bloc.

— Je vais envoyer ces clichés par mail à monsieur de ***, propriétaire actuel du château d'Anet, dit le conservateur.

— Parfait, répondirent les médecins. Nous y allons justement après-demain pour le rencontrer, le tenir au courant de nos avancées et lui demander de nous prêter des éléments utiles à nos recherches, notamment des cheveux de Diane de Poitiers arrachés à son cadavre en 1795 quand son tombeau fut profané par les révolutionnaires. Nous pourrons ainsi parler avec lui de cette découverte.

Les deux médecins prirent congé du conservateur, chacun des trois hommes ne pensant qu'à cette étonnante trouvaille.

Le surlendemain, les deux médecins se présentèrent devant le portail du château d'Anet.

— Regarde, dit l'un d'eux en montrant le tympan du portail, l'une des inscriptions de la *Fontaine de Diane*.

En effet, au-dessous d'un haut-relief représentant une nymphe allongée enlaçant elle aussi un cerf, on pouvait lire cette inscription : *« Phoebo sacrata est almae domus ampla Dianae, Verum accepta cui cuncta Diana refert*[5] ».

Ils remarquèrent également les cheminées en forme de cénotaphes dont le conservateur leur avait parlé.

Le propriétaire, monsieur de ***, vint à leur rencontre et les conduisit à l'étage, dans la somptueuse salle des gardes à laquelle on accède par le gracieux escalier du vestibule. Il offrit à boire aux deux médecins, les invita à s'asseoir et s'installa en face d'eux.

— Je mets à votre disposition ce que vous m'avez demandé l'autre jour au téléphone. Voici les cheveux de Diane, dit monsieur de *** en tendant une petite boîte verte et transparente au centre en forme de médaillon aux médecins, dans laquelle on voyait en effet quelques mèches de cheveux.

Puis il continua :

— C'est une étonnante découverte que vous avez faite l'autre jour au Louvre. J'ai observé les photos avec attention, ainsi que les notes du conservateur.

— Tout ceci évoque-t-il quelque chose pour vous, qui connaissez les moindres recoins d'Anet ?

— Certains éléments oui, d'autres non. Je peux replacer chaque détail dans son contexte, par exemple chacune des inscriptions dans l'endroit de la maison où elle se trouve, mais je ne parviens pas à établir un lien entre tous ces éléments. Ceux que j'identifie avec certitude sont les noms de personnages mythologiques dans les cartouches : il s'agit des sujets et personnages de la légende de Diane chasseresse représentés sur les diverses tapisseries de la magnifique *Tenture de l'Histoire de Diane*, commande de Diane de Poitiers et d'Henri II pour Anet. Peu après avoir acheté le château, mon aïeul avait acquis aux

---

[5] « Cette majestueuse demeure a été consacrée par Phébus à la bonne Diane, qui lui offre en retour tout ce qu'elle en a reçu. »

enchères quatre de ces tapisseries qui furent donc de retour ici même à Anet pendant un certain temps, mais elles ont malheureusement brûlé toutes les quatre en janvier 1997 dans l'incendie de l'atelier de restauration où elles se trouvaient. Quant à celles de cette même série qui subsistent encore de nos jours, une est au musée de Rouen, deux autres au Metropolitan Museum de New York, une autre dans une collection particulière, et les deux dernières ont été récemment acquises par le Musée National de la Renaissance du château d'Écouen. Anecdote amusante : vous pouvez voir ces tapisseries disparues dans la première séquence d'un James Bond avec Sean Connery, *Thunderball* ou *Opération Tonnerre* en français, qui a été tournée à Anet dans mon enfance. Voilà pour les tapisseries. Et puis, que signifie la maquette ? Du reste, le château a été tellement remanié puis abîmé au cours du temps qu'il a bien changé d'aspect depuis Diane de Poitiers. Quant à vous, où en sont vos recherches suite à vos fouilles au cimetière ?

— Nous pensons avoir identifié les restes de Diane, mais nous avons encore des analyses à faire, notamment celle des cheveux.

— Quand vous aurez fini, prévenez-moi pour que nous puissions enfin lui rendre sa sépulture dans la chapelle.

— Vous avez dit que chaque inscription se trouvait dans un endroit du château. Pourriez-vous nous y conduire ?

— Certainement. Vous avez pu voir la première sur le tympan du porche. Je vais à présent vous montrer les trois autres.

Monsieur de *** les conduisit à la salle à manger. Sur le manteau de la cheminée, on pouvait lire une citation de Virgile : *« Dapibus mensas oneramus inemptis »*.

— Cette inscription signifie « Nous ornons nos tables de mets qui ne sont pas achetés ».

Enfin il les mena dans la chambre d'apparat.

— Ici se trouve l'inscription *« Sola vivit in illo*[6] *»*. Quant à la dernière, *« Consequitur quodcumque petit*[7] *»*, qui figure dans la bordure d'une des tapisseries qui se trouve aujourd'hui au Metropolitan Museum à New York, elle apparaît ici également.

— Voilà donc sans doute à quoi sert la maquette, dit soudain l'un des médecins. Le sculpteur, prévoyant que le château de Diane de Poitiers construit par Philibert de l'Orme allait changer d'aspect au cours des siècles, a voulu l'immortaliser dans son état du seizième siècle.

Les deux hommes remercièrent monsieur de *** et quittèrent Anet, pensifs.

*

— Si je prends les premiers mots de chaque inscription, j'obtiens : « Seul Phébus l'atteint ».

Les deux médecins réfléchissaient intensément à la signification que pouvaient bien avoir les inscriptions gravées à l'intérieur de l'ancienne *Fontaine de Diane*.

— Oui, répondit l'autre, mais il te manque une inscription. Celle de la salle à manger. Que fais-tu de celle-là ?

— Je ne sais pas. C'est peut-être une fausse piste, un intrus destiné à embrouiller quiconque essaierait de résoudre l'énigme. C'est comme dans les romans policiers : certains indices sont vrais, d'autres sont volontairement trompeurs.

— « Seul Phébus l'atteint »… C'est bien vague.

— Nous devrions retourner à Anet. Nous trouverions certainement là-bas des clés.

La semaine suivante, les deux scientifiques étaient de retour au château de Diane. Ils expliquèrent leurs conjectures à monsieur de ***, qui se mit à réfléchir.

---

[6] « Seule elle a son cœur » ; « Seule elle vit en lui ».

[7] « Elle atteint tout ce qu'elle veut atteindre ».

— « Seul Phébus l'atteint. » Mmmmm… En effet, c'est tout sauf précis, dit-il.

— Pouvez-vous nous montrer l'emplacement de la *Fontaine de Diane* ? demanda l'un des médecins.

— Bien sûr. Je vous y conduis.

Ils traversèrent le vestibule, et se retrouvèrent dans ce qui avait jadis été la cour ornée en son centre de la fameuse fontaine. Aujourd'hui il n'y avait plus rien, la cour ayant été ouverte sur les jardins remaniés par Le Nôtre au dix-septième siècle.

— Comment était orientée la fontaine ?

— Diane tendait son bras vers l'aile gauche du château, répondit monsieur de ***.

Après avoir réfléchi un instant, l'un des scientifiques reprit :

— Les jardins ne servaient-ils qu'à la promenade ?

— Non, répondit monsieur de ***, on y cultivait aussi à côté des fleurs toutes sortes de fruits et de légumes que l'on servait à table. Ainsi le domaine pouvait vivre en parfaite autarcie.

— Alors, reprit le médecin, je crois que je comprends à présent le sens des mots de la salle à manger. Les mets « qui ne sont pas achetés » et qui ornent les tables, ce sont sûrement ceux qui proviennent des jardins. Dans « Seul Phébus l'atteint », le « l' » renvoie donc probablement à quelque chose situé dans les jardins.

— Oui, mais à quoi ? interrogèrent ensemble son collègue et leur hôte.

— La Diane de la fontaine a-t-elle toujours été comme on la voit aujourd'hui au Louvre ? reprit leur interlocuteur, après un moment de réflexion.

— Peut-être pas, répondit monsieur de ***. Les experts qui ont examiné la sculpture ont eu des doutes sur le fait que l'arc brandi par la déesse, bras tendu, ait été là dès l'origine. Il existe d'ailleurs un dessin contemporain de Diane de Poitiers, où Diane n'a pas d'arc, ni le bras levé. Sa main gauche repose sur son genou.

— Ce qui veut dire ? demandèrent les médecins.

— Ce qui veut dire, reprit monsieur de ***, que, selon certains spécialistes, l'arc aurait été rajouté plus tard. Sur ordre de Diane de Poitiers, peu de temps avant sa mort.

— Alors, à l'origine, la déesse aurait été représentée sans arc et sans bras tendu… Pourquoi ce changement ? La favorite aurait-elle voulu dire quelque chose ? Un peu comme via le motif des cénotaphes, d'ailleurs. Ils sont partout, et pourtant si bien intégrés dans l'architecture qu'on ne les voit pas si l'on n'y prête pas garde. À Anet, tout crève les yeux de celui qui sait, mais demeure obscur pour celui qui ne sait pas.

Ils demeurèrent tous pensifs un moment, puis l'un des scientifiques demanda à visiter le parc, situé en contrebas.

Après quelques minutes de marche, ils parvinrent au fond des jardins au pied d'un chêne majestueux, que monsieur de *** désigna à ses interlocuteurs.

— Voici le chêne dit « chêne d'Henri II », précisa-t-il. Il aurait été planté par le roi lorsqu'il n'était qu'Henri d'Orléans, même pas encore dauphin, au moment où il fut conduit à Anet après sa captivité espagnole par le roi François I^er^ afin d'y être éduqué par Diane de Poitiers.

— Bel arbre ! s'extasièrent les deux scientifiques.

Ce chêne était en effet magnifique, étendant ses longues branches majestueuses vers le ciel. Il avait été le témoin de tout le passé des lieux. Non loin de lui, des ruines de ce qui avait dû être un grand édifice parsemaient le sol.

— Ces ruines sont celles du couvent des Cordeliers que Diane de Poitiers avait fait construire au bout du parc, tout près du chêne d'Henri II et du pavillon d'angle fermant les jardins, expliqua monsieur de ***.

Ils s'en retournèrent ensuite au château pour déjeuner.

— Pour bien faire, dit l'un des deux médecins, il faudrait trouver un endroit dans les jardins où tous les symboles qui nous intéressent seraient réunis : le cénotaphe, la lune et le soleil.

— Je vois bien un endroit, dit monsieur de ***. Mais il n'est pas dans les jardins.

— À quoi pensez-vous ? demandèrent les scientifiques.

— Au porche, répondit monsieur de ***. On y trouve l'inscription dédiée par Phébus à Diane, les cheminées en forme de tombeaux et le croissant de lune, sans oublier les deux H aux D entrelacés. En outre, ce porche a été construit en dernier, bien après le château et les jardins.

— Alors il faut aller voir, répondit l'un des scientifiques.

Le déjeuner à peine terminé, les trois hommes montèrent sur le balcon du porche. En effet, sur sa face regardant vers le parc trônait un croissant de lune encadré par les initiales entrelacées du roi et de la favorite.

— Et maintenant ? demanda l'un des médecins.

— Venez voir, dit l'autre à son collègue et à monsieur de ***, accroupi derrière le croissant de lune pour observer les jardins.

Les deux hommes observèrent alors à leur tour.

— Ça alors ! s'exclama monsieur de ***. Le croissant de lune englobe pile le pied du chêne d'Henri II ! Mais bon, ne nous emballons pas, il peut s'agir d'une simple coïncidence…

— Je ne pense pas, répondit le médecin qui avait vu le premier. « Seul Phébus l'atteint », souvenez-vous. En effet, seule la lumière du soleil fait grandir un arbre. Sans lumière, tous les soins du monde apportés à cet arbre seraient impuissants. Ceci est vrai pour toutes les cultures des jardins, et la phrase de la salle à manger, en plus d'être un indice supplémentaire pour indiquer les jardins, n'est possible que grâce au soleil. C'est aussi le soleil déclinant de l'automne qui fait tomber les feuilles des arbres aux portes de l'hiver, et rend impossibles nombre de cultures. Et souvenez-vous de l'*Ode aux jardins d'Anet* d'Olivier de Magny, où le poète admirateur de Diane indique que, bien que les jardins soient exposés au nord, et non à l'est où le soleil se lève :

« Tant les vertus il[8] admire de la dame de ce jardin
Qu'aussitôt qu'il se lève, Il[9] ne faut jamais d'y[10] reluire »

N'est-ce pas un indice supplémentaire du fait que c'est bien dans les jardins qu'il faut chercher ?

— Certes, mais la maquette sculptée à l'intérieur du cénotaphe de la *Fontaine de Diane*, à quoi sert-elle dans ce cas ? demanda monsieur de ***.

— Je l'ignore, reprit le scientifique. Faute de piste sérieuse, je ne l'ai pas suffisamment étudiée. Redescendons, j'aimerais la voir.

Les trois hommes s'installèrent dans la salle des gardes pour consulter sur un ordinateur portable les photos de la *Diane d'Anet* que le conservateur du Louvre avait envoyées à monsieur de *** suite à la découverte des deux scientifiques.

— Attendez, dit l'un d'eux en observant la photo de la maquette du château au temps de Diane de Poitiers. Agrandissez cette partie, autour de la *Fontaine de Diane.* Il me semble que… Mais oui ! Regardez !

Le lévrier de la statue de Diane, celui-là même qui avait déclenché le mécanisme secret, regardait en direction des jardins, de sorte qu'en traçant une ligne prolongeant son museau on arrivait exactement à l'emplacement du chêne d'Henri II.

— C'était donc bien cet arbre que désignait la *Fontaine de Diane.* Le doute n'est plus possible. La duchesse de Valentinois, avant sa mort, a voulu brouiller les pistes en indiquant avec son bras tendu une autre direction que celle vers laquelle regardait le chien, pourtant seul élément important de la fontaine comme en

---

[8] Le soleil.
[9] Le soleil.
[10] Dans les jardins.

témoigne son rôle dans l'ouverture du mécanisme. Cette maquette avait donc pour but de représenter l'aspect premier, l'emplacement et l'orientation exacte d'origine de la Fontaine.

— Vous avez sûrement raison, observa monsieur de ***.

Ils se rendirent ensuite à nouveau dans le parc, au pied du beau chêne planté par Henri II et Diane de Poitiers.

— C'est étonnant, dit l'un des scientifiques en le regardant. Comment cet arbre a-t-il traversé les siècles ? Les splendides jardins d'Anet du temps de Diane n'ont-ils pas été complètement remaniés par le jardinier Le Nôtre pour le duc de Vendôme au siècle suivant ?

— Si, ce que vous dites est exact, répondit monsieur de ***. Le Nôtre a tout rasé, sauf ce chêne et un reste du cryptoportique redécouvert par mon arrière-grand-père. Mais il y a une raison à cela, que beaucoup de gens ignorent : Le Nôtre était le filleul du petit-fils de Jacques Mallet, grand jardinier d'Anet au temps de Diane.

— Le Nôtre, alors même qu'il travaillait à Versailles pour le palais de Louis XIV, aurait donc eu une raison particulière de protéger cet arbre et la partie du cryptoportique qui subsiste ? Une raison… de famille ! pensa tout haut le scientifique.

— Un secret, même, ajouta monsieur de ***. Pourquoi pas ? Jacques Mallet avait toute la confiance de la duchesse de Valentinois qui lui avait donné pour mission de transformer Anet en un « paradis ». Le mot est du poète Joachim du Bellay, qui fut l'un des nombreux admirateurs du domaine. Diane lui avait donné des moyens illimités et venait chaque jour s'enquérir de ses besoins et de l'avancement de ses travaux. Il savait tout de Diane : il la voyait partir à l'aube pour ses promenades à cheval, rentrer sur les coups de neuf heures, se diriger sous les arcades du cryptoportique vers la salle des Baigneries pour y faire ses mythiques ablutions… Vivant au plus près de la maîtresse des lieux, il illustre parfaitement le rôle de conseiller des princes joué par les jardiniers de la Renaissance et du Grand Siècle. Si Diane avait un secret, un secret dissimulé à Anet, nul doute qu'il était le mieux placé pour le connaître.

— Ce secret de Diane serait donc lié à cet arbre et au cryptoportique, reprit l'un des scientifiques. Le petit-fils de Jacques Mallet aurait transmis le secret à André Le Nôtre, qui les aurait donc volontairement épargnés lors de sa destruction et de son remaniement complet des jardins.

— Exactement, reprit monsieur de ***. Je peux même vous préciser que Le Nôtre avait épargné un troisième élément du parc d'Anet au temps de Diane.

— Lequel ? demandèrent les scientifiques.

— Le couvent des Cordeliers situé au bout du parc, commencé par Diane et terminé par son petit-fils Charles de Lorraine. Vous avez d'ailleurs pu voir dans le vestibule deux meubles qui proviennent de ce couvent des Cordeliers, détruit par des bombardements allemands lors de la Seconde Guerre mondiale : une table de réfectoire et une armoire de sacristie. Ce couvent, également épargné par Le Nôtre, était donc peut-être lui aussi une des clés du secret de Diane. Un secret transmis par le petit-fils de Jacques Mallet, jardinier du parc d'Anet à la suite de son père et de son grand-père, à son filleul, jardinier de Louis XIV.

— Un secret d'importance, visiblement, observa l'un des scientifiques.

— Vous ne croyez pas si bien dire, répondit monsieur de ***. Claude Desgots, qui créa le vestibule du château pour le duc de Vendôme, était lui-même un neveu de Le Nôtre. À première vue, on pourrait se dire que l'oncle aurait simplement placé son neveu sur un chantier dont il tenait les rênes. Mais ne pourrait-il y avoir là une volonté de garder un secret au sein d'un même clan pour éviter qu'il ne s'ébruite ?

Pendant ce temps, l'autre médecin déambulait le long des restes du cryptoportique qui ceinturait jadis les jardins de Philibert de l'Orme, sondant les murs et les niches. Soudain il s'aperçut qu'un des vases posés dans les niches portait le symbole du soleil. Sans doute un hommage de Diane de Poitiers à Henri II.

En examinant le vase, il dut le pousser légèrement, car une porte s'ouvrit dans le mur du cryptoportique, laissant entrevoir un escalier tournant qui s'enfonçait sous terre.

— J'ai trouvé, cria-t-il aux deux autres hommes.

Son collègue et monsieur de *** accoururent, et après être allés chercher des lampes torches, ils descendirent l'escalier. Arrivés en bas, ils longèrent un tunnel, puis arrivèrent à une porte.

— Si j'en crois la direction que nous avons prise, dit monsieur de ***, nous devrions être à peu près sous le chêne d'Henri II.

— Oui, mais comment ouvrir cette porte ? demanda l'un des médecins.

— Regardez, ajouta monsieur de ***, sur la porte, les quatre devises de la fontaine. Et quatre cases vides à compléter par des mots, à former en tournant des roues.

— « Seul… Phébus… l'… atteint » écrivit l'autre médecin, en tournant les petites roues contenant les lettres afin de remplir les cases.

Rien. Rien ne se passa. Les trois hommes avaient dû oublier un élément. Mais non, quelques instants plus tard, le bruit d'un mécanisme se fit entendre et…

La porte s'ouvrit. On ne voyait rien au-delà, tout était plongé dans l'obscurité. Les deux médecins précédaient monsieur de *** et éclairèrent la salle avec leurs lampes. C'était un caveau. Sur toutes les tombes d'hommes ou de femmes, on lisait le nom « Saint-Rémy ». La plus belle d'entre elles, celle d'un certain Henri de Saint-Rémy, était recouverte d'un gisant majestueux, et une femme enveloppée de voiles priait devant le gisant.

— C'est incroyable, s'exclama monsieur de *** en regardant la femme en prière devant le gisant d'Henri de Saint-

Rémy. C'est exactement la même qu'à Rouen, sur le tombeau de l'époux de Diane.

— Diane de Poitiers ? Vous en êtes sûr ? demandèrent les deux médecins.

— Mais oui, c'est elle, j'en jurerais. Et pourtant ce nom…

— Eh bien ?

Monsieur de *** s'assit au pied du cénotaphe, visiblement troublé par cette découverte, et continua :

— Connaissez-vous l'affaire du collier de la reine ? demanda-t-il aux médecins. Cette affaire qui jeta définitivement le discrédit sur Marie-Antoinette et qui devait quelques années plus tard aboutir à la Révolution ?

— Oui, nous en avons déjà entendu parler, mais c'est tout, nous n'en savons pas davantage que le résumé que vous venez d'en faire.

— L'instigatrice de cette affaire fut une certaine comtesse de La Motte-Valois, née Jeanne de Saint-Rémy. Ce même nom qui figure sur tous ces tombeaux.

Les deux scientifiques se mirent à écouter avec une grande attention le récit de leur hôte.

— Mais ne venez-vous pas de dire, demanda l'un des médecins lorsqu'il eut achevé, que les Saint-Rémy étaient les descendants d'Henri II et d'une certaine Nicole de Savigny ? Or, ce n'est pas cette femme, mais bien Diane de Poitiers, que vous semblez avoir reconnue devant le gisant…

— Oui, et c'est ce qui ajoute encore à mon trouble de trouver chez moi, et donc chez Diane, le caveau des Saint-Rémy, répondit monsieur de ***. Cela signifie que Diane était non seulement au courant de l'existence de cet Henri de Saint-Rémy, mais encore le connaissait bien au point de s'être fait représenter sur son tombeau. Ou alors… Ou alors…

— Vous voulez dire… Vous voulez dire que cet Henri de Saint-Rémy pourrait être le fils d'Henri II et de Diane de Poitiers ? dit l'un des médecins. Mais ils n'ont pas eu d'enfant, le conservateur du Louvre nous l'a confirmé le jour où nous avons fait la découverte de la maquette à l'intérieur de la *Fontaine de Diane.*

— Certes, reprit monsieur de ***, c'est aussi ce que j'ai toujours entendu. Mais après tout, qu'en sait-on ? Cet enfant n'aurait-il pas pu vivre loin de la Cour ? On ignore tout de ses jeunes années auprès de Nicole de Savigny. On ne connaît que sa mort à Loches où il avait été enfermé sur ordre de Catherine de Médicis pour avoir participé avec les protestants à la conjuration d'Amboise visant à enlever le jeune roi François II.

— Tout de même… reprit l'un des médecins, le roi et Diane de Poitiers, dissimuler la naissance de leur fils !

— Eh bien ? s'étonna monsieur de ***. Qu'y aurait-il d'impossible à cela ?

— Vous avez raison. L'omniprésence des médias à notre époque fait trop souvent oublier qu'avant eux l'on pouvait cacher beaucoup plus de choses. Ce qui serait impossible aujourd'hui ne l'était pas à l'époque, convinrent les deux scientifiques. Encore qu'un de nos présidents de la République ait encore pu, de nos jours, cacher l'existence de sa fille illégitime…

Après un court silence, l'un des médecins reprit la parole et demanda à leur hôte :

— Comment connaissez-vous les circonstances de la mort d'Henri de Saint-Rémy ? Les prisonniers de Loches n'étaient-ils pas des prisonniers d'État, et à ce titre gardés au secret ?

— Oh, répondit monsieur de ***, mais je vois que vos connaissances historiques ne sont pas si mauvaises ! En effet, Henri de Saint-Rémy avait été enfermé au secret. Mais Charles de Lorraine, petit-fils de la duchesse de Valentinois, raconta tous les détails de la mort d'Henri de Saint-Rémy à son fils François de Saint-Rémy, qui fut membre de la Ligue menée par le duc de Guise contre le roi Henri III. Cette histoire s'est transmise au cours des siècles, et c'est finalement la comtesse de La Motte-

Valois qui la raconte dans ses *Mémoires* écrites après la Révolution française.

— La conjuration d'Amboise, la Ligue, l'affaire du collier de la reine… Ces Saint-Rémy n'ont eu de cesse de vouloir renverser la monarchie ! s'exclamèrent les scientifiques.

— Oui, et ils y sont parvenus, deux siècles après Henri II et Diane de Poitiers. Le roi et sa favorite ont eux-mêmes engendré les bourreaux de leur race, répondit monsieur de ***.

— Pourquoi pareil acharnement à vouloir abattre la Couronne ?

— Pur mélange de vengeance et d'ambition tel qu'on le trouve chez la plupart des bâtards nés de hauts et puissants personnages. Puisqu'ils sont condamnés au silence dès leur naissance, leurs vies ne sont ensuite qu'une perpétuelle lutte pour recouvrer des droits qui selon eux leur appartiennent autant qu'aux enfants légitimes, répondit monsieur de ***.

— S'ils sont tous inhumés à Anet, c'est que leur histoire fut toujours liée à cette demeure, depuis Diane de Poitiers jusqu'à la Révolution… observa l'un des médecins.

— Oui, reprit monsieur de ***. Ce n'est sûrement pas un hasard s'ils sont ici, sous le chêne planté par Henri II, leur père, et dans la demeure de Diane leur mère. Je dis « Diane leur mère », car c'est en effet très probable qu'elle le soit. Le deuil de son fils expliquerait aussi tous les cénotaphes représentés partout à Anet, notamment sur les cheminées. Ils furent sculptés trop tardivement selon moi pour être des hommages à l'époux de Diane, mort près de trente ans avant leur réalisation. La statue qui prie devant le gisant d'Henri de Saint-Rémy ressemble trop à celle du tombeau du mari de Diane dans la cathédrale de Rouen pour ne pas représenter la même personne, à savoir Diane de Poitiers elle-même. Je crois aussi comprendre aujourd'hui l'esprit frondeur de tous les propriétaires d'Anet. Tous ont sans cesse lutté contre le pouvoir. Je commence à croire que chacun a entretenu des liaisons avec les Saint-Rémy pour parvenir à ses fins, utilisant leur ambition de bâtards pour les faire travailler pour eux contre la monarchie. En somme, les Saint-Rémy n'auraient été que les exécuteurs des basses œuvres pour le compte des puissants seigneurs d'Anet au cours des siècles, qui leur auraient promis de faire leur fortune et de les protéger s'ils acceptaient de travailler pour eux contre les rois successifs.

Monsieur de *** fit une pause, puis reprit à l'intention des médecins :

— Prélevez des ossements dans les tombeaux de ce caveau. Vous les analyserez et les comparerez aux cheveux de Diane de Poitiers que je vous ai donnés. Ainsi nous saurons si Diane est bien la mère d'Henri de Saint-Rémy. Pour ma part, je remonte et vais m'assurer que personne ne vienne vous déranger.

Pendant que les deux médecins commençaient leurs prélèvements dans les tombeaux des Saint-Rémy, monsieur de *** emprunta en sens inverse le couloir puis l'escalier qui s'ouvrait dans la paroi du cryptoportique. Il rentra au château, s'assit dans le salon, encore bouleversé par la découverte qu'ils venaient de faire, puis il se releva et se dirigea vers la cheminée, au-dessus de laquelle une lettre d'Henri II à Diane de Poitiers était encadrée. Il lut :

« Bonsoir mes chères amours,
Si je dors mes songes seront de vous,
Si je veille mes pensées seront de même,
Recevez, ainsi disposez, un million de baisers de moi. »

L'expression si poétique d'un si ardent amour ne pouvait-elle laisser supposer la possibilité de l'existence d'un enfant ? Henri de Saint-Rémy ne pouvait-il être cet enfant de l'amour entre le plus galant des rois de France et la plus belle des favorites ?

Monsieur de *** en était là de ses réflexions, quand les deux médecins le rejoignirent.

— Nous avons fini, dirent-ils. Nous avons prélevé des restes d'Henri de Saint-Rémy et de son fils François de Saint-Rémy, ainsi que de plusieurs autres, dont la comtesse de La Motte-Valois. Nous les comparerons au labo avec les cheveux de Diane.

— Parfait, répondit monsieur de ***. Prévenez-moi immédiatement du résultat lorsque vous l'aurez. Pour ce qui concerne par ailleurs l'authentification des restes de Diane en provenance de la fosse commune, dès qu'elle sera terminée, nous procéderons à l'organisation de la cérémonie d'inhumation dans la chapelle sépulcrale.

Les deux médecins acquiescèrent, puis prirent congé de monsieur de *** et quittèrent Anet pour Paris. Monsieur de *** regarda par la fenêtre de la salle des gardes s'éloigner ces deux hommes qui emportaient vers la capitale du vingt-et-unième siècle la clé du mystère de la descendance de Diane de Poitiers et d'Henri II. La lignée des Saint-Rémy allait enfin livrer ses secrets et sortir de l'ombre où tant de siècles l'avaient maintenue.

Une semaine plus tard, le test s'était révélé positif : l'ADN des Saint-Rémy correspondait parfaitement à celui de Diane de Poitiers d'une part, et à celui d'Henri II d'autre part.

# Chapitre 4 :
# Diane de Poitiers

À Anet, en cette belle matinée de mai 1530, Diane de Poitiers, comtesse de Brézé, se parait de ses plus beaux atours dans le petit cabinet d'angle qui jouxtait sa chambre. Assise devant un élégant miroir de Venise, elle peignait sa belle chevelure d'or dont l'éclat s'accordait à merveille à celui de son teint comme aux feux de ses lumineux yeux verts. Trente ans déjà, mais son visage et son corps n'avaient jamais été aussi radieux. Sa haute taille, son port altier et sa voix sensuelle, tantôt douce et caressante, tantôt impérieuse, la faisaient distinguer aussitôt parmi toutes les autres femmes. Avec les années, sa personnalité s'était affirmée, et elle joignait déjà à sa célèbre beauté un sens aigu des situations, des hommes et des affaires, qui devait un jour la mener à inscrire à jamais son nom dans les plus glorieuses pages de l'Histoire de France. Elle n'était donc plus l'enfant encore timide, quoique porteuse d'aussi heureuses dispositions, qui avait épousé l'année de Marignan Louis de Brézé. Ce dernier avait épousé Diane, fille du comte de Saint-Vallier, en secondes noces. Grand sénéchal de Normandie et grand veneur du roi, Louis de Brézé n'en était pas moins un vieil homme, beaucoup plus âgé que Diane. Il lui avait donné deux filles, Françoise, l'aînée, et Louise, la cadette, âgées de treize et onze ans.

Diane agrafait à présent une fine cape de velours à son épaule, et se coiffait d'une élégante toque à plumes, selon la mode du temps. Mais peut-être est-il temps de vous expliquer la raison de cette occupation. Il faut remonter pour cela à l'année de son mariage avec Louis, en 1515. Cette année-là, le roi François I$^{er}$ avait remporté la victoire de Marignan contre les Italiens du duché de Milan. Ce duché était revendiqué par les rois de France, ainsi que les royaumes de Naples et de Sicile. Ces guerres, que l'histoire a retenues sous le nom de « guerres d'Italie », si elles ont fortement contribué à importer la Renaissance en France, n'ont pas été exemptes de cuisants revers.

C'est ainsi qu'à Pavie, en 1525, François I^er^ avait subi une humiliante défaite contre les troupes de l'empereur du Saint Empire romain germanique, Charles Quint, son plus grand rival. Le roi de France avait non seulement perdu à cette occasion le duché de Milan naguère reconquis à Marignan, mais il avait été emmené en captivité à Madrid. Des tractations eurent lieu pour le faire libérer, mais elles n'aboutirent qu'à un échange : Charles Quint acceptait de relâcher François I^er^ à condition que ses deux fils aînés, le dauphin François et son frère Henri, prissent sa place en captivité. Diane, dont le mari était un intime du roi François, et qui avait été elle-même dame d'honneur de la reine Claude de France, fit donc partie du cortège qui accompagna les deux petits princes à la frontière espagnole. La reine Claude étant morte quelques années plus tôt, c'est Diane qui avait embrassé le petit Henri, frère cadet du dauphin François et âgé de six ans, avant qu'il franchisse la frontière comme prisonnier de Charles Quint.

Aujourd'hui, Diane allait revoir ce doux Henri, car il venait d'être libéré avec le dauphin, et le roi François avait décidé de le confier pour un temps à Diane, afin de lui rendre tous les soins de l'âme et du corps dont il avait été si durement et longtemps privé pendant quatre ans. Le roi François I^er^ était souvent venu à Anet avec la reine, il aimait Louis de Brézé comme un frère et partait avec lui pour de longues chasses à cheval, partageant avec l'époux de Diane une véritable passion pour la vénerie. Il avait été en mesure d'observer la jeune comtesse de Brézé lors de ces séjours, et l'avait trouvée d'une distinction sans pareil. Mais ce fut surtout lorsque la belle Diane vint se jeter à ses genoux pour implorer la grâce de son père, le comte de Poitiers de Saint-Vallier, compromis dans la trahison du connétable de Bourbon, que le roi vit vraiment à quelle femme il avait affaire. Intelligente et fière, elle avait su l'émouvoir par la noblesse de son courage. Pourtant réputé inflexible, il avait néanmoins sauvé *in extremis* le père de Diane de l'échafaud, et l'avait condamné à la prison à vie dans la forteresse de Loches. Il s'était certainement souvenu de cette intelligence et de ce courage de la comtesse lorsqu'il avait pris la décision de conduire son deuxième fils Henri, tout juste rentré de sa captivité espagnole, à Anet. Quant à Henri, âgé de onze ans, sans doute attendait-il avec impatience de retrouver celle dont il avait gardé le souvenir du baiser et du parfum dans sa geôle.

— Madame ! Madame ! dit avec émotion Madeleine, la femme de chambre, en entrant précipitamment dans le cabinet.

— Eh bien ? demanda la comtesse, que rien n'arrivait jamais à perturber.

— Le roi, Madame, arrive avec la Cour et le prince Henri. N'entendez-vous pas les trompettes ?

— Si fait, venez rajuster ma cape et sortons.

Madeleine s'exécuta, et toutes deux quittèrent le cabinet. Louis était déjà à la porte de ses appartements, contemplant le défilé brillant et chamarré qui s'avançait vers le vieux manoir.

Le roi marchait au milieu sous un dais fleurdelisé, le prince Henri à ses côtés, précédés par les hérauts, suivis de seigneurs et de dames de la Cour et de l'intendance.

— Soyons dignes de l'honneur qui nous est fait. Venez, Madame, dit-il en offrant son bras à Diane.

Ils descendirent l'escalier et s'avancèrent vers la porte, dite « de Charles le Mauvais » en souvenir de l'un des premiers seigneurs d'Anet. Cet homme avait trahi, cet homme avait agi contre le roi de France, sa demeure avait été rasée par Charles V. Aujourd'hui, comme pour effacer définitivement ce triste souvenir, cette porte allait accueillir en grande pompe le roi le plus brillant de son époque.

Le cortège arriva devant l'entrée. Les hérauts aux pourpoints ornés de la salamandre et des lys de France formèrent une haie d'honneur, et leurs trompettes saluèrent le passage du roi et du petit prince qui, descendus de cheval, s'avancèrent vers Louis et Diane. Quand ils se trouvèrent face à face :

— Majesté, votre visite nous comble de joie, déclara Brézé.

— Allons, comte, pas de ça entre nous ! répliqua joyeusement le roi en lui donnant l'accolade.

Puis, se tournant vers Diane en portant la main à son toquet :

— Comtesse…

Diane fit une profonde révérence. En se relevant, elle croisa le regard du petit prince.

— Eh bien, Henri, dites donc votre compliment à la comtesse, enjoignit le roi à son fils. Votre captivité ne vous a tout de même pas fait oublier votre éducation de fils de France !

Henri s'avança vers Diane, récita un petit compliment sans nul doute composé par sa tante Marguerite de Navarre, puis revint vers son père. Diane fut aussitôt émue par cet enfant au regard si mélancolique et si doux, aux yeux en amande voilés par des paupières que des années de larmes avaient alourdies. Que d'atroces souffrances il avait dû endurer ! Orphelin de mère depuis des années, il n'avait vécu qu'entouré de guerriers qui ne connaissaient rien aux soins que l'on doit prodiguer à un enfant. Le dauphin François, lui, en sa qualité d'héritier du trône, avait bénéficié, même durant leur captivité en Espagne, de davantage d'égards et d'attentions.

Le comte et la comtesse de Brézé conduisirent le roi et son fils dans la grande salle du manoir. Les personnes de leur suite devaient, elles, être logées dans les combles, les communs et de luxueuses tentes dressées aux abords de la propriété.

Un valet referma la lourde porte qui ouvrait sur la cour, masquant ainsi quelque peu le fracas causé par l'installation de cette petite Cour en voyage, dont il fallait décharger et installer les coffres dans les logis qui avaient été assignés à chacun de ses membres.

Une longue table magnifique était dressée au centre de la salle. Un héron imposant en était l'ornement principal, mais on y trouvait aussi des huîtres, des dragées et des confitures sèches.

Quatre valets se tenaient contre les murs avec des coupes d'or, prêts à s'avancer pour servir à boire lorsqu'on leur ferait signe. Le roi, son fils, Louis et Diane prirent place autour de la table.

— Madame, dit le roi à la comtesse, vous n'ignorez pas que, durant leur captivité à Madrid, l'éducation de mes fils a été très négligée. Henri en a particulièrement souffert. Avant son départ, c'était déjà un enfant introverti ; en revenant, c'est à peine s'il savait encore parler. Il n'est pas prêt pour faire son entrée de prince à la Cour. Ce monde de serpents aurait tôt fait de l'étouffer. Il faut quelqu'un qui le rende fort, lui donne goût à la vie, fasse de lui un Amadis semblable en tout point à celui du roman. Seule une femme peut selon moi l'éduquer avec ce mélange de douceur et de fermeté dont il a besoin. C'est vous, Madame, que j'ai choisie. J'aime votre empire sur vous-même, votre audace et votre cœur. Vous serez la marraine d'Henri.

Diane fit un signe de tête en signe d'assentiment. Le roi reprit, à destination du comte :

— Vous avez l'épouse la plus digne de servir son roi. Je vous en fais compliment.

— Sire, répliqua Louis, la comtesse et moi-même prendrons soin du prince Henri comme s'il était notre propre fils.

Aussitôt, le comte, croyant avoir été trop familier, balbutia :

— Enfin, je voulais dire, comme il sied à un fils de France…

Le roi éclata de rire en voyant son ami si embarrassé.

— C’est parfait ! Notre amitié, la renommée de votre maison et les qualités de la comtesse feront d’Henri l’un des plus beaux ornements de la Cour, j’en suis sûr. Un prince complet, sachant le latin, le grec, l’italien, la philosophie, la lutte, l’art de la guerre, se comporter avec les dames. Un vrai fils de France.

Henri ne dit mot de tout le dîner, mais Diane s’aperçut qu’il la regardait avec un regard rempli d’affection. Elle lui sourit et le regarda manger sa confiture avec gourmandise. Nul doute qu’elle chérirait cet enfant-là.

*

Le roi demeura à Anet une semaine, durant laquelle ce ne furent que parties de chasse endiablées, danses et jeux. Le vieux manoir des Brézé semblait être devenu un nouveau château de la Loire. L’illusion disparut vite lors du départ du roi et de sa suite, mais on n’avait pas le temps d’y songer. Diane ne pensait déjà plus qu’à Henri.

*

Ce matin-là, dans la forêt de Dreux, Diane galopait avec Henri. Tous deux s’étaient levés avec le jour, qui en ce début de mois d’août était encore très matinal. Diane, dès l’aurore, avait comme à l’accoutumée plongé son beau corps dans un bain glacé, rituel qui devait l’accompagner toute sa vie et lui garantir cette jeunesse éternelle que tous ses contemporains lui ont reconnue. Puis elle avait bu quelques gouttes d’une décoction d’or, autre rituel destiné à la rendre aussi lumineuse et inaltérable que le fascinant métal.

À sept heures ils avaient quitté Anet pour une longue promenade dans les bois voisins. Il faisait beau, et déjà très chaud. C’était un de ces étés radieux de France, cette belle France qu'Henri retrouvait depuis près de trois mois aux côtés de sa Dame.

Au sortir d'Anet, ils avaient pris le chemin qui longeait l'église et ils avaient atteint rapidement la forêt. Henri retrouvait peu à peu le goût de vivre auprès de la comtesse de Brézé. Anet était devenu pour lui ce « paradis » dont parlerait plus tard du Bellay à son retour de Rome. Mais ce paradis était avant tout pour le petit prince celui du cœur. Diane lui apprenait tout, et notamment à écouter le monde qui l'entourait.

Comme ils avaient pénétré dans les bois, merles et rouges-gorges avaient salué leur entrée de leurs chants mélodieux.

Diane montait « à l'italienne », c'est-à-dire en amazone. Soudain, au détour d'une clairière, elle avait lancé son cheval au galop en riant. Cette femme était libre, éprise de grands espaces. À cheval, lancée à bride abattue, elle se sentait vraiment elle-même. C'était du reste une des seules occupations dont elle partageait le goût avec Louis. Les voilà donc tous deux, Diane en tête, Henri à l'arrière, au triple galop dans les sous-bois, riant à perdre haleine, franchissant ruisseaux et troncs d'arbres avec la même aisance que s'ils avaient volé. La comtesse se retournait fréquemment pour s'assurer que son jeune prince suivait toujours. En trois mois, elle en avait déjà fait un cavalier émérite, qui, une fois en selle, ne faisait plus qu'un avec sa monture. Diane était heureuse elle aussi. Henri était comme son petit garçon, elle le chérissait et lui enseignait des choses différentes qu'à ses propres filles. Elle jouissait en effet d'un statut particulier auprès du jeune prince : elle n'était pas la mère, elle était la marraine ; plus encore, elle était la muse.

Ils étaient partis depuis quatre heures déjà. Diane et Henri s'arrêtèrent dans une clairière toute proche d'Anet, sur le chemin du retour. Un ruisseau la parcourait, dans lequel le prince alla se rafraîchir. Il aimait cette vie simple, loin de la Cour et de ses intrigues. La comtesse le regardait avec attendrissement, puis ils se dirigèrent vers le manoir pour le dîner.

L'après-midi était consacré à la promenade et à l'étude. La comtesse faisait le tour du parc avec Louis et Henri, abritée sous une ombrelle de fine soie verte frangée d'or. Elle avait néanmoins peu de goût pour le vieux manoir des Brézé. Ses lectures l'avaient emmenée bien loin, là-bas, en Italie, en Grèce. Elle aurait tant voulu une demeure qui fût la synthèse du goût antique et de la manière française, une demeure où elle se fût sentie vraiment chez elle. Et puis une autre inquiétude la préoccupait. Louis vieillissait à vue d'œil, il ne montait plus à cheval que très rarement, lors des visites du roi, et elle ne le voyait plus qu'à l'heure des repas et de la promenade. Certes il avait fort à faire avec la gestion de ses terres, et passait le plus clair de son temps dans son cabinet de travail ou à inspecter les nombreuses fermes et dépendances d'Anet, mais ils avaient jadis partagé beaucoup plus de temps, malgré leur différence d'âge. Au fond du parc, Diane avait fait planter un petit chêne à Henri. Ils ne manquaient jamais durant leurs promenades d'aller lui rendre visite, et de veiller sur sa croissance. Au retour, Madeleine servait des confitures au prince, qui rejoignait ensuite la comtesse dans ses appartements pour sa leçon.

Qu'étudiait-il ? D'abord, les auteurs de l'Antiquité. Les Saintes Écritures faisaient l'objet d'une leçon séparée, que la messe entendue quotidiennement se chargeait de faire rentrer. Pour le reste, divers traités de l'époque, dont les indispensables manuels du parfait courtisan, ou encore la poésie. Diane était fort instruite et cultivée. Son éducation, jadis prise en charge par la fille du roi Louis XI, auteur d'un traité sur l'éducation des jeunes filles, avait été complète et soignée. Elle n'avait eu aucun mal à produire une très forte impression sur François I$^{er}$, protecteur des Belles-Lettres. La comtesse de Brézé était, de plus, dame d'honneur de Louise de Savoie, mère de François I$^{er}$, depuis la mort de la reine Claude. Cette femme d'une grande culture et d'une grande intelligence, qui avait personnellement veillé à l'éducation de ses enfants à Amboise et qui avait mené le pays de main de maître pendant la captivité de son royal fils à Madrid, n'avait pas appelé Diane auprès d'elle par hasard. Elle déplorait l'ignorance des dames de la Cour. L'éclat de la comtesse de Brézé était tel que la duchesse d'Étampes, maîtresse du roi François Ier, commençait à redouter son irrésistible ascension et l'ascendant qu'elle prenait sur le roi et sur l'éducation du prince Henri. On racontait même à la Cour que Diane était la nouvelle maîtresse du roi François. La comtesse n'avait que faire de ces ragots et persiflages. Elle s'en amusait au contraire, et se trouvait fort satisfaite de constater son indifférence à la médiocrité des autres. Quant à Louis de Brézé, il connaissait trop sa femme pour tenir compte un seul instant de rumeurs dont on ne savait si elles étaient plus sottes encore que les bouches qui les propageaient.

— *Gnô-thi se-au-ton*, déchiffrait Henri, assis sur un coussin de velours aux pieds de Diane, occupée à broder.

— *Gnôthi seauton,* corrigea Diane. « Connaissez-vous vous-même. » Voyez-vous, Henri, cette maxime est l'un des fondements de la pensée des auteurs antiques.

— Que faites-vous ? demanda le prince en se relevant et en posant son livre.

— Je poursuis une tapisserie que j'avais commencée avant votre arrivée.

— Raconte-t-elle une histoire ?

— Oui, il s'agit de Joseph expliquant ses songes à Pharaon.

— M'expliquerez-vous mes songes ?

Diane arrêta son ouvrage un instant, et éclata de rire :

— Mais, Henri, je n'ai pas cette science.

— Essayez, je vous en prie.

— Bon. Mais dites-moi d'abord : de quoi rêvez-vous ?

— De vous.

*

À quelque temps de là, le roi revint séjourner à Anet. Il était accompagné par sa nouvelle épouse, Éléonore d'Autriche, sœur de Charles Quint. Une femme dure pour laquelle Henri n'éprouvait aucune affection particulière. Si le dauphin lui devait une courtoisie de bienséance, rien ne l'obligeait, lui, Henri, duc d'Orléans, à lui marquer davantage de respect que l'étiquette ne le lui imposait.

— Mon ami, j'ai à vous demander conseil, commença le roi à destination de Louis de Brézé lorsqu'ils furent réunis dans la grande salle du manoir.

— Si mon avis peut être de quelque utilité à Votre Majesté, je serai ravi de le lui donner.

Le roi reprit :

— Il nous faut à présent songer à marier Henri. Je peine à trouver parmi toutes les princesses celle qui conviendrait le mieux. Il nous faut par ce mariage contracter une alliance solide qui, à défaut d'étendre nos possessions, assure du moins nos intérêts et préserve l'intégrité de nos frontières.

— Cette question demande réflexion, Sire, et nous…

— Précisément. Et c'est vous prouver à quel point je fais grand cas de votre avis. Qu'en pensez-vous, Madame ?

Diane sursauta ; elle songeait à ce pauvre Henri dont on allait une fois encore ravir la liberté.

— Votre Majesté n'en a pas fini avec l'Italie ? interrogea-t-elle.

— Non, mais… répondit le roi qui avait du mal à voir où elle voulait en venir.

— Dans ce cas, reprit la comtesse, une alliance avec le Saint-Père ne vous serait pas inutile.

— Vous avez raison, observa le roi en s'enfonçant plus profondément dans son siège avec un léger sourire de contentement, prêt à entendre les paroles intelligentes qui s'apprêtaient à sortir de cette si jolie bouche.

— Ma cousine Catherine de Médicis est aussi la nièce du pape…

— Vous oubliez, Madame, qu'elle n'est pas princesse, rétorqua le roi, déçu.

— Quelle importance ? Elle ne sera pas reine, que je sache, appuya la comtesse.

— Est-elle belle, est-elle intelligente ? demanda le roi, poussé par un regain d'intérêt.

— Qu'en sais-je ? Je ne l'ai jamais vue. Envoyez une ambassade à Rome auprès du Saint-Père afin de vous enquérir de ses desseins.

— Vous avez raison, une fois encore, Madame. Peut-être pourriez-vous dès à présent préparer Henri à accueillir sa future épouse. Si le Saint-Père donne son consentement à cette union, je vous chargerai aussi de veiller sur votre cousine afin qu'elle trouve rapidement ses repères à la Cour.

Diane acquiesça en inclinant légèrement la tête.

— Je vais écrire de ce pas au Saint-Père. Qu'on m'apporte sur le champ de l'encre, du papier et une plume.

Louis sonna, car aucun domestique n'était présent à cet entretien où se disputait l'affaire d'État qu'était alors un mariage princier. Un valet accourut, à qui il demanda de quoi écrire. Quelques instants plus tard, le roi disposait de tout ce dont il avait besoin. Il demanda à s'isoler. Louis de Brézé le conduisit à ses appartements, ceux qu'il occupait dès qu'il venait séjourner à Anet. Pendant ce temps, Diane montrait à la reine cette fameuse tapisserie de Joseph et Pharaon dont j'ai parlé. Éléonore s'extasia devant la précision des détails et les riches couleurs de l'ouvrage. Elles allèrent ensuite se promener dans le parc.

— Vous avez une très belle maison, complimenta la reine.

— Votre Majesté est bien généreuse, aucune comparaison n'est possible avec les palais des bords de Loire.

— Certes non, mais elle a le charme de l'intimité, celui du bonheur.

Elles arrivèrent au fond du parc, devant le chêne d'Henri.

— Le prince a planté cet arbre peu après son arrivée. C'est à présent un homme accompli, préparé à faire son entrée à la Cour, expliqua Diane.

— Le roi et moi-même vous savons un gré infini de tous les soins que vous lui avez prodigués. Vous avez ramené la paix dans son cœur, je tenterai quant à moi d'apaiser les rapports entre le roi et l'empereur mon frère.

— N'est-ce pas notre rôle, à nous autres femmes, d'apporter la paix ? fit observer Diane.

Elles rentrèrent au manoir, et trouvèrent le roi avec Louis de Brézé, l'air visiblement satisfait.

— C'est chose faite, annonça-t-il. Un émissaire du comte est parti pour Fontainebleau, où il remettra la lettre au cardinal d'Este, qui la remettra lui-même au Saint-Père.

Le roi s'avança vers Diane, puis, lui baisant la main :

— Merci, Madame, vous m'avez tiré d'un grand embarras.

— Ne souhaitez-vous pas voir Son Altesse ? interrogea Diane.

— Si fait, bien sûr. Allez me quérir Henri.

Le roi marqua une pause. Alors que Diane atteignait la porte pour demander à Madeleine de faire descendre le prince, François I^er^ ajouta, un sourire entendu sur les lèvres :

— Il est votre œuvre, après tout…

*

À la fin de la semaine qu'ils venaient de passer à Anet, le roi et la reine repartirent pour Fontainebleau, emmenant Henri. Celui-ci avait pleuré de se voir séparé de Diane.

— Je ne veux pas partir, gardez-moi auprès de vous ! avait supplié l'enfant en entrant une nuit dans la chambre de la comtesse.

Elle l'avait pris dans ses bras et s'était longuement entretenue avec lui, expliquant à son protégé qu'il était maintenant en âge de faire son entrée à la Cour et de montrer à tous que ses années de captivité en Espagne n'avaient en rien diminué sa force d'âme. Elle lui parla aussi du mariage, lui disant qu'il lui apporterait beaucoup de joie.

Henri écouta avec attention les paroles de sa douce marraine. Elle déposa un délicat baiser sur son front, et appela Madeleine pour qu'elle reconduisît le prince jusqu'à sa chambre.

Le lendemain, ce furent les adieux. En quittant Anet, Henri se retourna sans cesse pour contempler le lieu de son bonheur.

« Je reviendrai », pensait-il.

Le roi, la reine, le prince et leur petite escorte s'éloignèrent, et le manoir des Brézé retomba dans sa torpeur.

*

Le départ d'Henri avait causé à Diane bien du chagrin. C'était seule à présent qu'elle galopait dans les bois, qu'elle veillait sur le chêne au fond du parc, qu'elle lisait ou brodait. Les journées lui semblaient interminables, vides de sens, ponctuées par des occupations mécaniques qui mouvaient son corps seul, mais laissaient son âme dans la solitude. Elle se consola auprès de ses filles, dont l'éducation avait été quelque peu négligée depuis que celle d'Henri lui avait été confiée. Françoise et Louise lui apportèrent tout le réconfort dont elle avait besoin.

La santé de Louis, qui déclinait depuis quelque temps déjà, chuta brutalement au début de l'année 1531. Il mourut après une longue et pénible agonie, recommandant son âme à Dieu et confiant ses filles à Diane.

— Veillez, lui dit-il sur son lit de mort, à bien les marier. J'ai confiance en vous, elles ne manqueront de rien.

Diane pleura sincèrement un mari pour lequel elle avait toujours éprouvé, sinon de l'amour, du moins un infini respect. Elle lui fit édifier un magnifique tombeau dans la cathédrale de Rouen, où fut gravée une inscription lui jurant à jamais fidélité. Diane y était représentée drapée dans un voile à l'antique, en prière devant le gisant de son époux. Au-dessus du gisant, une statue de Louis de Brézé à cheval dans toute sa splendeur était là pour rappeler quel grand seigneur il avait été. Diane veilla elle-même à la réalisation du tombeau, et vint très souvent à la cathédrale de Rouen avec ses filles pour se recueillir.

Désormais, elle ne s'habilla plus qu'en veuve, en noir et blanc. C'est à partir de la mort de son mari que devait commencer sa véritable entrée dans l'Histoire. Veuve, mais aimée par un petit prince en passe de devenir un jeune homme, Diane de Poitiers de Saint-Vallier, comtesse de Brézé, allait bientôt être entraînée par son destin.

*

Le pape ayant accepté d'unir sa nièce Catherine de Médicis, cousine de Diane, à Henri, duc d'Orléans, fils de France, le roi vint une nouvelle fois à Anet remercier la comtesse. Le mariage aurait lieu dans quelques mois, et Diane y serait bien entendu conviée. Toute la Cour devait faire le déplacement jusqu'à Marseille, où la rencontre avec le Saint-Père et Catherine aurait lieu. Le roi rappela à la comtesse ses engagements à l'égard de la fiancée d'Henri. En sa double qualité de cousine de

Catherine et de marraine de son futur époux, elle aurait pour mission de « présenter » Catherine à la Cour.

Le mariage eut lieu en 1533, à Marseille. Henri vit pour la première fois sa promise, une jeune fille de quatorze ans comme lui, très différente des modèles de dames des romans courtois dont il s'était abreuvé durant toute son enfance. Elle avait un visage bouffi, dépourvu de grâce, était petite et parlait avec un accent italien si prononcé qu'on avait peine à comprendre ce qu'elle disait lorsqu'elle décidait de s'exprimer en français. Henri fit tout ce qu'on attendait de lui, se montra un prince gentilhomme, notamment à l'égard de sa toute nouvelle épouse, et François Ier, ravi, organisa de somptueuses fêtes.

Mais alors que la Cour au grand complet célébrait le mariage du jeune duc d'Orléans et de Catherine à Fontainebleau, Henri quitta nuitamment le palais à l'issue des festivités pour rejoindre, à Anet, sa dame de cœur.

Quelle ne fut pas la surprise de Diane lorsqu'elle vit arriver en pleine nuit le prince Henri, à qui elle n'avait pas parlé en particulier depuis près de trois ans ! Il avait laissé son cheval à l'écurie, et comme un fou, les yeux injectés de sang et de larmes à la fois, il avait frappé à la porte du manoir.

— Madame ! Madame, ouvrez, c'est moi, Henri !

La comtesse, réveillée en sursaut, avait ordonné à ses gens qu'on aille lui ouvrir. Quelques instants plus tard, il était dans sa chambre.

— Mais enfin, Henri, qu'y a-t-il ? Et pourquoi êtes-vous venu ? Avez-vous perdu la raison ? Demain, quand la Cour s'apercevra de votre départ…

— Oh, Madame, qu'importe ! J'avais besoin de vous voir, de vous parler…

— Mais vous avez une épouse à présent, vous vous devez à elle et…

— Justement ! Parlons-en de cette épouse que vous m'avez choisie. Car c'est bien vous qui avez conseillé mon père, je me souviens, c'était ici, à Anet, juste avant mon départ. Eh bien, cette épouse ne me convient pas.

— Pourquoi cela ? Vous la connaissez à peine.

— Qu'en savez-vous ? Est-ce que je ne la connais déjà pas assez pour savoir que je ne l'aimerai jamais ?

— Henri, voyons…

— Vous souvenez-vous de cette tapisserie ? demanda Henri en regardant au mur la tenture achevée de *Joseph expliquant ses songes à Pharaon.*

Diane se troubla.

— Ne vous avais-je pas dit ce jour-là que je rêvais de vous ? reprit Henri.

— Henri, cessez… se défendit la comtesse.

— Eh bien, c'est vrai plus que jamais à présent. Je vous aime, Madame, je vous adore !

— Vos propos sont ceux d'un dément. Oubliez-vous ce que je dois à la mémoire de mon époux ? Et puis vous n'êtes qu'un enfant.

— Aujourd'hui peut-être, mais demain ? J'ai bien vu vos larmes lorsque je vous ai quittée. Niez-vous que vous ayez pleuré ?

— Cela est vrai, mais…

— Alors, laissez-moi porter vos couleurs, ma belle marraine, je ne veux à partir de ce jour que du noir et du blanc. Diane n'est-elle pas la déesse de la lune ? Je ferai du croissant de lune mon emblème. Et comme je vous voudrais partout, j'ai choisi ma devise.

— Et… quelle est-elle ? murmura la comtesse.

— *Donec totum impleat orbem,* annonça triomphalement Henri.

— Jusqu'à ce que le croissant de lune s'étende sur toute la Terre, traduisirent simultanément le prince et la comtesse.

Diane, troublée, émue aux larmes par cette déclaration d'un amour si pur auquel elle ne pouvait pour l'instant répondre, s'avança vers la fenêtre. Un magnifique croissant de lune illuminait les pierres du manoir, le parc et la campagne alentour. Sans se retourner, elle demanda d'une voix mal assurée :

— Me promettez-vous de regagner demain Fontainebleau avant les premières lueurs du jour ? Votre honneur et le mien sont en jeu, et vous ne voudriez pas me causer du tort.

— Je vous le promets, Madame. En attendant, puis-je dormir ici ?

— Bien sûr, dit Diane en embrassant le front d'Henri.

Ce soir-là, au pied du lit de sa Dame, Henri s'assoupit le sourire aux lèvres et des rêves plein la tête. Dans quelques heures pourtant, il lui faudrait repartir pour Fontainebleau afin de jouer le rôle que le destin lui avait assigné.

*

Henri venait souvent séjourner à Anet, pour de plus ou moins longues périodes. Il aimait ce lieu, où il avait jadis repris goût à la vie auprès de Diane. Il était en effet beaucoup plus libre de disposer de son temps que son frère aîné François, que leur père réclamait sans cesse à ses côtés au conseil pour lui apprendre la gestion des affaires du royaume.

Henri, au tout début de son mariage, continuait à venir seul rendre visite à la comtesse de Brézé. Puis, peu à peu, il commença à y entraîner Catherine, pensant aussi par là rapprocher les deux cousines, sa femme et sa favorite.

Catherine avait remarqué que son époux, lors des tournois, était toujours vêtu de noir et de blanc. À la Cour, dans la vie de tous les jours, à la messe, à la promenade, il portait en permanence à son toquet de velours deux plumes noires et blanches et, lors des bals, revêtait souvent un éclatant pourpoint noir à crevés d'argent. La jeune mariée avait demandé à Henri pourquoi il arborait si souvent ces couleurs, estimant à raison que si c'était, comme elle le pensait, en hommage à la comtesse, cet hommage dépassait de loin la simple reconnaissance à l'égard d'une marraine. Catherine, quoique plutôt réservée à son arrivée à la Cour de France, réserve qui dura des années à tel point que l'on a souvent parlé plutôt de profonde dissimulation, avait hérité de l'ambition et du sens politique des Médicis. En observant, et au besoin en posant un minimum de questions, elle parvenait toujours à savoir ce qu'elle voulait savoir.

La comtesse de Brézé n'était pas dupe de l'apparente timidité de la jeune femme. Aussi redoutait-elle parfois de voir arriver Catherine à Anet.

Diane agaçait profondément Catherine, et cet agacement croissant devenait haine. Une haine rentrée, ressassée, et donc d'autant plus terrible. Henri et la comtesse avaient beau l'entourer de mille cajoleries, elle savait tout de leurs conciliabules nocturnes quand elle, Catherine, était couchée. Henri se levait au beau milieu de la nuit, et se rendait dans la chambre de la comtesse. Maintes fois, Catherine avait pensé en parler au roi, mais sa fierté l'en avait empêchée. Les rois, pensait-elle, ne sont pas des hommes ordinaires, ils sont au-dessus des soucis et des préoccupations du vulgaire.

Une nuit, alors que la porte de la chambre de la comtesse s'était entrouverte, elle entendit ces mots adressés à Henri, si humiliants pour elle et dont elle devait se souvenir toute sa vie :

— Allez faire votre devoir auprès de votre femme, Henri, pour l'amour de moi.

Et Catherine, blessée à mort, sentit Henri s'enfoncer dans son lit, tout rempli encore de l'enivrant parfum de la comtesse.

Les séjours à Anet étaient donc devenus insupportables à Catherine, mais jamais elle ne le montra, attendant le moment le plus propice pour se venger. De surcroît, la comtesse, lui rappelant sans cesse la part qu'elle avait eue dans l'éducation de son mari, et ce qu'elle-même, Catherine, lui devait d'avoir été placée dans l'état où elle se trouvait, épouse d'un fils de France, se permettait de lui parler avec une condescendance qui exaspérait la fille des Médicis. La comtesse l'entraînait pour de longues promenades dans le parc, et n'hésitait pas à lui donner des conseils pour plaire davantage à Henri, sous-entendant par là qu'elle savait tout de l'intimité des époux.

Quand venait l'heure des adieux, Henri saluait toujours galamment Diane, et n'adressait même pas un regard à sa femme.

Jamais la comtesse n'arriva à rendre Catherine agréable à Henri, même aux yeux du monde.

*

Trois ans après le mariage d'Henri et de Catherine, le dauphin François, fils aîné de François Ier, mourut subitement. Henri devenait donc dauphin de France, et Catherine dauphine.

Henri était devenu un beau jeune homme, athlète accompli excellant dans tous les exercices du corps, mais hormis la ressemblance de leurs visages et de leurs nez allongés, son apparence avantageuse n'avait rien de commun avec celle du roi François, son père qui, ne doutant jamais de rien et surtout pas de lui-même, ne s'était jamais servi de ses propres atouts que pour courtiser les dames et faire valoir sa supériorité. Là où l'on ne voyait dans les yeux de François Ier qu'une souveraine et tapageuse arrogance, on lisait en revanche une profonde mélancolie dans les yeux en amande et aux paupières tombantes du discret Henri, une mélancolie qu'il avait rapportée encore enfant de ses années de captivité en Espagne et qu'il devait conserver tout au long de son existence. Sa belle voix grave et sonore ajoutait encore à ses qualités propres de ne se faire entendre qu'à bon escient, la retenue et la réflexion ayant constitué deux traits fondamentaux de son caractère, en cela bien différent aussi de celui de son père. À cette époque, il ne portait pas encore l'élégante barbe qu'il devait adopter plus tard, lors de son accession au trône, mais arborait déjà, pendue à son oreille gauche selon la mode du temps, une fine perle qui ne faisait qu'ajouter encore à sa distinction naturelle. L'élégance n'était en effet pas la moindre de ses qualités, et elle lui fut unanimement reconnue par ses contemporains, en particulier par les peintres qui s'appliquèrent à rendre au mieux sa prestance et son port incomparables. Galant gentilhomme avant d'être prince, dauphin puis roi, ses tenues noires et blanches rendaient un perpétuel hommage à Diane, la femme à laquelle il s'était voué.

Henri se rendit plus souvent encore à Anet dans les semaines qui suivirent la disparition de son frère aîné. Il cherchait la consolation auprès de sa Dame, cette mort l'ayant considérablement affecté. Il aimait ce frère avec qui il avait partagé de si douloureux moments dans les geôles de Charles Quint. Ils s'étaient mutuellement soutenus dans l'épreuve.

Mais les obligations qui pesaient jadis sur son frère ne tardèrent pas à s'abattre sur Henri. Il devait donc se résoudre à voir moins souvent la comtesse qui, après leur première nuit d'amour à Écouen chez le connétable Anne de Montmorency, venait en secret de mettre au monde une fille qu'ils prénommèrent Diane en l'honneur de sa mère.

Peu après la mort du dauphin François, Henri, préoccupé par cette naissance et surtout inquiet que le roi François, Catherine et la Cour puissent suspecter Diane de Poitiers d'être la mère de l'enfant, dut partir pour l'armée rejoindre le connétable Anne de Montmorency. Les Impériaux menaçaient d'envahir le Piémont et de s'emparer des places fortes de Turin et de Pignerol.

La campagne du dauphin et du connétable fut un triomphe. Une fois Turin et Pignerol à nouveau en sûreté, le siège fut mis devant la petite ville de Moncalieri. Là aussi, Henri fut victorieux.

Pourtant, ses succès militaires ne pouvaient suffire à chasser de son esprit Diane et la fille qu'elle venait de lui donner. Aussi eut-il une idée lorsque ses jeunes compagnons lui proposèrent d'aller « rendre visite » aux jolies femmes de la ville pour se remettre des fatigues de la guerre. La plus belle était, disait-on, la sœur de Gian Antonio Duci, écuyer et habitant de la ville qui avait grandement aidé l'armée française à libérer la place des armées de Charles Quint.

Ce Gian Antonio Duci invita Henri et les chefs de l'état-major à dîner chez lui. Sa sœur Filippa était là, et Henri feignit de la trouver fort à son goût et de lui faire la cour. Avant même que le repas fût achevé, il l'entraîna dans une chambre à l'étage. Là, il lui expliqua qu'il souhaitait seulement qu'on croie à une liaison entre eux. Elle commença par s'offusquer, par coquetterie, puis elle rit de bon cœur en se réjouissant qu'on puisse la croire maîtresse du dauphin de France.

Au matin, ils se quittèrent bons amis, et Henri vint reprendre sa place auprès du connétable à la tête de l'armée. Anne de Montmorency lui posa mille questions sur sa nuit avec Filippa ; cette liberté de paroles dont il usait avec le dauphin venait de ce qu'il était chargé de l'éducation militaire du jeune homme et éprouvait pour lui une tendresse toute particulière et partagée. Henri ne fit que rougir à ses questions et ne répondit rien, de sorte que le connétable fut vite persuadé qu'Henri serait bientôt le père de l'enfant de Filippa.

Henri n'avait plus à présent qu'une hâte avant d'effectuer sa rentrée officielle à Fontainebleau : courir à Anet retrouver la belle Diane de Poitiers, et sa fille Diane de France.

Lorsqu'il fut en vue du vieux manoir des Brézé, Henri mit son cheval au galop. Il entra par la porte de Charles le Mauvais et vint arrêter son cheval devant la bâtisse. Il se précipita à l'intérieur, remonta le long du bâtiment en direction de la chapelle.

Diane de Poitiers était en prière, agenouillée sur un prie-Dieu, dos à la porte. Henri s'arrêta sur le seuil.

— Diane ! cria-t-il, au comble de la joie.

— Henri ! dit-elle à son tour en venant le serrer dans ses bras. Enfin, vous voilà ! Comme vous le voyez, je n'ai pas cessé un instant de prier pour le succès de vos armes et la conservation de votre vie, qui m'est plus chère que la mienne propre.

— Comment se porte notre petite Diane de France ?

— On ne peut mieux. C'est Madeleine, en qui j'ai toute confiance, qui en prend soin pour le moment.

Alors Henri raconta tout à Diane : Moncalieri, Filippa Duci et les questions de Montmorency.

— Ce cher connétable est donc persuadé que Filippa Duci porte en elle mon enfant ! s'exclama triomphalement Henri.

— Je ne m'étais pas trompée, lui répliqua Diane, lorsque j'avais prédit à votre père que votre intelligence ne tarderait pas à produire ses effets. Il faudra pourtant bientôt dire la vérité à Montmorency, et ce que nous attendons de lui.

— Madame ma mie, lui répondit Henri, j'ai surtout bien envie de vous.

— Comme à Écouen chez le connétable ?

— Comme à Écouen.

Diane rit, et entraîna Henri vers sa chambre.

Durant le dernier séjour qu'il passa à Anet avant son retour à Fontainebleau comme dauphin de France, il s'oublia complètement dans les bras de sa Dame. Leur dernière nuit fut courte.

*

Peu après, un jour où la Cour était à Saint-Germain-en-Laye, Montmorency, mis dans la confidence et informé de la vérité par Henri et Diane, et qui avait annoncé quelque temps auparavant fort haut afin que personne ne l'ignorât qu'il partait pour le Piémont et en revenait, arriva, comme convenu avec Diane et Henri, l'air triomphant au-devant du prince Henri, qui se promenait dans les jardins avec Diane et quelques dames et seigneurs.

— Monseigneur, vous allez être père. Filippa Duci est dans une position fort avantageuse !

Diane, qui n'était pas moins bonne actrice que le connétable, félicita à son tour le prince. Toute cette scène avait été imaginée par elle et mise au point avec Henri et Montmorency pour éloigner les soupçons de sa propre personne, et que personne ne puisse la désigner comme la mère de l'enfant. Certes, la position de Catherine de Médicis, sa jeune cousine, s'en trouverait momentanément fragilisée, puisqu'il était prouvé par cet enfant du prince Henri que la stérilité du couple delphinal venait d'elle. Mais Diane se promit de mettre toute son influence pour protéger Catherine. Et son influence était grande. Elle était sûre que, protégée par elle et aimée comme elle l'était du roi François, Catherine n'aurait rien à craindre.

On imagine pourtant l'effet que produisit cette nouvelle sur la dauphine.

— *La puttana de Filippa Duci !* hurlait-elle en son particulier, en broyant toutes sortes d'objets entre ses mains.

Henri lui annonça qu'il allait faire venir l'enfant en France dès qu'il serait né, et que son éducation serait confiée à Diane de Poitiers, qui l'emmènerait chez elle, à Anet.

Une occasion de plus pour Catherine de haïr sa cousine.

La soi-disant venue en France de la petite Diane de France n'eut jamais lieu, et pour cause, puisqu'elle était la fille de Diane de Poitiers et qu'elle était née à Anet. Mais un faux convoi fut déployé entre le Piémont et la Normandie, afin d'accréditer la légende qui voulait que Diane de France fût la fille de Filippa Duci.

Filippa vint aussi en France, où elle fut mise au couvent. Plus tard, à l'avènement d'Henri II, Diane de Poitiers, devenue propriétaire du château de Chenonceau, lui acheta un petit manoir à Bléré, à quelques lieues de chez elle. Filippa Duci francisa son nom en « Philippe Desducs », et devint connue en Touraine sous le nom de « dame de Bléré ».

Mais pas davantage que les simples mortels, ni les rois ni les déesses ne sont éternels. Lorsqu'Henri puis Diane eurent rendu l'âme, l'un en 1559, l'autre en 1566, Catherine de Médicis, devenue régente, se souvint de cette Filippa Duci qui l'avait tant fait souffrir jeune fille. Elle l'appela auprès d'elle, et la prit comme dame d'honneur. Ce ne fut pour la pauvre Filippa qu'une longue série d'atroces persécutions en tous genres. Catherine lui fit endurer tout ce qu'elle n'avait pu faire endurer à Diane, de trop haut rang. Maintes fois Filippa fut tentée de dire la vérité à Catherine, que Diane de France était la fille de Diane de Poitiers et non la sienne. Mais elle ne le fit jamais, et emporta son secret dans la tombe.

*

En octobre 1537, Diane accoucha une nouvelle fois en grand secret à Anet. Cette fois, elle mit au monde un garçon, qu'elle prénomma Henri, et à qui le dauphin promit la terre de Saint-Rémy en apanage lorsqu'il serait roi.

Lorsqu'on annonça à Henri, qui attendait à la porte de la chambre de Diane, la naissance de son fils, Henri de Saint-Rémy, il supplia qu'on le laissât entrer. Il eut donc la joie quelques minutes plus tard de venir embrasser Diane de Poitiers et de serrer son fils nouveau-né dans ses bras. Puis il ordonna à tous les domestiques de venir dans la chambre, fit fermer les verrous et commença :

— Vous avez été les témoins d'une naissance qui pourrait causer bien des troubles dans le royaume de France, si elle était découverte. Je vous interdis formellement de parler de ce qui vient de se passer à quiconque, sous peine de mort. Si cette naissance venait à être découverte, je saurais que le ou la coupable est parmi vous. Tous, vous appartenez à la maison de la comtesse. Nous n'aurions aucune peine à retrouver votre trace si vous ébruitiez l'affaire. Mais je pense que vous avez trop de respect pour votre maîtresse pour vouloir lui nuire, et pour souhaiter, à travers elle, nuire à votre futur monarque et à l'État. Vous vous avancerez tous néanmoins un par un, et jurerez le secret sur la sainte Bible.

Ainsi fut fait. Tous s'avancèrent, l'un après l'autre, et jurèrent de garder un secret absolu sur ce qu'ils avaient vu et entendu ce jour-là.

— C'est bien, dit Henri lorsque le dernier domestique eut prêté serment, à présent laissez-moi seul avec la comtesse.

Puis, confiant le petit Henri de Saint-Rémy nouveau-né à Madeleine, il lui recommanda d'en avoir grand soin.

Lorsqu'ils furent seuls, Henri vint s'asseoir auprès de Diane.

— Ai-je été assez ferme ?

— Oui, mais il nous faut maintenant penser à l'avenir de cet enfant. Qui assurera son éducation ? Où sera-t-il élevé ?

— N'avez-vous pas une dame de confiance à qui…

— Certainement pas. Elles ne sont de confiance que pour les bagatelles. Dans notre cas, la naissance d'Henri serait sue par toute la Cour dès le surlendemain. De plus, vous oubliez votre femme.

— Catherine ?

— Qui d'autre ? Je me demande parfois où vous avez la tête. Elle me fait peur, Henri. Son regard pénétrant vous transperce de part en part lorsqu'il se pose sur vous. Et il se pose souvent sur moi. Votre femme ne m'aime pas, vous ne pouvez l'ignorer.

— Je la caresserai tant qu'elle ne songera plus à vous, je vous le promets, dit Henri avec un regard malicieux.

— Cessez vos enfantillages. Il est très probable qu'elle suspecte déjà quelque chose. Voilà près de six mois que je n'ai pas paru à la Cour. Mon âge n'est pas si élevé ni ma santé si mauvaise pour qu'un plus long séjour à prendre les eaux paraisse plausible, et mes domaines ne couvrent pas toute l'étendue du royaume ! La semaine prochaine je me montrerai de nouveau à Fontainebleau. D'ici là, il faut trouver une personne qui se charge, en secret, d'élever Henri…

La comtesse réfléchit un instant.

— Comment s'appelait cette jeune personne avec qui vous avez eu l'an dernier une liaison passionnée, de surcroît, et par chance affichée devant toute la Cour ? Je ne vous en ai jamais tenu rigueur et j'avais raison : votre peu de discrétion dans le siège assidu que vous lui faisiez aux yeux de tous a pour heureuse conséquence qu'aujourd'hui personne ne s'étonnerait qu'elle ait mis au monde votre enfant. En outre, étant donné le nombre de ses amants passés, n'importe lequel d'entre eux pourrait être le père. On ne penserait même pas à vous si elle ne vous nommait elle-même.

— Vous… Vous voulez parler de mademoiselle de Savigny ? répondit Henri, mal à l'aise.

— C'est bien elle, mademoiselle de Savigny. C'est à elle que nous confierons Henri. Si cette sotte tient sa langue, personne ne saura rien de l'existence même d'Henri. Si elle parle, on croira qu'Henri est son fils. Si elle révélait que vous êtes le père de l'enfant, personne ne serait ému de la naissance d'un bâtard issu d'une mère insignifiante. Et puisque Catherine votre épouse elle-même redoute mon influence sur vous au point de vouloir me détruire, nul doute que cette petite Savigny n'oserait jamais me nommer comme la mère de l'enfant. Personne n'ose toucher la comtesse de Brézé, grande sénéchale de Normandie et favorite du dauphin.

— Mais si elle parlait quand même, et vous nommait comme la mère d'Henri ?

— Personne ne la croirait, je suis la veuve du comte de Brézé, la cousine de la dauphine et votre favorite ; quant à elle, chacun sait qu'elle a déjà eu des liaisons avec tous les gentilshommes de la Cour et une vie de débauche qui ne fait que commencer. Elle ne serait que doublement déshonorée en voulant m'accuser de ce qui passerait aux yeux de tous pour son propre péché. Et puis n'avons-nous pas déjà inventé il y a un an la fable de votre liaison avec Filippa Duci pour que la Cour ignore que je suis la mère de votre petite Diane de France ?

— Justement, répliqua Henri, certains murmurent que cette histoire n'était qu'une fable et que vous êtes la mère de Diane. Ils ne sont pas tous dupes, comtesse.

— Et votre femme ? demanda la grande sénéchale.

— Elle ne dit rien, mais je ne la crois pas dupe non plus. Elle a parfois des regards qui me font peur et me transpercent comme des poignards.

— Rassurez-vous, Henri : je la cajolerai si bien que j'éteindrai jusqu'à la moindre braise de ses soupçons. Et puis, ma jeune cousine ne me doit-elle pas d'être votre épouse ? C'est une dette que je me ferai fort de lui rappeler, croyez-moi.

Henri avait toujours été fasciné par la rapidité des raisonnements de la comtesse. Il envoya aussitôt un de ses domestiques auprès de mademoiselle de Savigny, qui demeurait au nord de Dreux, dans le manoir de son père récemment décédé.

Un domestique de la comtesse en mission présentait un double avantage : il était d'une part déjà au courant de la naissance d'Henri de Saint-Rémy, ce qui évitait d'avoir à mettre une personne de plus dans la confidence, et d'autre part il était moins voyant sur la route qu'un messager du dauphin, qui aurait eu immédiatement l'air officiel de quelqu'un traitant d'une affaire d'importance.

Henri remit au domestique non pas une lettre qui, dérobée, aurait risqué de les compromettre, lui ou la comtesse, mais un anneau. Sans nul doute un anneau que mademoiselle de Savigny lui avait offert pendant les quelques mois où il lui avait fait la cour, juste après le veuvage de Diane qui ne pouvait décemment recevoir quiconque avant la fin de sa période de deuil. On comprend aussi aisément pourquoi cette amourette, qui était parvenue à la connaissance de la comtesse dans un moment de profonde douleur, lui avait laissé une très désagréable impression que son intelligence elle-même peinait à masquer.

— Vous montrerez cet anneau, dit Henri au domestique, à mademoiselle de Savigny, et lui commanderez de vous suivre. Observez d'abord le manoir avant de vous y présenter. Assurez-vous que mademoiselle de Savigny soit seule.

— Et si elle ne l'est pas ? demanda le domestique avec un bon sens incontestable.

— Arrangez-vous pour l'attirer au-dehors et lui parler seul à seule.

— Ou pour attirer les autres au-dehors et lui parler à l'intérieur… reprit le domestique qui visiblement avait compris.

— C'est cela, reprit Henri. Mais faites vite. Mademoiselle de Savigny sera attendue par la comtesse demain, à onze heures avant minuit, ici, dans son cabinet. Quant à moi, je retourne de ce pas à Fontainebleau.

— Je cours, déclara le domestique en tournant les talons.

— À propos, ajouta Henri comme il allait sortir pour se rendre aux écuries, ôtez la livrée de la comtesse. Vous voyagerez incognito. Sur la route, si on vous interroge, dites que vous êtes un voyageur égaré qui cherche à se rendre à Dreux.

Après ces paroles, le domestique partit et Henri le vit sortir à cheval par la porte Charles le Mauvais avant de s'engager sur la route de Dreux. Ce domestique de confiance avait été le jeune écuyer du comte de Brézé.

*

Nicole de Savigny, alors même que son père venait de mourir quelques semaines auparavant, recevait un galant au moment où l'envoyé d'Henri arrivait en vue du manoir. Par chance, juste après qu'il eut attaché sa monture, elle descendit l'escalier de la tour et sortit, visiblement en colère. À ce moment, le galant ouvrit la fenêtre et lui cria depuis l'intérieur de ce qui devait être sa chambre :

— Je ne suis peut-être pas dauphin de France, mais je vous trouve bien difficile. Vos succès à Fontainebleau vous ont tourné la tête. Vous vous prenez pour la comtesse de Brézé, vous êtes pathétique, ma chère enfant.

— Et vous, répondit Nicole, en plus d'être le plus stupide pour avoir refusé la main de la propre fille de madame de Brézé, vous êtes le plus grossier gentilhomme que j'aie connu.

— Oh ça, répondit l'homme, pour une insulte, c'en est une, si l'on m'a bien renseigné sur le nombre de vos amants !

— Descendez immédiatement de chez moi ou je monte vous pousser par la fenêtre !

— Bon, bon, je descends, je ne voudrais pas abuser de vos bontés, rétorqua l'homme avec un air très nettement ironique.

Ses pas résonnèrent dans l'escalier, et il rejoignit Nicole à l'extérieur.

— Adieu, Madame, dit-il en remontant à cheval.

— Adieu, Monsieur. Lui, au moins, enlevait son toquet au moment des adieux.

— Qui, lui ?

— Mais Henri, le dauphin, Henri de Valois, voyons, rétorqua malicieusement Nicole.

L'homme, qui n'était autre que le vidame de Chartres dont on disait que la dauphine Catherine de Médicis, en butte à la froideur de son époux, s'était secrètement éprise, piqué au vif, haussa les épaules dédaigneusement et s'éloigna en direction de sa demeure de La Ferté, non loin de là.

Lorsque le vidame se fut éloigné et eut disparu au détour du chemin, Nicole s'apprêtait à rentrer chez elle quand l'envoyé d'Henri et de Diane se présenta à elle et lui montra l'anneau qu'elle avait jadis offert au dauphin. Elle attendit quelques instants afin d'être sûre de ne pas voir revenir le vidame. Puis elle monta à cheval, et suivit l'envoyé de Diane et d'Henri au grand galop. Persuadée de redevenir bientôt la maîtresse d'Henri, elle pensa pendant tout le trajet : « Je lui manque ! Je lui manque ! ». Mais l'expression de son visage changea brusquement lorsqu'elle vit que le messager la conduisait à Anet…

*

— Madame, la dame que vous m'avez envoyé quérir est là, annonça l'envoyé à Diane en entrant chez elle.

— C'est bien. Introduisez-la, j'ai à lui parler.

— C'est que, Madame, il y a autre chose…

— Eh bien, parlez donc. Qu'y a-t-il ?

— Il y a qu'un homme sortait de chez mademoiselle de Savigny lorsque je suis arrivé. Je n'ai fait qu'entrevoir de loin son visage, mais… enfin… il m'a semblé que c'était le vidame de Chartres, que Madame avait reçu à Anet l'an passé.

— Le vidame de Chartres ! murmura Diane en pâlissant.

Puis, reprenant empire sur elle-même :

— Qu'importe ! Sans la livrée de ma maison que vous aviez ôtée, il ne peut vous avoir reconnu si vous n'avez fait que l'apercevoir à bonne distance. Du moins ne lui avez-vous pas adressé un mot ?

— Pas le moindre, Madame, j'étais trop éloigné et il est visiblement reparti furieux et éconduit, écoutant trop sa colère pour prêter attention à autre chose.

— Et vous avez bien attendu qu'il soit parti pour parler à mademoiselle de Savigny ?

— Bien entendu, Madame. Je me suis caché avec ma monture derrière un bosquet. De là, je l'ai vu reprendre la route et quitter les lieux.

— Alors c'est tout ce que j'avais besoin de savoir. Vous pouvez disposer. Dites en passant à Madeleine d'introduire mademoiselle de Savigny dans mon cabinet.

L'envoyé s'inclina, puis sortit.

« Voilà qui est fâcheux, se dit Diane en elle-même. Pourquoi faut-il toujours que ce pourceau de vidame se mette en travers de mon chemin ? Pourvu qu'il n'ait rien remarqué, pas même un je-ne-sais-quoi, un détail qui aurait pu trahir la présence et la provenance de mon messager. Il est si proche de Catherine… »

Onze heures avant minuit sonnaient quand Nicole de Savigny fut introduite dans le cabinet de la comtesse de Brézé. La nuit était sombre, sans lune, ce qui, pour l'esprit vain et superstitieux de la jeune femme, pouvait sembler un heureux présage : l'éclipse prochaine de la belle Diane. La pauvre Nicole allait bientôt se rendre compte de son erreur.

La comtesse était assise, dos à mademoiselle de Savigny, contemplant son reflet dans ce beau miroir de Venise que j'ai déjà évoqué. Un croissant de lune étincelant de diamants jetait mille feux d'argent au-dessus de sa tête, renvoyant la lumière des candélabres en la démultipliant. Mademoiselle de Savigny fut éblouie par cette beauté surnaturelle, et sentit cruellement le fossé qui la séparait de cette déesse. Elle la voyait pour la première fois, n'ayant connu la Cour que durant le deuil de la comtesse de Brézé.

— Bonsoir, Mademoiselle, commença Diane sans se retourner.

Puis elle se leva majestueusement et prit place sur une banquette de velours placée contre le mur.

— Madame… fit la jeune femme en esquissant une révérence.

— Asseyez-vous près de moi, je vous prie, invita la comtesse d'un ton de commandement.

Mademoiselle de Savigny s'exécuta.

— Vous vous demandez sûrement pourquoi vous êtes ici, reprit la comtesse.

— Madame, j'allais justement vous prier de m'en donner la raison.

— Avant de vous la donner, j'exige que vous vous engagiez devant moi à conserver le secret le plus absolu sur ce que je vais vous dire. Et à rompre à jamais tout lien avec monsieur le vidame.

— Vous avez ma parole, répondit Nicole avec surprise, curieuse et effrayée à la fois.

— Comprenez que je vous dis cela pour votre bien. Monsieur le vidame a l'oreille de la Dauphine ; tout ce qu'il voit, tout ce qu'il entend, est presque aussitôt su par elle. Or, vous n'ignorez sans doute pas la haine que vous porte la dauphine depuis que vous êtes un jour parue à la Cour au bras du dauphin…

— Oh, Madame, j'ai dû vous aussi bien vous offenser, et je vous en demande pardon.

— Laissons cette histoire au passé auquel elle appartient désormais. Si je ne vous avais pas accordé mon pardon, seriez-vous ici aujourd'hui ? Mais la dauphine m'effraye quelquefois, ses yeux démentent si souvent ce que dit sa bouche. Ne vous exposez pas inutilement à ses coups en côtoyant monsieur le vidame. Me le promettez-vous ?

— Je vous le promets, Madame.

Et Diane lui conta tout ce que vous savez déjà, puisque je vous ai fait y assister : la naissance, la nécessité du secret…

Diane sonna, et Madeleine entra avec le nouveau-né dans ses bras, en pleurs.

— Voilà le fils que je viens de donner au dauphin : Henri de Saint-Rémy, déclara solennellement la comtesse de Brézé. Madeleine, donnez l'enfant à mademoiselle de Savigny, c'est elle qui en prendra soin désormais.

Madeleine fit ce que Diane lui ordonnait, et déposa l'enfant dans les bras de Nicole de Savigny. Aussitôt, il cessa de pleurer et s'assoupit.

— C'est un heureux choix, Madame, que celui de Mademoiselle. Voyez, votre enfant ne pleure plus, dit Madeleine à Diane.

— C'est fort bon signe en effet. Retirez-vous, Madeleine, j'ai encore à parler seule à seule à mademoiselle de Savigny.

Madeleine fit une légère révérence et sortit du cabinet. Diane reprit :

— Tout le monde devra croire qu'il est votre enfant, dans le cas où vous ne réussiriez pas à dissimuler totalement son existence aux yeux du monde. N'oubliez pas que vous avez juré un secret absolu. Cet enfant pourrait agiter bien des esprits dans le royaume si son existence était connue, et ce d'autant plus que la dauphine n'a pas encore donné d'enfant à son époux. Vous me ferez régulièrement parvenir de ses nouvelles, il est mon fils, je veux tout savoir de lui, ses joies, ses peines, ses questionnements, ses espérances.

— Madame viendra-t-elle lui rendre visite à Savigny ?

Diane se leva, et marcha vers la fenêtre. D'une voix où perçait une émotion contenue, elle répondit :

— C'est impossible. Trop d'affaires me retiennent pour le moment entre Anet et Fontainebleau. Je ne survis face aux calomnies que grâce à l'amour de mes filles et du dauphin.

Puis, se retournant vers Nicole :

— Sortez, maintenant. J'ai fait mettre un appartement à votre disposition pour cette nuit. Dès demain, vous repartirez chez vous avec notre petit Henri.

Diane déposa un tendre baiser sur le front de son fils, et le regarda quitter la pièce dans les bras de Nicole. Quand le reverrait-elle ?

*

En ce mois d'août, il faisait chaud à Anet.

Le soleil brûlant était presque encore à son zénith quand Henri entra chez sa maîtresse.

Il sauta de cheval dans la cour, et demanda à voir Diane. On lui répondit qu'elle était allée passer les heures chaudes du jour au fond du parc, près de la rivière.

Diane nageait en tenue d'Ève lorsqu'il la rejoignit.

— Madame ma mie, quel plaisir de vous voir ! lui dit-il, fou d'amour pour cette déesse.

— Henri ! De grâce, tournez-vous et laissez-moi un moment me couvrir.

Diane sortit de l'eau, et vint embrasser fougueusement son jeune amant.

— J'ai un présent pour vous, Madame, lui dit Henri. Pour vous remercier de m'avoir donné un fils.

Il sortit alors un coffret d'or et le tendit à Diane, qui le contempla et l'ouvrit.

— Des diamants ! Qu'ils sont beaux, Henri ! s'exclama-t-elle.

Dans le coffret brillaient en effet comme d'autres soleils de magnifiques diamants de la plus belle eau.

— Beaux certes, mais pas autant que vous. Leurs feux conjugués ne sauraient égaler ceux que lance un seul de vos yeux.

Ils passèrent tous deux l'après-midi au bord de l'eau, et Diane assura à Henri que ces diamants ne la quitteraient jamais.

Henri quitta Anet au soleil couchant, emportant l'image de la belle maîtresse des lieux. Derrière les fenêtres de sa chambre, Diane contempla jusqu'à ce qu'il fut hors de vue ce galant Amadis quitter les lieux de leur bonheur.

*

Le 31 mars 1547, François I^er^ s'éteignit. Henri devint roi de France sous le nom d'Henri II.

Il ouvrit son règne en offrant à Diane de Poitiers la construction d'une nouvelle demeure à Anet. Il chargea l'architecte Philibert de l'Orme d'y élever une élégante demeure Renaissance, dans le goût français. Diane ayant voulu conserver intact le vieux manoir des Brézé, la nouvelle demeure fut édifiée dans son prolongement.

On entrait à Anet par un élégant porche, véritable monument élevé à la gloire de la favorite. Ce porche décoré de balustrades dentelées au chiffre de Diane était surmonté d'une horloge à automates, un cerf encadré par quatre chiens, rappelant que Diane était la déesse de la chasse. Au-dessus de la porte, une inscription latine que vous connaissez : *« Phoebo sacrata est almae domus ampla Dianae, Verum accepta cui cuncta Diana refert*[11] *»*. Il était aisé de comprendre que Phébus n'était autre qu'Henri II.

Au-dessus de cette inscription, sur le tympan du porche, Philibert de l'Orme avait placé la *Nymphe de Fontainebleau* de Benvenuto Cellini, présent du roi à sa maîtresse. Cette nymphe couchée enlaçant un cerf, qui se trouve de nos jours au Musée du Louvre, devait à l'origine orner la Porte Dorée du château de Fontainebleau. Elle rappelait en effet l'origine de la demeure royale, lorsqu'un chien de la meute du roi avait découvert une

[11] « Cette majestueuse demeure a été consacrée par Phébus à la bonne Diane, qui lui offre en échange tout ce qu'elle en a reçu ».

source au cours d'une chasse. La nymphe couchée représentait cette source, et par extension le château tout entier, et le cerf qu'elle enlaçait symbolisait François I$^{er}$, qui avait établi à Fontainebleau sa résidence principale et s'y faisait donc souvent accueillir par la nymphe. Placée à Anet, cette œuvre pouvait parfaitement s'adapter au contexte : la nymphe devenait Diane, le cerf qu'elle enlaçait devenait le roi Henri II. Sur ce porche, on trouvait bien sûr aussi le H aux deux D entrelacés, présents partout dans la demeure.

La cour d'honneur formait un U, le château étant composé d'un corps central dont le portique se trouve aujourd'hui à l'École des Beaux-Arts de Paris, d'une aile gauche, et d'une aile droite à laquelle était accolée la chapelle. Cette chapelle, souvent décrite à juste titre comme le chef-d'œuvre de Philibert de l'Orme, et inspirée des monuments antiques ou de la Renaissance italienne, était en forme de croix grecque, surmontée d'un dôme avec lanterneau à colonnes. Deux flèches pyramidales la surmontaient, ornées en leur sommet du symbole mythologique de Diane, le croissant de lune.

À l'intérieur de la chapelle, la coupole, entourée d'élégantes Renommées, était ornée de caissons décorés d'angelots, tous différents, et le pavement semblait refléter les caissons de la coupole.

À l'intérieur du château, dans l'aile droite, celle de la chapelle, se trouvait la somptueuse Galerie de Diane. D'après la description d'un témoin du dix-septième siècle, elle était ornée de tableaux représentant la favorite tantôt dans le plus simple appareil sous les traits de Diane chasseresse, tantôt en costume de Cour, dans la fleur de la jeunesse ou déjà plus âgée.

Au bout de la galerie trônait un majestueux portrait d'Henri II à cheval. Les fenêtres, comme toutes celles du château d'Anet, étaient composées de vitraux à grisailles. Le sol était tapissé de carreaux peints. Diane de Poitiers avait fait réaliser pour cette galerie de somptueuses tapisseries, désormais bien connues de vous, composant la célèbre *Tenture de l'Histoire de Diane.* Ces tapisseries avaient été réalisées à Fontainebleau, dans l'atelier qu'avait créé François Ier pour concurrencer les tapisseries des Flandres.

De part et d'autre de la cour d'honneur, deux cours latérales étaient ornées en leur centre de statues et de fontaines, notamment la célèbre *Fontaine de Diane* que j'ai déjà décrite précédemment. Le château comportait plusieurs dépendances, notamment des volières, une orangerie et un jeu de paume.

Les jardins, derrière la cour d'honneur et en contrebas, avaient aussi été créés par Philibert de l'Orme. Composés de multiples carrés, ornés de deux jets d'eau, ils étaient ceinturés par une galerie couverte pour la promenade.

Au fond du jardin, deux pavillons marquaient le bout de l'enceinte. Il reste toujours un vestige du cryptoportique du temps de Diane, mais les jardins ont disparu au cours des siècles suivants.

Anet, véritable temple consacré à la « plus que reine », résumait donc en un mot ce merveilleux esprit de la Renaissance.

Il allait devenir le lieu de toutes les fêtes, de toutes les élégances, et si « la magnificence et la galanterie n'ont jamais paru en France avec tant d'éclat que dans les dernières années du règne de Henri second », comme l'écrit si joliment Madame de La Fayette dans *La Princesse de Clèves*, c'est en grande partie grâce à Anet et à Diane de Poitiers.

Henri II éleva sa favorite au rang de duchesse de Valentinois. Diane était devenue le personnage le plus important du royaume après le roi. Nombreux furent les actes et les lettres qu'elle rédigea et où elle signa, seule ou à côté du roi. C'est elle qui inspira à Henri nombre de ses décisions, elle joua auprès de lui un rôle permanent de conseillère en même temps que de maîtresse. De vingt ans plus âgée que lui, il lui fallut une redoutable intelligence pour conserver son emprise sur Henri II.

Mais Diane de Poitiers fit preuve en toute circonstance d'une élégance dont la reine fut toujours incapable.

Diane sut aussi construire sa légende. Ses bains matinaux dans les eaux du Cher à Chenonceau, dont le roi lui avait fait présent, ou dans celles de l'Eure à Anet, ou encore ses longues courses quotidiennes à cheval contribuèrent à préserver sa beauté des injures du temps. Des témoins ont même rapporté qu'à la fin de sa vie, elle était encore fort belle. Simples flatteries d'hommes de Cour occupés de leur propre avancement, ou vérité ? Je vous propose la deuxième hypothèse : elle est tellement plus séduisante. Et à quoi sert l'Histoire sinon aussi à rêver ?

*

Diane de Poitiers donnait à Anet des fêtes somptueuses, qu'elle illuminait de sa beauté. Les bals qu'elle organisait dans la galerie de la chapelle avaient valu à Anet une renommée qui allait jusqu'à Londres au nord et jusqu'à Ferrare au sud. L'ambassadeur d'Angleterre ne tarit pas d'éloges sur la « somptueuse maison » de la duchesse de Valentinois, et décrit les splendeurs des jardins ainsi que celles de la Galerie de Diane.

Cette galerie était un écrin destiné à refléter à l'infini les charmes de la duchesse. Ornée d'un plafond à caissons décorés de monogrammes et de croissants de lune entrelacés, elle était un des premiers exemples de ces grandes galeries d'apparat qui trouveraient leur apogée avec la Galerie des Glaces de Versailles.

Lors des bals qu'elle y donnait pour Henri II et la Cour, Diane apparaissait toujours vêtue de noir et de blanc, couleurs des veuves, dans un éternel hommage à son mari défunt. « Mais il y avait plus de coquetterie que de réformation dans ses tenues », note un contemporain, « et toujours mettait en valeur sa belle gorge ». Lana Turner, qui, vous le savez, joua le rôle de Diane de Poitiers au cinéma, expliqua que le meilleur moyen qu'elle avait trouvé de l'incarner avait été de faire copier toutes ses robes.

L'une des plus belles assurément était sa robe noire, dont les bordures étaient ornées de perles blanches, avec un collier de perles blanches joignant les deux épaules.

Après les chasses de la journée, les concerts et les collations dans la salle des Baigneries au fond du jardin, les banquets somptueux, la Cour admirait la déesse Diane danser au bras de son royal amant. Leurs reflets à tous deux étaient multipliés à l'infini par chacun des croissants de lune du plafond, et par chacun des H aux D entrelacés, écho infini d'une passion qui a traversé les siècles.

Il était neuf heures ce matin-là, et Diane rentrait d'une de ses chevauchées matinales. Ses cheveux blonds incandescents ramenés en chignon sous une élégante toque à plume brillaient au soleil, et c'est au pas afin de reposer sa monture qu'elle arriva en vue du porche de sa demeure. Là, quelle ne fut pas sa surprise en voyant deux luxueuses litières aux armes du roi arrêtées devant la porte. Non que Diane ne fût habituée à recevoir le roi ou de hauts personnages de la Cour, mais ce matin-là personne ne s'était fait annoncer.

— Eh bien, héla-t-elle le concierge qui était en pleine discussion avec un homme aux allures de marchand qui semblait mener ces litières, qu'est-ce donc et qui sont ces gens ?

— Ce sont, Madame, répondit le concierge, des lissiers de la manufacture de Fontainebleau. Ils disent être envoyés par Sa Majesté, et apporter à Madame certaines tapisseries à la gloire de la déesse dont elle porte le nom.

— Que dites-vous ? Les tentures sont déjà terminées ! s'exclama Diane, redevenue soudain la petite fille qui avait jadis tant fait la fierté de son père. Holà, ordonna-t-elle en mettant pied à terre, quelqu'un pour desseller et emmener ma monture, qu'on en prenne grand soin et qu'on lui donne double ration d'avoine. Et qu'on ouvre la porte à ces hommes, porteurs d'un présent du roi !

Diane n'en pouvait plus de curiosité. Enfin elle allait la découvrir et l'avoir chez elle, cette *Tenture de l'Histoire de Diane* promise par le roi et tissée tout exprès pour elle.

— Par ici, messieurs, vous disposerez ces tapisseries dans la galerie du premier étage.

Diane les conduisit jusqu'à la galerie, où les hommes se mirent au travail. Ils déroulèrent une à une les tapisseries sous les yeux émerveillés de la duchesse de Valentinois, consacrée dans ces œuvres comme la déesse toute-puissante.

L'histoire de la déesse de la chasse et de la lune était racontée sur ces merveilles de l'art de Fontainebleau. Les bordures de ces tapisseries étaient décorées des emblèmes personnels de Diane : les deltas entrelacés, les carquois, les arcs et les flèches.

Le triomphe de la déesse d'Anet était total. En contemplant ces œuvres grandioses, formidables échos de la *Fontaine de Diane*, la duchesse de Valentinois pensa en cet instant qu'elle avait pour toujours inscrit son nom dans l'Histoire.

Pourtant, alors qu'elle déambulait seule dans la galerie à sa gloire une fois les artisans partis, elle s'arrêta devant la tapisserie représentant la mort d'Orion. Un frisson lui parcourut tout le corps. La scène était d'une violence inouïe : Orion gisait à terre, une flèche dans le cœur, le visage tordu par la souffrance, avec à ses pieds une Diane éplorée, affolée, à genoux et appelant à l'aide l'aigle de Jupiter planant au-dessus du cadavre.

Présage de malheurs à venir ? Orion, compagnon de chasse de la déesse Diane, n'était-il pas mort à cause d'une flèche de celle-ci ? Elle-même, parvenue au faîte de sa puissance, duchesse de Valentinois, plus reine que la reine elle-même, ne devrait-elle pas payer plus tard tant de richesses et tant de pouvoir ? De tout cet or ne verrait-elle pas un jour couler du sang ?

Diane n'était pas superstitieuse. Reprenant très vite sa belle assurance, elle quitta la galerie pour aller inspecter son domaine.

En rentrant, elle s'enferma dans ses appartements et écrivit à son fils, qu'elle avait envoyé, en accord avec le roi son père, parfaire son éducation à l'école de cavalerie d'Oiron, dans le Poitou, fondée par Henri II lors de sa toute première année de règne.

Henri de Saint-Rémy, qui avait à présent quinze ans et avait hérité des talents de son père dans tous les exercices du corps, y était formé par des maîtres dans l'art de dresser les chevaux, non loin de la belle propriété du grand écuyer du roi, où Diane avait elle-même séjourné à plusieurs reprises et pour laquelle le grand écuyer avait fait apposer des « HD » en plusieurs endroits.

« Mon très cher fils, » lui écrivait-elle, « mandez-moi très bientôt de vos nouvelles, car ce faisant vous ne me sauriez causer de plus grand plaisir. Comme je vous envie de voir tous les jours les belles bêtes d'Oiron. Ces chevaux sont des merveilles, comme je voudrais moi-même en avoir à Anet. Je souhaite de tout mon cœur de pouvoir venir vous voir lorsque vous serez de retour à Savigny. Mais comme bien le savez, ni votre père, le roi, ni moi-même ne souhaitons vous mettre dans un danger bien inutile, en vous faisant paraître aux yeux du monde. Pour venir vous voir, il me faut être seule chez moi, et les affaires de l'État ne m'en laissent guère le loisir. Pensez toujours à moi, et priez Dieu qu'il me garde bonne et longue vie. Surtout détruisez cette lettre, qu'elle ne parvienne en aucune autre main que les vôtres. Recevez un million de baisers de moi.

Votre bien tendre et dévouée mère,

Diane de Poitiers »

Il est aisé d'imaginer l'émotion d'Henri de Saint-Rémy lorsqu'il reçut cette lettre de sa mère. Après l'avoir lue, et avoir respiré le doux parfum de Diane qui l'imprégnait encore malgré son long voyage, il n'eut pas le courage de la détruire. Sa solitude était si grande, et cette lettre lui faisait tant de bien ! Il la dissimula dans son pourpoint, et se promit de la cacher bientôt dans quelque autre endroit où il pourrait revenir la lire quand bon lui semblerait. Une cachette sûre, où personne ne viendrait la trouver.

Dans sa chambre, située dans les bâtiments de l'école de cavalerie d'Oiron, était un beau meuble à secrets de la plus belle facture. Henri de Saint-Rémy plaça la lettre dans l'un des tiroirs, que l'on ne pouvait ouvrir qu'en faisant jouer un mécanisme. Il revenait l'y prendre de temps à autre pour la relire, et son esprit comme son cœur quittaient alors la plaine d'Oiron pour le beau vallon d'Anet.

Puis, un jour, son apprentissage à l'école de cavalerie prit fin, et Henri quitta Oiron pour s'en retourner à Savigny, où il espérait que sa mère viendrait lui rendre visite comme elle le lui avait écrit dans sa lettre.

Vers le milieu du dix-septième siècle, soit un siècle après le départ d'Henri de Saint-Rémy, le propriétaire d'alors du château d'Oiron décida de fermer l'école de cavalerie, tombée en désuétude auprès de l'aristocratie, désormais tournée vers Versailles.

Il fit alors transporter dans sa demeure de nombreux meubles précieux de l'école. Parmi ceux qu'il récupéra se trouvait le meuble à secrets de la chambre d'Henri de Saint-Rémy, celui-là même où le jeune homme avait autrefois caché la lettre de sa mère, la duchesse de Valentinois.

Il fit placer ce meuble remarquable par sa beauté dans la grande galerie d'Oiron.

Ceci vous paraîtra peut-être un détail, mais vous ne tarderez pas à constater que ce détail aura, un jour, son importance. Le jour où Madame de Montespan, favorite de Louis XIV, deviendra la nouvelle propriétaire d'Oiron.

Mais n'allons pas trop vite, et revenons au temps de Diane de Poitiers et d'Henri de Saint-Rémy. Ne serait-il pas un peu triste de les quitter si tôt ?

Peu de temps après l'installation des tapisseries de la *Tenture de l'Histoire de Diane* dans la galerie, une grande fête eut lieu à Anet en l'honneur de l'ambassadeur d'Angleterre, William Bekering, cousin du puissant Lord Spencer, jadis compagnon d'Henri VIII, et de l'ambassadeur de Venise, Lorenzo Contarini. Ce dernier était venu en France avec tout ce que l'Italie comptait alors de beaux gentilshommes ; parmi eux, un certain Cavaliere Grillo, de Gênes.

Diane resplendissait. Toute la Cour logeait chez elle, et on avait dû dresser des tentes fastueuses pour héberger tout ce monde. La déesse d'Anet n'apparaissait qu'au bras de son royal amant, de sorte qu'ils formaient un groupe aussi inséparable que celui du cerf et de la déesse de la célèbre fontaine.

Le faste était partout de mise. En cet été brûlant, l'eau coulait en abondance dans tout le domaine d'Anet : dans les fontaines, les rigoles, les canaux, de sorte que le château et le parc se trouvaient véritablement comme une île enchantée au milieu des flots.

La première journée avait commencé par une grande chasse, une chasse aux léopards. Diane avait fait valoir au roi combien ces animaux impressionneraient les étrangers, et accroîtraient encore le prestige de la monarchie. Henri II en avait donc fait venir deux depuis la ménagerie de Fontainebleau jusqu'à celle d'Anet.

À six heures du matin, toute la Cour, en grande tenue de chasse et à cheval, était assemblée dans la cour du château. Diane apparut à la fenêtre de ses appartements au bras d'Henri II, tandis que la reine se tenait en retrait. Les cris de « Vive le roi ! » et « Vive la reine ! » fusèrent, mais il n'y avait point à s'y tromper : le triomphe, une nouvelle fois, était celui de Diane. Vêtue de sa tenue de chasse d'apparat, assortie d'une cape agrafée de la plus belle façon à son épaule, la tête coiffée d'une toque à plumes blanches et noires assorties à celles du roi, la duchesse de Valentinois attirait tous les regards.

— À présent, en selle, ordonna le roi à la foule des courtisans, la belle forêt de Dreux nous attend.

Puis, se retournant galamment vers Diane et lui baisant la main :

— Soyez remerciée, Madame, pour ce séjour en votre paradis. Car comment nommer autrement ce beau domaine d'Anet que vous avez conçu à votre ressemblance ?

Le roi et la duchesse de Valentinois descendirent à leur tour dans la cour, et montèrent à cheval. Le roi donna le signal du départ, et alors que le cerf et les chiens du portail sonnaient six heures et demie, toute la Cour se mit en route vers la forêt. Les laquais marchaient les premiers avec les bêtes fauves maintenues par de puissantes laisses de métal, suivaient le grand veneur, puis le roi, la reine et Diane, et enfin tous les courtisans parés de couleurs chatoyantes.

À l'orée du bois, le roi se mit à chanter les mots d'un psaume qui vous dira certainement quelque chose : « Comme le cerf bruit après le décours des eaux, ainsi brait mon âme après toi, ô Dieu ».

Diane lui répondit sur le même air : « Sur des prés d'herbe fraîche Il me fait reposer. De quoi aurais-je crainte ? »

Puis Diane et Henri reprirent ensemble : « Ma confiance et ma joie sont dans le Seigneur. De quoi aurais-je crainte ? »

La suite de cette histoire montrera que tous deux sous-estimèrent grandement Catherine, qu'ils auraient dû craindre, justement.

Mais n'allons pas si vite et revenons à notre chasse.

Toute la journée, deux hommes s'y distinguèrent : le roi et le chevalier Grillo, le gentilhomme génois venu dans la suite italienne de Lorenzo Contarini. Ce chevalier avait une passion pour la chasse, aussi bien en théorie qu'en pratique. Lecteur assidu de traités de vénerie, il passait dans son pays pour un des chasseurs les plus chevronnés. Aussi habile à la chasse au vol qu'à la chasse à courre, obéi aussi bien par les chiens que par les bêtes fauves lorsqu'il faisait résonner sa belle voix de ténor dans le tumulte des cavalcades, le chevalier Grillo tint tête durant tout le jour au roi Henri II, qui était sans conteste l'homme le plus résistant, le plus habile et le meilleur chasseur du royaume. À eux deux, ils prirent deux cerfs et trois sangliers, belles prises si l'on songe au danger que peuvent représenter les efforts désespérés de ces bêtes pour échapper à leurs prédateurs.

À une bonne distance du reste de la Cour, y compris de Diane et de Catherine occupées à converser avec l'ambassadeur anglais, Henri II et le chevalier Grillo eurent tout le loisir de parler. Je rapporte ici un extrait de leur conversation.

— Quel chasseur, chevalier ! On dit souvent les Italiens plus enclins aux choses de l'esprit qu'à celles du corps, on a tort, et vous semblez conjuguer les deux.

— Sire, quoi qu'en dise Votre Majesté, je ne serai jamais aussi habile qu'Elle dans les exercices du corps. Mais il est vrai que j'aime la chasse.

— L'ambassadeur m'a dit hier au soir combien il appréciait votre compagnie et prenait plaisir à converser avec vous. Est-ce votre premier séjour dans notre royaume ?

— Oui, Sire. Et je ne cesse de m'émerveiller des beautés qu'on y trouve. Cette maison d'Anet est une splendeur, et un paradis pour un chasseur comme je le suis.

— Il est vrai, et madame de Valentinois nous est très attachée. Mais parlez-moi de vous ; j'ai beaucoup entendu parler dans mon enfance de votre père l'amiral, ambassadeur auprès du roi François mon père. Votre femme est-elle restée à Gênes ?

— Oui. Notre famille est l'une des plus anciennes de la cité avec les Spinola et les Grimaldi, nos cousins. Nous ne pouvons donc la quitter complètement pour de longs voyages. D'ailleurs il est plaisant de raconter à Votre Majesté que mon épouse est de l'illustre famille des Spinola, et que jadis sa grand-mère s'éprit fort de votre aïeul le roi Louis XII lorsqu'il vint guerroyer en nos pays.

— Voyez-vous, chevalier, on peut être un grand roi, et éprouver des passions aussi vives que le plus humble des mortels. Moi-même, dans ma jeunesse…

Le roi arrêta soudain sa phrase. On approchait alors des alentours de Savigny.

— Sire, reprit le chevalier Grillo, avec une devise aussi ambitieuse que la vôtre, il n'est pas étonnant que vos conquêtes se soient aussi tournées du côté du beau sexe.

— Et vous, Chevalier, votre devise, quelle est-elle ?

— *« Nitimur in vetitum, semper cupimusque negata ».*

Henri pâlit soudain en traduisant mécaniquement la devise du chevalier : « Nous nous efforçons vers l'interdit, et désirons toujours ce que l'on nous refuse ».

— Qu'avez-vous, Sire ? Ai-je dit quelque chose d'offensant pour Votre Majesté ? Si tel était le cas, j'en demande humblement pardon, s'inquiéta le chevalier.

— Non, ce n'est rien, juste une faiblesse passagère, répondit le roi. Il arrive parfois que les affaires de l'État me préoccupent et me pèsent même dans les moments où je suis chez la duchesse de Valentinois.

Après ces paroles, le roi fit une pause, puis reprit :

— D'où vous vient donc cette passion pour la chasse ? Gênes n'est-elle pas une cité tournée vers la mer plus qu'un repaire pour le gibier ?

— Votre Majesté ne croit pas si bien dire. Vous devez savoir quel rôle mon père l'amiral a joué dans le financement de l'expédition de notre compatriote Christophe Colomb vers le Nouveau Monde.

— Oui, mon père le roi François m'en avait parlé. Toujours ce désir de ce qui est caché, n'est-ce pas ? Mais je ne vais pas reprocher à votre famille d'être fidèle à sa devise… Vous avez rendu possible la découverte d'une nouvelle terre cachée au-delà des mers, bien des rois ont fait de ces découvertes les étendards de leurs règnes. Pourtant, qu'auraient pu faire ces souverains sans l'argent des Génois ? Mais je vous demandais d'où vous venait cette passion de la chasse…

— Elle me vient de mon père, dont c'était l'occupation favorite lorsqu'il n'était pas en mer ou en mission diplomatique. C'est avec lui que j'ai commencé à m'intéresser à cet art. Car il s'agit bien d'un art. Dès mon mariage, j'acquis tous les livres que je pus trouver sur la vénerie, mais pas seulement des livres : des tableaux, des tapisseries…

— Des tapisseries ? Justement, et puisque vous semblez être un connaisseur, je demanderai à madame de Valentinois qu'elle vous montre les tentures que je viens de lui offrir. Elles ont été tissées par les lissiers que mon père, le roi François, avait installés à Fontainebleau pour concurrencer les tapisseries des Flandres. Ces tapisseries représentent *l'Histoire de Diane*, déesse de la chasse et de la lune, et sont entièrement décorées aux emblèmes de la duchesse.

— Bien volontiers, je suis bien curieux de voir ces merveilles. La maison d'Anet est décidément l'une des plus belles du monde, et l'amour de Votre Majesté pour la duchesse de Valentinois est des plus purs et des plus chevaleresques…

Le chevalier s'interrompit, car Diane et Catherine arrivaient en compagnie des ambassadeurs anglais et vénitien.

— Sire, dit Diane, du côté de Savigny le bois est peu giboyeux. Rebroussons chemin, et allons plutôt de ce côté-ci.

— Bien, Madame, répondit le roi qui avait su lire dans les yeux de Diane la raison pour laquelle elle ne souhaitait pas s'approcher davantage de Savigny, après tout nous sommes chez vous, nous irons où bon vous semble.

La chasse partit donc à l'opposé du petit bourg de Savigny, conduite par une Diane plus décidée que jamais à imposer sa volonté. Qui en effet aurait pu deviner une autre raison à ce changement d'itinéraire que celle invoquée par Diane sur le manque de gibier ?

Pourtant, deux personnes avaient paru un instant surprises, les deux seules personnes capables de rivaliser avec l'intelligence de Diane : Catherine et le chevalier Grillo.

N'avait-on pas pris dans la matinée deux cerfs et trois sangliers du côté « peu giboyeux » de Savigny ?

La chasse dura encore tout l'après-midi, et ce fut vers les six heures du soir que la Cour reprit le chemin du château d'Anet. Une collation et un concert furent donnés dans la salle des Baigneries, au fond du jardin, derrière laquelle Diane avait coutume l'été de prendre ses bains dans un grand bassin extérieur en forme de croissant de lune. Des musiciens se tenaient dans les deux pavillons situés aux angles du cryptoportique de Philibert de l'Orme. Diane évoluait au milieu de ces élégants convives comme une reine faisant les honneurs de son royaume.

— Savez-vous, Madame, lui dit le roi en lui désignant le chevalier Grillo à ses côtés, que le plus habile chasseur de notre assemblée est aussi le fils de l'amiral génois qui était ambassadeur auprès du roi mon père ?

— Monsieur, je suis bien aise de vous recevoir chez moi, dit la duchesse de Valentinois au chevalier. Diane ne peut qu'honorer un chasseur de votre talent.

Alors que le chevalier Grillo s'abîmait en remerciements, le roi le coupa et s'adressa à Diane :

— Ayez donc la bonté de montrer tout à l'heure au chevalier les tapisseries dont je vous ai fait cadeau et qui ornent votre galerie. Le chevalier est un fin connaisseur en matière de vénerie, et collectionne tout ce qui y a trait : livres, tableaux, tentures et autres objets d'art.

Après ces paroles, le roi laissa Diane et le chevalier en tête à tête, pendant que lui-même accordait une audience en particulier à l'ambassadeur d'Angleterre William Bekering.

L'air était léger, le soleil encore haut faisait miroiter l'eau des fontaines et des canaux du parc.

La musique provenant des pavillons d'angle emplissait l'atmosphère de doux accords, et une brise légère caressait les cimes des grands arbres.

Puis vint le crépuscule. La Cour reflua alors vers le château, pour souper dans la Galerie de Diane. Une longue table en U comme l'on faisait à l'époque y avait été dressée, illuminée par d'innombrables candélabres. Les courtisans s'extasièrent devant le plafond, les portraits de la maîtresse des lieux, et bien sûr les tapisseries de *l'Histoire de Diane*.

— Quelle splendeur ! s'extasia le chevalier Grillo. En vérité ces lissiers de Fontainebleau sont admirables.

Il contempla les tapisseries une à une, guidé par Diane qui lui commentait chaque scène de l'histoire de la déesse. Elle le faisait par pure vanité, car le chevalier, élevé dans une culture humaniste commune à toute l'aristocratie de ce temps, n'avait nul besoin d'explications.

— Ces scènes, chevalier, sont toutes tirées de la légende de Diane des *Métamorphoses* d'Ovide, expliquait la duchesse de Valentinois.

— Comme la devise de ma famille que j'ai eu l'honneur de citer au roi ce matin…

— Ah, fit Diane, curieuse. Et peut-on savoir quelle est cette devise ?

— *« Nitimur in vetitum, semper cupimusque negata »*, répondit le chevalier.

Diane et son invité étaient à présent devant la scène de la mort d'Orion.

— « Nous nous efforçons vers l'interdit, et désirons toujours ce que l'on nous refuse », murmura Diane, l'œil rivé sur la tenture.

Et aussitôt elle se dit en elle-même : « Bien m'en a pris d'éloigner tous ces curieux de Savigny. Qui sait ce qui aurait pu s'y produire ? »

Ils passèrent ensuite derrière l'ambassadeur anglais, qui contemplait un portrait de Diane chasseresse dans le plus simple appareil, portrait dont vous vous souviendrez certainement avoir déjà entendu parler.

— Madame, demanda William Bekering à Diane en montrant un cartouche dans le coin supérieur droit du tableau où figurait une inscription, n'est-ce pas le psaume que le roi chantait ce matin à la chasse : « Comme le cerf bruit après le décours des eaux, ainsi brait mon âme après toi, ô Dieu » ?

— C'est exact, milord, répondit Diane. Seriez-vous collectionneur d'objets d'art comme le chevalier ?

— Non, Madame, mais mon cousin Lord Spencer l'est. On dit sa collection bien plus riche que celle du feu roi Henri VIII. Il se serait sûrement arrêté lui aussi devant un tableau si gracieux et mystique à la fois. Soyez assurée que je ne manquerai pas de lui louer les beautés de votre maison d'Anet et de lui décrire ce beau tableau dans la lettre que je compte lui envoyer dans quelques jours.

— Merci, milord. À présent je me permets de vous distraire tous deux de vos contemplations, nous allons passer à table. Le bal n'en commencera que plus tôt !

Diane, en prenant place à table aux côtés d'Henri, invita majestueusement toute la Cour à s'asseoir.

Quelques instants après, une nuée de laquais en livrée au chiffre du roi souligné du croissant de lune se mit à défiler, apportant le souper. Les cerfs et les sangliers de la chasse de la journée firent leur entrée, précédés et suivis de hérons, cygnes et volatiles en tous genres. Les musiciens accompagnaient le souper, qui fit bientôt place au bal.

*

Monsieur de La Châtaigneraie était un des plus beaux gentilshommes de la Cour du début du règne d'Henri II. De Fontainebleau à Blois, de Chambord au Louvre, il traînait tous les cœurs après lui.

En ce mois d'avril 1554, on venait d'achever la décoration de la grandiose salle de bal de Fontainebleau, chantier qui avait été lancé par Henri II désireux de poursuivre les embellissements du château si bien commencés par son père. Cette salle lumineuse à double exposition, aux hautes fenêtres et à plafond à caissons, fit une très forte impression sur les courtisans. Les fresques aux couleurs vives peintes sur les murs représentaient des figures de la mythologie, souvent symboles d'amour.

Un bal devait avoir lieu pour Pâques. Tout le monde ne parlait que de cela, dames et gentilshommes se ruinaient pour y paraître dans les plus étincelants atours et avec de nombreux et flambants équipages. On dit même que certains y avaient laissé une partie de leur fortune. La fête devait se poursuivre durant plusieurs jours, alternant danse, jeu, tournois et comédie dans les appartements et les jardins.

On disait le roi plus amoureux que jamais de la duchesse de Valentinois. Il lui avait attribué à Fontainebleau l'ancienne chambre de la duchesse d'Étampes, dernière maîtresse de François I^er^. C'était un triomphe éclatant pour la veuve de Louis de Brézé.

Diane avait quitté Anet la veille de Pâques, calculant, très habilement comme de coutume, que se montrer peu avant la fête était un moyen d'y paraître avec encore plus d'éclat. En un mot, elle se faisait attendre, et désirer. Elle partit dans un somptueux équipage, et arriva le soir à Fontainebleau. Le roi, qui était à ce moment dans les appartements de la reine, vint à sa rencontre. Catherine, furieuse de se voir délaissée une fois de plus pour cette femme, ordonna qu'on la laissât seule. Henri et Diane passèrent une heure en tête à tête.

— Je suis allée dimanche à Savigny, commença Diane.

— Et comment se porte notre fils ?

— Fort bien.

— Mais encore ? Vous me faites languir, vous ne me dites pas tout.

— Mais si, je vous assure.

— Diane, je vous connais trop bien pour me laisser abuser. Il y a autre chose.

Diane demeura silencieuse un instant, puis, ayant résolu de tout raconter à Henri, prit sa respiration avant de dire :

— Notre fils, Henri, va être père. La mère est une pauvresse de Savigny. Loin d'assurer son éducation, il semble que mademoiselle de Savigny l'ait accoutumé à ses mœurs plus que légères. Savez-vous quel est le dernier gentilhomme de cette Cour dont elle s'est entichée ?

— Vous allez me l'apprendre.

— Monsieur de La Châtaigneraie.

Le roi devint livide.

— De qui tenez-vous cela ?

— Oh, ce ne fut guère difficile à deviner. Sur l'une des cheminées de Savigny était posée une aumônière qui attira mon attention. Tout en demandant des nouvelles de notre fils à mademoiselle de Savigny, je m'en suis rapprochée discrètement. C'est alors que j'ai reconnu les armes de monsieur de La Châtaigneraie.

— Croyez-vous qu'il ait vu Henri ?

— Je l'ignore, mais tant qu'ils demeurent tous à Savigny, aucun lien certain ne peut être établi avec nous. J'ai interdit à mademoiselle de Savigny de paraître à la Cour en ma présence, mais j'ai bien senti qu'elle n'en avait que faire.

— Tranquillisez-vous, Madame.

Après ces paroles, Henri se leva, prit congé de Diane et partit, visiblement préoccupé.

Le lendemain se passa en promenades de toutes sortes dans les jardins, le roi paradant entre la reine, à qui il n'adressait pas un mot, et la duchesse de Valentinois qu'il couvrait de compliments.

Le soir tant attendu du bal arriva enfin. La nuit était tombée sur Fontainebleau, dont les fenêtres étaient ardemment éclairées. Comme dans un conte pour enfants plein d'elfes et de fées, des ombres se découpaient sur les croisées, somptueusement vêtues. De brillants équipages entraient par la grille, et c'était à qui jetterait ce soir-là le plus de feux.

Henri, qui avait mis son éclatant pourpoint noir à crevés d'argent, une cape noire ornée de croissants de lune d'or sur l'épaule gauche et un toquet de velours noir à plumes blanches, entra chez la duchesse de Valentinois. Elle l'attendait, vêtue d'une somptueuse robe blanche à croissants de lune noirs, les cheveux constellés de fines perles scintillantes.

— Je vous croyais avec la reine, lui dit la duchesse.

— C'est avec vous, Madame, que je souhaite ouvrir le bal.

Henri lui offrit son bras, et ce fut au milieu d'une haie de courtisans brillants de pierreries qu'ils firent leur entrée dans la salle de bal. Henri, triomphant, était fier de s'afficher en Amadis vainqueur au bras de sa favorite, devant toute la Cour. La duchesse de Valentinois, consciente de son pouvoir, s'avançait avec un port de reine vers l'estrade fleurdelisée au fond de la salle, où se tenaient les trônes du roi et de la reine. Catherine était déjà là, entourée de ses dames d'honneur et de courtisans empressés. À ses côtés se tenait le vidame de Chartres, que nous avions déjà aperçu sortant de chez Nicole de Savigny. Son refus d'épouser la fille cadette de Diane de Poitiers avait été un violent affront à la favorite. Ce geste avait tant plu à la reine qu'elle avait fait du vidame son confident, certains dirent même un peu plus, mais la pudeur impose de ne pas chercher à en savoir davantage. Si les histoires galantes de monsieur le vidame ont tant plu à madame de La Fayette au siècle suivant, c'est qu'en effet on aurait bien de la peine à toutes les énumérer. Nicole de Savigny n'avait été pour ce flamboyant seigneur qu'une aventure parmi tant d'autres, un défi personnel, celui de courtiser une ancienne hétaïre royale. Du reste, personne n'avait jamais connu leur liaison, qui était demeurée, discrète, dans la campagne d'Eure-et-Loir.

Malgré la présence du vidame, qui lui était toujours désagréable, Diane ne put réprimer un sourire en voyant, sur la cheminée monumentale derrière le trône, le H aux deux D entrelacés répété partout. Depuis quelques années déjà, la Cour avait surnommé la duchesse de Valentinois « la plus que reine ». Un mot de sa bouche avait en effet le pouvoir de faire ou défaire une fortune.

Diane arriva au pied de l'estrade et fit une profonde révérence devant Catherine, pendant qu'Henri prenait place aux côtés de la reine. Diane s'assit un peu en retrait derrière la reine, sur un siège à l'antique. Elle avait une vue complète sur toute la salle de bal. Son regard se posa d'abord sur la tribune des musiciens, puis sur le roi et la reine, assis devant elle. Enfin elle fixa l'assemblée des courtisans. Elle vit sa fille cadette, Louise de Brézé, aux côtés de son époux, Claude, duc d'Aumale, frère du duc de Guise. Un beau mariage, pensait Diane, qui lui assurait l'alliance d'une des familles les plus influentes, redoutée par Catherine elle-même. Ce mariage, arrangé par la duchesse de Valentinois pour préserver ses intérêts et ceux de sa famille, était certainement une de ses plus sûres protections contre l'inimitié de la reine.

Sa fille aînée était présente également, avec son mari, juste à côté du connétable Anne de Montmorency, ami d'enfance et plus proche conseiller du roi qui tantôt recherchait l'alliance de la favorite, tantôt la desservait auprès du roi.

Soudain, la duchesse de Valentinois pâlit. De l'autre côté de la salle, elle venait de croiser le regard de mademoiselle de Savigny. Nicole ne la quittait pas du regard, comme si elle avait voulu ajouter le défi à l'injure de paraître à la Cour malgré l'interdiction formelle de la duchesse.

Plus loin, près d'une des fenêtres donnant sur la cour ovale, Diane aperçut monsieur de La Châtaigneraie. « Tout est clair, à présent », pensa Diane. « Elle se croit à l'abri de mes coups puisque son galant veille de loin sur elle. »

À ce moment les musiciens de la tribune commencèrent à jouer.

Diane dansa la glorieuse avec le roi, puis la pavane, deux danses alors fort à la mode, comme plus tard la volte venue d'Italie.

En se retournant, elle croisa à nouveau le regard de Nicole de Savigny, qui lui fit le même effet que la première fois.

— Qu'avez-vous ? lui demanda le roi à voix basse.

— Elle est là… et lui aussi.

Le roi aperçut à son tour mademoiselle de Savigny et monsieur de La Châtaigneraie.

— Voilà qui est curieux, reprit le roi tout en continuant de danser avec Diane. Ils ne se parlent pas, ne dansent pas ensemble et demeurent éloignés comme s'ils ne se connaissaient pas.

— C'est pourtant aisé à comprendre, lui répondit la duchesse de Valentinois. Mademoiselle de Savigny ne souhaite pas que l'on puisse soupçonner sa liaison avec monsieur de La Châtaigneraie. Elle craint trop pour sa vie et la sienne, s'il nous venait à l'idée de l'empêcher de lui parler de ce que vous savez.

Catherine, assise, observait depuis un moment son époux et sa favorite. Elle voyait bien qu'ils ne faisaient pas que danser, et elle essayait de comprendre d'après le mouvement de leurs lèvres ce dont ils pouvaient bien s'entretenir.

Quand ils eurent fini de danser, Diane et Henri revinrent prendre place sur l'estrade.

— Henri, demanda Catherine, que disiez-vous à madame de Valentinois ? Vous avez dansé avec elle cinq danses l'une après l'autre. Il faut que vous ayez eu bien des choses à vous raconter. Ne pouvez-vous les confier à votre femme ?

— Je parlais à la duchesse des beaux enfants que vous m'avez donnés. Ils sont à présent les biens les plus précieux du royaume. Ils sont l'avenir.

Catherine ne fut pas dupe de cette flatterie dite d'une voix si mielleuse et qui semblait aussi éloignée du véritable sujet de conversation entre le roi et sa favorite que Paris l'était de Constantinople. Pourtant, comme à son habitude, elle feignit d'y accorder bonne foi, se promettant bien de découvrir bientôt la vérité.

Le bal se prolongea jusqu'à une heure avancée de la nuit, et un feu d'artifice fut tiré depuis les jardins, inondant la salle de bal de lumières multicolores.

À deux heures après minuit, le roi se retira, suivi de la reine et de la duchesse de Valentinois.

Un à un, les courtisans quittèrent à leur tour le bal, déjà impatients des réjouissances du lendemain. Une armée de valets en livrée vint éteindre lustres et candélabres.

À trois heures, seuls quelques libertins attardés dans le parc faisaient encore résonner leurs pas dans le palais endormi.

Au même moment, une voiture franchissait la grille en direction de Dreux. Un œil attentif aurait pu y voir monsieur de La Châtaigneraie en compagnie de mademoiselle de Savigny.

*

Monsieur de La Châtaigneraie avait un ami de longue date, monsieur de Jarnac. Un jour qu'ils s'entretenaient de leurs exploits amoureux, monsieur de La Châtaigneraie commit l'imprudence, pour impressionner son ami, de lui confier que sa maîtresse élevait en secret un enfant illégitime du roi. Monsieur de Jarnac, intrigué, voulut connaître le nom de la maîtresse de monsieur de La Châtaigneraie. Mais celui-ci refusa de le lui donner. Piqué, monsieur de Jarnac répéta à qui voulait l'entendre que la maîtresse de monsieur de La Châtaigneraie élevait en secret un bâtard du roi. S'il continuait, le bruit allait bientôt être su de toute la Cour.

Monsieur de La Châtaigneraie sentit qu'il devait agir de toute urgence. Il guetta l'arrivée de monsieur de Jarnac dans la galerie de Fontainebleau et lui demanda réparation.

— Un duel contre vous ? se moqua monsieur de Jarnac. C'est grotesque. Pourquoi accepterais-je ? Qu'est-ce qui m'y forcerait ? Ne sommes-nous pas amis ?

— Nous l'étions, jusqu'à ce que vous répétiez à tous ce que je vous avais confié sous le sceau du secret. Et vous accepterez de vous battre contre moi pour ne pas passer pour un lâche aux yeux du monde.

— Et si je refuse ?

— Croyez bien que je saurai vous poursuivre jusqu'au bout du monde.

Monsieur de Jarnac vit que monsieur de La Châtaigneraie ne plaisantait pas du tout. Il faisait mine de partir quand monsieur de La Châtaigneraie le retint violemment par le bras et ajouta :

— Autre chose. Si vous ne voulez pas que je vous arrache la langue à l'instant même, il est bien entendu que, pour éviter de répandre encore davantage ce que vous avez déjà si bien semé à tout vent, nous prendrons un autre prétexte à ce duel que le véritable.

— Qu'est-ce à dire ? Et que comptez-vous inventer ? interrogea monsieur de Jarnac.

— Voyez-vous, il m'est arrivé d'être le témoin d'un duel qui avait eu lieu pour la raison suivante : un homme avait dit à un ami qu'il s'entendait à merveille avec sa belle-mère. Aussitôt, l'ami avait répété partout que cet homme était l'amant de sa belle-mère.

— Eh bien ?

— Eh bien, répondit monsieur de La Châtaigneraie, je dirai que, vous ayant confié que je m'entendais fort bien avec ma belle-mère, vous avez répété à plusieurs de mes amis que j'étais son amant.

— Mais personne ne vous croira, je n'ai dit cela à personne. En revanche, j'ai répété partout que votre maîtresse élevait en secret un bâtard du roi.

Monsieur de La Châtaigneraie, livide, avait en vain essayé d'arrêter monsieur de Jarnac, mais il était trop tard, le perfide n'avait pas résisté à cracher une dernière fois son venin. Juste comme il parlait, Catherine de Médicis avait surgi dans son dos, traversant la galerie pour se rendre à la chapelle. Elle s'était arrêtée au niveau des deux hommes. Avait-elle entendu ?

— Bonjour, Messieurs, dit-elle en s'approchant des deux hommes.

— Votre Majesté, saluèrent Jarnac et La Châtaigneraie.

— Le roi vous convie à la chasse qu'il donne les trois prochains jours en l'honneur du duc de Savoie. Serez-vous des nôtres ?

— Votre Majesté, c'est, hélas, impossible, répondit La Châtaigneraie.

— Impossible ! Pourquoi donc ? Contez-moi cela, dit Catherine, l'air inquisiteur.

— Un… différend, Votre Majesté, reprit La Châtaigneraie.

— Un différend, dit Catherine d'un air incrédule. Que peuvent donc avoir à se reprocher mutuellement deux gentilshommes de si belle figure ?

— Une affaire de famille qui ne mérite pas l'attention de Votre Majesté, répondit une nouvelle fois La Châtaigneraie.

— Monsieur de Jarnac, reprit Catherine, j'aimerais entendre ce que vous avez à dire.

Monsieur de La Châtaigneraie, placé à côté de Catherine et donc invisible pour elle, jeta un regard menaçant à monsieur de Jarnac, situé en face d'eux.

— Je n'ai rien d'autre à ajouter, Majesté. Une affaire de famille.

— Bon, répondit Catherine. Je vois que je n'en apprendrai pas davantage. Battez-vous, mais épargnez la vie du vaincu. Il serait grand dommage de mourir si jeune.

Après cette conversation, Catherine s'éloigna dans la galerie. Monsieur de La Châtaigneraie, inquiet, se répétait : « A-t-elle entendu ? »

Le duel fut fixé au lendemain, et les deux hommes se séparèrent.

La nouvelle du duel entre Jarnac et La Châtaigneraie eut à peine le temps de se répandre à travers la Cour que l'on apprit que monsieur de Jarnac avait tué monsieur de La Châtaigneraie. Un coup en traître, avaient murmuré certains. Une botte secrète, avaient dit d'autres. En effet, monsieur de Jarnac avait transpercé son adversaire, non à la tête ou à la poitrine comme c'était l'usage, mais au jarret. Un coup totalement nouveau et inattendu, mais meurtrier.

Le lendemain du duel, monsieur de Jarnac reçut l'ordre de se rendre auprès de la reine.

Catherine de Médicis était assise dos à la porte, caressant un lévrier assis à ses côtés, lorsque monsieur de Jarnac fut introduit dans ses appartements. La porte se referma derrière lui, et un lourd silence s'abattit sur la pièce. Monsieur de Jarnac tenta aussitôt de le rompre :

— Majesté, je...

— Je suis bien aise de vous revoir en vie, monsieur de Jarnac, coupa la reine en se levant et en se dirigeant vers lui.

— Votre Majesté a désiré me voir ?

— En effet. Je vous ai senti mal à l'aise hier, dans la galerie.

Ses yeux menaçants et inquisiteurs transperçaient Jarnac plus cruellement encore qu'une épée.

— Je sais la véritable raison de votre duel avec monsieur de La Châtaigneraie, ajouta-t-elle avec une expression effroyable.

— Majesté, vous...

— Ne jouez pas avec moi, monsieur de Jarnac. Je veux savoir qui était la maîtresse de monsieur de La Châtaigneraie. Je veux savoir qui cache un bâtard du roi.

— Je l'ignore, Votre Majesté, répondit Jarnac.

— Vous l'ignorez ? reprit Catherine, incrédule. C'est bien au jarret que vous avez transpercé monsieur de La Châtaigneraie ?

— Je ne vois pas où Votre Majesté veut en venir.

— Répondez par oui ou non, vous n'êtes pas en position de m'interroger. C'est donc bien le jarret de monsieur de La Châtaigneraie que vous avez transpercé ?

— Oui, c'est cela même.

— Savez-vous que l'on parle déjà de votre coup comme celui d'un traître ?

— Je l'ai entendu dire en effet à certains, mais…

— Voyez-vous, je me suis replongée ce matin dans un ouvrage hérité de ma mère, où sont détaillées toutes les règles du duel.

Et Catherine montra du doigt à Jarnac un livre ouvert sur son bureau.

— Or, poursuivit-elle, les règles sont formelles. Les seuls coups permis sont à la tête et à la poitrine. Tout autre coup peut valoir au fautif une très lourde sanction. Je suis reine, et par conséquent fort attachée au respect des règles…

— Majesté, puisque je vous assure que j'ignore qui était la maîtresse de monsieur de La Châtaigneraie, insista Jarnac, de plus en plus pâle.

— Vous comprenez vite, monsieur de Jarnac, surtout les menaces, mais il est fort dommage que vous vous entêtiez. C'est le plus sûr moyen de voir ces menaces s'abattre sur vous.

— Accordez-moi la vie sauve, et vous n'aurez pas de serviteur plus dévoué que moi.

— Vraiment ? Je croyais que vous l'étiez déjà, répondit Catherine avec un air ironique. Mais quoique je n'aime pas marchander, contrairement à ce que beaucoup prétendent ici eu égard à ma famille, j'accepte votre marché. Ferez-vous tout ce que je vous ordonnerai ?

— J'en fais le serment, Votre Majesté, répondit Jarnac.

— Absolument tout ? insista Catherine en se rapprochant de lui d'un pas.

— Oui, Votre Majesté, confirma Jarnac.

— Alors c'est bien, monsieur de Jarnac, vous pouvez disposer, lança Catherine en lui tournant le dos pour se diriger vers son bureau.

Monsieur de Jarnac s'inclina, puis sortit, soulagé, des appartements de la reine. « Que va-t-elle faire à présent ? » se demandait-il. « Et qu'aurai-je à faire, moi ? » Il n'en était qu'au début de ses tourments.

Le roi étant parti chasser pour plusieurs jours avec le duc de Savoie, prétendant de sa sœur Marguerite, et avec de nombreux gentilshommes de la Cour, Catherine avait tout le loisir de penser au moyen de connaître l'identité de la maîtresse de monsieur de La Châtaigneraie qui élevait en secret un bâtard du roi.

Le lendemain de son entrevue avec monsieur de Jarnac, elle l'envoya quérir.

— Monsieur de Jarnac, commença-t-elle quand celui-ci fut entré, que savez-vous des dispositions testamentaires de monsieur de La Châtaigneraie ?

— Je n'en connais rien, répondit-il.

— Vous ne m'êtes décidément d'aucune utilité, monsieur de Jarnac.

— Je ne demande qu'à le devenir.

— Vous allez donc vous rendre chez monsieur de La Châtaigneraie, et si besoin chez ses témoins, pour saisir son testament en mon nom. Voici un ordre signé de ma main.

Jarnac prit le billet que lui tendait Catherine, qui était composé en ces termes :

« Ordre de remettre le testament de feu M. de La Châtaigneraie au porteur de ce message. Signé : Catherine ».

— Et après ? demanda Jarnac.

— Commencez déjà par mener à bien cette mission. Vous avez trois jours. Au matin du quatrième, je vous veux dans mes appartements à dix heures. Avec le testament, s'il y en a un.

— Bien, Votre Majesté, répondit Jarnac en s'inclinant.

— Vous pouvez disposer. Au travail, monsieur de Jarnac, au travail…

Lorsqu'il fut sorti, Catherine se frotta les mains. « Je la tiens », pensait-elle.

*

Au matin du quatrième jour, à dix heures précises, monsieur de Jarnac pénétrait dans les appartements de Catherine. La reine l'attendait avec impatience.

— Vous avez ce dont nous étions convenus ? interrogea-t-elle avidement.

— Le voici, répondit Jarnac en sortant un rouleau de papier de son pourpoint.

Il le tendit à la reine, qui le déroula, et le parcourut en quelques secondes. Elle déposa le testament sur son bureau, puis ordonna à Jarnac de s'asseoir devant le testament.

— Prenez la plume, Monsieur de Jarnac, ordonna-t-elle, et écrivez au bas du testament de l'écriture la plus semblable à celle qui précède : « Moi, Hercule de la Châtaigneraie, lègue enfin trente mille écus à celle qui illumina mes dernières semaines et qu'il me faut à présent quitter ».

— Votre Majesté veut faire de moi un faussaire ? demanda Jarnac tout en obéissant à Catherine.

— Ne m'avez-vous pas dit que vous feriez tout ce que je vous ordonnerais ? De plus, Monsieur, lorsqu'on agit pour la reine, on agit pour la France. Agir pour la France ne fait jamais de vous un faussaire. Avez-vous terminé ?

— Oui, tenez, répondit Jarnac en tendant le testament *complété* à Catherine.

— Parfait, dit celle-ci après y avoir jeté un œil. Je suis fort satisfaite de vous, Monsieur de Jarnac. À présent, retirez-vous.

Jarnac sortit, et Catherine, après avoir déposé le testament dans un des tiroirs de son meuble à secrets, quitta à son tour ses appartements pour aller au-devant du roi qui revenait de la chasse.

Le lendemain, la reine annonça de manière que la nouvelle fît le tour de la Cour qu'elle s'occuperait personnellement de faire appliquer point par point le testament de feu monsieur de La Châtaigneraie. Bien entendu, la duchesse de Valentinois en fut l'une des premières informées. Le roi quant à lui ne s'y opposa pas, il vit même dans l'intérêt que la reine prenait à cette affaire une marque de bonté de sa part à l'égard d'un gentilhomme qui s'était toujours montré un fidèle et loyal serviteur de la monarchie, et qui avait tragiquement péri à l'aube de sa vie.

Catherine fit donner lecture du testament par le roi au conseil.

La duchesse de Valentinois, redoutant soudain quelque machination de la reine en rapport avec la liaison de feu monsieur de La Châtaigneraie avec mademoiselle de Savigny, sortit précipitamment de ses appartements et se dirigea à grande vitesse vers la salle du conseil. Elle se fit annoncer, et comme personne à la Cour, pas même le roi, ne savait rien lui refuser, elle entra.

La terre faillit manquer sous ses pieds lorsqu'elle vit Henri au bout de la table qui terminait devant ses conseillers la lecture de ce testament, lecture qu'elle était venue empêcher :

— « … Moi, Hercule de La Châtaigneraie, lègue enfin trente mille écus à celle qui illumina mes dernières semaines et qu'il me faut à présent quitter. »

Un léger tremblement se fit entendre dans la voix du roi à la lecture de cette dernière phrase. Il regarda Diane, figée au seuil de la porte qu'elle venait de franchir, avec dans les yeux une expression de terreur dont lui seul pouvait comprendre la raison.

Alors, pensaient-ils tous deux au même instant, Catherine sait tout. Il ne lui manque que le nom de mademoiselle de Savigny pour remonter jusqu'à Henri de Saint-Rémy.

*

Durant plusieurs jours, le roi et la duchesse de Valentinois firent discrètement surveiller tous les accès aux appartements de la reine. Mais Catherine avait donné des instructions pour que la personne qui se présenterait à Fontainebleau comme la dernière maîtresse de monsieur de La Châtaigneraie soit directement introduite chez elle par une issue dérobée. Ce fut ainsi que mademoiselle de Savigny se présenta devant la reine.

— Donc, commença Catherine, c'est sur feu monsieur de La Châtaigneraie, Mademoiselle de Savigny, que vous aviez jeté votre dévolu… Il est vrai qu'après le roi, vous ne pouviez que rabaisser vos ambitions.

— Madame, je…

— Il suffit. Vous allez être riche à présent, très riche. Monsieur de La Châtaigneraie s'est montré fort généreux envers vous dans son testament.

Les yeux avides de mademoiselle de Savigny se mirent à briller. Elle voyait enfin s'ouvrir devant elle une vie brillante à la Cour, en pleine lumière, loin du vieux manoir familial. Elle ne serait plus réduite à être la femme de l'ombre, l'obscure provinciale reléguée à la campagne. Mais elle fut vite contrainte de revenir à la réalité, car Catherine reprit :

— Il est fort dommage pourtant que vous éleviez en secret un bâtard du roi…

Nicole pensa défaillir en entendant ces paroles. Elle devint affreusement pâle, un mélange de terreur et de feinte incompréhension dans le regard.

— Allons, continua Catherine, ne faites pas l'innocente. Monsieur de La Châtaigneraie était aussi bavard que brave gentilhomme…

— Majesté, je vous jure… bredouilla Nicole.

— En voilà assez. Comment se nomme le bâtard que vous avez donné au roi ?

Devant le silence de Nicole, la reine s'approcha d'elle et lui saisit le menton.

— Je vous demande son nom, insista Catherine.

— Henri… révéla Nicole en éclatant en sanglots. Il s'appelle Henri. Henri de Saint-Rémy.

— Ainsi c'est donc vrai. Vous reconnaissez avoir mis au monde puis élevé un enfant du roi. Un bâtard.

Nicole sanglotait toujours, et ne disait mot. La reine continua :

— Pauvre fille ! Vous n'êtes rien, et pourtant vous me paierez cette trahison. Vous terminerez vos jours au bois de Vincennes, entre les murs humides de la forteresse. Je vais de ce pas signer l'ordre d'arrestation.

Catherine, joignant aussitôt le geste à la parole, se dirigea vers son bureau. Elle prit son temps, espérant un dernier aveu de la part de mademoiselle de Savigny, un aveu auquel seule la crainte de finir ses jours en prison pouvait la résoudre.

— Attendez ! cria soudain Nicole. Je… Il y a encore une chose que vous devez savoir.

« J'en étais sûre », pensa Catherine, un fin sourire sur la bouche.

Elle se retourna vers mademoiselle de Savigny.

— Je vous écoute, dit la reine. Mais faites vite, le temps presse.

— Ce… Cet enfant du roi… commença Nicole, consciente du nom aussi terrible que celui de la reine qu'elle allait prononcer.

— Eh bien, cet enfant du roi… insista Catherine. Parlez, mon enfant, il est encore temps. Après, il sera trop tard.

— Il n'est pas mon fils.

— Comment ? fit Catherine, qui pourtant s'en doutait depuis un moment déjà. Et de qui est-il donc le fils ?

Nicole appela tout son courage à son secours, et répondit en suspendant sa respiration :

— Il est le fils de la duchesse de Valentinois.

En entendant ces mots, Catherine ressentit une cruelle blessure à l'intérieur d'elle-même, mais, comme elle était habituée à dissimuler, aucune trace de la moindre émotion ne parut sur son visage.

— C'est bien, Mademoiselle, vous pouvez disposer à présent.

Nicole de Savigny s'empressa d'obéir à l'ordre de la reine et sortit, soulagée de s'en tirer finalement à si bon compte.

Lorsqu'elle fut seule, la redoutable Catherine laissa libre cours à sa fureur.

« J'avais donc raison. Filippa Duci n'est pas davantage la mère de Diane de France que Nicole de Savigny n'est celle d'Henri de Saint-Rémy ! La duchesse de Valentinois est la mère de ces deux enfants du roi ! *La puttana !* Elle me le paiera ! Je me vengerai », pensait-elle.

À ce moment, un laquais entra chez Catherine.

— Qu'y a-t-il ? hurla la reine.

— Madame, c'est madame Diane de France qui souhaite vous entretenir.

Catherine crut en cet instant mourir de rage. Mais, en bonne florentine experte dans l'art de feindre, elle se composa en un instant un visage orné du plus radieux sourire pour répondre avec grâce :

— Eh bien, qu'elle entre donc, cette chère enfant !

*

Peut-être est-il temps de vous conduire au manoir de Savigny, afin de vous montrer ce qu'était devenu cet Henri de Saint-Rémy que nous avions vu naître à Anet un jour de 1537.

En ce mois de juin 1559, il avait donc vingt-deux ans. C'était un fort beau jeune homme, blond, à la peau claire, aux nobles et chevaleresques sentiments hérités de son père, mais au regard aussi déterminé que celui de son père était mélancolique, à la taille fine, et dont l'adresse à tous les exercices du corps s'était encore développée depuis ses années passées à l'école de cavalerie d'Oiron. Comme son père et son grand-père, il portait une belle barbe dont les reflets dorés faisaient écho à ceux de sa chevelure et qui couvrait le bas de son visage. Il avait la grâce, le maintien, l'élégance et le raffinement des Valois.

Nicole de Savigny lui avait très tôt révélé le secret de sa naissance, mais l'avait élevé comme son propre enfant. Elle a d'ailleurs si bien joué ce rôle de mère qu'aujourd'hui encore dans les livres d'Histoire on parle d'Henri de Saint-Rémy comme de son fils. Henri savait donc qu'il était fils de roi. Il lui était arrivé quelquefois de voir sa mère, lorsque la duchesse de Valentinois était venue à Savigny prendre des nouvelles de son fils. Mais son père, il ne l'avait jamais vu. Un roi n'était pas un homme ordinaire, et il aurait été impossible à Henri II de lui rendre visite en personne sans que toute la Cour en fût informée.

Quatre ans auparavant, Henri de Saint-Rémy était tombé amoureux d'une jeune paysanne du bourg de Savigny prénommée Marie. Il lui avait fait une cour assidue et la belle avait succombé. Elle lui avait donné un fils, qu'ils prénommèrent François. Or, Marie ignorait tout de la naissance d'Henri. Pour elle, comme pour tout le village, il était le fils de Nicole de Savigny, fille de leur ancien seigneur et connue pour ses nombreux amants. Le petit François de Saint-Rémy, qui en 1559 avait donc quatre ans, était élevé par sa mère et venait fréquemment au manoir de Savigny sauter sur les genoux de son père.

Mais le 30 juin, un triste événement allait bouleverser cette paisible vie de famille. Au cours d'un tournoi à Paris, Henri II eut l'œil transpercé par la lance du capitaine de sa garde écossaise. Il mourut dix jours plus tard, veillé par la reine qui avait interdit l'accès de sa chambre à la duchesse de Valentinois. Celle-ci dut rendre à Catherine les bijoux de la couronne que le roi lui avait confiés, lui échanger le château de Chenonceau qu'elle avait considérablement embelli en le dotant d'un pont et de magnifiques jardins contre le sombre château de Chaumont encore empli des effluves des séances cabalistiques de la reine florentine, et fut contrainte par la reine avide de vengeance de se retirer chez elle, à Anet, loin de la Cour où elle avait tant brillé jadis.

La disgrâce de Diane de Poitiers était totale, mais cette femme intelligente quitta la Cour avec une grande dignité. Elle avait encore bien des années devant elle, dans ce beau château d'Anet si plein de souvenirs heureux.

Retrouvons-la dans son beau domaine, durant le mois d'août 1559. Diane n'a rien changé à son mode de vie, et son emploi du temps quotidien suit toujours le même rythme qu'aux plus beaux jours de ses amours avec le feu roi. Pourtant, depuis ce jour fatal de la fin juin, l'esprit de Diane est ailleurs. Son corps poursuit inlassablement les mêmes rituels, mais la flamme qui brillait jadis dans les yeux de la duchesse est presque éteinte.

Ce jour-là, après sa chevauchée matinale, Diane s'est remise au lit, et a bu un bouillon en lisant les rapports des régisseurs de ses terres. Ses yeux ont lu, mais sans éveiller chez elle la moindre réaction.

Lasse de parcourir ces ennuyeux papiers, Diane a quitté sa chambre, sans même apposer sa célèbre signature qui n'avait manqué de figurer nulle part durant trente ans.

Un besoin pressant la tenaillait : celui de se revoir en pleine gloire, aimée du roi, invulnérable. Elle se souvint du jour où on lui avait apporté les merveilleuses tapisseries de la *Tenture de l'Histoire de Diane*, et se dirigea vers la galerie. En entrant, un parfum enivrant l'enveloppa ; un reste des fêtes innombrables qui s'y étaient déroulées jadis.

Elle fit quelques pas jusqu'à la tenture de la mort d'Orion et resta devant, immobile, les yeux emplis de larmes. « Était-ce bien un funeste présage, Seigneur, se dit-elle en elle-même, et pourquoi faut-il que vous m'ayez punie pour tous les biens que vous m'aviez accordés ? »

Puis, en guise de repentance pour des pensées si impies, Diane s'avança sur la tribune de la chapelle, s'agenouilla et pria.

Il lui restait encore un espoir en ce monde, un visage qui pouvait ressusciter l'ancien temps : le fils que lui avait donné le défunt roi, Henri de Saint-Rémy.

Ce fut le jeune François II, fils aîné d'Henri II et de Catherine de Médicis, marié à Marie Stuart, qui devint roi. Mais en réalité, tout le pouvoir revenait à la reine mère qui régnait à travers son jeune fils. L'ambitieuse Catherine était devenue toute-puissante ; toutes les haines qu'elle avait accumulées au fond de son cœur lorsqu'elle n'était encore que la femme d'Henri II pouvaient à présent éclater au grand jour. Le royaume allait connaître des jours sombres sous le règne de cette femme toute revêtue de noir.

Mais Catherine avait aussi à faire face à la menace des protestants, persécutés par François I^er^ puis par Henri II, qui voyaient dans la jeunesse du roi François II et dans l'affaiblissement du pouvoir royal une occasion rêvée pour tenter de prendre à leur tour les rênes du pouvoir. Le prince de Condé, son frère Antoine de Bourbon, père du futur Henri IV, et l'amiral de Coligny étaient à la tête du « parti » protestant ou huguenot. François, duc de Guise, était à la tête du « parti » catholique, et s'était rapproché de Catherine de Médicis au point de gouverner avec elle.

Ce fut à Savigny qu'Henri de Saint-Rémy apprit tous ces événements. Aussitôt, il prit la décision de se rendre à Anet auprès de sa mère.

Lancé sur son cheval au grand galop sur la route de Dreux, on aurait dit qu'il volait. Son jeune cœur était ému de penser qu'il allait enfin se trouver réuni avec celui de cette femme dont il était depuis si longtemps séparé.

Le cerf de l'horloge du grand porche d'Anet marquait cinq heures lorsqu'Henri mit pied à terre sous le regard de la nymphe du tympan. Quand il annonça son nom au portier, qui était venu ouvrir en l'entendant frapper, celui-ci courut trouver Madeleine, qui accourut à son tour. À voir l'émotion qui étreignait la vieille femme de chambre de la duchesse, Henri put juger de ce qu'allait être celle de sa mère.

Madeleine le serra dans ses bras, les yeux noyés de larmes. Puis elle le conduisit à la porte des appartements de Diane.

— Madame ! Madame ! appela-t-elle en frappant à la porte.

— Qu'y a-t-il, Madeleine ? répondit Diane d'une voix éteinte.

— C'est votre fils, Madame, Henri. Henri de Saint-Rémy.

Aucune réponse ne se fit entendre. Pourtant les pas de la duchesse se rapprochèrent de la porte.

— Que dites-vous ? demanda-t-elle d'une voix où perçait à présent une émotion bien compréhensible, et comme si elle était persuadée d'avoir mal entendu.

— Votre fils, Madame. Il est avec moi, là, devant votre porte, reprit Madeleine, aussi heureuse de retrouver Henri que de voir ce fils et cette mère se retrouver après des années d'éloignement.

Diane ouvrit la porte. Elle courut à son fils et le couvrit de baisers.

— Pardon, Henri, pardon, répétait-elle, les yeux noyés de larmes. Votre père et moi étions obligés… Nous ne pouvions faire autrement… Mais maintenant qu'il est à Dieu, tout est différent. Il semble que je l'ai perdu pour vous retrouver, vous. Entrez, venez, nous avons tant de choses à nous dire.

Puis elle ajouta à l'intention de Madeleine, quand son fils fut entré et avant de refermer la porte :

— Merci, ma bonne Madeleine. Je ne recevrai personne aujourd'hui. Dites que je suis souffrante.

Diane raconta tout à son fils. Elle lui parla longuement du roi, son père, et aussi des raisons qui les avaient poussés à dissimuler sa naissance. Elle le mit en garde contre la haine de Catherine et contre la duplicité des Guise qui, pour se faire valoir auprès de la reine mère, n'avaient pas hésité à renier tout lien avec elle, l'ancienne favorite déchue dont ils avaient naguère, au temps de sa puissance, tant recherché l'alliance.

— Je vengerai l'affront que vous avez subi de la part de la reine mère et des Guise, dit Henri de Saint-Rémy avec toute la fougue de sa jeunesse une fois que la duchesse eut terminé son récit.

— Henri, supplia Diane, pour l'amour de Dieu laissez là votre désir de vengeance. Ne vous exposez pas inutilement à des périls qui ne manqueraient pas de vous engloutir. Puisque vous êtes venu à moi, puisque vous me pardonnez ces années passées loin de votre mère, je sais à présent que je puis vous demander de vivre à mes côtés. Vous avez tout du roi votre père : son allure, sa force, sa noblesse d'âme. Vivez, brillez, mais ne vous lancez pas dans de hasardeuses entreprises.

— Madame, répondit Henri, souffrez que votre fils se forge un destin par les armes. Je viens de m'enrôler dans les armées du prince de Condé.

— Mais Condé est huguenot ! répondit la duchesse avec force, elle qui avait jadis tant poussé le roi à réprimer les partisans de la Réforme.

— Qu'importe, ajouta Henri. Il est l'ennemi de la reine mère et des Guise. Cela suffit à donner des lettres de noblesse à sa cause.

— Henri, dit Diane en posant les mains sur les épaules de son fils, je n'ai plus aucun pouvoir, je ne suis plus rien dans ce royaume, mais il me reste assez d'amis à la Cour pour m'informer de ce qui se trame.

— Eh bien ? demanda Henri.

— Le bruit court qu'un complot orchestré par Condé et Coligny menacerait la vie du jeune roi, que la reine mère a fait conduire en sécurité à Amboise, sous bonne escorte, répondit Diane en baissant la voix. J'ai tout lieu de croire qu'elle prépare de son côté une sanglante riposte à l'encontre des huguenots. Elle est ma cousine, Henri, ne l'oubliez pas. C'est à moi qu'elle doit d'être reine aujourd'hui, et je la connais trop bien pour ne pas savoir que, sous une dissimulation profonde, elle cache en ce moment même de noirs desseins contre le parti de la Réforme. Les temps sont incertains, Henri. J'ai peu d'estime pour les huguenots, mais ce n'est guère ce qui me préoccupe. Je crains pour vous.

— Rassurez-vous, Madame, répondit Henri en embrassant sa mère sur le front.

Il demeura une semaine à Anet auprès de sa mère. Diane était heureuse ; elle ferait avec son fils ce qu'elle avait fait jadis avec son père, alors qu'il n'était même pas encore dauphin. Ils partaient à l'aube galoper dans les bois. La route n'avait pas changé. On passait toujours devant l'église du village, que la duchesse avait commencé à faire embellir dans le goût renaissant. On se promenait dans le parc qui, lui, avait bien changé depuis le temps de Louis de Brézé. En marchant à travers les parterres, ou en empruntant la galerie couverte qui faisait le tour des jardins de Philibert de l'Orme, on arrivait au mur d'enceinte dont le tracé rectiligne s'arrondissait sur quelques mètres pour englober un jeune chêne assez haut déjà, placé à proximité de l'un des pavillons d'angle.

— Voyez cet arbre, dit la duchesse à son fils, il fut planté par le roi votre père alors qu'il n'était encore qu'un enfant, et que votre grand-père le roi François l'avait confié à nos soins.

Diane de Poitiers et Henri de Saint-Rémy restèrent un moment en silence devant ce chêne si plein de souvenirs, puis continuèrent leur promenade.

La duchesse s'abritait toujours sous cette ombrelle de soie verte frangée d'or, que j'ai déjà évoquée et que l'on voit encore aujourd'hui au château d'Anet. Ils se rendirent à la chapelle et prièrent côte à côte pour le repos de l'âme du roi Henri II.

Pour ces deux âmes depuis si longtemps tenues à l'écart, cette semaine fut un merveilleux moment de bonheur. Quand vint l'heure pour Henri de s'en retourner à Savigny, la duchesse et lui se tinrent un long moment enlacés, se promettant de se revoir bientôt.

*

Rentré à Savigny, Henri avait reçu l'ordre de se rendre en Bourgogne au château de Tanlay, où devait se tenir une réunion de protestants. Tanlay était la propriété du frère de l'amiral de Coligny. C'était dans l'une de ses tours, appelée depuis ce temps « Tour de la Ligue », que se tenaient les assemblées des chefs du parti huguenot. Quelques jours plus tard devait se tenir une assemblée beaucoup moins étroite, à laquelle tous les gentilshommes du parti protestant avaient été conviés.

Henri fit d'une seule traite la route de Savigny à Ancy-le-Franc, demeure de sa tante Françoise, sœur de Diane, et de son époux Antoine de Clermont-Tonnerre. Françoise de Poitiers, que Diane avait mise dans la confidence, savait qu'elle avait mis au monde vingt-deux ans auparavant un fils du roi Henri II, élevé en secret loin de la Cour. Le comte son époux était en voyage ; ce fut donc seule qu'elle accueillit Henri chez elle, le présentant à ses domestiques comme le fils d'une amie. Elle le conduisit elle-même à travers les couloirs du château. En traversant la belle galerie ornée de vivantes fresques guerrières, Henri sentit monter en lui l'ardeur du combat, cette volonté de conquérir à tout prix par la gloire des armes ce dont sa naissance illégitime l'avait privé.

Françoise de Poitiers installa Henri dans les appartements qui jouxtaient les siens. Il ne lui dit pas un mot de l'assemblée de Tanlay qui devait avoir lieu le lendemain soir, mais prétexta un nécessaire éloignement de Savigny, situé trop près d'Anet où la reine Catherine ne manquerait sûrement pas de se rendre dans les prochains jours pour humilier une nouvelle fois la favorite déchue.

Le lendemain matin, Henri sortit tard de ses appartements. Il lisait et relisait la lettre assortie d'un plan qui lui expliquait comment accéder à la Tour de la Ligue de Tanlay. En effet, le seigneur des lieux, prudent, avait fait creuser sous la tour de son château un long souterrain aboutissant dans un petit bois des environs. Ainsi, personne ne pouvait voir entrer ou sortir quiconque de la tour, et les réunions pouvaient se tenir dans le plus grand secret.

La journée se passa sans événement particulier, et Henri attendit que tout fût endormi chez sa tante pour sortir et se mettre en quête du petit bois où se trouvait l'entrée du souterrain. Il sella son cheval sans bruit, puis partit au galop à travers champs. La masse sombre d'Ancy-le-Franc disparaissait derrière lui, et la campagne éclairée par un beau croissant de lune déroulait devant lui son étendue argentée.

Henri avait étudié le plan avec attention. Il trouva donc l'entrée du souterrain dans un petit bosquet, dissimulée sous une pierre moussue.

Plusieurs chevaux étaient déjà attachés à cet endroit, Henri y laissa aussi le sien. Puis il souleva la pierre et s'engagea dans le souterrain. C'était une galerie basse, sombre, où l'on avait ménagé de part en part des puits de lumière, où néanmoins la lueur de la lune avait peine à pénétrer.

Henri marcha durant près d'un kilomètre, puis arriva à un puits ardemment éclairé muni d'une échelle. Il grimpa, et se retrouva au cœur même de la Tour de la Ligue, au rez-de-chaussée. Des flambeaux brûlaient tout autour, tenus par des hommes en armes.

— Votre mot de passe ? lui demanda l'un d'eux qui barrait l'accès à l'escalier.

— Amboise et Coligny, répondit Henri en répétant les mots inscrits sur sa lettre.

— C'est bien, passez, lui dit le garde en lui indiquant l'escalier.

Henri s'engagea dans l'escalier tournant, et parvint au sommet de la tour où déjà de nombreux gentilshommes huguenots entouraient le prince de Condé et les trois frères Coligny.

Le spectacle qu'il contempla vaut la peine, nous semble-t-il, d'être décrit. Au plafond, une fresque circulaire représentait la Cour d'Henri II sous les traits mythologiques des dieux de l'Olympe. Catherine de Médicis occupait le centre de la fresque, sous la forme d'un griffon à deux visages, signe de duplicité. Chacun de ces visages était tourné l'un vers la gauche, l'autre vers la droite de la fresque. À gauche, le côté maudit, apparaissaient tous les catholiques ; à droite, le côté des justes, figuraient les protestants. La salle où ils se trouvaient au dernier étage de la tour était percée tout autour de fenêtres étroites, d'où l'on pouvait surveiller les alentours durant les assemblées. Ainsi la plus parfaite discrétion était-elle assurée. Le maître des lieux travaillait dans cette tour entre deux réunions, elle était donc éclairée tous les soirs et la lueur des bougies elle-même n'avait, de ce fait, aucune raison de paraître suspecte pour les gens du dehors qui, de toute façon, étaient fort rares.

Le prince de Condé prit la parole :

— Messieurs, depuis six mois que le roi Henri a été rappelé à Dieu, la France est aux mains des Guise dont le fanatisme s'étendra bientôt à toute la Cour si nous n'intervenons pas. Le duc ne cesse d'empoisonner l'esprit de la reine Catherine et celui du petit roi en les dressant contre nous. Je vous ai convoqués afin d'examiner avec vous ce qu'il convient de faire et afin d'avoir vos avis.

— Il faut soustraire le roi à l'influence des Guise, lança Coligny.

— Certes, répondit le plus jeune de ses frères. Mais comment ? On ne peut tout de même pas enlever le roi…

L'idée était lancée. Cette nuit-là, dans la Tour de la Ligue du château de Tanlay, en plein cœur de la Bourgogne, fut montée une vaste conspiration visant à enlever le jeune roi François II.

Tous les gentilshommes huguenots présents ce soir-là ne se séparèrent qu'après avoir juré le secret le plus absolu. Chacun emportait avec lui une lettre contenant des instructions. Tout devait être prêt pour dans deux mois.

Henri s'en retourna à Ancy-le-Franc, et pour écarter tout soupçon, se leva de bonne heure.

Il demeura deux semaines chez sa tante, puis s'en retourna à Savigny. Sur le chemin du retour, il commença à suivre les instructions reçues à Tanlay. Il n'y avait pas de temps à perdre.

*

Le complot fomenté par les protestants Condé et Coligny contre le jeune roi François II mis en sécurité à Amboise par la reine mère, et dont la duchesse de Valentinois avait parlé à son fils lors de leurs retrouvailles que j'ai racontées, se concrétisa en effet en 1560 et resta dans les mémoires sous le nom de « conjuration d'Amboise ».

Le parti huguenot avait tenté d'enlever le jeune roi afin de l'éloigner de l'influence des Guise. Mais le complot avait échoué, et Catherine avait voulu donner une marque incontestable de son pouvoir en châtiant les rebelles d'une manière dont on se souvînt.

On raconte qu'Henri de Saint-Rémy fit preuve d'une exceptionnelle bravoure lors de l'assaut du château d'Amboise. Parvenu, sans être tombé de son cheval lancé au grand galop, malgré la farouche résistance qu'opposa sur son chemin l'armée royale placée sous les ordres de François de Guise, en haut de la rampe d'accès circulaire de la tour cavalière qui permettait de monter depuis le niveau de la Loire jusqu'à la plateforme du château, il fut le premier à mettre pied à terre et à pénétrer dans le logis royal, jusque dans la chambre du roi, l'épée à la main et le pourpoint maculé du sang des adversaires qu'il avait dû occire pour parvenir au saint des saints. La réussite ou l'échec de la conjuration, à cet instant, était entre ses mains.

En effet, lorsqu'il pénétra dans la chambre du roi, Henri vit, agenouillés sur leur prie-Dieu et le regard empli de terreur, le jeune roi François II, son demi-frère qui ne savait pas qui il était, et sa jeune épouse Marie Stuart. Alors la bonté et les qualités de cœur qu'Henri avait héritées de son père l'arrêtèrent dans ses desseins. Il se souvint avec une intense émotion de la tendre admiration que François II et sa femme avaient toujours portée à sa mère, la duchesse de Valentinois, qui lui avait raconté les nombreuses fois où ils étaient venus séjourner à Anet. Il fut pris de pitié pour les enfants qu'il voyait devant lui et qui avaient partagé sans le savoir tant de doux souvenirs avec lui, et resta figé au seuil de la chambre, juste assez longtemps pour permettre aux hommes de François de Guise de s'emparer de lui. On raconte aussi qu'au matin de son exécution sur les ordres de sa cousine Elisabeth Ire d'Angleterre, près de trente ans plus tard, Marie Stuart, à qui l'on demanda l'action la plus généreuse dont elle avait souvenir, répondit dans un murmure : « C'était en France, à Amboise, un gentilhomme maculé de sang entré l'épée à la main… » Elle n'eut pas le temps de terminer son récit, il lui fallut partir pour l'échafaud.

C'était également l'échafaud qui attendait les conjurés du coup de force d'Amboise, capturés pour la plupart les uns après les autres comme Henri de Saint-Rémy.

Tous les comploteurs qui n'avaient pas réussi à prendre la fuite furent rassemblés, enchaînés, depuis le bas jusqu'en haut de la tour cavalière du château d'Amboise. La reine mère Catherine descendit lentement la pente de la tour, et dévisagea l'un après l'autre tous ceux qui avaient participé à ce crime de lèse-majesté. Elle ordonna pour chacun la pendaison ou la décapitation, n'accordant aucune grâce, aucune clémence d'aucune sorte.

Arrivée au bas de la tour, elle demanda, comme elle l'avait fait pour chacun, son nom à un jeune homme qui semblait la dévisager, et dont son capitaine des gardes venait de lui dire qu'il avait été capturé l'épée à la main au seuil de la chambre du roi. Il était beau, fin, élégant, « une allure de roi », pensa Catherine, malgré le sang qui le maculait.

— Henri de Saint-Rémy, lui répondit le jeune homme.

Catherine tressaillit. C'était donc lui ! Le fils de Diane se tenait devant elle, enchaîné, compromis dans une tentative de crime contre l'autorité royale ! Depuis près de six années, depuis ce jour où Nicole de Savigny lui avait appris son existence, elle rêvait toutes les nuits qu'elle le tenait entre ses mains, et à présent elle ne savait que faire.

— Quel sort Votre Majesté réserve-t-elle à ce gentilhomme ? fut obligé de demander pour la première fois le commis du bourreau à la reine mère.

— Je… Je verrai plus tard, répondit Catherine d'une voix troublée.

Puis elle reprit à l'intention du capitaine des gardes d'un ton de commandement, qui jamais chez elle ne tardait à revenir :

— Assez pour aujourd'hui. Maintenez les prisonniers sous bonne garde, prenez cinq hommes et conduisez monsieur de

Saint-Rémy au manoir du Clou par le souterrain. Vous le maintiendrez en résidence surveillée jusqu'à ce que je statue sur son sort.

Après ces paroles qui, bien que dissimulées sous un ton impérieux, révélaient chez cette femme de tête une parfaite indécision que jamais elle ne voulut montrer, Catherine s'en retourna dans ses appartements. Elle exigea qu'on la laissât seule. Pouvait-elle aller jusqu'à condamner à mort le fils du roi et de la duchesse de Valentinois, sa parente, celle qui avait tant compté dans la vie du roi son époux, et comme marraine, et comme maîtresse ? Comment affirmer son autorité en respectant la mémoire du feu roi ?

Pendant que Catherine, assaillie par le doute, réfléchissait à son bureau, la tête dans ses mains, Henri de Saint-Rémy arrivait au manoir du Clou où il devait rester prisonnier, encadré par cinq gardes.

Ce manoir, qui avait déjà vu mourir Léonard de Vinci en 1519, trois ans après son installation à Amboise par François Ier, voyait maintenant arriver le fils caché d'Henri II et de Diane de Poitiers par ce même souterrain qui permettait autrefois à François Ier d'aller rendre visite secrètement à Léonard.

*

Henri était maintenant prisonnier de la reine mère depuis deux jours. Au manoir du Clou[12], situé à proximité d'Amboise, où il était détenu, il avait eu vent de la terrible répression ordonnée par Catherine de Médicis. Les conjurés protestants avaient tous été pendus au balcon du château d'Amboise qui domine la Loire, donnant à tous le spectacle de leurs corps disloqués, offerts à l'appétit des charognards. Ceux qui n'avaient pas été pendus

[12] Que l'on appelle aujourd'hui « le Clos-Lucé ».

avaient été décapités. Catherine avait assisté aux exécutions, impassible, depuis la fenêtre de ses appartements.

La reine mère vit les exécutions, mais elle ne les regarda pas ; elle entendit les cris des suppliciés, mais ne les écouta pas. Elle pensait à son prisonnier, là-bas, à cet Henri de Saint-Rémy qui lui causait tant de souci. Relisait-elle en pensée la lettre qu'elle avait fait porter la veille à la duchesse de Valentinois ?

« Madame,

M. de Saint-Rémy s'est rendu coupable d'attentat contre l'autorité royale. Il est détenu au manoir du Clou près d'Amboise, en attendant que nous décidions de son sort. Considérez qu'il ne doit la vie qu'aux années que nous avons vécues ensemble aux côtés du feu roi mon époux. Les autres comploteurs ont tous été pendus ou décapités, sans exception aucune.

Implorez notre pardon, peut-être alors serons-nous portés à la clémence. La forteresse à vie serait le châtiment le plus doux que nous pourrions lui infliger. Son tempérament rebelle en fait une trop grande menace pour le trône.

Vous avez deux jours, Madame, pour vous rendre à Amboise. Le porteur de cette lettre vous escortera et vous introduira au palais dès votre arrivée.

Catherine »

Comme chaque jour depuis la mort du roi Henri II, Diane de Poitiers priait dans la chapelle d'Anet. Mais ce jour-là, elle priait surtout pour son fils, demandant à Dieu de le prendre en sa sainte garde. La nouvelle de la conjuration d'Amboise lui était parvenue par sa fille, belle-sœur du duc de Guise.

Madeleine alla annoncer à la duchesse de Valentinois qu'un messager venait de se présenter au porche, porteur d'une lettre de la plus haute importance.

— De la part de qui est-il là ? demanda Diane.

— C'est un messager de la reine mère, Madame, répondit la vieille et fidèle femme de chambre.

Le messager fut introduit dans les appartements de la duchesse, s'inclina devant elle et lui tendit la lettre que j'ai retranscrite plus haut. Diane défit le ruban qui l'entourait, la déroula et lut. Elle marcha vers la fenêtre qui donnait sur les jardins pour que son trouble ne fût pas perçu par le messager de Catherine.

— C'est bien, lui répondit-elle en reprenant empire sur elle-même lorsqu'elle eut terminé une lecture qui manqua de la faire défaillir. Dites en sortant aux écuries que l'on prépare mes équipages, je me rends à Amboise sur-le-champ.

Le messager s'inclina et sortit. Diane fit des recommandations à Madeleine pour la tenue de la maison en son absence, et quitta Anet une heure plus tard. Sur la route d'Amboise, mille pensées inquiètes assaillaient son esprit.

En arrivant le surlendemain dans une voiture sans armoiries au pied du château, Diane vit avec horreur les corps des conjurés pendus se balancer au grand balcon.

Alors qu'elle pénétrait discrètement dans un passage secret qui menait directement aux appartements de Catherine, une violente odeur de sang et de charogne la prit à la gorge. Elle entendit tout proche des hommes aux mines forcément sinistres aller et venir dans les corridors, tout affairés encore à de noires et meurtrières besognes. D'autres conjurés venaient d'être découverts à proximité d'Amboise, et l'on s'apprêtait à leur faire connaître le même sort funeste.

La duchesse de Valentinois se disait en elle-même que le temps était déjà bien loin où elle avait fait de la Cour de France le lieu où il faisait si bon vivre, cette brillante Cour d'Henri II où les derniers feux de la chevalerie héritée du Moyen-Âge courtois s'alliaient à l'élégance et à la douceur de vivre de la Renaissance.

Il avait fallu une année à Catherine pour transformer cette Cour enchanteresse en bain de sang. Le crime avait succédé à la poésie, le glaive à la fleur.

Diane entra avec cette majesté qui n'appartenait qu'à elle dans le bureau de la reine mère, par une petite porte dissimulée sous une tenture. Les deux femmes ne s'étaient pas vues depuis un an, et pourtant dans le cœur de Catherine, désormais toute de noire vêtue, vivait encore une haine inexpugnable pour celle qui durant vingt années l'avait reléguée dans l'ombre.

— Madame, comme vous le constatez je me suis rendue à vos ordres sans attendre, commença Diane avec ce formidable ascendant qu'elle conserva toujours sur Catherine, même après la mort d'Henri II. Mais n'espérez pas que je vous supplie, j'ai trop le sens de l'honneur pour m'abaisser à cela.

— Comment osez-vous me parler ainsi, moi qui tiens la vie de votre bâtard entre mes mains ? menaça Catherine.

— Madame, continua avec calme la duchesse, vous m'avez tout pris, à moi à qui vous devez pourtant votre fortune présente, à commencer par votre trône. Au nom du roi son père, et en mémoire des années qui nous lient, vous épargnerez la vie de mon fils.

— Et si je décidais de le faire exécuter, en secret, au manoir du Clou où il est en ce moment même retenu prisonnier ?

— Alors, dans ce cas, répondit la duchesse, vous perdriez à coup sûr l'appui des Guise dont vous avez pourtant, semble-t-il, si grand besoin. Le duc n'est-il pas le beau-frère de ma fille ?

— Allons donc, vous savez tout aussi bien que moi que les Guise n'agissent que par intérêt. Ils ont recherché sans cesse votre faveur lorsque vous étiez puissante. À présent que c'est moi qui suis le maître, c'est à moi qu'ils cherchent à plaire. En un mot,

Madame, les Guise se sont détournés de vous le jour où la mort du roi vous a fait retourner au néant d'où son amour vous avait tirée. Ils se moquent bien à présent de votre sort. *A fortiori* ils ne peuvent qu'éprouver une totale indifférence pour le sort de votre bâtard.

Catherine vit que ses paroles avaient fait mouche. Elle attendait maintenant avec un air de triomphe la riposte de la duchesse. Une riposte qui ne vint pas.

— Pourrai-je au moins voir mon fils ? demanda Diane.

Sans répondre, Catherine ordonna que l'on conduise sur l'heure la duchesse de Valentinois auprès de monsieur de Saint-Rémy par le souterrain. Alors que Diane sortait de son bureau, elle ajouta :

— Madame, vous attendrez à ses côtés la décision que j'aurai prise le concernant.

Diane ferma les yeux un instant, rappela à elle tout son courage pour ne pas succomber, puis se rendit la tête haute auprès de son fils.

— Monsieur de Saint-Mars ! appela Catherine lorsqu'elle eut vu la duchesse de Valentinois qui prenait, en descendant les marches du souterrain du château d'Amboise, la direction du manoir du Clou.

Un homme entra, un militaire, dont la rude physionomie trahissait l'habitude qu'il avait des prisons. Il devait sa présence à Amboise à sa parenté avec le capitaine des gardes de la reine mère, qui lui avait recommandé son neveu. La fierté brillait dans l'œil de ce provincial ambitieux quand il pénétra dans les appartements de Catherine de Médicis. La reine mère avait besoin de lui, la reine mère allait lui confier une mission, sa fortune était faite, se disait-il en lui-même. Et il bénissait déjà son oncle de l'avoir tiré de l'obscure destinée qui l'attendait sûrement en province pour le mener au cœur du pouvoir.

— Monsieur de Saint-Mars, lui dit Catherine, assise à son bureau et rédigeant un ordre, vous allez conduire monsieur de

Saint-Rémy en grand secret à Loches, où vous le garderez prisonnier. Qu'il ne voie personne, vous m'en répondrez sur votre tête. Monsieur de Saint-Rémy est une menace pour le trône, un rebelle qui a tenté d'enlever le roi. Qu'on ne le tue pas, mais surtout qu'il ne sorte jamais des murs que nous lui avons assignés.

— Qui est-il ? demanda Saint-Mars.

— Un ennemi de l'État, cela doit vous suffire, répondit Catherine. Monsieur mon capitaine des gardes, votre oncle, qui vous a tant recommandé à moi, ne vous a donc pas appris que l'on ne questionne pas la reine ? Obéissez, voici votre ordre.

Catherine signa l'ordre qu'elle avait terminé d'écrire. Il était conçu ainsi :

« Ordre de conduire M. de Saint-Rémy à Loches, et de le garder au secret. Défense est faite à quiconque de l'approcher. Tout commerce avec cet ennemi de l'État serait puni de mort.

Signé : Catherine »

— Vous remettrez cet ordre au commandant de la forteresse, ordonna la reine en le remettant à Saint-Mars. Vous serez son second pour la garde de monsieur de Saint-Rémy.

— Et si… si l'on nous questionne ? se risqua encore à demander Saint-Mars.

— Vous répondrez comme je vous ai moi-même répondu, que vous gardez un ennemi de l'État.

— Mais les rumeurs les plus folles ne vont-elles pas courir à propos de son identité ?

— Monsieur de Saint-Mars, la forteresse de Loches a vu passer tant de prisonniers d'État depuis sa construction que personne ne s'émeut plus aux alentours de voir arriver un nouveau détenu. C'est d'ailleurs pour cette raison que je vous ordonne de le conduire à Loches, et non dans quelque autre forteresse où son arrivée pourrait, si elle finissait par être connue, susciter une curiosité et un émoi que je veux à tout prix éviter.

Monsieur de Saint-Mars était ambitieux ; il aurait préféré, quitte à garder un prisonnier d'État, que cela se sache, pour en tirer une gloire toute personnelle.

— C'est tout, Monsieur de Saint-Mars. Vous attendrez demain pour vous rendre au manoir du Clou, car aujourd'hui j'irai moi-même interroger une dernière fois le prisonnier.

Monsieur de Saint-Mars, après ces paroles, s'inclina et sortit.

*

Une lettre de la reine mère annonça début 1561 à la duchesse de Valentinois la mort d'Henri de Saint-Rémy dans sa prison de Loches. Le jeune homme n'avait pas résisté aux mauvais traitements dont il avait été victime et à l'hiver glacial qui s'était abattu sur la France.

Anéantie par la douleur, Diane vécut ses dernières années à Anet en se consacrant entièrement à la gestion de ses domaines et à des œuvres pieuses. Elle ordonna la construction d'un couvent dans le parc et veilla elle-même à l'embellissement de l'église du village.

À Anet, elle fit apposer partout encore davantage de symboles funèbres qu'elle n'en avait fait mettre au départ à la mémoire de son époux défunt. Ce fut en particulier à cette époque que des cheminées en forme de cénotaphes furent érigées tout autour du portique d'entrée. Des modifications furent également apportées à la *Fontaine de Diane*.

Personne ne soupçonna jamais, parmi ceux qui les remarquèrent, et ils furent peu nombreux, la véritable raison d'être de ces représentations funéraires omniprésentes dans la demeure de la belle favorite, celle qui en son temps avait gouverné la France autant que le cœur d'Henri II. On les attribuait sans hésitation aucune à la fidélité de Diane pour son mari, mort trente ans auparavant. La duchesse de Valentinois n'avait-elle pas vécu depuis ce jour en noir et blanc, symboles de deuil ?

Diane de Poitiers vécut encore quelques années à Anet, entourée de ses souvenirs. C'est là que je vous propose de la retrouver, une dernière fois, avant de clore le beau livre de sa vie. Elle y reçoit la visite de l'écrivain Brantôme, qui plus tard racontera cette visite, la dernière qu'il lui rendit, dans son *Recueil des Dames*. « Je vis cette dame six mois avant qu'elle mourût, si belle encore, que je ne sache cœur de rocher qui ne s'en fût ému », écrivit-il. Pourtant c'est à une Diane bien diminuée qu'il rendit visite en cette année 1565. Meurtrie par la mort du roi et de leur fils quelques années auparavant, à peine remise d'une fracture à la jambe après une chute de cheval, la duchesse de Valentinois n'était plus qu'une ombre que ni les bains glacés ni les décoctions d'or, qu'elle continuait inlassablement de prendre, ne pouvaient plus ramener à la lumière.

Pourtant, après l'avoir reçu dans ses appartements, elle invita Brantôme à faire le tour de ses jardins. Elle le mena le long du cryptoportique jusqu'au chêne qu'Henri II enfant avait planté.

Elle resta immobile devant l'arbre, silencieuse, pendant que des larmes se mettaient à couler sur son visage.

— Vous pleurez, Madame ? lui demanda Brantôme avec bienveillance.

— Voyez-vous ce chêne, Monsieur ? lui dit-elle. C'est le roi Henri qui le planta jadis, alors qu'il n'était qu'un enfant. Un enfant torturé par la peur de retourner un jour dans les geôles espagnoles où il venait de passer quatre longues années. Un enfant qui, toute sa vie, m'a remerciée de lui avoir rendu le goût de vivre.

En chemin ils croisèrent Jacques Mallet, le jardinier d'Anet, et son fils. Les deux fidèles serviteurs s'inclinèrent comme à l'accoutumée devant la duchesse et son invité.

— Messieurs, leur dit-elle, je vois que vous prenez un soin infini de ce bel arbre comme je vous l'ai toujours recommandé. Je vous en sais gré. Continuez ainsi, que rien jamais ne lui porte atteinte.

Les deux jardiniers assurèrent la duchesse de leur infini respect et du soin qu'ils continueraient à apporter aux jardins et à cet arbre en particulier. Ils savaient en effet ce qu'il représentait pour Diane, qui leur avait toujours accordé sa protection et sa confiance.

Brantôme fut l'un des derniers mortels qui rendirent visite à Diane, la déesse chasseresse.

Après son départ, Diane remonta dans ses appartements. Elle ouvrit un meuble à secrets qui trônait entre les fenêtres de sa chambre, en faisant jouer les mécanismes. Un des tiroirs s'ouvrit, et la duchesse en tira une boîte d'or superbement ouvragée. Prenant la cassette dans ses mains, elle la contempla longuement avec une visible émotion, puis l'ouvrit.

Aussitôt, son beau visage fut illuminé par des feux innombrables. Dans la cassette brillaient comme autant de soleils d'innombrables et somptueux diamants, ceux-là mêmes que le roi Henri II lui avait offerts pour la naissance de leur fils Henri de Saint-Rémy et qu'elle s'était bien gardée de mêler aux joyaux de la couronne qu'elle avait rendus à la reine Catherine.

— Ainsi donc elle ne m'aura pas tout pris, murmura Diane.

Elle s'assit devant son bureau, et écrivit sur un papier : « Moi, Diane de Poitiers, duchesse de Valentinois, fais don de ces pierres à M. François de Saint-Rémy ». Puis elle signa, sabla et cacheta le billet, et l'introduisit dans le coffret qu'elle referma.

— Ainsi, mon petit-fils ne sera pas dans le besoin… Il faut maintenant que je sache où les déposer. Pas ici en tout cas, ma fille Louise qui héritera d'Anet aurait tôt fait de s'en servir pour son usage personnel et de dépouiller mon petit-fils François. Non, il me faut trouver un endroit sûr, et pas trop loin.

Diane réfléchit un moment, et soudain son visage s'éclaira. « Le couvent des Cordeliers au fond du parc, voilà un endroit tout à la fois proche et sûr ! »

Le lendemain, au cours de sa promenade, Diane prétexta une visite à ce couvent qu'elle venait de créer au bout de son domaine. Elle avait glissé la petite cassette contenant les diamants dans une belle aumônière verte, cadeau de mariage de son époux défunt.

Parvenue sur les lieux, elle exigea qu'on la laissât prier seule dans la chapelle du couvent qui venait d'être terminée. Diane entra dans la sacristie, et vit avec satisfaction qu'on y avait bien placé le meuble ouvragé qu'elle avait commandé tout spécialement pour l'endroit.

Elle avait fait réaliser à l'intérieur une cachette indécelable pour quiconque ignorait sa présence, protégée par une roue codée. Elle y plaça la cassette de diamants. Quelques larmes roulèrent sur ses joues en pensant à quoi pourraient bien ressembler les vies futures de son petit-fils et de ses descendants.

Quelques minutes plus tard, après une prière où elle les recommanda au Seigneur, Diane ressortit de la chapelle, et s'en retourna chez elle.

Celui qui aurait pu lire dans l'esprit de cette femme superbe, à cette heure appuyée sur sa canne, y aurait vu un soulagement certain : « Tout est accompli », se disait-elle. « À présent, je peux quitter ce monde. » Dieu la prit au mot.

Elle mourut en 1566, âgée de soixante-six ans, heureuse de retrouver au ciel ces êtres chers perdus les uns après les autres. Elle avait recommandé en mourant le jeune François de Saint-

Rémy, son petit-fils, le fils d'Henri, à qui elle était quelquefois allée rendre visite à Savigny, à sa fille Louise de Brézé, duchesse d'Aumale, qui hérita de la demeure d'Anet et de la majeure partie des biens de sa mère.

Louise d'Aumale ordonna la construction d'une chapelle funéraire à la mémoire de Diane. Un magnifique tombeau représentant la duchesse de Valentinois en prière fut réalisé.

Avec la mort d'Henri de Saint-Rémy et de sa mère Diane de Poitiers, on aurait pu croire l'affaire terminée et la descendance illégitime d'Henri II perdue à jamais dans l'oubli, oubli que la succession des années entraîne d'ordinaire irrémédiablement.

Pourtant, la lignée des Saint-Rémy, dont le rejeton François, fils d'Henri, vivait pour le moment obscurément élevé dans un petit bourg de campagne, serait un jour à l'origine du renversement de la monarchie. Catherine de Médicis fut la seule à mesurer le danger, mais crut à tort l'avoir écarté à jamais lorsqu'Henri de Saint-Rémy rendit l'âme. Elle ignorait qu'il avait un fils, et que, loin d'avoir écarté le danger, elle avait créé un désir de vengeance que rien ne parviendrait à éteindre.

# Chapitre 5 :
# Charles de Lorraine, duc d'Aumale

Le duc et la duchesse d'Aumale reçurent à Anet au printemps 1567, un an après la mort de la duchesse de Valentinois, la visite du roi Charles IX, qui régnait alors depuis sept ans sous la férule de la reine mère. Son frère François II était mort peu après l'affaire de la conjuration d'Amboise d'un abcès à l'oreille, et la reine Marie Stuart s'en était retournée dans son Écosse natale.

Charles IX était venu seul. Une occasion pour lui de se libérer de l'oppressante tutelle de sa mère Catherine, qui était restée seule à Fontainebleau. Ce roi partageait avec son père Henri II cet amour du grand air, des promenades à cheval et de la chasse. L'atmosphère confinée des palais, l'obscurité des corridors du Louvre et la foule grouillante de Fontainebleau étaient insupportables pour ce jeune roi épris de liberté.

Ce jour-là, Charles IX était heureux. Il allait enfin connaître ce château d'Anet dont il avait tant entendu parler. De sa jeunesse il conservait quelques souvenirs de la belle Diane, et force était de reconnaître que la Cour de France lui devait sa grandeur présente.

Le duc et la duchesse d'Aumale vinrent à sa rencontre dans la cour. Les portes du porche furent ouvertes à double battant, comme c'était la coutume pour les princes et les rois. Charles IX ne pouvait détacher ses yeux de cette merveille de l'art, de ce cerf majestueux et des quatre chiens qui l'entouraient, de cet automate si plein de grâce qu'on ne savait s'il s'agissait d'une scène de chasse ou d'une scène de ballet. À son passage sous le porche, dont la nymphe lui parut lui sourire, le cerf de l'horloge frappa onze fois du pied, accompagné par les aboiements des chiens. Il venait tout juste d'être onze heures.

— Ah, ma cousine, dit le roi en mettant pied à terre dans la cour d'honneur et en s'avançant vers Louise de Brézé, cette demeure est encore plus belle assurément qu'on ne me l'avait décrite. Il semble que votre mère n'en est pas encore tout à fait partie.

Le duc et la duchesse d'Aumale s'inclinèrent, et après les quelques paroles d'usage :

— La reine n'est pas avec vous ? demanda Louise.

— Non, je lui ai laissé pour ce jour d'hui la tenue des affaires du royaume. Elle entend fort bien la politique, et je ne suis pas fâché pour ma part de n'en plus ouïr parler un moment. Comment se porte votre fils Charles ?

— Fort bien, Votre Majesté. Vous le verrez tout à l'heure, il termine en ce moment un petit poème à votre intention, répondit le duc d'Aumale.

— Il faut croire, reprit Charles IX, que les lieux l'inspirent. Je serais curieux de faire le tour de cette demeure et des jardins. J'en ai tant entendu parler jadis…

Le duc et la duchesse se rendirent au souhait du roi, et le conduisirent à travers tout le château. La Galerie de Diane fit une très vive impression sur Charles IX. Il n'existait aucune œuvre semblable dans aucune des demeures de la Couronne. Cette galerie était, sur toute la longueur de l'aile droite, une ode à la beauté de la seule Diane de Poitiers. Le roi demeura aussi en admiration devant le grand portrait de son père à cheval qui trônait au bout de la galerie. « Elle l'a vraiment aimé », pensait-il, ému malgré lui par le feu de cette passion qui jaillissait encore de chaque recoin de la demeure.

Charles IX découvrit, d'appartement en appartement, de la Galerie de Diane à la chapelle, de la chapelle à la *Fontaine de Diane*, de la *Fontaine de Diane* aux jardins, les merveilles d'Anet. Ces vers de Du Bellay qui avaient bercé son enfance lui revinrent en mémoire : « De votre Dianet (de votre nom j'appelle/Votre maison d'Anet) […] ». Ce « paradis d'Anet » dont parlait le poète était vraiment tel. La duchesse de Valentinois était si intimement liée à chaque détail de sa demeure qu'elle semblait ne faire qu'un avec elle. Anet aurait en effet dû porter le nom de « Dianet », comme dit le poète, et mêler dans son nom même ce qui était si étroitement mêlé dans la pierre.

Un motif attira pourtant plus particulièrement l'attention du roi. Partout l'on retrouvait des cénotaphes, sur les cheminées, les portes, les fenêtres, jusque sur la *Fontaine de Diane*. La duchesse de Valentinois avait perdu son époux, se souvenait Charles IX. Il se souvenait aussi de ce que lui avait dit la reine Catherine, à propos du fils que Diane de Poitiers avait donné au roi Henri son père, pris jadis parmi les conjurés d'Amboise et enfermé à Loches où il mourut.

« Au moins, pensait à tort le roi, la monarchie n'aura aucun assaut à redouter de ce côté-là ».

Le duc et la duchesse d'Aumale le menèrent jusqu'au bout des jardins et lui montrèrent le chêne planté jadis par le roi Henri II, lorsqu'il n'était encore qu'un enfant tout juste rentré de sa captivité espagnole, en convalescence chez Diane, sa marraine. Charles IX demeura quelques instants devant cet émouvant souvenir, puis continua sa promenade en compagnie de ses hôtes. Un beau soleil baignait les parterres de Philibert de l'Orme, les jets d'eau lançaient vers le ciel leurs gouttes multicolores, mais il manquait à ce décor le vert frangé d'or de l'ombrelle de Diane.

Charles IX admira l'élégant cryptoportique qui ceinturait les jardins. Il vit arriver à l'autre bout, accompagné par la vieille Madeleine, un petit garçon de douze ans, tout heureux de pouvoir enfin gambader dans les jardins.

— Voilà certainement votre petit Charles, dit le roi au duc et à la duchesse d'Aumale.

— Oui, Sire. Pardonnez-nous cette arrivée peu protocolaire, mais notre vieille Madeleine, qui connut bien votre père, semble encline à céder au moindre de ses caprices, s'excusa le duc.

— Inutile de vous confondre en excuses, dit Charles IX, bien au contraire. J'aime l'enfance, ce moment de la vie où l'on ne porte encore aucun masque.

Le petit Charles de Lorraine arriva devant le roi, ôta son toquet de velours et récita au roi un court poème de sa composition. Charles IX le complimenta :

— Voilà des vers que notre ami Ronsard n'aurait pas reniés. Continuez, Monsieur, vous avez du talent. Et vous avez de la chance : vos parents et votre gouvernante semblent tout à fait disposés à le laisser éclore.

Madeleine rougit, s'inclina, puis poursuivit sa promenade avec le petit duc de Lorraine.

Charles IX alla se recueillir sur la tombe de Diane, puis vint constater l'avancement des travaux de la chapelle funéraire qui devait accueillir, une fois achevée, le tombeau de la duchesse de Valentinois.

Il eut beau chercher partout en promenant un regard scrutateur, il ne vit rien qui pût ressembler à la tombe d'Henri de Saint-Rémy. Rien. C'était comme si le temps avait englouti les restes de ce bâtard du roi de France. Partout des symboles funèbres officiellement dédiés à l'époux de Diane rappelaient son souvenir à ceux qui avaient été au fait de son existence, mais de tombe il n'y avait point. « Sans doute fut-il enseveli anonymement. Tant mieux, il n'y aura pas de pèlerinage sur sa tombe. Ma mère sera certainement heureuse de l'apprendre », pensa Charles IX. Il décida de ne pas parler de cette affaire au duc et à la duchesse d'Aumale. Il avait besoin d'alliés et de fidèles serviteurs pour soutenir son trône en cette période troublée, et non de raviver d'anciennes querelles ou de sanglants souvenirs.

Depuis cinq ans en effet, les guerres de Religion faisaient rage en France. Le colloque entre catholiques et protestants, organisé par Catherine de Médicis, loin d'apaiser les tensions, avait définitivement scindé pour longtemps la France en deux camps, catholiques et huguenots. Entre ces deux partis, le pouvoir royal se trouvait considérablement affaibli. Il fallait donc gagner les grandes familles à la cause du roi, et c'est aussi dans ce but que Charles IX s'était rendu à Anet.

Il y demeura deux jours, puis, visiblement satisfait, prit congé du duc et de la duchesse d'Aumale et s'en retourna à Fontainebleau.

*

La paix signée en 1570 entre catholiques et protestants ne mit pas fin au conflit.

Le 18 août 1572, pour sceller encore plus étroitement la paix entre les deux partis ennemis, la catholique Marguerite de Valois, fille d'Henri II et de Catherine de Médicis, sœur du roi Charles IX, épousa à Paris le protestant Henri de Navarre, futur Henri IV. Pourtant, le 22 août, l'amiral de Coligny, chef de file du parti protestant dont nous avions fait la connaissance à l'assemblée de Tanlay avec Henri de Saint-Rémy peu avant la conjuration d'Amboise, fut victime d'une tentative d'assassinat par les Guise à la tête du parti catholique, et dans la nuit du 23 au 24 août, jour de la Saint-Barthélemy, tous les protestants venus à Paris pour assister au mariage d'Henri de Navarre avec la sœur du roi furent massacrés par les catholiques. Aujourd'hui encore, on ne sait à qui attribuer la responsabilité de ce massacre, mais la reine mère Catherine de Médicis, le duc Henri de Guise, fils du redoutable François de Guise que nous avions vu à l'œuvre à Amboise, et le roi Charles IX y prirent tous part, à des degrés divers. Le massacre de la nuit au son du tocsin de Saint-Germain-l'Auxerrois se prolongea encore durant deux jours, faisant des milliers de victimes dans la capitale. À travers toute la France, la chasse aux huguenots fut ouverte. On massacrait les protestants aux quatre coins du pays.

Filippa Duci et Nicole de Savigny, que la reine mère avait prises à son service comme dames d'honneur après la mort de la duchesse de Valentinois en 1566 pour mieux les avoir sous son joug, ne virent jamais l'aube rouge de sang qui se leva sur Paris le 24 août 1572. Nicole de Savigny succomba dans ses appartements le soir du 23 sous les coups de sbires du duc de Guise, sans nul doute envoyés par Catherine de Médicis, impatiente d'assouvir sa vengeance contre une femme qui avait été jadis la complice de Diane de Poitiers. Quant à Filippa Duci, courant à perdre haleine dans les corridors du Louvre, loin de son Piémont natal ou de son refuge de Touraine, elle fut transpercée par l'épée du duc d'Aumale, gendre de la duchesse de Valentinois et époux de Louise de Brézé. Il craignait en effet les révélations qu'elle aurait pu faire à la reine mère, ignorant que celle-ci savait déjà tout de la bouche de Nicole de Savigny.

Lorsque Catherine sortit de ses appartements le matin du 24 août, elle prit un petit passage secret menant chez ses femmes. Elle entra dans la chambre de Nicole de Savigny, et son visage s'éclaira d'un mince sourire lorsqu'elle la vit, morte, étendue dans son sang.

Elle referma la porte, et revint chez elle. Un moment après, on lui annonça que madame Diane de France souhaitait la voir.

— Madame, lui dit Diane de France en entrant chez elle, ma mère est morte pendant cette nuit de cauchemar ! Je l'ai vue noyée dans son sang, à quelques pas d'ici. Quelle folie avez-vous donc ordonnée, vous et Charles ?

Catherine, dissimulant sa profonde satisfaction, se contenta de répondre :

— Pauvre enfant ! Vous savez combien j'aimais votre *mère* — elle insista sur ce mot —, mais je n'ai rien ordonné du tout. La folie des hommes est la cause de tout.

Diane de France, en pleurs, incapable de lutter avec la rusée, l'implacable et l'impassible Florentine, sortit de ses appartements sans dire un mot.

Catherine était heureuse. Avec les morts de Filippa et de Nicole, c'était comme si elle venait de tuer Diane de Poitiers de ses propres mains. Elle venait enfin de prendre sa revanche.

Elle avait été fidèle à sa devise : « Haïssez et attendez ». Elle avait haï, elle avait attendu et, en cette nuit de la Saint-Barthélemy, elle avait vaincu.

*

Les protestants se réfugièrent en grand nombre à La Rochelle, véritable bastion de la Réforme. Le duc d'Anjou, troisième fils d'Henri II et de Catherine de Médicis, futur Henri III, commanda à l'armée qui vint assiéger La Rochelle. Le duc d'Anjou s'était déjà brillamment illustré dans la lutte contre les huguenots.

Le duc d'Aumale quitta donc au printemps 1573 sa femme Louise de Brézé, et emmena son fils de dix-huit ans, Charles de Lorraine, dont nous avions fait la connaissance dans les jardins d'Anet alors qu'il n'était encore qu'un enfant, afin de rejoindre l'armée du duc d'Anjou au siège de La Rochelle.

Le duc d'Aumale y fut tué, sous les yeux de son fils Charles. Celui-ci conçut dès lors une haine violente contre les protestants, et cette haine faillit entraîner, des années plus tard, la destruction complète du château d'Anet.

Une nouvelle époque s'ouvrait : celle de la Ligue.

Le corps du duc d'Aumale fut ramené à Anet dans l'indifférence générale, et pire encore, sans que ni la reine mère ni le duc d'Anjou ne se manifestent en aucune manière. Ce fut donc seule avec son fils et sa toute nouvelle belle-fille que Louise de Brézé, fille de la jadis toute-puissante Diane de Poitiers, rendit les honneurs funèbres à son époux.

Elle vécut quelques années encore à Anet, surveillant la construction de la chapelle funéraire destinée à abriter le tombeau de sa mère.

Elle n'en vit pas l'achèvement. En mourant, elle légua Anet à son fils Charles de Lorraine, désormais duc d'Aumale par la mort de son père. Elle lui recommanda de mener à bien l'édification de la chapelle, et d'y transférer le corps de sa grand-mère dès la fin des travaux. Charles promit, et se promit à lui-même de se venger du silence dont Catherine de Médicis et Henri d'Anjou avaient fait preuve lors des obsèques de son père, mort au combat pour soutenir la monarchie en péril.

Le même silence eut lieu lorsque Louise de Brézé rendit l'âme. La reine mère n'avait pas oublié la façon dont la duchesse de Valentinois l'avait naguère reléguée dans l'ombre. Elle avait lentement transmis cette haine à ses enfants, et surtout au duc d'Anjou, son préféré. Cette haine ne pouvant se trouver d'un coup sans objet lors de la mort de Diane, la reine mère l'avait reportée sur toute sa lignée. C'est cette haine qui animait Catherine, qui la faisait vivre et la poussait à gouverner son royaume d'une main de fer. Chez cette nature peu encline au pardon, les sentiments les plus noirs trouvaient le terreau le plus favorable.

En 1577, l'épouse de Charles de Lorraine mit au monde un fils. La même année fut achevée la chapelle funéraire d'Anet dans laquelle fut placé le magnifique tombeau représentant la duchesse de Valentinois agenouillée, en prière.

Charles, pour se conformer au vœu de sa mère, ordonna donc le transfert en grande pompe du corps de sa grand-mère Diane de Poitiers dans le tombeau de la chapelle.

Pour contraindre la reine mère et le duc d'Anjou, devenu le roi Henri III depuis la mort de son frère Charles IX, à venir assister au transfert de Diane, et renforcer encore par leur présence le prestige de la Dame d'Anet, Charles eut une idée. Une idée d'autant plus plaisante qu'elle servirait son prestige tout en plongeant le roi et la reine mère dans une rage profonde.

Aussitôt que cette idée lui vint, Charles vint trouver sa femme pour lui en faire part, puis demanda qu'on le laissât seul. Il s'enferma dans son cabinet, s'assit à son bureau, prit sa plus belle plume et se mit à écrire.

C'est ainsi qu'un matin, à Fontainebleau, un messager portant la livrée du duc d'Aumale se présenta à la porte des appartements de Catherine…

— Qu'est-ce donc ? demanda Catherine d'une voix courroucée.

— Un messager du duc d'Aumale pour Votre Majesté, répondit le laquais placé à la porte.

« Que manigance-t-il, celui-là ? » pensa Catherine.

— Qu'il entre, ordonna-t-elle.

Elle prit la lettre des mains du messager, et lut ce qui suit :

« Votre Majesté,

La duchesse et moi-même nous apprêtons à inhumer feue la duchesse de Valentinois, notre grand-mère, dans la chapelle sépulcrale de notre demeure d'Anet dont les travaux viennent d'être achevés. De grandes réjouissances et magnificences auront lieu à cette occasion, qui ne sauraient se passer de votre présence ni de celle du roi Henri, notre Sire.

Comme vous le savez, le fils qui, par la grâce de Notre Seigneur, vient de nous naître doit aussi être baptisé. Nous avons donc, la duchesse et moi-même, jugé bon que le baptême eût lieu le même jour, afin de présenter notre fils à toute l'aristocratie assemblée.

J'ose implorer Votre Majesté et le roi notre Sire de consentir à devenir parrain et marraine de notre enfant, et de le tenir sur les fonts baptismaux le jour venu. Notre fils, déjà destiné à être l'un des plus loyaux serviteurs de la Couronne comme feu monsieur mon père, n'en aura encore que davantage d'attachement pour son roi, s'il est possible.

Daignez, Votre Majesté, recevoir favorablement la prière qu'un de vos plus fidèles serviteurs, conscient de ce qu'il vous doit, vous adresse en ce jour. »

Catherine, terminant sa lecture, fit le tour de son bureau, silencieuse. Puis elle alla à la fenêtre.

« Le fourbe, pensait-elle, il n'a rien trouvé de mieux pour nous faire venir Henri et moi. Chacun sait pourtant qu'il complote avec le duc de Guise et la Ligue pour nous renverser. Maudite lignée d'une femme maudite ! Tu viens encore nous narguer, et pis encore, tu veux nous traîner à tes pieds devant toute la noblesse du royaume ! »

Catherine revint s'asseoir à son bureau. « Ah, cher duc, vous voulez jouer avec le roi et la reine mère… Très bien : je serai la marraine de ce rejeton. Je viendrai à Anet avec le roi. Mais n'espérez surtout pas gagner la partie : qui joue avec Catherine finit toujours par perdre. »

Catherine, après ces réflexions, fit tenir une réponse au duc d'Aumale. Elle se rendit ensuite chez le roi son fils pour lui apprendre la nouvelle.

— Et vous avez accepté ? demanda le roi avec un mélange d'étonnement et de colère lorsque Catherine lui eut tout expliqué.

— Avais-je le choix ? lui rétorqua la reine mère.

— Mais cet homme, ce mauvais sujet, ce Charles de Lorraine dont il faut bien après tout prononcer le nom, n'est-il pas un de nos plus mortels ennemis ? Ne complote-t-il pas avec le duc de Guise et la Ligue pour nous nuire ? continua le roi.

— Justement. Il ne faudrait pas, en refusant d'accéder à sa demande, nous le mettre à dos davantage encore.

— Vous le craignez donc à ce point ? demanda Henri III avec une fausse naïveté qui, il en était certain, ne manquerait pas de faire réagir Catherine.

— Moi ? Le craindre ? Allons, Henri, vous vous moquez ! rétorqua-t-elle en effet.

— Pourquoi dans ce cas vous rendre à Anet, où la duchesse de Valentinois s'appliqua tant jadis à vous humilier ? Vous allez au-devant de grandes difficultés, ma mère, et votre honneur ne pourra résister si vous allez rendre hommage à la dépouille de la duchesse pour tenir ensuite son arrière-petit-fils sur les fonts baptismaux…

— Ne vous ai-je donc mis au monde que pour me voir flétrir encore davantage ? En vérité, mon fils, c'est votre trône que je tente de sauver des périls qui le menacent. Mon honneur passe après votre gloire. Soyez-en donc plus reconnaissant envers moi et envers feu votre frère Charles, qui s'employa lui aussi à se gagner le soutien de feu le duc d'Aumale, père de ce Charles de Lorraine qui nous occupe ce jour.

— C'est bien, ma mère, reprit Henri III que ces dernières paroles de Catherine parurent un peu fléchir. Je me rendrai donc à Anet avec vous.

Ayant obtenu ce qu'elle voulait, Catherine prit congé de son fils.

— Patience, mon fils, lui dit-elle en sortant, patience…

Le roi resta pensif quelques instants. « Que peut-elle bien vouloir dire ? Patience ? Et de quoi ? » se demandait-il.

Puis, de rage, il jeta son bilboquet sur le beau miroir de Venise qui ornait sa chambre en hurlant :

— Un roi n'a pas à être patient ! Il ordonne, et on se plie à sa volonté !

Puis il s'effondra en pleurs sur son lit, appelant à son aide son favori, son cher duc d'Épernon, le seul en qui il avait confiance, le seul qui savait vraiment le consoler.

*

On imagine quelle fut la joie de Charles de Lorraine lorsqu'il apprit la venue du roi et de la reine mère à Anet. Aussitôt, il partit pour Savigny, afin de s'entretenir avec François de Saint-Rémy. On se souvient que le petit-fils de Diane de Poitiers et d'Henri II, après la mort de son père Henri dans la forteresse de Loches où il avait été enfermé au secret sur ordre de Catherine suite à l'échec de la Conjuration d'Amboise, était élevé par sa mère, une paysanne du bourg de Savigny. Ne voulant pas donner de rang à ce fils de bâtard pour éviter qu'il ne revendique un jour une part de l'héritage de la duchesse de Valentinois, Louise de Brézé et son fils Charles de Lorraine, contrairement au souhait de Diane de Poitiers, l'avaient volontairement laissé dans la ferme où il était élevé. Charles, à qui sa mère Louise avait révélé l'existence de François, tout comme Diane avait révélé à Louise la naissance d'Henri, avait donc laissé dans sa misérable demeure ce petit-fils illégitime d'Henri II afin qu'il ne lui fasse pas concurrence pour l'héritage de Diane, leur grand-mère à tous deux. Charles avait trouvé plus profitable de se servir de François quand bon lui semblerait. Sachant le peu d'amour que François de Saint-Rémy devait porter à la reine mère qui avait emprisonné et tué son père, Charles avait résolu de le faire participer à son plan.

Charles de Lorraine arriva vers cinq heures à Savigny. Le contraste était saisissant entre la fière et hautaine allure du duc et la pauvre cour de ferme où il descendit de cheval. Une grande effervescence y régnait, on était au cœur de l'époque des moissons et chacun s'affairait à ranger la récolte dans les greniers.

Au milieu de la cour se tenait un homme qui semblait commander à tous les autres.

— Serais-tu François, fils d'Henri et de Marie ? lui demanda Charles.

— Si fait, Monseigneur… répondit François au duc d'Aumale en se découvrant la tête, et ne sachant à qui il avait affaire.

— Pourrais-je te parler un moment seul à seul ? lui dit Charles.

— Par ici, répondit François de Saint-Rémy en lui indiquant un recoin situé à l'écart, de manière que sa conversation avec le duc restât discrète.

Ils pénétrèrent tous deux dans une grange, et Charles commença :

— Tu te demandes sans doute qui je suis, et ce que je peux bien avoir à te dire.

— Monseigneur, je… bredouilla François, à la fois curieux et impressionné.

— Écoute-moi bien. Te souviens-tu d'une dame qui vint un jour te rendre visite en grand secret ? Une très grande dame.

— Si fait. Elle était elle-même fille de très haute et puissante dame, à ce qu'elle me dit alors. De la duchesse de Valentinois, si mon souvenir est bon, la très aimée de notre bon sire Henri deuxième, que Dieu ait en sa Sainte Garde.

— C'est cela, reprit Charles, heureux de voir qu'il n'avait pas affaire à un sot. Eh bien, mon ami, je suis son fils, le duc d'Aumale.

— Que puis-je pour Monseigneur ? demanda François.

— François, tu avais un père nommé Henri, répondit Charles de Lorraine.

François se taisait, attendant la suite. Il acquiesça néanmoins par un signe de tête, et l'évocation de son père parut lui causer une forte impression.

— Sais-tu ce qui lui est advenu ? Tout ce qui lui est advenu ?

— Ma mère m'a dit qu'il était mort, répondit François.

— Certes. Mais ce que tu ignores sûrement, c'est comment il est mort, repartit Charles.

François de Saint-Rémy, qui prenait un intérêt croissant à la conversation, se rapprocha du duc d'Aumale. Ce dernier poursuivit :

— Ton père, bâtard du roi Henri second et de madame de Valentinois ma grand-mère, est mort enfermé dans la forteresse de Loches sur ordre de la reine mère pour avoir trempé dans la conjuration d'Amboise fomentée par les huguenots pour enlever le jeune roi François II.

Charles fit une pause, et reprit d'un ton où perçait la menace :

— Si tu ne veux pas subir le même sort que lui, le sort réservé aux bâtards qui n'ont pas la sagesse d'obéir à ce qu'on leur dit, tu vas faire exactement ce que je vais t'ordonner.

— Ou... Oui, oui, répondit François, terrifié à l'idée de déplaire à de si hauts et puissants personnages qui semblaient tenir son destin entre leurs mains.

— Sache que, si par malheur tu refusais d'obéir, nous n'hésiterions pas au mieux à te laisser pourrir ici dans la fange comme nous l'avons fait par le passé, ou pire à te livrer à la reine mère pour qu'elle te fasse enfermer comme ton père.

Cette menace fit tressaillir le pauvre François. Charles, imperturbable, continua :

— Tu te rendras le 20 de ce mois au château d'Anet. Il y aura grande fête ce jour-là pour le transfert du corps de la duchesse de Valentinois dans la nouvelle chapelle et pour le baptême de mon fils. Je te ferai tenir d'ici là de riches vêtements et te ferai installer dans le couvent au bout du parc.

— Et que devrai-je faire, Monseigneur ? demanda François.

— La reine mère sera là, et le roi avec elle. Tu te placeras au premier rang des courtisans, et tu te montreras à eux.

— Je ne comprends pas.

— Veux-tu venger ton père ?

— Certes, mais…

— Alors tu feras ce que je t'ordonne.

— Mais si la reine mère et le roi me reconnaissent ?

— Bien sûr qu'ils te reconnaîtront. Mais de toute façon, mentit le duc d'Aumale, ils connaissent ton existence, te recherchent et te tomberont dessus un jour ou l'autre. Tu n'auras alors personne pour te défendre. Tandis que si tu te montres à eux le jour que je t'ai dit et que ce faisant tu m'obéis, je te protégerai. Vois-tu, j'ai moi aussi de fortes raisons d'en vouloir beaucoup au roi et à la reine mère, qui en plus d'avoir sali la mémoire de ma grand-mère ont laissé mon père et ma mère, fidèles serviteurs de la couronne, trépasser sans dire un mot. Ce que je te propose, François, c'est d'être mon allié pour renverser ce trône indigne.

— Et si je refuse ?

— Alors tu peux demeurer dans cette bauge infâme d'où tu ne sortiras peut-être un jour que comme prisonnier de la reine Catherine voué comme ton père au sort le plus funeste… Je n'aurai alors d'autre choix que de t'abandonner à ton triste sort pour avoir refusé d'être mon allié. On ne vole pas au secours d'un homme qui a refusé de vous aider quand vous en aviez besoin.

— Dans ce cas j'accepte, répondit François.

— Je n'en attendais pas moins de vous, Monsieur de Saint-Rémy, lui répondit le duc d'Aumale en prononçant pour la première fois son nom de famille. Demeurez ici, et attendez mes instructions.

Charles de Lorraine prit congé de François de Saint-Rémy, et s'en retourna chez lui.

Trois jours plus tard, François recevait l'ordre de se rendre à Anet. Il expliqua brièvement l'affaire à sa mère, l'embrassa et partit sur l'heure.

En quittant la ferme où il avait vécu depuis sa naissance, il eut un fort pincement au cœur, mais une voix lui disait au-dedans de lui que sa vie n'allait pas tarder à changer. S'il se trompait fort en croyant naïvement que le duc d'Aumale voulait peut-être l'associer à l'héritage de Diane de Poitiers, leur grand-mère commune, il avait tout à fait raison lorsqu'il imaginait tenir une place considérable dans son plan.

Perdu dans ses pensées, il arriva à Anet sans s'être rendu compte du chemin.

Charles de Lorraine installa François de Saint-Rémy, comme il le lui avait dit, dans le couvent des Cordeliers que la duchesse de Valentinois avait fait construire à la fin de sa vie au bout des jardins de Philibert de l'Orme. Ce couvent était situé à proximité du pavillon gauche, celui à côté duquel était planté le chêne d'Henri II.

François découvrait avec émerveillement ce lieu magique, ce château d'Anet dont l'écho était parvenu jusqu'à la ferme de Savigny.

Le duc d'Aumale recommanda soigneusement son protégé aux religieux, qui l'accueillirent avec d'autant plus de bonne volonté que le duc d'Aumale s'était rapproché du duc de Guise, ardent défenseur de la foi catholique autant que de ses propres intérêts et qui avait créé la Ligue, sorte d'union de tous les catholiques du royaume contre les protestants. En réalité, cette Ligue n'allait pas tarder à travailler autant contre le roi que contre les huguenots.

François de Saint-Rémy était logé dans une cellule de moine, meublée cependant avec un certain confort. Contre sa promesse de ne pas sortir des murs du couvent, tous ses désirs étaient comblés. Tandis que François croyait avoir commencé son ascension vers la fortune par la reconnaissance de ses origines, le duc d'Aumale se félicitait de s'être du même coup trouvé un allié contre la reine mère et le roi et de pouvoir surveiller aussi aisément un fils de bâtard qui, placé si près de lui, ne pouvait impunément comploter contre lui, l'héritier légitime de Diane de Poitiers.

Charles rendit plusieurs fois visite à François, lui apporta de somptueux habits et lui expliqua tout ce qu'il aurait à faire le jour du transfert des restes de Diane et du baptême. Ce jour approchait en effet à grands pas, et il n'y avait pas de temps à perdre.

Le jour venu, le château d'Anet sembla retrouver pour un moment la splendeur qui avait été la sienne au temps des amours d'Henri et de Diane. La Cour de France avait déserté les palais royaux pour se rendre dans cette belle demeure aux marches de la Normandie. Partout, entre les oriflammes noires aux croissants de lune d'argent qui flottaient au vent en mémoire de Diane « la plus que reine », ce n'étaient que somptueux habits multicolores, fraises, pourpoints à crevés, toquets de velours surmontés de plumes, pierreries et joyaux étincelants. Le goût du roi Henri III pour les parures et les beaux atours avait renforcé encore davantage l'éclat de cette Cour des Valois déjà si grand au temps d'Henri II. Ce que la monarchie avait perdu en puissance, elle semblait l'avoir encore gagné en élégance. L'italien était devenu à la mode, et l'on mêlait au français nombre de mots de cette jolie langue qui, la première, avait parlé de Renaissance.

Comme nous ne maîtrisons pas le langage d'Italie, et par souci de commodité pour les lecteurs qui ne l'entendent pas non plus, nous continuerons à faire parler nos personnages dans cette belle langue qui n'est pas encore celle de Molière, mais déjà celle de Du Bellay qui a publié quelques années plus tôt sa *Défense et Illustration de la langue française*.

Dans sa cellule, François de Saint-Rémy achevait de se parer. Il était somptueusement vêtu, et ne parvenait pas à détacher son regard du miroir qui lui renvoyait depuis un moment déjà un si beau reflet de lui-même. Vêtu d'un pourpoint vert à crevés d'or, d'un toquet de velours vert à plumes argentées, d'une culotte et de bas verts, il portait sans le savoir les couleurs qu'aimait tant Diane lorsqu'elle était chez elle à Anet, que l'on retrouvait jusque sur son ombrelle dont on a déjà parlé et que Catherine, pour avoir accompagné la duchesse de Valentinois lors de ses promenades dans les jardins, connaissait fort bien.

Ce fut ainsi vêtu qu'il quitta sa cellule, traversa les jardins à l'ombre du cryptoportique, et arriva dans la cour d'honneur juste au moment où la Cour assemblée accueillait le roi et la reine mère. Leur carrosse s'engouffra sous le porche, et le cerf de l'horloge frappa onze fois du pied comme s'il avait voulu faire effondrer le porche sur la voiture royale. Catherine, qui était très superstitieuse et s'entourait d'astrologues, ne manqua pas de remarquer cette coïncidence. Son visage était impassible, elle semblait indifférente au spectacle qui se présentait sous ses yeux. Le roi, lui, montrait des signes visibles de colère.

— Mon fils, lui dit-elle avant de descendre de voiture, quittez cette triste figure. Elle n'est qu'un triomphe supplémentaire que vous offrez bien inutilement à nos ennemis.

Le duc et la duchesse d'Aumale vinrent accueillir le roi et la reine mère à leur descente de voiture.

Catherine n'écouta pas un mot du discours du duc, tant elle était absorbée dans la contemplation haineuse de ce lieu où elle avait tant souffert jadis. Elle eut un sourire mauvais en voyant partout, comme Charles IX le lui avait autrefois rapporté après son séjour à Anet, les cénotaphes sculptés, souvenirs de la mort d'Henri de Saint-Rémy à Loches. « Je lui ai au moins fait payer ça », se disait Catherine en elle-même. « Elle m'a pris le roi mon époux, je lui ai pris son fils. » Elle en était sûre, ces cénotaphes n'étaient pas là la dernière fois qu'elle était venue. Ils n'étaient donc pas là en mémoire de l'époux de Diane.

Catherine était prête à laisser la Cour célébrer l'attachement de Diane à son mari contre la satisfaction de savoir elle seule à qui ces symboles funèbres renvoyaient. « Elle a souffert, son fils est mort sans descendance, tout péril est donc écarté de ce côté-là. Il n'y aura pas de nouvelle Conjuration d'Amboise », triomphait Catherine en se dirigeant vers la chapelle funéraire, que l'on venait de terminer, avec le roi, le duc et la duchesse d'Aumale, et toute la Cour.

Cette chapelle sépulcrale avait été édifiée à gauche du château. Construite en pierres et briques, elle formait un étonnant contraste avec le style de la demeure qu'elle prolongeait.

À l'intérieur, un magnifique tombeau de marbre et de pierre était ouvert, prêt à recueillir les restes de la duchesse de Valentinois, représentée agenouillée et priant.

Catherine et Henri III pénétrèrent dans la chapelle, suivis du duc et de la duchesse d'Aumale et de toute la Cour. Comme à leur arrivée au château, les trompettes des hérauts saluèrent leur entrée.

Quand la chapelle fut noire de monde des deux côtés, on vit la dépouille de la belle Diane faire son entrée. Le cercueil était porté par six hérauts vêtus de pourpoints noirs à croissants de lune d'argent éblouissants. À la vue du cercueil de la duchesse de Valentinois, Catherine pâlit légèrement comme l'on pâlit toujours à la vue du cadavre d'une vieille connaissance, fût-elle ennemie ; le duc d'Aumale triomphait devant la pompe des honneurs rendus à sa grand-mère, comme on triomphe toujours lorsque sa maison et son sang sont célébrés de cette façon ; François de Saint-Rémy était ému comme on l'est devant un ancêtre proche ou lointain que l'on n'a pas eu le bonheur de connaître ; certaines dames de la Cour, enfin, versaient des larmes dont on ne savait si elles étaient d'admiration pour « la plus que reine » ou de regret de ne l'égaler jamais.

Le cercueil de Diane fut placé délicatement dans le tombeau de marbre orné du croissant de lune, puis fut entouré de hauts candélabres. Toute la Cour se signa, puis une messe fut dite, au cours de laquelle Catherine promena son regard sur l'assemblée. Soudain, son regard se figea, fixe et perçant. Au premier rang des courtisans, contre le mur de la chapelle, un homme en pourpoint vert à crevés d'or venait de retenir son attention. « Je connais cet homme, j'en suis sûre », se disait-elle en elle-même. « Et si c'était… Mais non, c'est impossible. Pourtant… »

Celui que Catherine avait cru reconnaître en regardant François, c'était son père, Henri de Saint-Rémy. De fait la ressemblance était frappante entre le père et le fils, et c'est de cette ressemblance que le duc d'Aumale comptait bien se servir pour ébranler la reine mère.

Charles de Lorraine ne perdait pas de vue une seule des réactions de Catherine. Ce fut ainsi qu'il la vit en proie au doute, puis se confier au roi son fils en lui murmurant à l'oreille. Le roi à son tour se mit à regarder François, mais étant trop jeune pour se souvenir d'Henri, il ne vit rien là d'alarmant.

Le manège de Catherine dura pendant tout le temps de l'office, et c'est à peine si elle vit ensuite le cercueil de la duchesse de Valentinois disparaître sous son priant de marbre. Pourtant, c'était toute une partie de sa vie à elle, Catherine, qui disparaissait aussi avec le cercueil de sa cousine et rivale Diane. La reine mère ne sembla même pas remarquer le H aux deux D entrelacés gravé à plusieurs reprises dans le marbre du tombeau, comme un ultime défi lancé à elle seule depuis l'au-delà de la tombe par la favorite.

Après une dernière bénédiction pour le repos de l'âme de Diane, la reine mère et le roi sortirent de la chapelle, accompagnés par le duc et la duchesse d'Aumale, et furent suivis par toute la Cour. Un somptueux dîner était servi dans la Galerie de Diane.

Une grande table était dressée au centre de la galerie pour la reine mère, le roi et leurs hôtes, et des buffets garnis de mets raffinés étaient disposés le long des murs pour la foule des courtisans. Le duc d'Aumale voyait bien que Catherine était préoccupée. « Vous voudriez bien savoir, pensait-il en regardant la reine mère avec délectation, qui est cet homme de vert et d'or vêtu qui vous fait tant penser à ce prisonnier d'Amboise que vous avez enfermé à Loches, et qui y est mort. Ce prisonnier qui n'était autre que le fils caché du roi votre époux et de sa favorite, ma grand-mère. » Catherine posa un instant son regard sur le duc, après avoir successivement regardé François à l'un des buffets et le portrait de Diane qui lui faisait face. « Cherchez, Madame, cherchez. Quant à moi, je laisserai le doute vous ronger jusqu'au bout, car, tout en vous abreuvant de paroles, je ne vous dirai rien qui ait trait à ce que vous voudriez tant savoir », pensait le duc.

Comme l'avait voulu Charles de Lorraine, le dîner se passa en compliments d'usage et en conversations insignifiantes, qui n'eurent pour effet que d'accroître le malaise de la reine mère, assaillie par le doute et le mauvais pressentiment que la lignée illégitime de la duchesse de Valentinois, qu'elle croyait grâce à elle à jamais éteinte, perdurait encore et par-là même menaçait le trône.

Toute la Cour se rendit à la chapelle de Philibert de l'Orme après le dîner pour le baptême du fils du duc et de la duchesse d'Aumale.

L'enfant fut tenu sur les fonts baptismaux par Catherine de Médicis et Henri III, contraints pour faire bonne figure face à la Cour de parrainer un enfant qu'ils auraient volontiers noyé.

Catherine refusa de regarder l'enfant, autre rejeton de la descendance de cette maudite Diane, et promena son regard sur la coupole de l'édifice, qui acheva de lui donner le vertige. Son regard revint alors sur le sol, où le dallage parfaitement géométrique semblait refléter la coupole, puis, cherchant un point d'appui dans l'assistance, ne trouva que l'homme en vert et or qui, debout dans la tribune ouverte sur la Galerie de Diane, contemplait la scène derrière l'épaule du duc d'Aumale. Prise de nausée, Catherine abandonna un moment l'enfant au roi, son fils. Puis ce fut elle qui, reprenant empire sur elle-même comme elle savait si bien le faire grâce à une longue pratique du pouvoir et à l'habitude de la dissimulation, tint l'enfant au moment de l'immersion.

Une grande clameur s'éleva en l'honneur de l'enfant lorsque fut prononcée la dernière bénédiction baptismale.

Cette journée fut un véritable triomphe pour le duc d'Aumale et sa lignée, une consécration aussi bien de son ancêtre que de son descendant.

Le soir, il y eut un grand souper dans la Galerie de Diane éclairée de mille feux, et dont la lumière des candélabres se reflétait à l'infini dans la vaisselle d'or des dressoirs. Puis le souper laissa place au bal, auquel ni le roi ni la reine mère n'assistèrent. Ils s'étaient retirés dans leurs appartements dès la fin du souper.

En reconduisant le lendemain Catherine et Henri III à leur carrosse, le duc d'Aumale ne chercha même pas à dissimuler son triomphe. Son regard en disait long sur sa vengeance qui ne faisait que commencer. Mais quel commencement !

Catherine et son fils prirent congé du duc à la florentine, c'est-à-dire au moyen de paroles tout aussi mielleuses que vides. Mais quand le carrosse eut franchi le porche d'Anet et se fut élancé sur la route de Paris, Catherine dit au roi :

— Mon fils, méfiez-vous de ces gens-là. Ils en savent plus qu'ils n'en laissent paraître et je gage que nous n'en sommes qu'au début de leurs félonies. Nous avons tout à craindre de l'alliance du duc de Guise et du duc d'Aumale. L'un veut le pouvoir, votre pouvoir, et l'autre veut venger la duchesse de Valentinois et sa descendance que j'ai tenté d'anéantir. Des temps sombres s'annoncent encore pour le royaume.

Et le carrosse royal disparut au détour d'un bois.

*

Charles de Lorraine exultait. Il avait fait trembler Catherine, il fallait maintenant achever un travail si bien commencé. Il écrivit au duc de Guise, pour l'inviter à le rejoindre à Anet. « J'ai, disait-il dans sa lettre, une personne intéressante à vous présenter. » Vous aurez bien sûr compris qu'il s'agissait de François de Saint-Rémy.

Une semaine plus tard, le duc de Guise arriva donc à Anet. Présentons-le brièvement. « Auprès de lui, notait un écrivain de l'époque, les princes paraissaient peuple. » Voilà pour l'allure.

Henri de Guise était le fils de ce François de Guise auquel les protestants avaient voulu soustraire le jeune roi François II lors de la Conjuration d'Amboise. Henri de Guise et Charles de Lorraine étaient donc plus qu'alliés, ils étaient cousins germains.

Après la mort de son père, Henri de Guise était à son tour devenu le chef du parti catholique. Il avait dû renoncer à épouser la sœur du futur Henri III qui, ayant vu dans cette liaison une stratégie du duc de Guise pour s'élever en épousant une fille de France, s'était mis dans une colère qui avait fait trembler les murs du Louvre. Henri de Guise avait conservé de cette affaire une profonde haine pour Henri III, et une rancune tenace.

À l'époque où nous nous trouvons, c'est-à-dire vers 1577-1578, Henri de Guise était à la tête de ce qu'on appelle « la Ligue ». Ce « parti » regroupant tous les catholiques de France était officiellement dédié à la défense de la foi contre les partisans de la Réforme, mais en réalité visait à renverser le roi Henri III pour porter Henri de Guise au pouvoir.

En voyant cet Henri de Guise, dit « le Balafré » à cause d'une longue cicatrice qui lui barrait la joue, franchir à cheval le porche d'Anet suivi d'une petite troupe, le duc d'Aumale avait pleinement conscience de recevoir un des plus grands ennemis du roi.

— Bonjour, mon cousin, dit Charles en venant à la rencontre du duc de Guise dans la cour d'honneur. Je suis bien aise de vous voir. On ne parle que de vous dans tout le royaume.

— Tant mieux, c'est donc que le roi commence à trembler, répondit Henri de Guise en mettant pied à terre puis en donnant l'accolade à son cousin. Diable ! Mon cousin, vous avez une bien belle demeure. On m'avait fort chanté les beautés d'Anet, je vois déjà que la réalité est bien au-delà des louanges des poètes.

— Voilà à présent que vous flattez comme un courtisan ! lui dit Charles en plaisantant. De grâce, Henri, quittez ces manières et parlez-moi comme à l'un de vos guerriers.

Ils éclatèrent de rire tous deux et se rendirent à l'intérieur pour parler plus à leur aise.

— Alors, commença le duc de Guise, vous avez donc reçu ici le roi et la reine mère voici un mois pour le transfert du corps de madame de Valentinois, votre grand-mère, et le baptême de votre fils… Je vous en complimente. Pour ma part j'en serais incapable, même pour me servir d'eux pour mes propres affaires comme vous l'avez fait. Ces Valois ne sont plus, depuis la mort du roi Henri II, que des dégénérés assis sur un trône trop grand pour eux, et que j'aurai grand plaisir à en déloger.

— Patience, mon cousin, patience. Ce trône est peut-être trop grand pour eux, mais ils s'y accrochent… rétorqua le duc d'Aumale.

— Vous me disiez dans votre lettre que vous aviez quelqu'un d'intéressant à me présenter… interrompit le duc de Guise, impatient de savoir à quoi s'en tenir.

— Oui, mon cousin, répondit le duc d'Aumale, fier de susciter une telle impatience chez un prince d'une telle importance dont l'attention ne s'arrêtait guère aux bagatelles. Mais auparavant, ajouta-t-il, il me faut vous conter son histoire, et vous faire promettre le secret sur tout ce que je vais vous dire…

— Le secret ? demanda le duc de Guise, de plus en plus intrigué.

— Voyez-vous, reprit le duc d'Aumale, l'homme que je vais introduire auprès de vous dans quelques instants partage notre aversion pour le roi et la reine mère, quoique ce soit pour des raisons différentes des nôtres. Je l'ai tiré il y a peu du néant où il vivait pour le faire vivre près de moi. Me devant tout, il m'est entièrement dévoué, et lorsque l'envie lui prend de voler de ses propres ailes, je le menace de lui retirer ma protection et de le livrer pieds et poings liés à la fureur du roi. Il est un peu mon pion, en quelque sorte, prêt en toutes circonstances à sauter à ma place.

— Vous avez ma parole de gentilhomme, Charles. Je pense que cela vous suffit.

— Certes, mon cousin, vous êtes trop grand seigneur et je vous tiens en trop grande amitié pour vous faire l'injure de vous demander un serment sur les Saintes Écritures. Ainsi donc, apprenez que ma grand-mère, la duchesse de Valentinois, eut un fils du roi Henri II qu'elle fit élever secrètement par une dame des environs…

— Mais à moi qui fus élevé par mon père, proche conseiller de la reine mère, vous n'apprenez rien. C'est de cet Henri de Saint-Rémy que vous me parlez, ce conjuré d'Amboise enfermé à Loches sur ordre de la reine, et qui y est mort.

— Vous ne me laissez pas terminer, mon cousin, reprit le duc d'Aumale. Car vous ne savez pas tout, tout bien informé que vous soyez. Cet Henri de Saint-Rémy a eu un fils, François, qui fut élevé par sa mère, une pauvre femme, jusqu'à maintenant.

— Un fils ? répéta le duc de Guise. Et vous saviez ?

— Oui, ma mère m'avait transmis le secret comme la duchesse de Valentinois le lui avait jadis transmis à elle-même. Mais ma mère et moi décidâmes d'un commun accord, pour éviter de fâcheuses querelles de succession et les désordres de toutes sortes qu'une lignée de bâtards n'aurait pas manqué de provoquer au sein même de notre famille, de maintenir le jeune François dans l'état misérable où il se trouvait, élevé comme un garçon de ferme parmi les paysans. Or, je me suis avisé voici deux mois que ce garçon pourrait bien m'être utile dans mes projets contre le roi et la reine mère. Vous étiez à La Rochelle, il y a quatre ans, quand mon père fut tué sous mes yeux par un boulet huguenot. Eut-il droit aux honneurs en récompense d'avoir donné sa vie pour le service de la Couronne ?

— Non, en effet, répondit le duc de Guise. Sa dépouille fut ramenée séance tenante, et en pleine nuit, à votre mère, que Dieu ait en sa Sainte Garde. Jamais ni le duc d'Anjou ni la reine mère ne prononcèrent son nom, pas plus qu'ils ne daignèrent venir lors du trépas de votre mère. Quand des rois manquent ainsi à tous leurs devoirs, il faut les dépouiller des droits qui n'en sont que la contrepartie.

— Ainsi donc, poursuivit le duc d'Aumale, m'étant aperçu que ce garçon pouvait m'être utile, je me suis rendu auprès de lui dans la cour de ferme où il rangeait la moisson. Je me suis fait reconnaître de lui, et lui ai proposé de m'aider et de le mener auprès de moi, lui représentant que s'il refusait je le laisserais à jamais croupir dans sa ferme, ou pire dans la geôle où la reine mère ne manquerait pas de l'envoyer si elle mettait la main sur lui.

— La reine mère est donc informée de son existence ? demanda le duc de Guise.

— Elle ne l'était pas quand je vins trouver François. J'avoue que je lui mentis sur ce point pour achever de le persuader.

— Mais depuis ?

— Depuis ? demanda en riant le duc d'Aumale. Elle ne doit plus en dormir.

— Je ne comprends pas, Charles. Par pitié, expliquez-vous, demanda le duc de Guise.

Le duc d'Aumale se rapprocha du duc de Guise et lui dit à l'oreille :

— Le jour de l'inhumation de ma grand-mère dans la chapelle et du baptême de mon fils, je plaçai François de Saint-Rémy au premier rang de la foule des courtisans. Or, François est en tout point semblable à son père, à commencer par son apparence.

— De sorte que… dit le duc de Guise qui voyait la scène comme s'il y avait assisté.

— De sorte que la reine mère le vit, et ne put détacher son regard de lui. Elle en parla à son fils, mais le roi qui ne conservait aucun souvenir d'Henri n'y accorda aucune importance. Était-ce le fantôme d'Henri, l'avait-on trompée en lui annonçant sa mort à Loches, était-ce son fils, ou une simple ressemblance fortuite ? Je vis le trouble de la reine durant toute la messe, puis au dîner. Au baptême elle sembla se trouver mal, et ce n'est pas peu dire quand on sait son art de dissimuler. Elle n'assista pas même au bal, et partit avec le roi s'enfermer dans ses appartements sitôt le souper achevé. Plusieurs fois elle tenta de m'interroger et d'interroger François, mais je lui parlai si bien et si abondamment de choses et d'autres toutes plus insignifiantes qu'elle n'eut pas le loisir d'apprendre ce qu'elle voulait tant savoir. Elle est donc repartie rongée par le doute, qui est encore bien plus redoutable que la certitude du pire.

— On peut donc supposer qu'elle sait, à présent, en conclut le duc de Guise. J'aurais payé cher pour voir la tête de la reine et son désarroi face à la multiplication de ses ennemis. Toutefois n'est-ce pas un peu imprudent ce que vous avez fait là, mon cousin ?

— N'ayez crainte, je ne l'ai pas fait sans réfléchir. Que voulez-vous qu'elle fasse ? Elle ignore que François vit ici, et de toute façon elle ne peut venir à Anet sans que j'en sois informé. De plus il n'est pas en ce château, je ne suis pas fol.

— Et où est-il donc ? demanda le duc de Guise.

— Au couvent des Cordeliers, que ma grand-mère fit édifier à la fin de sa vie au bout de la clôture des jardins. Qui pourrait songer à ce couvent ? Et qui oserait en franchir la porte ? Curieusement, la reine mère qui ne reculerait pas devant l'usage du poison a bien trop peur de l'enfer pour violer un lieu saint. N'a-t-elle pas à maintes reprises cédé devant le droit d'asile demandé par des criminels de la capitale ?

Le duc de Guise acquiesçait, quand François de Saint-Rémy fut introduit auprès d'eux.

— Voici notre homme, je suppose, dit le duc de Guise en regardant François.

— Oui, mon cousin, François de Saint-Rémy, fils d'Henri.

François s'inclina respectueusement devant le duc de Guise.

— Monseigneur, dit-il, vous avez voulu me voir…

— Oui, répondit Guise, le duc m'a parlé de vous, et j'avais grande envie de vous connaître.

Le duc de Guise se leva, et se dirigea vers François :

— Voulez-vous être des nôtres, François ? Voulez-vous rejoindre la Ligue ?

Le duc d'Aumale avait pris soin quelques jours auparavant d'expliquer à François de Saint-Rémy ce qu'était la Ligue et quelles étaient les ambitions du duc de Guise.

François, avant de répondre, jeta un coup d'œil au duc d'Aumale par-dessus l'épaule du duc de Guise. Il n'y avait que quelques semaines qu'il côtoyait d'aussi puissants personnages, et il manquait encore d'assurance lorsqu'il se trouvait en face d'eux.

— N'oubliez pas ce que la reine mère a fait subir à votre père, François, lui dit le duc d'Aumale. Si votre souhait est de le venger et d'échapper à un sort semblable au sien, acceptez de rejoindre la Ligue, acceptez ce que vous propose le duc de Guise.

— Quand je serai roi, ajouta le duc de Guise, quand j'aurai enfin détrôné ces Valois dégénérés, je vous ferai une place à mes côtés et vous ferai un état plus conforme au sang dont vous descendez.

Conforté par ces paroles, François de Saint-Rémy accepta de rejoindre la Ligue aux côtés du duc de Guise et du duc d'Aumale.

— C'est bien, conclut le duc de Guise à l'intention de François. Vous assisterez donc à l'entretien que je suis venu avoir avec mon cousin d'Aumale à propos des affaires de la Ligue.

Et les trois hommes entrèrent dans le cabinet de travail du duc d'Aumale, dont les verrous furent tirés pour plus de sécurité.

*

Octobre 1588, château de Blois.

Le roi Henri III, cerné par la Ligue dirigée par le duc de Guise ayant à ses côtés François de Saint-Rémy et Charles de Lorraine, avait dû fuir Paris suite à un soulèvement resté dans l'histoire sous le nom de « journée des Barricades ». Il s'était réfugié à Blois, où devaient se tenir les États généraux.

— Mais enfin, ma mère, Guise m'a menacé de tout révéler ! Et de placer le petit-fils de la duchesse de Valentinois sur mon trône ! pleurait Henri III devant Catherine de Médicis. Souvenez-vous, cet homme, à Anet, le jour de l'inhumation de madame de Valentinois…

— Le petit-fils de cette putain, jamais ! renchérit la Florentine.

— Alors, ma mère, il faut le supprimer. Une bonne fois pour toutes.

— Vous êtes le roi, je n'ai plus rien à vous opposer. Mais prenez garde. Si vous le tuez, tuez aussi ses deux frères. Et leur sœur, qui rêve de vous enfermer dans un monastère et promène partout à sa ceinture sa paire de ciseaux pour vous faire votre tonsure.

Et ce fut ainsi que, le 23 décembre 1588, le duc de Guise fut assassiné par la garde rapprochée d'Henri III, le dernier des Valois légitimes.

Cet assassinat du tout-puissant Henri le Balafré signait la fin des espoirs des Saint-Rémy de conquérir le trône, du moins pour le moment…

*

Henri de Navarre, ce protestant détesté par Catherine de Médicis, devint roi de France sous le nom d'Henri IV lorsqu'un moine ligueur assassina Henri III à Saint-Cloud le 1^er^ août 1589. Il dut véritablement conquérir son royaume, et reprendre chaque ville de France l'une après l'autre des mains des ligueurs.

Lorsqu'il eut reconquis son royaume et qu'il se fut converti au catholicisme par pur calcul politique, Henri IV s'occupa de pourchasser les anciens ligueurs, qui avaient été jusqu'au bout rebelles à son autorité comme à celle du dernier Valois.

En tant qu'ancien ligueur, Charles de Lorraine, duc d'Aumale et seigneur d'Anet, était donc à présent un proscrit, contraint de fuir le royaume de France pour s'être révolté contre la Couronne. C'est à Bruxelles où il s'était réfugié qu'il apprit le jugement qui venait d'être rendu, qui ordonnait la destruction complète du château d'Anet et de ses dépendances. C'était en effet le châtiment réservé aux seigneurs révoltés contre leur roi.

La nouvelle fit grand bruit dans tout le royaume, et il est aisé de comprendre pourquoi : la demeure de celle qui fut jadis « plus que reine », l'écrin conçu par un roi fou de passion pour rendre hommage à la belle Diane de Poitiers, un symbole enfin du temps glorieux des Valois, allait à présent disparaître sur ordre du premier roi Bourbon, Henri de Navarre devenu Henri IV.

Le roi ne pardonnait pas à Charles de Lorraine de l'avoir empêché pendant des mois d'entrer dans sa bonne ville de Paris. Henri III s'était vengé du duc de Guise en le faisant assassiner à Blois, Henri IV, lui, avait résolu de se venger du duc d'Aumale.

Ce dernier écrivit plusieurs fois au roi depuis son exil, le suppliant de lui accorder son pardon, mais rien n'y fit. Il tenta alors au moins de dissuader le roi de détruire Anet, au nom de son fils innocent qui devait ensuite en hériter, mais hélas, ce fils dans lequel il avait placé tant d'espérances mourut durant les premières années de son exil.

Catherine de Médicis, morte depuis quelques années déjà, n'eut pas la joie de voir s'éteindre la lignée directe de la duchesse de Valentinois, et l'homme qu'elle avait jadis tenu sur les fonts baptismaux à Anet.

Le fils de Charles de Lorraine étant mort à Paris lors d'un séjour à la Cour où il s'était rendu pour supplier le roi de gracier son père et d'épargner ses biens, le duc et la duchesse d'Aumale, ses parents, soupçonnèrent le roi de l'avoir fait empoisonner. La nouvelle de cette mort fit grand bruit au Louvre, dont chaque mur portait encore le chiffre de Diane dont l'arrière-petit-fils venait de trépasser à dix-huit ans dans les circonstances les plus obscures.

Anéanti par la mort de son fils, Charles de Lorraine écrivit à la duchesse d'Aumale, son épouse, depuis son exil bruxellois une lettre bouleversante dont je retranscris ici la teneur :

« Madame,

Je ne suis plus qu'une ombre. Seul, proscrit, loin de la terre qui m'a vu naître, je me meurs d'inquiétude et de chagrin. La mort de notre fils unique m'a ôté mes dernières forces, ce fils que nous avions fait, parrainé par un roi et promis à un glorieux destin. On a aidé à sa mort, j'en ai la certitude, afin de mieux pouvoir nous perdre. Vous savez aussi bien que moi qui ce *on* désigne, et je ne souhaite pas citer un nom qui pourrait, si ma lettre tombait en d'autres mains que les vôtres, vous mettre en grand péril.

Je vous supplie, ma mie, de tout tenter pour convaincre le roi que je me repens de m'être opposé à lui, et de lui demander mon pardon. Invitez-le en notre belle demeure d'Anet, et représentez-lui ce que signifierait la destruction d'un si parfait ouvrage de l'art, voulu et pensé par le roi Henri, son prédécesseur.

Je m'en remets à vous, et espère de toute mon âme un prochain retour en grâce qui me permettrait à nouveau de vivre à vos côtés. Le roi ne vous est point hostile, c'est moi le coupable. Il ne refusera pas de se rendre à votre invitation et ne pourra se résoudre à faire de vous une veuve, privée de surcroît du soutien de son enfant.

Mes vœux et mon espérance reposent en vous, Madame. Soyez assurée que je ne cesse de penser à vous, et que j'attends le moment où nous serons de nouveau réunis. »

Cette lettre fit une très vive impression sur la duchesse d'Aumale. Un page avait couru la lui apporter alors qu'elle se promenait dans les jardins, tout près du chêne d'Henri II, noyant son chagrin dans la contemplation de ce « paradis d'Anet » qui devait bientôt disparaître à cause de la haine d'un roi acharné à la perte d'un de ses sujets rebelles, mais qui s'était depuis repenti.

C'était une belle journée d'été. Des parfums enivrants montaient des parterres de Diane, l'eau des fontaines chantait dans l'air pur et un soleil rayonnant dans l'azur infini du ciel baignait de sa clarté le château, le parc et les bois. Le calme paisible de la campagne agissait comme un baume sur le cœur meurtri de la duchesse.

Une fois rentrée dans ses appartements, elle prit la décision d'écrire au roi pour l'inviter à Anet avec sa nouvelle épouse Marie de Médicis, comme le duc le lui avait suggéré dans sa lettre. Elle pensa chaque mot, chaque tournure, mit dans ses propos une grande humilité, et parla davantage en tant que mère et épouse cruellement éprouvée que comme duchesse consciente de son nom et de son rang. Son sang et sa fierté pourtant se révoltaient à l'idée d'écrire ainsi à l'auteur de tous ses maux.

Quoiqu'à peine perceptible, un léger tremblement dans l'écriture trahissait l'émotion qu'avait causée à la duchesse la composition de cette lettre. Elle la relut attentivement puis la cacheta.

Une demi-heure plus tard, un messager porteur de la lettre galopait vers le Louvre.

*

Le roi fit savoir à la duchesse d'Aumale qu'il se rendrait à son invitation.

Il arriva à Anet un mois plus tard, en compagnie de la reine Marie de Médicis qu'il avait épousée après avoir fait annuler son mariage avec Marguerite de Valois.

Le grand portrait de cette reine que l'on voit aujourd'hui dans la salle des gardes du château d'Anet rappelle cette visite d'Henri IV à la duchesse d'Aumale.

— Madame, commença le roi lorsqu'il fut seul avec la reine et la duchesse, comme vous le constatez je n'ai pas hésité à me rendre à votre invitation. Je ferai payer sa rébellion à votre époux, mais il ne sera pas dit qu'en même temps j'aurai perdu mon éducation de gentilhomme.

— Sire, répondit la duchesse pleine de dignité, vous me voyez : je suis seule, pleurant la mort de mon fils et l'absence de mon époux. Mon honneur m'interdit de me jeter à vos pieds. Pourtant je vous supplie d'accorder votre grâce à mon mari et de ne pas jeter à bas une demeure qui nous est si chère et où sont gravés tant de souvenirs des rois, vos aïeux.

— J'aime votre audace, reprit le roi, séduit par l'esprit sans détour de la duchesse. C'est ainsi que nous parlons, nous autres Gascons. Mes cousins Valois se sont noyés dans leurs raffinements excessifs qui jamais ne laissaient voir le fond de leurs pensées. Pourtant ce que vous me demandez est impossible. Votre époux est un traître, et il doit être puni pour l'exemple.

— Sire mon époux, interrompit la reine, permettez à une femme de compatir au chagrin d'une autre femme. Prenez le temps d'écouter la duchesse, point n'est besoin pour le moment de prononcer des paroles définitives.

— Comme toujours vous avez raison, dit le roi à sa femme.

Puis, se tournant vers la duchesse :

— Je ne manquerai pas de considérer à nouveau le cas de votre époux. Il se fait tard, la reine et moi-même allons nous retirer dans nos appartements.

La duchesse fit conduire le roi et la reine à leurs chambres, et, tout en les regardant s'éloigner, tenta de percer la pensée de ce roi qui tenait le destin du duc et le sien entre ses mains.

Puis elle gagna sa chambre à son tour, et se coucha dans les pires angoisses. Comme le Joseph de la tapisserie de Diane expliquant ses songes à Pharaon, elle aurait bien voulu détenir la clé de la pensée du roi. Les jours suivants seraient décisifs.

Le roi demeura une semaine à Anet. La duchesse d'Aumale le voyait souvent contempler les portraits de la duchesse de Valentinois dans la galerie. Y cherchait-il des traits familiers, ceux de sa première épouse Marguerite de Valois par exemple ? Cherchait-il à percer le secret de l'amour d'Henri II pour Diane ? La comparait-il secrètement à la duchesse de Beaufort, cette belle Gabrielle d'Estrées qu'il avait tant aimée au point de vouloir l'épouser ? Cette dernière hypothèse était la plus vraisemblable, car des larmes coulaient parfois sur ses joues.

Morte en 1599, empoisonnée, disait-on, pour empêcher son royal amant de l'épouser, Gabrielle avait donné des enfants à Henri, et en particulier un fils aîné, César de Vendôme. Il était l'enfant de l'amour. Contrairement à Henri II et Diane de Poitiers, Henri IV ne chercha pas à dissimuler cette naissance. César de Vendôme fut donc un bâtard légitimé. Sa mère Gabrielle d'Estrées mourut alors que le roi s'apprêtait à l'épouser. Finalement, ce fut Marie de Médicis qui devint reine.

La duchesse d'Aumale montra toutes les merveilles d'Anet au roi et à la reine. Devant la *Fontaine de Diane*, Henri ne put s'empêcher d'admirer ce monument à la gloire de la célèbre favorite, et l'hommage magnifique que lui avait rendu Henri II. « Comme il l'a aimée, pensait-il. Et comme il le lui a montré ! J'aurais dû moi aussi, ma belle Gabrielle, t'édifier des arcs de triomphe. Il est trop tard à présent. »

La présence du roi ne rendait pas son âme à la belle demeure endormie. La vie en était ôtée, et l'on avait peine à s'imaginer les fêtes de jadis. Les pas résonnaient, solitaires, dans la Galerie de Diane, pendant que le cerf du porche continuait inlassablement de marquer les heures, comme au temps de sa splendeur. On assistait tous les jours à la messe depuis la tribune de la chapelle, où flottait encore le parfum de Diane.

Henri se sentait peu de choses en cette demeure. Il est en effet des lieux comme Anet si pleins de grandeur et de poésie que les rois eux-mêmes n'osent y élever la voix. Au Louvre, un monarque succédait au précédent ; à Anet, le monarque avait été un homme, et l'on se refusait à violer ses secrets.

La duchesse d'Aumale profita de la belle humeur du roi au cours d'une promenade à cheval pour lui demander à nouveau la grâce de son époux ainsi que d'épargner Anet.

— Pour votre époux, Madame, répondit le roi, c'est chose impossible. J'ai bien réfléchi, et quoiqu'il m'en coûte de ne pas me rendre à vos désirs, je refuse de lui accorder un pardon qu'il mérite si peu. Il est en outre venu à ma connaissance qu'il avait contracté une alliance avec les Espagnols, nos ennemis jurés que j'entends prochainement mater. C'est intolérable, venant de surcroît d'un ancien ligueur qui devrait avoir déserté les champs de bataille pour se repentir d'avoir été traître à son roi.

Henri IV fit une pause. Puis il ajouta :

— Quant à votre belle demeure d'Anet, il serait en effet grand dommage de lui porter atteinte…

L'idée de faire don du château à son fils César de Vendôme venait de germer dans l'esprit du roi. Voilà qui serait un bel hommage posthume rendu à Gabrielle : offrir à son fils ce monument à la gloire de l'amour. Lui, Henri, offrirait au fils de sa favorite défunte la demeure jadis offerte à Diane par un roi fou de passion.

— J'épargnerai Anet, reprit le roi. N'espérez pas davantage de ma clémence.

Ce fut tout. En vain la duchesse essaya-t-elle de faire fléchir le roi, en vain elle supplia la reine d'obtenir de son époux le pardon de Charles.

Henri et Marie de Médicis repartirent pour le Louvre, laissant la duchesse désemparée dans sa grande maison silencieuse.

Aux larmes succéda la colère.

Sitôt le roi parti, la duchesse d'Aumale entra dans une fureur dont personne ne la croyait capable. Elle ne quittait plus ses appartements, tournant en rond comme un fauve dans sa cage. « Ah, disait-elle à l'intention du roi dont l'image détestée ne pouvait plus quitter son esprit, tu refuses de me rendre mon époux, et alors que tu me sais sans descendance puisque tu as supprimé mon fils, tu veux épargner ma maison, pour la donner sans doute à l'un de tes protégés. Maudit sois-tu, va au diable ! »

Elle écrivit à son époux la lettre qui suit, pour lui faire part de la décision du roi :

« Monsieur,

Le roi quitte Anet à l'instant. Malgré tous mes discours, le pardon ne vous sera pas accordé. Sa Majesté refuse de mettre fin à votre exil. Je suis néanmoins parvenue à obtenir de lui qu'il épargne notre maison. Mais que deviendra-t-elle, puisque notre cher fils est retourné à Dieu ?

Ne pouvant me résoudre à vivre pour toujours éloignée de vous, je vais continuer de travailler à l'obtention de votre pardon. Je m'occupe de tout. »

« Je m'occupe de tout », écrivit-elle au bas de sa lettre. Une phrase anodine, dans laquelle personne n'aurait pu déceler le plan imaginé par la duchesse pour parvenir à ses fins, pas même le duc.

*

La duchesse prit la route de la Bourgogne, vers Ancy-le-Franc. On se souvient de cette demeure où Henri de Saint-Rémy était venu quelques années auparavant se réfugier auprès de sa tante Françoise de Poitiers, épouse d'Antoine III de Clermont.

Ces derniers étant morts, la propriété était passée entre les mains du petit-fils d'Antoine, Charles-Henri. Ses sentiments hostiles au premier roi Bourbon n'étaient ignorés de personne, mais son esprit rusé lui avait toujours permis d'éviter les condamnations.

Lorsque la duchesse d'Aumale arriva en vue d'Ancy-le-Franc, Charles-Henri se promenait en compagnie d'un homme qui, pour n'avoir pas l'air grand seigneur, n'en avait pas moins une certaine distinction.

— Ah, Madame, votre arrivée aujourd'hui est pour moi une bien grande surprise, je ne vous attendais pas avant dix jours, et dans votre lettre…

— Bien le sais, mon cousin, dit la duchesse en descendant de voiture. Mais je vous en prie, aidez-moi, secourez-moi. Le roi refuse de gracier mon époux, votre cousin qui vous a toujours manifesté son estime et son amitié. Anet n'a échappé que de peu à l'anéantissement, songez à notre infortune !

La duchesse semblait presque avoir oublié que Charles-Henri n'était pas seul. L'homme à ses côtés semblait fort surpris de voir une si grande dame dans un pareil désarroi.

— Madame, rassurez-vous, lui dit Charles-Henri, cette maison sera toujours pour vous un asile inviolable. Vos appartements ne sont pas prêts ; eh bien, dans une heure, ils le seront.

À ces mots, il appela ses gens et leur ordonna de préparer les appartements de la duchesse ainsi que de prévenir sa femme.

— Monsieur est un artiste venu de Flandres, Nicolas de Hoey, qui réalise pour nous des merveilles à la manière de Fontainebleau et que je serais heureux de vous montrer, ajouta Charles-Henri afin de présenter à la duchesse l'homme qui se tenait à ses côtés.

— Monsieur, que serions-nous et que serait la France sans des hommes de votre talent ? Car, si mon cousin a jugé bon de vous employer, vous devez en avoir un bien grand.

— Madame, répliqua galamment le peintre, qui peut ignorer la renommée de la duchesse d'Aumale, digne descendante de très haute dame Diane de Poitiers ?

La duchesse, rassurée par l'accueil de son cousin et les compliments du peintre, esquissa un sourire de gratitude.

— Ainsi donc, reprit Charles-Henri, c'est dit. Vous resterez ici aussi longtemps qu'il vous plaira. Mais suivez-moi, je vais vous montrer vos appartements.

La duchesse suivit Charles-Henri et le peintre à l'intérieur de la demeure, où les accueillit la maîtresse de maison. Ils suivirent le même chemin qu'avait emprunté jadis Henri de Saint-Rémy.

Diane chasseresse était partout présente dans la demeure, depuis cette chambre de Diane entièrement décorée à son effigie jusqu'au moindre carquois ou delta représenté sur les murs. Sur la fresque principale de la chambre de Diane, la déesse, furieuse d'avoir été surprise dans son bain par le chasseur Actéon, décidait de le changer en cerf et de le faire dévorer par ses chiens.

— Une manière de rappeler le pouvoir de la duchesse de Valentinois, commenta Charles-Henri. Mon aïeul avait souhaité représenter partout sa puissante belle-sœur, afin de faire connaître à tous que la maison de Clermont ne redoutait rien ni personne.

La duchesse d'Aumale, en regardant cette fresque, songeait qu'il n'y avait pas loin, du Capitole à la roche Tarpéienne. Comment cette femme jadis « plus que reine », cette reine sans couronne du royaume de France devant laquelle le roi Henri II lui-même n'était qu'un sujet pouvait-elle être la grand-mère de ce duc d'Aumale aujourd'hui banni du royaume et menacé de ruine ?

— J'ai autre chose à vous montrer, ajouta Charles-Henri, sortant la duchesse de sa rêverie. Venez.

Ils quittèrent sans un mot la chambre de Diane, et se dirigèrent vers les anciens appartements de Françoise de Poitiers, défunte sœur de feue Diane la « plus que reine » et épouse d'Antoine III de Clermont, grand-père de Charles-Henri.

Un désordre indescriptible régnait dans la chambre, dont les murs étaient recouverts d'échafaudages et dégageaient une forte odeur de peinture.

— Est-ce cela que vous teniez tant à me montrer ? demanda la duchesse, surprise.

— Oui, répondit Charles-Henri. Monsieur de Hoey vient de redécorer entièrement cette chambre. Ce soir il pourra enfin nous dévoiler son travail.

— De quoi s'agit-il ? interrogea la duchesse, curieuse.

— D'une représentation de l'histoire de Judith, répondit Charles-Henri.

« Judith. Judith la meurtrière de roi », pensa en elle-même la duchesse.

À cet instant, on vint avertir Charles-Henri que l'appartement de la duchesse était prêt et que ses malles avaient été montées et rangées.

Une fois seule dans sa chambre, la duchesse réfléchit. « M'aiderait-il ? Me seconderait-il dans mon plan ? Non, Charles-Henri n'osera jamais le régicide qu'en peinture. Comploteur de salon par pure vanité, c'est un homme que l'action effraye. Non, ne disons rien. »

La duchesse ôta sa tenue de voyage pour une tenue de Cour du plus bel effet.

Après le dîner, l'après-midi fut des plus agréables. Un chaud soleil de printemps baignait les parterres du château, et les chants des oiseaux venaient se mêler au murmure des jets d'eau.

Enfin le soir tant attendu arriva.

Quand la nuit fut tombée sur la paisible campagne, le peintre fit prévenir les maîtres de maison et la duchesse de venir admirer son œuvre.

À la lueur des flambeaux, Charles-Henri, son épouse et la duchesse traversèrent la galerie pour se rendre à ce qui désormais ne devrait plus s'appeler que « la chambre de Judith ».

Quelle ne fut pas leur stupéfaction en entrant dans la chambre ! Monsieur de Hoey, qui se tenait au milieu, avait composé pour l'inauguration de son œuvre un éclairage grandiose. D'innombrables flambeaux et candélabres inondaient la pièce de lumière, jetant sur les murs et les peintures des reflets d'or.

La duchesse, à laquelle les épreuves avaient pourtant rendu l'âme dure comme le roc, eut un frémissement d'épouvante devant l'extrême violence des scènes représentées. Sur l'un des panneaux, Judith, sous les traits de Diane de Poitiers, tenait dans une main son sabre et brandissait de l'autre la tête d'Holopherne. Sur un autre panneau, elle revenait triomphalement au sein de son peuple, tenant la tête du roi ennemi au bout d'une pique. Jamais un peintre n'avait représenté un sujet aussi sanglant dans la demeure d'un grand seigneur.

Charles-Henri contemplait les peintures avec une visible satisfaction.

— Parfait, Monsieur de Hoey, parfait, répétait-il sans cesse. Et le visage de mon illustre grand-tante sied fort bien à Judith l'héroïne. Qu'en dites-vous, ma cousine ?

— Je dis que c'est une réussite, et que Monsieur est véritablement un grand artiste.

Ils restèrent encore quelques instants dans la chambre, puis chacun se retira dans ses appartements. La belle demeure des Clermont retomba dans le silence et l'obscurité.

La duchesse ne dormit pas cette nuit-là. Trop de pensées agitaient son esprit.

Elle se leva, prit un chandelier et se dirigea vers la chambre de Judith. Les flammes tremblantes jetaient des lueurs incertaines sur les murs, semblant animer les personnages des peintures.

Dans l'obscurité de la chambre, la duchesse se dirigea vers le panneau où Judith tranchait la tête d'Holopherne. Levant son chandelier, elle contempla longuement la peinture.

Soudain, elle lâcha le chandelier et poussa un cri. Les flammes, en s'éteignant, plongèrent à nouveau la pièce dans l'obscurité. La porte venait de s'ouvrir.

— Qui est là ? demanda la duchesse, tentant de cacher sa peur derrière une voix qu'elle essaya de rendre impérieuse.

— Je savais vous trouver là, répondit l'homme dont le flambeau éclairait à présent le visage.

— Charles-Henri !? s'exclama la duchesse. Mais que faites-vous donc ici à cette heure, mon cousin ?

— La même chose que vous. Je viens rêver devant ces fresques de ce que mes rêves n'oseront jamais représenter à mon esprit lorsque je suis endormi.

— Mon cousin, je ne vois pas ce dont vous voulez parler, répliqua la duchesse.

— Assez joué, coupa Charles-Henri. Vous y avez songé comme moi. Et puisque vous refusez de faire le premier pas, je vais le faire. Vous avez comme moi songé à vous débarrasser du roi.

La duchesse ne répondit rien dans un premier temps, puis :

— Et quand cela serait vrai, que peut une femme seule contre un tyran qui a juré la ruine de sa famille ?

— Mais, ma cousine, vous n'êtes pas seule puisque me voilà. Et dites plutôt *notre* famille. Je partage votre haine à l'égard du roi et tenterai tout pour le supprimer.

— Vous ?

— Oui, moi, le petit-neveu de la grande sénéchale, de la muse des poètes, de l'incomparable Diane de Poitiers.

— Vos partisans ? Enfin, si vous en avez…

— Ils sont plus nombreux que vous ne croyez, et peuvent être menés par deux grands noms. Deux très grands noms : madame de Verneuil et le duc d'Épernon.

— Opposition de Cour, de salon, mais je doute qu'ils se décident un jour à passer à l'acte, répondit la duchesse d'Aumale. Madame de Verneuil est la mère d'un enfant du roi, elle aurait plus à perdre qu'à gagner si on venait à l'accuser de régicide. Quant au duc d'Épernon, sa haine à l'égard du roi est trop connue et il se sait trop surveillé pour tenter quoi que ce soit.

— Que proposez-vous, alors ? demanda Charles-Henri dont les atouts venaient d'être balayés d'un revers de main par la duchesse.

— J'ai une autre idée, répliqua-t-elle, un éclair sortant de ses yeux.

Et la duchesse exposa cette nuit-là à son cousin un plan dont Judith à son tour dut pâlir.

En sortant de la chambre peu avant l'aube, les lueurs finissantes du flambeau se portèrent une dernière fois sur la tête. Mais ce n'était plus la tête d'Holopherne. C'était… C'était celle d'Henri IV !

Après l'enfermement dans lequel elle avait vécu durant plusieurs jours, la duchesse partit pour Angoulême. C'était là que s'était réfugié François de Saint-Rémy lorsqu'Henri IV était entré dans Paris. Ayant sur Charles de Lorraine l'avantage d'être un homme de l'ombre, il avait pu quitter la capitale sans grande difficulté. Il habitait maintenant une petite maison aux abords d'Angoulême, dont Nicole de Savigny, qui y recevait ses amants dans sa jeunesse, avait jadis fait don à son père.

Quand la duchesse d'Aumale entra dans la maison, François de Saint-Rémy était assis à une table de bois grossier, devant une bouteille de vin et ce qui ressemblait davantage à un infâme brouet qu'à un dîner.

Qui, sinon la duchesse qui le connaissait, aurait pu soupçonner que cet homme était le petit-fils d'Henri II et de Diane de Poitiers ?

— Vous, Madame ? s'étonna François en voyant la duchesse.

— Oui, Monsieur. Tout le monde n'a pas eu comme vous la chance de pouvoir fuir la colère du roi, répondit-elle sèchement.

— Et le duc ? Toujours en exil ?

— Toujours. Et à jamais. Le roi vient de me refuser sa grâce. Il consent à épargner Anet, mais Dieu seul sait pourquoi. Sans doute pour en faire don à qui il lui plaira.

— Ne pouvez-vous plus rien pour votre époux ?

— Non, j'en ai peur. Après avoir tué mon fils, voilà que ce roi de malheur me condamne à vivre loin de mon époux.

— Que comptez-vous faire ?

— Je vais avoir besoin de vous, François, écoutez-moi.

Et la duchesse se rapprocha de lui, s'assit à sa table sur le banc qui lui faisait face puis se pencha pour lui parler de plus près et à voix basse.

— Je veux me débarrasser du roi, dit-elle.

— C'est de la folie, répondit François en se reculant brusquement comme s'il venait d'être mordu par une vipère.

— Pourquoi donc ? Je ne suis pas la seule à avoir des griefs contre lui. Je sais par exemple que la marquise de Verneuil le maudit tous les jours en plein Louvre pour s'être désintéressé d'elle. Quant au duc d'Épernon, jadis si puissant à la Cour d'Henri III, il semble fort dépité de n'avoir plus aujourd'hui qu'une place de second ordre.

— Quel rapport ? insista François.

— Je m'étonne que vous ne le voyiez pas. Étant beaucoup moins en vue que ces deux soleils de la Cour, dont chacun connaît le ressentiment à l'égard du roi, qui pourrait m'accuser ? Qui pourrait *nous* accuser, François ?

— Nous ? Vous attendez donc que j'entre dans votre plan ?

— Et pourquoi donc croyez-vous que je sois venue, si ce n'est pour m'assurer votre concours ? Allons, ne jouez pas à l'idiot qui ne comprend rien.

— Pourquoi vous aiderais-je à commettre un meurtre, et de surcroît un régicide ? La reine Catherine a depuis longtemps rendu l'âme. Or, elle était la seule, avec peut-être son fils mort lui aussi, à me vouloir du mal à cause de sa haine pour la duchesse de Valentinois. Je n'ai donc plus rien à craindre aujourd'hui. Le roi n'a aucune raison particulière de me haïr, si ce n'est mon appartenance à la Ligue. Mais il ne me connaît pas et jamais ne me retrouvera ici.

— Vous me décevez terriblement, François, reprit la duchesse. En vérité vous avez peur. Peur de vous opposer à ce roi que pourtant vous détestez autant que moi. Ce Bourbon s'est assis sur le trône des Valois, sur le trône de votre grand-père Henri II. Il n'a pas hésité à maintenir sa première femme Marguerite dans une forteresse en tout point semblable à une prison, souvenez-vous. Une fille de France ! Traitée par cet odieux Béarnais comme une moins que rien, pire, comme une criminelle. Vous êtes aussi en danger, François. De nombreux ligueurs ont été écroués sur ordre du roi, qui sait s'ils n'ont pas déjà donné votre nom et votre signalement sous la torture ? En outre cette Nicole de Savigny qui a élevé votre père était sans nul doute douée pour la chose galante, mais point pour la discrétion. Tout le monde se souvient certainement ici de ses frasques, et ce genre d'histoires parvient facilement jusqu'à Paris…

— Que voulez-vous que je fasse ? interrogea François, livide, sur lequel les propos de la duchesse avaient semblé produire un effet très vif.

— Ne voyez-vous pas un homme qui pourrait accomplir… la besogne ? demanda la duchesse. Un homme du peuple, qui sans nommer personne ne fasse que précipiter le châtiment divin.

— Je réfléchis, répondit François. Il y a bien cet illuminé dont on parle en ville depuis quelques jours…

— Un illuminé ? Mais cet homme est un présent du Ciel. Dieu lui-même est avec nous. Comment s'appelle-t-il ? Et où demeure-t-il ? demanda la duchesse avec impatience.

Cet homme s'appelait François Ravaillac et demeurait à Angoulême. Le 14 mai 1610, il poignarda le roi Henri IV à Paris.

On accusa du meurtre la marquise de Verneuil, ancienne maîtresse du roi depuis un moment délaissée, et le duc d'Épernon, ancien favori d'Henri III relégué par Henri IV à une place de second ordre. Même la reine Marie de Médicis fut accusée à voix basse d'avoir participé à l'assassinat, et ce d'autant plus qu'elle avait été couronnée la veille et pouvait donc devenir régente incontestée du royaume si son époux venait à mourir.

Ravaillac fut torturé, puis écartelé. Il n'avoua rien, ne dénonça personne. Ce fut ainsi que la duchesse d'Aumale, épouse de Charles de Lorraine, petit-fils de Louis de Brézé et de Diane de Poitiers, et François de Saint-Rémy, petit-fils du roi Henri II et de sa favorite, firent assassiner en toute impunité le premier roi Bourbon. Aujourd'hui encore, aucun livre d'Histoire ne mentionne leurs noms. Le summum de la consécration pour un crime parfait.

Si le roi Henri IV n'avait pas refusé, au cours d'une promenade à cheval qu'il fit à Anet avec la duchesse d'Aumale, de gracier Charles de Lorraine son époux, héritier de la belle duchesse de Valentinois, il aurait peut-être vécu des années encore. Le destin des rois lui aussi ne tient qu'à peu de chose. Un cercueil pour un refus, tout en effet est vanité.

## Chapitre 6 :
## Louis-Joseph de Vendôme

1670. Palais du Louvre, Paris.

— C'est impossible ! s'exclama Louis XIV, assis à son bureau, en froissant rageusement une lettre qu'il jeta à terre.

Puis il se leva, fit les cent pas et se dirigea vers la fenêtre, répétant sans cesse :

— Ils sont morts, tous, et sans descendance. Il n'y a plus personne du sang d'Henri II, il n'y a plus de Valois !

Le roi se dirigea ensuite vers la porte, et ordonna :

— Que l'on aille me quérir monsieur de Louvois !

Une minute après, le ministre qui venait d'évincer Colbert et n'allait pas tarder à devenir tout-puissant fit son entrée dans le bureau du roi.

— Sire, Votre Majesté m'a fait appeler ? demanda le ministre en s'inclinant respectueusement devant le monarque.

— Oui, Monsieur. Prenez place, lui répondit le roi en désignant un fauteuil placé en face de son bureau.

Louvois s'assit. Le roi reprit :

— J'ai besoin de vos services. Connaissez-vous un blason portant un grillon ?

— Non, Sire.

— Eh bien, renseignez-vous pour en connaître un ou plusieurs. Adjoignez-vous au besoin les services du lieutenant de police, monsieur de La Reynie.

— Puis-je demander à Votre Majesté ce qu'elle compte faire de cette recherche ?

— Je n'ai aucun compte à vous rendre, Monsieur de Louvois, lui répondit le roi avec humeur, ni aucune explication à vous fournir. Allez, et rendez-moi compte dans deux jours du résultat de votre enquête.

Louvois s'inclina, et s'apprêta à sortir. Le roi l'arrêta :

— Ah, et où en est-on des préparatifs de négociation avec Charles II d'Angleterre au sujet de la Hollande ? Peut-on espérer signer un jour un traité avec lui ?

— C'est en bonne voie, Majesté. Votre belle-sœur Henriette d'Angleterre se propose même pour faciliter les négociations.

— C'est bien. Nous reparlerons de tout cela quand vous viendrez nous rendre compte de votre enquête. Vous pouvez disposer, Monsieur de Louvois.

Peut-être est-il temps de vous dévoiler la teneur de la lettre reçue par le roi. Elle était conçue en ces termes :

« Sire,<br>
Prenez bien garde à vous.<br>
Des Bourbons, le trône usurpé n'est pas pleinement assuré.<br>
Du sang d'Henri au croissant, un rejeton vit caché.<br>
L'auteur de ces mots en a la preuve.<br>
Diane de Poitiers, veuve ne resta pas.<br>
D'un Valois, un Bourbon doit faire grand cas.<br>
De son trône il paiera le prix<br>
Si à son mortel ennemi il conserve la vie.<br>
Ne voyez, Majesté, dans ces menaces de malheurs,<br>
Que le zèle à vous servir d'un dévoué serviteur

Signé : Le Grillon »

Le surlendemain, Louvois se fit annoncer chez le roi. Il fut introduit sur-le-champ dans son bureau.

— Alors, Monsieur de Louvois, quelles nouvelles de notre grillon ?

— Sire, monsieur de La Reynie s'accorde avec moi pour dire que ce grillon ne peut être que le premier consul d'Arles, monsieur de Grille, sieur de Robiac.

— Qui est cet homme ?

— Le descendant d'un amiral génois, financier des découvertes de Christophe Colomb et ambassadeur auprès du roi François Ier. Les registres mentionnent aussi la venue en France du fils de l'amiral aux côtés de l'ambassadeur vénitien lors de l'ambassade de ce dernier auprès d'Henri II. Cette ambassade avait été reçue chez la duchesse de Valentinois, au château d'Anet, qui appartient aujourd'hui à monsieur de Vendôme.

Aux mots de « duchesse de Valentinois » et de « château d'Anet », Louis XIV avait tressailli. C'était bien ce monsieur de Grille l'auteur de la lettre, à n'en pas douter.

— Mais dites-moi, Monsieur de Louvois, pourquoi ce nom français si c'est d'un génois qu'il s'agit ?

— C'est que, Sire, la branche cadette de cette grande famille Grillo de Gênes s'est installée à Arles au début du siècle. Ils ont par la suite francisé leur nom. La branche aînée est demeurée à Gênes. J'ajoute que ces Grillo, ou Grille, alliés aux Spinola, sont des cousins des Grimaldi, princes de Monaco, eux aussi d'origine génoise, auxquels votre père le roi Louis XIII a fait don du titre nobiliaire de Valentinois auparavant offert par le roi Henri II à sa favorite, la célèbre Diane de Poitiers.

« Tiens donc, se dit Louis XIV, ma belle Catherine Charlotte de Monaco, surintendante de la maison de ma belle-sœur Henriette d'Angleterre, est donc une cousine de ce monsieur de Grille… Il faut décidément faire taire ce dangereux personnage. S'il venait à révéler l'existence de ce bâtard Valois à ces deux indiscrètes de Catherine Charlotte et d'Henriette, qui s'empresseraient de répandre le bruit dans toute la Cour, les fragiles fondements du pouvoir que je construis seraient dangereusement fragilisés. D'autant plus que je soupçonne Catherine Charlotte d'aimer fort monsieur de Lauzun, l'homme le plus frondeur et le plus indiscret de France, à qui elle raconte tout… Il me faut trouver un moyen d'attirer monsieur de Grille à la Cour, pour avoir l'œil sur lui, mais lequel ? »

Pendant que le roi réfléchissait, et qu'il se passait dans sa tête tout ce que je viens de raconter, monsieur de Louvois attendait.

Soudain l'œil du roi brilla, alors qu'il regardait des ouvriers hisser des statues dans les niches de la cour carrée nouvellement complétée par Perrault.

— Monsieur de Louvois, demanda-t-il, n'a-t-on pas découvert il y a quelque temps à Arles une belle statue de Vénus dans les fouilles du théâtre antique ?

— Sire, c'est à monsieur Perrault, votre architecte, qu'il faudrait poser la question. Ce n'est pas là le genre d'affaires que je suis de près.

— Vous devriez, Monsieur de Louvois, vous devriez. Il faut *tout* savoir. Mandez à monsieur Perrault que j'aperçois en bas de venir.

Claude Perrault, architecte du Louvre et frère du célèbre conteur Charles qui en cette occasion avait bien dû lui prêter une paire de bottes de sept lieues, fut bientôt dans le bureau du roi.

— Monsieur Perrault, je vous repose la question que je viens de poser à monsieur de Louvois : n'a-t-on pas découvert il y a quelque temps à Arles une belle statue de Vénus dans les fouilles du théâtre antique ?

— Si, Votre Majesté. Puis-je seulement me permettre de préciser à Votre Majesté qu'il s'agit d'une statue de Diane, et non de Vénus ?

— Peu importe ! s'emporta le roi, à qui le seul nom de Diane était devenu insupportable depuis la lettre de monsieur de Grille. Je veux cette statue.

— Votre Majesté me ferait l'honneur d'orner la cour du Louvre avec cette merveille ? demanda Perrault au comble de l'excitation.

— Non, répondit le roi. Je la veux pour Versailles. Avec une telle œuvre dans ses murs, peut-être cessera-t-on de le railler comme un petit château de cartes !

Puis le roi congédia son architecte et demeura seul avec Louvois.

— Monsieur de Louvois, je vous charge d'écrire en mon nom au conseil d'Arles pour demander que nous soit remise la *Vénus* (il appuya fortement sur ce nom) pour notre Versailles. Exigez que ce soit monsieur de Grille, en qualité de premier consul, qui vienne en personne avec son épouse nous l'offrir.

« Et alors nous l'aurons sous notre garde », pensa le roi. « Et puisque monsieur de Grille est cousin de madame de Monaco, surintendante de la maison d'Henriette d'Angleterre ma cousine, quoi de plus naturel que de l'envoyer, lui, avec Henriette, négocier avec le roi d'Angleterre pour le compte du roi de France ? Il ne pourra qu'être sensible à l'honneur qui lui sera fait, et rien ne sera plus facile ensuite que de l'accuser de haute trahison pour l'enfermer à vie et au secret. Il faudra aussi supprimer Henriette pour qu'aucun témoin ne reste. J'en parlerai à Monsieur, mon frère : il déteste sa femme et n'a d'yeux que pour le chevalier de Lorraine, son amant ; rien ne sera plus facile que de l'inciter à empoisonner sa femme. Et puis, ma cousine Henriette n'a-t-elle pas plus d'une fois refusé mes avances et ainsi mérité mon courroux ? Quant à madame de Monaco, nous lui dirons que monsieur de Grille a été capturé et assassiné par les hommes du roi d'Angleterre. Je suis le roi, et personne n'osera mettre ma parole en doute. Je hais le mensonge, mais en cette circonstance, il est nécessaire pour le bien de l'État. »

Ainsi fut donc fait. Louvois apporta la lettre au roi, qui la signa et la cacheta. Aussitôt, un courrier spécial porteur du message royal fut dépêché à Arles.

*

Eustache de Grille, baron de Robiac, soupait en famille dans la vaste salle à manger de sa villa située à proximité du théâtre antique d'Arles. Tout autour de cette salle à manger étaient disposées les tapisseries de la *Tenture de l'Histoire de Diane* qui avaient appartenu à Diane de Poitiers et que vous vous souvenez avoir vues dans la Galerie de Diane du château d'Anet au siècle précédent. Le duc de Vendôme, propriétaire d'Anet à l'époque où nous sommes arrivés, avait décidé de se débarrasser de ces encombrantes tentures et les avait vendues à monsieur de Grille, dont l'aïeul, vous vous en souvenez, s'était extasié devant ces œuvres lors de son séjour à Anet. Monsieur de Vendôme avait souhaité remplacer dans la galerie d'Anet les tapisseries à la gloire de la duchesse de Valentinois par des tableaux exaltant ses hauts faits guerriers au service du roi Louis XIV.

En regardant les tapisseries de plus près, on notera que monsieur de Grille avait apposé le « G » de son nom dans les cartouches des bordures, en lieu et place des croissants de lune entrelacés de Diane de Poitiers et d'Henri II et des « HD » de leurs initiales. Procédé courant à l'époque, Colbert ayant de même apposé sa couleuvre sur les écureuils de Fouquet des tapisseries de Vaux-le-Vicomte.

Un œil attentif aurait également vu dans cette salle à manger de monsieur de Grille, entre deux des tapisseries de la *Tenture de l'Histoire de Diane*, une statue antique d'une étonnante beauté malgré ses bras manquants, placée dans une niche : la fameuse *Diane d'Arles*, ou plutôt la *Vénus d'Arles* comme nous l'appellerons désormais pour ne pas froisser Louis XIV.

Alors que monsieur de Grille, les yeux brillants de gourmandise, portait un verre de vin à ses lèvres, que venait de lui tendre un laquais à la livrée ornée du fameux grillon et de la devise *« Nitimur in vetitum »*, qui signifie, on s'en souvient, « *Nous*

*nous efforçons vers l'interdit* », trois rudes coups furent frappés à la porte.

— Au nom du roi, ouvrez, cria l'homme qui frappait.

Le bras de monsieur de Grille qui portait le verre du délicieux nectar qu'il s'apprêtait à boire s'arrêta net. Les yeux inquiets et interrogateurs de sa femme et de ses enfants étaient fixés sur lui. Personne d'autre que lui et le roi n'était au courant de la lettre qu'il lui avait adressée.

Il ordonna à l'un des laquais d'ouvrir. Tous furent rassurés lorsqu'ils ne virent entrer qu'un simple messager porteur d'une lettre.

— Une lettre du roi, diantre ! s'exclama monsieur de Grille en prenant la lettre des mains du messager. M'aurait-il autant en ses bonnes grâces que ma cousine de Monaco ?

Cette dernière phrase n'était qu'une bravade de plus de monsieur de Grille à l'encontre du roi, lorsqu'on sait combien Louis XIV soupira un temps après madame de Monaco, surintendante de la maison d'Henriette d'Angleterre, épouse de Monsieur.

— Ah ! s'esclaffa-t-il après avoir lu la lettre, voyez-vous ma femme, Sa Majesté veut notre Vénus. Notre Vénus ? Non, notre *Diane* — il appuya avec ironie sur ce nom, une ironie qui n'était du reste en cet instant comprise que de lui seul. Enfin il la veut. Pour son Versailles !

— Monsieur, s'indigna le messager, vous parlez bien légèrement du roi.

— Et qui êtes-vous, pour me tenir pareil langage ? Ne suis-je pas d'une des plus anciennes familles de Gênes, et cousin de la famille des princes de Monaco à laquelle appartient la princesse, surintendante de la maison de Madame ?

Le messager ne répondit rien. Monsieur d'Artagnan en avait vu d'autres. Monsieur d'Artagnan avait combattu Richelieu et arrêté Fouquet en personne. Alors les quelques bravades de ce monsieur de Grille… En un mot, il n'en avait cure. D'autant plus qu'il ignorait lui aussi la véritable raison qui avait poussé le roi à envoyer quérir ce gentilhomme dans ses terres de Provence. Il ignorait que derrière le prétexte de la statue se cachait une lutte entre deux maisons royales, l'ancienne et la nouvelle, les Valois et les Bourbons.

— Me direz-vous donc votre nom, Monsieur l'impudent ? répéta monsieur de Grille.

— Je m'appelle d'Artagnan, répondit le messager avec une tranquille assurance.

— Ah, c'est le grand monsieur d'Artagnan que l'on m'envoie ! Alors, Monsieur, acceptez mes excuses, et nous vous suivrons dès après-demain à Paris.

La journée du lendemain fut occupée à faire les préparatifs du voyage. Des artistes vinrent réaliser des moulages de la statue avant son départ.

Enfin le jour du départ arriva. Monsieur et madame de Grille montèrent dans leur carrosse, la précieuse statue enveloppée sur la banquette de devant, et monsieur d'Artagnan les précédait à cheval.

On passa sous les murs de Grignan, où madame de Sévigné séjournait chez sa fille.

D'Artagnan ainsi que monsieur et madame de Grille soupèrent et passèrent la nuit à Grignan, et cette délicieuse soirée fit le sujet d'une exquise lettre de la marquise de Sévigné qu'elle envoya à sa fille une fois rentrée aux Rochers, lettre aujourd'hui malheureusement perdue et qui commençait ainsi :

« Ma chère bonne,

Je m'en vais vous faire revivre la soirée la plus délicieuse, la plus divertissante, la plus joyeuse, la plus étourdissante, la plus imprévue, la plus folle enfin qu'il nous ait été donné de passer chez vous : celle où nous soupâmes en compagnie de

M. d'Artagnan et de M. et M^me^ de Grille, qui portaient sous leurs bras cette Vénus empaquetée [...] »

Or donc, après cette halte à Grignan, voilà de nouveau d'Artagnan et monsieur et madame de Grille sur les routes en direction de Versailles, leur précieuse « Vénus empaquetée », selon les mots de madame de Sévigné, sous le bras, ou plus exactement sur la banquette de leur voiture.

En passant à Étoile, puis à Saint-Vallier, où Diane de Poitiers était née et avait passé son enfance, monsieur de Grille cessa de parler. Un certain malaise s'empara de lui : de cette femme il avait effacé les emblèmes de ses tentures, de cette femme il avait révélé le secret au roi. Cette femme se vengerait-elle un jour de lui ?

À Saint-Vallier, justement, un violent orage éclata. Funeste présage ?

Les voyageurs durent une nouvelle fois s'arrêter. Ils demandèrent l'hospitalité au nouveau propriétaire du château de Saint-Vallier où Diane de Poitiers avait passé son enfance, et qu'elle avait légué à sa fille Louise de Brézé, duchesse d'Aumale, qui l'avait elle-même légué à son fils Charles de Lorraine, qui l'avait vendu en 1584 à une autre famille.

C'était une bâtisse toute trapue, bien loin des ornements Renaissance du château d'Anet, et couverte de toits plats à tuiles romanes comme l'on trouve partout dans le Midi.

Monsieur de Grille avait peine à croire à cette aventure qui allait le contraindre à passer la nuit dans la demeure qui avait bercé les jeunes années de la mythique Diane. D'autant plus que, comme de bien entendu, le châtelain avait tout baptisé du nom de l'illustre figure des lieux : il n'y avait pas seulement la chambre de Diane, mais aussi le puits de Diane, le balcon de Diane, et je vous fais grâce du reste.

Après le souper, qui fut somme toute assez maigre, car depuis l'époque de Diane, la prospérité n'était jamais vraiment revenue dans cette demeure, tout le monde alla se coucher. Monsieur de Grille ne dormit pas de la nuit, et le sublime croissant de lune qui succéda à l'orage ne contribua pas à lui faire oublier l'ombre de celle qu'il tentait vainement de fuir. Il ne s'apaisa qu'à l'aurore, quand le soleil vint rosir les tuiles de la vieille bâtisse.

Au moment du départ, la fille de leur hôte, prénommée Diane comme vous l'aurez déjà deviné, offrit un bouquet de fleurs à madame de Grille en esquissant une révérence des plus gracieuses. C'en était trop pour le mari, qui, abandonnant sa femme en train de remercier la fillette, se précipita à l'intérieur de la voiture pour hâter le départ.

Pour d'Artagnan, cette halte provençale avait été une façon de retrouver un peu de la chaleur et de la douceur de vivre de sa Gascogne natale dont il se trouvait éloigné depuis des années dans les brumes du nord.

Vers les dix heures du matin, la petite troupe se remit en marche en direction de Versailles.

Il ne se passa plus rien de particulier au cours du trajet qui mériterait de s'y attarder.

Environ huit jours plus tard, Versailles fut en vue. Le château n'était pas alors ce qu'il est aujourd'hui, même s'il n'était déjà plus ce charmant pavillon de chasse où s'était tant plu le roi Louis XIII qui l'avait fait construire. Quant au roi Louis XIV, il aimait beaucoup venir en ce lieu qui lui rappelait les trop rares moments passés avec son père.

Depuis quelques années, depuis cette fête que le surintendant des finances Fouquet avait donnée à Vaux-le-Vicomte, le roi avait lancé d'importants travaux pour embellir ce que les courtisans nommaient avec dédain il n'y avait pas si longtemps encore « le petit château de cartes ».

Versailles, au départ lieu champêtre où le roi aimait séjourner en compagnie de ses maîtresses, était alors en pleine transformation. Les travaux en cours lui avaient déjà conféré une nouvelle envergure.

Quelques années auparavant avaient eu lieu les célèbres et mémorables fêtes des Plaisirs de l'Île enchantée en l'honneur de Louise de La Vallière, suivies par celles du Grand Divertissement royal qui avaient eu lieu en l'honneur d'Athénaïs de Montespan, née Rochechouart Mortemart, la nouvelle favorite du monarque. Rien n'était trop beau pour cette femme, et ses caprices pouvaient sembler à monsieur de Grille l'une des raisons pour lesquelles le roi avait absolument voulu la *Vénus d'Arles* à Versailles.

— Ah ! Monsieur d'Artagnan, s'exclama le roi quand il vit arriver son capitaine et la voiture qu'il escortait. Quelles nouvelles ?

— Sire, répondit d'Artagnan en sautant de cheval puis en s'inclinant, voilà monsieur et madame de Grille qui sont venus tout exprès faire don à Votre Majesté de la *Vénus d'Arles*.

Monsieur et madame de Grille descendirent alors de voiture et vinrent présenter leurs compliments au roi, pendant que des laquais démaillotaient la Vénus, qui apparut bientôt au soleil de Versailles.

— Quelle merveille ! s'exclama le roi. Cette Vénus est admirable…

— Pardon, Sire, interrompit monsieur de Grille, il s'agit plutôt de Diane.

— Nous demanderons à mon sculpteur, monsieur Girardon, ce qu'il en pense, répondit le roi.

Puis il ajouta :

— Monsieur de Grille, j'ai à vous parler.

Le roi l'invita à le suivre dans son cabinet, et ordonna qu'on les laissât seuls.

Pendant ce temps, madame de Grille et d'Artagnan allèrent se promener dans les jardins et disputer une partie de croquet endiablée, que menait la belle madame de Montespan.

— Monsieur de Grille, commença le roi, avez-vous la moindre idée de la véritable raison pour laquelle je vous ai fait venir ?

— Mais, Sire, je n'en vois pas d'autres que celle d'apporter à Votre Majesté la belle statue de notre bonne ville d'Arles pour embellir encore davantage votre demeure.

— Monsieur de Grille, n'avez-vous pas tout récemment acquis de monsieur le duc de Vendôme des tapisseries de son château d'Anet qui appartenaient jadis à la duchesse de Valentinois, maîtresse du roi Henri II ?

— Si fait, Votre Majesté.

— Est-ce cette acquisition qui vous a poussé à m'adresser ce billet ? demanda le roi avec fureur en tendant à monsieur de Grille la lettre que je vous ai donnée à lire plus haut, signée « Le Grillon ».

— Sire, répondit monsieur de Grille, il est en vie, et il en veut à votre trône.

— Qui, « il » ?

— Saint-Rémy, le descendant du roi Henri II, le descendant de madame de Valentinois !

— Comment ? Mais ignorez-vous que le roi Henri et Diane de Poitiers n'ont jamais eu d'enfant ?

— C'est ce que je croyais, jusqu'à ce que je fasse l'acquisition des tapisseries d'Anet.

— Expliquez-vous, Monsieur, car je n'aime guère que l'on me trompe.

— Voilà… commença monsieur de Grille, tout a débuté lorsque mon aïeul, le chevalier Grillo, vint à Anet chez madame de Valentinois dans la suite de l'ambassadeur de Venise Lorenzo Contarini. Passionné de chasse, il avait eu le privilège d'admirer ces magnifiques tapisseries de la *Tenture de l'Histoire de Diane* en compagnie de la duchesse. On était au début du règne du roi Henri, et madame de Valentinois était au zénith de sa puissance et de sa gloire. Le roi Henri séjournait à Anet en ces jours-là, et recevait en même temps l'ambassadeur anglais.

— Ensuite, s'impatientait le roi.

— J'y viens, Sire, j'y viens. Dans la relation qu'il a laissée de ce séjour à Anet, mon aïeul a noté dans sa description des tapisseries : « Sur les bordures supérieures et inférieures des tentures de la duchesse de Valentinois, je m'étonnai de retrouver partout le motif d'une femme seule entre un palmier et un olivier sur une île arrimée à un roc, portant un enfant dans ses bras. Pourquoi un ? Latone ne mit-elle pas au monde deux enfants, Diane et Apollon, que l'on retrouve d'ailleurs sur la tenture qui représente leur naissance ? Il me vint alors l'idée que cette femme seule avec son enfant n'était pas Latone, et que ce pouvait bien être une représentation symbolique de madame de Valentinois, qui, comme l'on sait, aime beaucoup à se faire représenter de toutes les façons qu'il est possible de l'être, et toujours de la manière la plus gracieuse. »

— Eh bien, demanda le roi, n'est-ce pas là une petite erreur d'artiste que cet enfant unique dans les bras de Latone ?

— Votre Majesté, répondit monsieur de Grille, vous n'êtes pas sans savoir que c'est à monsieur Pontus de Tyard, célèbre poète de la Pléiade, que l'on doit une bonne partie du programme iconographique du château d'Anet, et notamment ces tapisseries et les textes qui figurent dans les cartouches. Il semble impossible qu'un érudit tel que lui ait pu commettre ou ne pas remarquer une erreur si grossière. Il faut donc qu'il ait commis cette *erreur* volontairement. Autre chose encore : Votre Majesté connaît-elle la légende d'Astéria ?

— Oui, cette sœur de Latone qui plongea dans la mer pour échapper aux avances du roi de l'Olympe.

— Certes, reprit monsieur de Grille. Mais ce qui nous intéresse ici, c'est que l'île de Délos où naquirent Diane et

Apollon apparut à l'endroit même où elle avait plongé. On dit aussi parfois qu'elle s'était changée en île, c'est-à-dire qu'elle s'était changée en refuge pour que sa sœur puisse mettre ses enfants au monde.

— Quel rapport avec ce qui nous occupe ? demanda le roi.

— C'est que, Majesté, reprit monsieur de Grille, le fils du roi Henri II et de madame de Valentinois trouva précisément refuge chez la sœur de cette dernière, Françoise de Poitiers, épouse d'Antoine III de Clermont, au château d'Ancy-le-Franc, en Bourgogne.

— Comment le savez-vous ? interrogea le roi de plus en plus intrigué.

— Je suis au conseil de la ville d'Arles, Sire, et ai à ce titre la science des registres comme Votre Majesté à celle de gouverner les peuples. J'ai mené mon enquête aussitôt après avoir acquis les tentures de monsieur de Vendôme. En quittant Anet, je me mis tout de suite au travail.

Le roi semblait perplexe.

— Votre Majesté, ajouta monsieur de Grille, il suffit pour voir la vérité de considérer autrement les sujets de ces tapisseries. Sur trois d'entre elles, l'artiste est censé avoir représenté Latone avec Jupiter, son amant, et ses enfants Diane et Apollon. Junon, la femme trompée et jalouse du maître de l'Olympe, apparaît également sur son char tiré par des paons. Considérez maintenant que la femme représentée n'est pas Latone, mais Diane, c'est-à-dire la duchesse de Valentinois. Jupiter n'est autre que le roi Henri II, son amant, Junon est la reine Catherine de Médicis, et les enfants sont Henri de Saint-Rémy et Diane de France, qui elle aussi avait la lune pour emblème.

— Mais, objecta le roi, cette Diane de France était la fille d'une autre maîtresse du roi Henri II ! Une Piémontaise, si mes souvenirs sont bons…

— Votre Majesté ne peut ignorer ce que chacun à la Cour du roi Henri murmurait déjà. Cette prétendue liaison du roi avec une Piémontaise nommée Filippa Duci était une fable. Une fable destinée à cacher que la duchesse de Valentinois était la véritable mère de l'enfant. Il en fut de même pour Henri de Saint-Rémy, qui fut confié par sa mère la duchesse de Valentinois, à une certaine Nicole de Savigny qui, quelques semaines durant, s'était promenée au bras du roi Henri. Elle faisait donc une mère tout à fait crédible.

Le roi interrompit monsieur de Grille :

— Merci, Monsieur, vous pouvez vous retirer. En remerciement de ce que vous venez de me dire, je souhaite vous confier une mission. Une mission secrète. Vous accompagnerez Madame à Douvres dans quelques jours, et irez donc loger chez elle, à Saint-Cloud. Ma belle-sœur vous en dira très bientôt davantage. Au revoir, Monsieur.

Monsieur de Grille s'inclina, et se retira.

Aussitôt après son départ, le roi convoqua André Le Nôtre, son jardinier qui travaillait à transformer le jardin du petit château de cartes de Versailles en éblouissant parc du palais du Roi Soleil.

— Monsieur Le Nôtre, commença le roi quand son jardinier fut entré, ne m'avez-vous pas dit il y a peu que votre neveu Desgots travaillait pour monsieur de Vendôme à Anet ?

— C'est exact, Sire. Il est notamment l'auteur du beau vestibule de l'aile gauche.

— Et ne m'avez-vous pas confié être le filleul de monsieur Mallet, petit-fils du jardinier de la duchesse de Valentinois ?

— Votre Majesté a bonne mémoire.

— Ce que vous ne me dites pas, mon bon Le Nôtre, reprit le roi, c'est que vous vous demandez pourquoi je vous pose ces questions.

— On ne peut rien cacher à Votre Majesté.

Le roi sourit en entendant ces dernières paroles. Monsieur de Grille venait de démontrer le contraire en lui révélant un secret dont il ne suspectait pas même l'existence, lui, le roi !

— Le Nôtre, reprit imperturbablement Louis XIV, je souhaite que votre neveu et vous-même, qui travaillez aussi pour Vendôme au creusement d'un canal dans le parc, m'informiez de tout ce qui se passe à Anet.

— Mais, Sire, et Versailles ?

— Dites à monsieur de Vendôme que je vous prête à lui pour quelques semaines tant est grande mon admiration pour sa demeure d'Anet. Mes Suisses n'ont pas besoin de vous ici pour creuser le canal et la pièce d'eau, et votre absence en ce moment ne nuira pas à mon beau jardin de Versailles.

— Bien, Sire. Mais de quel genre d'informations avez-vous plus particulièrement besoin ?

— Cela, je ne peux vous le dire. Sachez seulement que j'ai besoin de savoir exactement ce qui s'y passe, et *qui* y passe. Je vous charge de transmettre mes ordres à votre neveu.

— Quand dois-je partir pour Anet ? demanda Le Nôtre.

— Je vous le ferai savoir, lui répondit le roi.

Le jardinier s'inclina respectueusement pour s'en aller. Le roi, qui éprouvait une grande affection pour ce vieil homme si talentueux et dévoué à sa personne, lui dit alors qu'il sortait :

— Je vous sais un gré infini des services que vous me rendez.

C'était là une phrase marquant, de la part du monarque, une extrême faveur envers celui auquel elle était adressée.

Le Nôtre, une fois parti, ne put tout de même s'empêcher de marmonner :

— Je suis jardinier, pas espion !

Le gentil râleur qui sommeillait en lui avait ainsi trouvé un nouveau moyen de s'exprimer.

*

Monsieur de Grille fut donc logé à Saint-Cloud, chez Monsieur frère du roi et son épouse Henriette d'Angleterre. Quel ne fut pas son étonnement lorsqu'il pénétra pour la première fois en carrosse dans cette somptueuse demeure !

On le mena à ses appartements en lui faisant traverser la splendide galerie d'Apollon qui avait dissuadé le roi de se faire représenter en dieu mythologique dans sa Grande Galerie de Versailles pour qu'on ne l'accusât pas d'avoir imité son frère.

À peine était-il installé qu'un laquais vint l'avertir que la duchesse d'Orléans souhaitait l'entretenir en particulier.

Madame était dans ses cabinets intérieurs, et fit signe à monsieur de Grille de s'asseoir à ses côtés.

« C'est donc là cette fameuse Henriette d'Angleterre, dont on dit que le roi s'était follement épris avant qu'on ne lui jette mademoiselle de La Vallière entre les bras ! » se dit-il en voyant cette rayonnante beauté qu'il avait tout loisir de contempler à cet instant.

Ce fut Madame, toute déesse qu'elle lui eût semblé, qui rompit le charme en commençant :

— Monsieur de Grille, le roi a dû vous dire quelle mission va vous être confiée.

— Fort peu, Madame, je sais seulement que je dois vous accompagner jusqu'à Douvres.

— Oui, je dois y rencontrer mon frère le roi Charles, et négocier avec lui un accord entre l'Angleterre et la France.

Observons au passage que Madame plaçait toujours l'Angleterre avant la France dans ses conversations. Sa mère était pourtant la sœur de Louis XIII, avec laquelle elle avait passé en exil au Louvre la majeure partie de sa vie lorsque son père Charles I^er^ avait été décapité. Ingrate et oublieuse Henriette ! Mais pourtant si charmante…

— Un accord entre l'Angleterre et la France, Madame ? demanda monsieur de Grille pour tenter d'obtenir plus de précisions.

— Oui, mais je ne peux vous en dire davantage pour le moment sur cet accord.

— Que devrai-je faire ?

— Vous serez mon émissaire.

— Quand partons-nous ?

— Dans une huitaine.

— Madame a-t-elle encore besoin de moi ?

— Non, Monsieur, vous pouvez vous retirer. Mais ne dites mot à quiconque de ce que je viens de vous confier. Vous êtes au service du roi, Monsieur.

La jeune fille s'entraînait à parler comme une grande dame, ce qui, loin d'être ridicule, accentuait encore paradoxalement ce charme que son époux était le seul à ne pas goûter.

Monsieur de Grille s'inclina profondément devant la duchesse, et quitta ses appartements. En sortant, il croisa Monsieur en compagnie de son amant, le chevalier de Lorraine.

— Eh bien, Monsieur, lui dit Philippe d'Orléans, vous devez être ce monsieur de Grille à qui la duchesse avait, semble-t-il, tant de choses à dire !

— Si fait, Monseigneur, dit monsieur de Grille en s'inclinant profondément.

— Heureux homme ! s'esclaffa Monsieur en minaudant avec son beau chevalier. Elle n'a pas tant de choses à me dire, à moi !

— C'est que, Monseigneur, répondit monsieur de Grille en habile courtisan, vos deux âmes sont si étroitement unies que les mots en deviennent superflus.

— Vous avez de l'esprit, répondit Monsieur. Mais ma femme est une sacrée coquine !

À ces mots, Monsieur et le chevalier de Lorraine rirent de plus belle et poursuivirent leur chemin en poussant de grotesques gloussements.

Quant à monsieur de Grille, il profita de son temps de liberté pour aller visiter les jardins du palais, en particulier la grande cascade aux innombrables vasques et jets d'eau qui faisait l'admiration de tous les visiteurs.

Au même moment, la duchesse d'Orléans relisait la lettre que lui avait fait parvenir le roi. Elle était conçue en ces termes :

« Madame,

Pour le voyage que vous allez entreprendre pour négocier un accord avec votre frère, emmenez avec vous M. de Grille que je vous envoie. Mais prenez garde : cet homme détient un dangereux secret pour notre dynastie qui pourrait engendrer de bien grands malheurs s'il était su. Je désire que cet homme finisse ses jours dans quelqu'une de nos forteresses, au secret le plus absolu. Rien ne m'empêcherait de signer dès aujourd'hui une lettre de cachet contre lui, mais je devrais après cela expliquer mon geste d'une façon ou d'une autre. Souvenez-vous que dans le cas de Fouquet, j'avais déjà tenu à ce qu'un procès ait lieu. Arrangez-vous donc pour faire confier à M. de Grille des papiers confidentiels, et le surprendre ensuite en l'accusant de les avoir volés. Il sera donc accusé des crimes de lèse-majesté et de haute trahison, et nous l'enverrons à Pignerol où personne ne sera autorisé à lui parler.

J'ai pleine confiance en vous pour le succès de cette mission. Ayez toujours un courrier prêt à partir pour m'informer du résultat des négociations avec votre frère et de notre affaire.

Louis »

*

Henriette d'Angleterre partit donc pour Calais nuitamment, accompagnée de monsieur de Grille. De là, il était prévu qu'ils s'embarquent pour Douvres où les attendait le roi d'Angleterre Charles II.

Voici en quoi devait consister la négociation : la France devait prêter main-forte à l'Angleterre dans le conflit qui l'opposait à la Hollande en échange de la conversion du roi d'Angleterre au catholicisme, et donc du retour de l'Angleterre dans le giron de la sainte Église romaine d'où Henri VIII l'avait fait sortir un siècle auparavant.

C'est Henriette d'Angleterre, épouse de Philippe d'Orléans et donc belle-sœur de Louis XIV, qui avait été choisie pour ces tractations, puisqu'elle était aussi la sœur du roi d'Angleterre. Tout indiquait donc une réussite probable de sa mission, qui devait s'achever par la signature d'un traité secret entre la France et l'Angleterre.

Dans la voiture lancée à vive allure sur les routes du nord de la France, Henriette ne cessait de penser à la lettre du roi. Monsieur de Grille, assis en face d'elle, était à dire vrai un bien joyeux compagnon de voyage, et lui racontait avec une verve toute provençale toutes les histoires croustillantes de sa bonne ville d'Arles. La duchesse d'Orléans, peu habituée à une conversation d'une telle liberté et peu habituée à rire depuis son mariage malheureux avec le frère du roi, trouvait un plaisir infini à causer avec lui. Elle se révoltait intérieurement contre le roi de France, qui, une fois encore, allait lui faire commettre une action qui la priverait d'une part de bonheur. La fatalité avait pris le visage du roi : elle allait devoir perdre un homme pour lequel elle commençait à ressentir de l'attachement.

— Voici le texte du traité que je m'en vais négocier avec mon frère le roi Charles, dit-elle en tendant à Eustache de Grille une enveloppe soigneusement cachetée qui contenait le texte en question. Si l'on nous arrête pour quelque raison que ce soit, il vaut mieux qu'on ne trouve pas ce document en ma possession. Surtout, ne l'ouvrez pas, vous m'en répondrez sur votre vie.

— Votre Altesse désire donc que je conserve sur moi ce document tout le long de notre voyage ?

— Oui. Vous ne me le remettrez qu'à Douvres, lorsque nous serons en présence de mon frère. Il va sans dire que vous ne devez ni l'ouvrir ni l'égarer.

— Votre Altesse peut s'en remettre à moi en toute confiance.

— Alors vous me voyez fort soulagée. La mission que m'a confiée le roi de France est une grande responsabilité. Un échec me ruinerait irrémédiablement à ses yeux.

Sur la route, ils s'arrêtèrent dans une auberge près d'Amiens. La simplicité de la voiture et des tenues de voyage qu'on avait emportées n'éveilla aucunement la curiosité de l'aubergiste, que Madame apostropha comme si elle avait passé sa vie à courir les routes :

— Holà, mon brave, lança-t-elle à l'aubergiste, nous voulons des chambres, et de quoi nous restaurer. Nous repartirons demain à l'aube.

L'aubergiste leur donna trois chambres, la plus belle pour Madame, les deux autres pour Eustache de Grille et l'homme de main qu'elle avait emmené, Gustave.

Quand tout fut endormi dans l'auberge, Henriette convoqua discrètement son homme de main.

— Gustave, lui dit-elle, assure-toi que monsieur de Grille est endormi, et si oui, cherche l'enveloppe qui contient le texte du traité et ramène-la-moi. Il ne faut pas qu'il te voie, m'as-tu bien comprise ?

Gustave fit signe que oui.

S'étant assuré que monsieur de Grille était endormi, il pénétra dans sa chambre. Il mit un moment à s'habituer à la profonde pénombre qui régnait dans la pièce. Il chercha partout, depuis les habits de monsieur de Grille jusqu'au fond du moindre tiroir. Rien. Alors il essaya le dernier endroit possible. En effet, un bout de l'enveloppe émergeait de dessous l'oreiller sur lequel il dormait.

Délicatement, l'homme de main d'Henriette souleva l'oreiller et tira la lettre à lui, mais à ce moment précis monsieur de Grille fit mine de se réveiller. Gustave bondit donc hors de la pièce.

— Peste ! lui dit Henriette. Tout est donc à recommencer. Nous recommencerons à Calais. Mais alors, il n'y aura plus moyen d'échouer !

Elle congédia son homme de main et se mit au lit, consciente des délicates missions qui l'attendaient les prochains jours.

À l'aube, lorsque le coq chanta, Henriette, Gustave et Eustache de Grille étaient prêts, les bagages chargés sur la voiture. Ils se remirent donc en route en direction de Calais.

Durant le reste du voyage, Henriette remarqua que monsieur de Grille avait l'air soucieux. Il avait en effet remarqué à son réveil que l'enveloppe était presque entièrement sortie de dessous son oreiller, et il lui avait semblé entrevoir, dans le brouillard qui suit un endormissement profond et précède le réveil complet, une forme humaine bondissant vers la porte.

Il n'en dit mot à Madame, ne voulant pas l'inquiéter sur ses capacités à remplir sa mission. Mais il décida de changer désormais l'endroit où il cacherait l'enveloppe.

Henriette, tout en continuant à feindre de deviser le plus naturellement du monde avec lui, avait perçu cette inquiétude qui se lisait sur le visage d'Eustache de Grille.

Elle était bien placée pour deviner quelle était la cause de cette inquiétude, et se promit de réussir à subtiliser l'enveloppe à Calais.

Ils s'arrêtèrent donc dans une auberge comme à Amiens, et Henriette envoya de nouveau Gustave subtiliser la lettre.

Monsieur de Grille ne l'avait en effet pas dissimulée sous son oreiller, cette fois. Le fidèle Gustave dut donc faire appel à toute son ingéniosité pour découvrir la cachette.

Sur une chaise, il trouva du fil et une aiguille. Il en déduisit que l'enveloppe devait se trouver dans la doublure de la veste de monsieur de Grille. Il la palpa et, ayant senti ce qu'il cherchait, l'apporta à Henriette avec le fil et l'aiguille. Ils ouvrirent la doublure et s'emparèrent de la lettre.

— Parfait. À présent, dit Henriette avec une moue qui trahissait l'ennui que cela lui causait, il va falloir recoudre la doublure.

Et c'est ainsi qu'Henriette d'Angleterre, duchesse d'Orléans, passa une partie de la nuit à recoudre soigneusement la doublure de monsieur de Grille, non sans y avoir introduit au préalable une enveloppe du même poids et de la même épaisseur que l'autre, pour que monsieur de Grille ne remarque rien.

Son travail achevé, elle appela Gustave et lui dit de remettre la veste, l'aiguille et le fil aux endroits exacts où il les avait trouvés, ce qui fut fait.

Il était temps. L'entrevue avec Charles II d'Angleterre à Douvres était fixée la nuit suivante.

Ils s'embarquèrent dans le port de Calais en fin de matinée, à bord d'un vaisseau du roi d'Angleterre déguisé pour l'occasion en navire marchand. Rien ne risquait donc d'attirer l'attention.

La traversée fut exécrable, un vent de tempête se leva à mi-chemin et balayait les flots gris ; Henriette pensa mille fois ne jamais arriver jusqu'à Douvres.

En fin d'après-midi, les côtes anglaises étaient toutes proches.

Il était prévu qu'Henriette et ses accompagnateurs attendraient la nuit dans une auberge située un peu à l'écart de Douvres. L'entrevue avec Charles II devait avoir lieu dans une clairière reculée de la forêt située à proximité de cette auberge.

Les heures qui la séparaient du rendez-vous avec son frère parurent interminables à Henriette. Et si son frère refusait l'accord ? Qu'adviendrait-il alors ? Comment Henriette serait-elle accueillie à son retour par le roi de France ?

Il lui fallait aussi faire arrêter monsieur de Grille, puisque telle était la volonté de Louis XIV. Mais quand et comment ?

Henriette décida de ne procéder à son arrestation qu'après l'entrevue.

Enfin l'heure du rendez-vous arriva.

À la lueur d'un candélabre, Henriette finissait de se préparer. Elle convoqua son homme de main chez elle.

— Gustave, lui dit-elle, je m'en vais réclamer l'enveloppe contenant le traité à monsieur de Grille. Tenez-vous prêt à partir pour le rendez-vous que nous a fixé mon frère.

Henriette alla frapper à la porte de monsieur de Grille, et entra chez lui.

— Il est l'heure, Monsieur. Donnez-moi donc l'enveloppe contenant le traité que je vous avais confiée.

— La voici, dit Eustache en lui remettant le pli qu'il avait sorti de la doublure de sa veste depuis quelques minutes.

Henriette regarda le sceau de l'enveloppe, et dit à Eustache de Grille :

— Qu'est-ce donc que ceci ? Ce n'est pas l'enveloppe que je vous avais remise.

— Madame, c'est impossible, se défendit monsieur de Grille, elle ne m'a pas quitté.

— Monsieur, dit Henriette d'un ton devenu cassant, je sais ce que je dis. Le sceau de Sa Majesté était apposé sur le cachet de cire. Or, voyez, sur l'enveloppe que vous venez de me remettre, le cachet de cire est vierge ; aucun sceau n'y a été apposé.

Eustache de Grille regarda le cachet. En effet, le sceau du roi, dont il se souvenait fort bien pourtant, n'y figurait pas.

— C'est impossible… répétait-il sans cesse.

— Et pourtant cela est, martela Henriette. Dieu seul sait où se trouve à présent le traité, et en quelles mains. Mais sans doute le savez-vous aussi, vous…

— Moi ? demanda Eustache de Grille, incapable de trouver autre chose à dire devant la terrible accusation que venait de proférer Henriette à son égard.

— Oui, Monsieur, n'est-ce pas vous qui étiez censé veiller sur cette enveloppe ? Allons, avouez, à qui l'avez-vous remise ?

— Mais, Votre Altesse se trompe, je…

— Il suffit ! Gustave !

L'homme de main de Madame entra.

— Monsieur de Grille n'ayant plus en sa possession l'enveloppe que je lui avais confiée, il vient de se rendre coupable du crime de haute trahison et de celui de lèse-majesté. Veuillez vous assurer de sa personne en attendant que j'en informe Sa Majesté.

— Votre Altesse, répondit Gustave, le roi Charles va nous attendre…

— Non, nous ne ferons pas attendre mon frère. Monsieur de Grille nous escortera et vous le surveillerez de près. Nous aviserons après de ce que nous ferons de lui.

C'est ainsi qu'Henriette se mit en route pour le rendez-vous qu'elle devait avoir avec son frère, suivie par monsieur de Grille étroitement gardé à vue par Gustave.

En quittant l'auberge, ils prirent la direction de la forêt, et s'y engouffrèrent. À l'aide des indications fournies par le roi Charles, ils ne tardèrent pas à trouver la clairière, dont en outre les flambeaux, brillant dans l'obscurité, indiquaient la présence.

La duchesse d'Orléans et le roi d'Angleterre se tombèrent dans les bras comme n'importe quels frère et sœur séparés depuis si longtemps. Henriette, qui avait prétendu à monsieur de Grille au moment de quitter l'auberge avoir un double du traité, le fit signer à son frère.

Puis vint le moment des adieux. Le frère et la sœur, repartant chacun dans une direction opposée, l'un vers Londres, l'autre vers Douvres, ne se quittèrent pas du regard tant qu'ils purent se voir. Enfin l'un et l'autre disparurent au détour du chemin.

Les instructions de Louis XIV étaient qu'une fois l'entrevue passée, Madame lui fasse immédiatement savoir ce qu'il en était de la signature du traité ou de son éventuel rejet. Un messager du roi était en effet arrivé à l'auberge pendant l'entrevue d'Henriette et de son frère.

Madame remit au messager une lettre triomphale annonçant au roi de France la signature du traité et l'informant de la façon dont elle s'était débrouillée pour accuser monsieur de Grille de crime de haute trahison et de lèse-majesté.

La réponse du roi ne se fit pas longtemps attendre. Madame, Gustave et monsieur de Grille devaient se rendre au port de Douvres où les attendrait monsieur de Saint-Mars, porteur d'une lettre de cachet signée du roi et dont la mission était de s'assurer de la personne d'Eustache de Grille et de le conduire, masqué, à Pignerol.

Arrivé à Calais, le petit groupe se sépara. Monsieur de Saint-Mars et monsieur de Grille, son prisonnier, partaient vers Pignerol, dans le Piémont. Quant à Madame et à Gustave, ils retournaient à Saint-Cloud, en faisant un léger détour par Versailles. La fière et « glorieuse » Henriette, comme l'on disait à l'époque, tenait en effet à se faire féliciter de vive voix par le roi du succès de son ambassade et de l'arrestation d'un ennemi de l'État.

De fait, le retour d'Henriette à Versailles puis à Saint-Cloud fut triomphal. Cependant, enivrée par son succès et les hommages qui lui étaient rendus par tous, elle ne prit pas garde à la fausseté des caresses que lui prodiguaient le roi, Monsieur, et plus étonnant encore, le chevalier de Lorraine dont elle savait bien pourtant qu'il la haïssait.

Depuis le début de l'affaire et encore plus depuis sa lettre de Douvres, le roi de France avait décidé d'éliminer sa belle-sœur qui en savait trop sur monsieur de Grille. Il n'avait pas eu trop de peine à faire entrer Monsieur dans ses vues, étant donné qu'il avait sa femme en horreur. Monsieur avait à son tour confié la basse besogne à ses amants, le chevalier de Lorraine et le marquis d'Effiat, trop heureux de pouvoir se débarrasser de la duchesse avec la bénédiction de son époux, le frère du roi.

Pendant ce temps, monsieur de Grille, masqué par monsieur de Saint-Mars, parcourait les routes de France en chaise à porteurs en direction de Pignerol, là où l'ex-surintendant des finances Fouquet se trouvait déjà enfermé depuis plusieurs années et où le duc de Lauzun, ancien proche ami du roi, l'avait rejoint en punition de ses insultes à la marquise de Montespan, favorite du monarque.

Trois hommes qu'il était pourtant dangereux de réunir en un même lieu, ce lieu fût-il une prison…

Quelques jours après son retour à Saint-Cloud, Madame alla se promener sous les ombrages du parc pour prendre le frais tant la chaleur était étouffante. Elle demanda à boire et émit le souhait qu'on lui apportât sa boisson favorite, de l'eau de chicorée. On apporta donc à Madame l'eau de chicorée qu'elle avait demandée. Or, peu après l'avoir bue, elle se trouva mal. Elle fut ramenée en litière depuis les jardins jusqu'à sa chambre, où elle s'alita. Monsieur, qui, on le sait, n'avait jamais passé plus de cinq minutes en compagnie de sa femme, entra dans la chambre de celle-ci et fit sortir tout le monde.

Durant tout le trajet jusqu'à ses appartements, la pauvre Madame avait murmuré dans son délire : « Eustache… Danger ! », et ce délire allait en s'accentuant de minute en minute au fur et à mesure que le mal semblait progresser en elle.

Madame de La Fayette, sa fidèle amie, a noté plus tard : « La pauvre Madame nous murmura dès cet instant des paroles incompréhensibles. » Mais elle était loin de se douter que ces paroles n'étaient pas incompréhensibles pour tout le monde !

En sortant de la chambre, le regard du chevalier de Lorraine croisa celui de Monsieur, son amant. « C'est fait », semblait-il dire. Monsieur lui répondit à son tour par un signe imperceptible par tout autre que ces deux hommes qui depuis des années se connaissaient si intimement.

Monsieur demeura un moment seul avec Henriette. C'est un fait que personne n'a mentionné, car puisque la rumeur d'empoisonnement avait couru, et à raison on le voit bien, Louis XIV n'avait pas souhaité que Monsieur fût soupçonné en quelque manière. Quiconque aurait parlé de ce tête-à-tête aurait, à coup sûr, eu la tête tranchée sur ordre du roi, ou aurait bien plutôt fini ses jours au secret dans quelque geôle sordide de France.

« Eustache… Danger ! » continuait de murmurer Madame.

Monsieur s'assit sur le lit auprès de sa femme agonisante.

— Que vous a-t-il dit, Madame ? Que vous a dit monsieur de Grille ? De quel danger parlez-vous ? lui demanda-t-il.

Madame regarda fixement son époux, et soudain se redressa sur son lit, comme prise d'un violent délire prophétique.

— *Rege… ab avo… sanguinem… nomen… et lilia…* prononça-t-elle avec peine en latin, les yeux écarquillés.

Puis elle retomba inconsciente sur son lit.

— « De mon royal ancêtre me viennent mon sang, mon nom et mes lys », traduisit Monsieur.

« Louis avait raison, pensa-t-il, ce monsieur de Grille qu'il a fait mettre au secret et ce damné rejeton Valois sont des menaces pour notre famille. Voilà bien où nous mènent les putains royales, les Poitiers, les d'Estrées, les La Vallière et les Montespan ! Tous ces bâtards ne servent qu'à obscurcir le soleil des rois ! Au moins n'en est-il pas de même avec mon beau chevalier… »

Ce dialogue suivi de ces réflexions que je viens de raconter ne dura que quelques minutes.

Ayant constaté que sa femme, inconsciente, agonisait, Monsieur laissa de nouveau rentrer les courtisans, qui avaient attendu derrière la porte, l'oreille aux aguets, pour tenter de percevoir quelques bribes de la conversation de Monsieur avec sa femme. Mais ce fut en vain, rien n'avait filtré. Ces quelques minutes dont personne ne fut témoin furent un élément supplémentaire pour ceux qui accusèrent Monsieur d'avoir empoisonné sa femme. Il est vrai que le frère du roi n'avait pas été très habile en cette occasion ; mais il n'avait eu que ce moyen-là de savoir ce dont monsieur de Grille avait réellement parlé à sa femme.

La belle Henriette d'Angleterre reçut l'extrême-onction, puis rendit son âme à Dieu devant la Cour assemblée.

Un courrier partit immédiatement pour Versailles. « Bien, pensa le roi, en voilà deux hors d'état de nuire. Passons au troisième, le bâtard de cette maudite dame de Poitiers… »

Le lendemain de la mort d'Henriette, le roi, en habits de deuil, fit appeler dans son cabinet monsieur de Louvois.

— Monsieur, lui dit-il, votre prisonnier monsieur de Grille est-il en lieu de sûreté ?

— Il l'est, Votre Majesté, et entre les mains d'un de mes hommes les plus sûrs, monsieur de Saint-Mars.

— Fort bien.

Le roi sembla réfléchir un instant, puis reprit :

— Monsieur de Louvois, ayant pleine confiance en vous, j'ai à vous entretenir d'un grave complot contre notre couronne.

— Un complot, Sire ?

— Oui, qui m'a été révélé par monsieur de Grille et à cause de quoi il est aujourd'hui tenu au secret.

— Serait-ce un complot des Anglais ? Le roi Charles cherche-t-il à vous tromper ?

Le roi sourit.

— Prétexte, Monsieur de Louvois, simple prétexte. Il n'y a pas de complot des Anglais, monsieur de Grille n'a jamais intercepté aucun courrier entre moi et le roi Charles, mais le complot qu'il risquait de révéler est un complot bien autrement dangereux pour l'unité du royaume et la monarchie, car il est souterrain, invisible et se cache à l'intérieur même du royaume dont je veux être le maître absolu et incontesté.

— Quel est ce complot ? Monsieur de La Reynie, le lieutenant de police, aurait dû m'en informer.

— Monsieur de La Reynie ne pouvait pas savoir, monsieur de La Reynie ne *peut* pas savoir. Ce genre de secret n'est connu que par le roi. Or, moi-même, je l'ignorais. Vous souvient-il de m'avoir raconté que jadis, du temps du roi Henri II, l'ancêtre de monsieur de Grille était venu au château d'Anet chez la duchesse de Valentinois ?

— Oui, Sire. C'est exact. Dans la suite de l'ambassadeur de Venise qui fut reçu à Anet en même temps que l'ambassadeur d'Angleterre.

— Ce que je vais vous dire à présent est un secret d'État que vous emporterez dans la tombe. Monsieur de Grille a acquis récemment auprès de monsieur de Vendôme, actuel propriétaire d'Anet, des tapisseries de feue madame de Valentinois. Il m'a révélé qu'elle avait eu un fils du roi Henri II. Un fils dont on ne sait rien, sinon qu'il a probablement une descendance. La race des Valois, même bâtarde, n'est donc pas éteinte. Elle complote dans l'ombre pour renverser les Bourbons.

Le roi fit une pause, puis reprit :

— Je veux que vous enquêtiez pour savoir ce qu'est devenu ce fils du roi Henri II et de la duchesse de Valentinois.

— Bien, Votre Majesté.

— Vous pouvez disposer, Monsieur de Louvois.

Louvois s'inclina, et sortit. Un important travail de recherches l'attendait.

Monsieur de Louvois reçut l'après-midi même en son hôtel monsieur de Saint-Mars, chargé de tenir au secret monsieur de Grille.

— Monsieur de Saint-Mars, lui dit Louvois, donnez-moi donc des nouvelles de la forteresse de Pignerol et de votre prisonnier masqué, monsieur de Grille, dont nul autre que le roi, vous et moi ne doit apprendre le nom.

— Comment, Monsieur ? interrogea monsieur de Saint-Mars avec une expression mêlée de surprise et de dédain.

— Eh bien, qu'y a-t-il donc ? lui demanda Louvois. Depuis quand vous permettez-vous d'user de ce ton lorsqu'on vous donne un ordre ?

— Monsieur de Louvois, vous ne pouvez ignorer que je suis officier et descendant de ce Saint-Mars, gouverneur de Loches, à qui la reine Catherine de Médicis confia la garde d'un prisonnier d'État lors de la Conjuration d'Amboise. Une mission de grande confiance, pour laquelle mon aïeul fut choisi. Or, ça, vous voulez à présent me renvoyer dans une obscure forteresse au-delà des Alpes ! Dira-t-on un jour que Bénigne, descendant du grand Saint-Mars de Loches, forteresse royale, a fini ses jours exilé dans une place forte des confins du royaume ? Non, Monsieur, je refuse. J'aime mieux la mort que la honte. J'ai conduit votre prisonnier à Pignerol, mais je refuse d'y retourner. Ma mission est terminée.

Louvois n'entendait plus les bravades de Saint-Mars. Les mots de « prisonnier d'État », de « conjuration d'Amboise » et de « Catherine de Médicis » avaient éveillé sa curiosité. « Et si c'était lui, ce bâtard Valois ? Se pourrait-il que par une étrange coïncidence l'aïeul de cet officier effronté ait croisé la route de celui dont le roi veut tout savoir ? » se disait-il en lui-même en regardant Saint-Mars.

Ce dernier, s'attendant à la colère de Louvois, était resté debout prêt à parer les coups qu'il pensait recevoir. Il fut bien surpris du ton mielleux avec lequel le ministre reprit :

— Ainsi votre aïeul était gouverneur de Loches ? lui dit Louvois.

— Oui, Monsieur, répondit un Saint-Mars plein d'espoir d'avoir fait mouche en ouvrant les yeux du ministre sur son illustre lignage.

— Et la reine Catherine de Médicis lui avait confié un prisonnier impliqué dans la Conjuration d'Amboise ?

— C'est exact.

— Quel était le nom de ce prisonnier ?

— Monsieur, un secret d'État…

— Monsieur de Saint-Mars, votre zèle me plaît, mais un secret vieux de cent ans n'en est plus un…

— Monsieur, je regrette, répliqua Saint-Mars. Je ne pourrais faire cette révélation qu'au roi, s'il me l'ordonnait. Au roi seul.

— Fort bien. Vous m'accompagnerez donc demain à Versailles. Le roi sera sans doute curieux de connaître ce nom que vous taisez devant moi.

— Le roi ! répondit Saint-Mars.

— Oui, Monsieur, le roi, répondit Louvois, embarrassé d'avoir ainsi laissé paraître à l'officier prétentieux combien ce nom pouvait avoir d'importance jusqu'au sommet de l'État, et redoutant que le roi ne lui reproche son peu de discrétion.

— Quand devrai-je me présenter demain ?

— À huit heures, ici même. Vous m'attendrez dans l'antichambre. Vous pouvez disposer, Monsieur de Saint-Mars.

Saint-Mars sortit, et Louvois prépara son entrevue du lendemain avec le roi.

Le lendemain, monsieur de Louvois entra avec monsieur de Saint-Mars dans le cabinet de travail du roi.

— Sire, commença Louvois, puis-je me permettre de présenter à Votre Majesté monsieur de Saint-Mars, qui répond de monsieur de Grille, détenu sous ses ordres depuis son arrestation ?

— Je suis fort aise de faire la connaissance de ce gentilhomme, répliqua le roi, mais ne devions-nous pas nous voir seul à seul, Monsieur de Louvois ?

— Si fait, Votre Majesté, mais il se trouve que l'aïeul de monsieur de Saint-Mars était gouverneur de Loches et que la reine Catherine de Médicis lui avait confié la garde d'un prisonnier d'État impliqué dans la conjuration d'Amboise. Or, monsieur de Saint-Mars m'a déclaré n'accepter de donner le nom de ce prisonnier qu'au roi.

Le monarque avait lu dans le regard de Louvois qu'il avait tout intérêt à apprendre ce nom, qui était peut-être celui du bâtard Valois.

— C'est bien. Veuillez sortir un instant, Monsieur de Louvois, ordonna le roi.

Louvois sortit.

— Alors, Monsieur, le nom de ce prisonnier, je vous prie, demanda Louis XIV à Saint-Mars.

— Henri de Saint-Rémy, Sire, répliqua Saint-Mars.

— Que savez-vous de lui ?

— Rien, sinon qu'il avait été incarcéré sur l'ordre de la reine mère pour avoir voulu enlever le jeune roi François II à Amboise, de concert avec les chefs protestants initiateurs de la conjuration.

— Monsieur de Saint-Mars, je suis le roi, et il me déplaît qu'on cherche à me cacher des choses.

— Mais, Sire, je vous ai dit tout ce que je sais, et il n'était pas davantage d'usage au siècle passé qu'il ne l'est aujourd'hui de divulguer les secrets d'État aux simples officiers. Il ne leur était demandé que de garder le prisonnier, pas d'étudier les motifs de sa condamnation ni les éléments de son passé.

— C'est bien, Monsieur, vous pouvez disposer.

Monsieur de Saint-Mars s'inclina et sortit. Monsieur de Louvois lui ordonna de l'attendre en bas dans la cour royale, puis il rentra dans le cabinet du roi.

— Il s'appelait Henri de Saint-Rémy, annonça le roi à Louvois. Mais il ne sait rien de plus. Dommage, car je vous félicite, Louvois, il ne peut s'agir que de lui. Le roi Henri II avait eu une maîtresse d'un jour, Nicole de Savigny, filleule d'un monsieur de Saint-Rémy mort sans descendance. Rien ne fut plus simple que de donner le nom et la terre de Saint-Rémy, revenus à la couronne, à l'enfant qu'il avait eu de madame de Valentinois. Ainsi Diane de Poitiers était-elle insoupçonnable.

Le roi s'arrêta un instant, puis reprit :

— J'avais appris dans mon jeune temps que les protestants avaient fomenté la conjuration d'Amboise chez le frère de l'amiral de Coligny.

Le roi se dirigea vers une grande carte de la France qui ornait son bureau, et la parcourut du doigt.

— Il me semble que c'était en Bourgogne, dit-il, c'est cela, à Tanlay.

Louvois sembla avoir soudain une idée.

— Tanlay ? À quelques pas d'Ancy-le-Franc ? demanda-t-il.

— Pourquoi cette question, et quel lien avec Ancy-le-Franc ? demanda le roi.

— Je l'ignore, répliqua Louvois, mais il y a quelque temps que je songe à acquérir cette belle demeure. Les Clermont-Tonnerre qui en sont les créateurs et les propriétaires depuis un siècle n'ont plus les moyens de faire face aux dépenses qu'entraîne ce luxueux édifice. Je me suis intéressé de près à l'histoire des lieux. Antoine III de Clermont, le créateur du château, avait épousé Françoise de Poitiers, la propre sœur de la duchesse de Valentinois. Antoine III de Clermont, fier de cette parenté avec la toute-puissante maîtresse du roi dont il était devenu le beau-frère, fit décorer une chambre entière de sa demeure de scènes allégoriques illustrant le mythe de Diane chasseresse. Il pensait y accueillir la duchesse de Valentinois, mais celle-ci ne daigna jamais venir. Plus tard, son petit-fils fit peindre l'histoire de Judith de l'Ancien Testament en donnant à Judith les traits de la duchesse de Valentinois. Depuis, les descendantes d'Antoine de Clermont et de Françoise de Poitiers se sont toutes fait représenter sous les traits de Diane chasseresse. Cette demeure est donc, autant que le château d'Anet construit à la même période, un véritable temple à la gloire de Diane. Si Henri de Saint-Rémy est venu à Tanlay pour préparer la conjuration, sans doute aussi est-il allé à Ancy-le-Franc…

— Louvois, vous me plaisez, reprit le roi. Vous raisonnez vite et juste. Sans doute en effet pourrait-on apprendre à Ancy-le-Franc, auprès des Clermont-Tonnerre, ce que nous voulons savoir sur la lignée des Saint-Rémy… leurs cousins. J'enverrai en même temps mon fils le Grand Dauphin à Anet chez monsieur de Vendôme enquêter de son côté.

— Votre Majesté a-t-elle des ordres à me donner ? demanda Louvois.

— Oui, reprit le roi. Faites préparer mes équipages, nous partons vous et moi la semaine prochaine pour Ancy-le-Franc, dès la fin des obsèques de Madame. Nous songerons à vous rendre bientôt propriétaire de cette demeure. Une visite du roi ne pourra que contribuer à ruiner encore davantage la fortune de ces Clermont-Tonnerre qui sont sans aucun doute complices des Saint-Rémy.

— Bien, Votre Majesté, dit Louvois en s'inclinant, ravi de faire avancer ses propres affaires en même temps que celles du roi.

— Ah, ajouta le roi, et faites prévenir mon fils que je souhaite lui parler.

Louvois s'inclina à nouveau, puis sortit. Il croisa le Grand Dauphin dans l'antichambre et lui dit que le roi souhaitait s'entretenir avec lui.

Ainsi, tandis que Louvois descendait vers l'aile des Ministres, le Grand Dauphin entrait dans le cabinet du roi.

— Mon fils, lui dit le roi dès que le Grand Dauphin fut entré dans son cabinet, vous allez, je vous prie, faire dire à monsieur de Vendôme que vous souhaitez lui rendre visite chez lui en sa belle maison d'Anet.

— Puis-je savoir pourquoi, Sire ?

— L'homme que je viens de faire arrêter après l'affaire du traité de Douvres et qui accompagnait Madame m'a révélé l'existence d'un fils du roi Henri II et de la duchesse de Valentinois. Mon trône qui sera plus tard le vôtre est donc menacé par une lignée bâtarde des Valois, les Saint-Rémy. Je viens d'apprendre leur nom. Je veux que vous sachiez s'ils vivent à Anet ou dans les environs, ou qu'à défaut vous tâchiez d'en apprendre davantage sur eux. Je pars quant à moi pour la Bourgogne dans le même dessein avec monsieur de Louvois, à Ancy-le-Franc, chez des parents de la duchesse de Valentinois.

— Que dirai-je à monsieur de Vendôme ? Nous sommes en froid depuis bientôt deux ans, ma visite risque de le surprendre…

— Mon fils, vous n'aurez qu'à lui dire que son amitié vous manque et que vous seriez bien aise de lui rendre visite. Il ne pourra qu'en être flatté, suffisant comme il est, et il acceptera, vous verrez. Vous serez reçu chez lui en prince, et vous pourrez mener à bien la mission que je vous confie.

Le Grand Dauphin s'inclina, puis sortit.

Rentré dans ses appartements, il écrivit au duc de Vendôme une lettre où il lui témoignait toutes les marques de la plus vive amitié.

Quand il eut fini et cacheté la lettre, il appela. Un chevaucheur entra aussitôt.

— Chez le maréchal de Vendôme, au château d'Anet ! ordonna le Grand Dauphin en remettant la lettre au chevaucheur, qui partit à l'instant.

— Ah, Vendôme, Vendôme, quelle comédie vais-je devoir te jouer ! se dit à voix basse le Grand Dauphin lorsqu'il fut seul.

Au moment précis où le Grand Dauphin écrivait à Louis-Joseph de Vendôme, Louis XIV rappela Louvois, auquel il avait encore un ordre important à donner.

— Monsieur de Louvois, lui dit-il, je veux que les fameuses tapisseries de la *Tenture de l'Histoire de Diane* acquises par monsieur de Grille auprès du duc de Vendôme à Anet soient saisies au profit de la couronne. Elles feront désormais partie du garde-meuble royal et rejoindront les tapisseries déjà en dépôt.

— Bien, Sire. J'enverrai monsieur d'Artagnan les faire saisir à Arles.

— Vous ferez également savoir à monsieur de Vendôme que je souhaite acquérir aussi celles qui lui restent et vous occuperez de cet achat. Je dirai à mon fils de lui en parler lorsqu'il le verra, ainsi vous aurez certainement moins de peine à les obtenir de lui.

— À vos ordres, Sire. Votre Majesté a-t-elle quelque autre ordre à me donner ?

— Non, Monsieur de Louvois, vous pouvez disposer.

Le ministre, dès qu'il fut sorti de chez le roi, convoqua donc d'Artagnan et lui ordonna d'aller saisir les tapisseries de la *Tenture de l'Histoire de Diane* chez monsieur de Grille à Arles.

Une heure plus tard, le capitaine des mousquetaires et une poignée d'hommes galopaient en direction du sud de la France.

*

Une fois la période de deuil observée et les théâtrales obsèques d'Henriette d'Angleterre achevées, le roi partit pour Ancy-le-Franc avec Louvois.

Depuis qu'ils avaient reçu l'annonce de la visite royale, les Clermont-Tonnerre avaient dépensé sans compter les derniers louis qu'il leur restait pour organiser une réception digne du Roi Soleil. Ils espéraient bien obtenir du roi une pension, une de ces largesses que le plus grand roi du monde ne pouvait manquer d'octroyer à une grande famille dans la gêne. Quelle ne fut pas leur surprise lorsqu'ils virent descendre Louvois du carrosse royal, celui-là même qui depuis plusieurs années cherchait à acquérir la demeure de leurs prestigieux ancêtres ! Aussitôt, un sombre pressentiment s'empara d'eux. Quelle manœuvre le puissant ministre n'avait-il pas tentée auprès du monarque pour pouvoir s'emparer de leur bien ?

— Sire, c'est un grand honneur pour nous de vous recevoir, dit monsieur de Clermont-Tonnerre au roi.

— Je suis bien aise de voir cette belle demeure dont monsieur de Louvois m'a tant vanté les beautés.

Louvois surprit un regard échangé entre le comte et la comtesse, semblant signifier que leurs craintes n'étaient pas infondées.

— S'il plaît au roi de venir en admirer les beautés, des rafraîchissements ont été préparés dans la chambre de Judith, reprit le comte de Clermont-Tonnerre.

— Ah oui, dit le roi, cette fameuse chambre où Judith a été peinte sous les traits de la duchesse de Valentinois, votre parente…

— Votre Majesté est déjà fort au fait des beautés de cette maison… Si Votre Majesté veut bien me suivre…

Le roi et Louvois suivirent le comte et la comtesse jusqu'à la fameuse chambre de Judith, où une armée de laquais venait de terminer de dresser une table fastueuse couverte de fruits, confiseries, sorbets et sirops.

Louis XIV s'arrêta longuement devant le panneau où Judith tenait dans sa main la tête décapitée d'Holopherne gisant sur son lit.

— N'est-ce pas là madame de Valentinois tenant dans sa main la tête de mon grand-père Henri IV ?

— Pure ressemblance, Sire, mais un effet du hasard, répondit le comte.

— C'est étrange, dit le roi, car sur le panneau où Judith est aux pieds d'Holopherne et participe au banquet, avant la nuit où elle l'assassine, Holopherne a cette fois les traits du roi François Ier. Votre cycle de Judith est en réalité une galerie des rois, qui prêtent leurs traits à un tyran de la pire espèce, Holopherne…

— Majesté, je serais fort fâché que vous en preniez ombrage. Ces œuvres ont été réalisées par un artiste étranger, tout à fait ignorant des enjeux politiques du royaume.

Vous vous souvenez pourtant du rôle d'inspiratrice joué autrefois par cette chambre juste avant l'assassinat d'Henri IV par Ravaillac… ou bien plutôt par la duchesse d'Aumale et Saint-

Rémy. Mais revenons à l'époque où nous sommes arrivés et à la visite de Louis XIV.

Le soir venu, un dîner somptueux fut servi dans un des salons de la demeure décoré dans le goût du jour, à la mode de Versailles. Les médaillons de Louvois figurant deux « loups » face à face qui se « voient », selon un jeu de mots des plus aisés à comprendre, n'y étaient pas encore, et pour cause, mais le ministre devait se délecter en pensant que ce palais serait bientôt à lui.

Les violons jouèrent toute la soirée, puis il y eut comédie au rez-de-chaussée dans la chambre de Diane, cette fameuse chambre décorée de peintures illustrant la légende de Diane chasseresse et qu'Antoine III de Clermont avait fait réaliser dans l'espoir d'accueillir sa belle-sœur Diane de Poitiers, qui ne vint jamais.

Sur le panneau central, Louis XIV ne put détacher son regard de la scène représentant la déesse Diane surprise au bain par Actéon et jetant sur lui sa malédiction pour le changer en cerf et le faire dévorer par ses chiens. Devait-il lui aussi, lui, le tout-puissant Roi Soleil, être dévoré par la malédiction de la duchesse de Valentinois et des Saint-Rémy ? Les devises religieuses placées au-dessus de ces odes païennes au pouvoir ne suffisaient pas à tromper le monarque. Il était entré dans la demeure de l'ambition.

On représentait ce soir-là *Amphitryon* de Molière, où l'on trouve le fameux vers : « Un partage avec Jupiter n'a rien qui déshonore » qui avait tant plu au roi lorsqu'il n'était qu'une allusion voilée à ses amours avec madame de Montespan et au malheureux mari de la belle obligé de céder devant la passion du souverain pour sa femme. À Ancy-le-Franc, dans la chambre de Diane, ce vers était un défi. Un défi des Valois aux Bourbons.

« Non, il n'y aura pas de partage. Non, jamais ! » songeait le roi.

Comme jadis à Vaux-le-Vicomte du temps de la fête de Fouquet qui avait signé la brusque fin de carrière du surintendant des finances, Louis XIV, une fois le spectacle terminé, se retira sans un mot dans ses appartements.

La malédiction de Diane le poursuivait, et il lui sembla dans son sommeil la voir s'approcher de lui avec son cimeterre pour lui trancher la tête, telle Judith à Holopherne.

*

Forteresse de Pignerol, dans le Piémont.

Depuis plusieurs semaines déjà, monsieur de Grille était détenu au secret dans une sinistre geôle. On lui avait ôté son masque, mais personne ne lui adressait la parole ni ne l'approchait. Ses repas lui étaient transmis par un huis minuscule pratiqué dans la lourde porte bardée de fer. Les ordres de Louvois étaient qu'on le tue s'il essayait de parler. Un silence de mort régnait donc dans la cellule du prisonnier. Aucune nouvelle de l'extérieur ne lui parvenait, pas même celle de la mort d'Henriette d'Angleterre.

Un jour d'orage, alors qu'une pluie battante s'abattait sur les vieilles murailles du fort et que le tonnerre grondait avec une violence inouïe, masquant tous les autres bruits, monsieur de Grille eut la stupeur de voir arriver dans sa cellule, par le conduit de la cheminée, un homme fort élégamment vêtu quoique quelque peu noirci par la suie.

— Veuillez me pardonner cette intrusion, lui dit l'homme dont la mine et les manières trahissaient la qualité de grand seigneur, mais la solitude de cette prison m'est devenue insupportable. Je croyais que monsieur Fouquet était logé ici. Je vois que je me suis trompé, et vous demande excuse.

— Monsieur, j'avoue que ma surprise est grande, mais puis-je vous demander qui vous êtes ?

— Vous êtes donc bien étranger à la Cour pour ignorer que vous parlez à monsieur de Lauzun. Mais vous qui ne me connaissez pas, dites-moi votre nom.

— Eustache de Grille, Monsieur. Arrêté sur ordre de Sa Majesté à qui j'avais eu le malheur de révéler un secret… qu'elle eût certainement préféré ignorer et qu'elle craignait que je répande. Monsieur de Saint-Mars ne me nomme que Danger. Eustache Danger. J'en ai conclu qu'on devait donc me craindre fort en haut lieu.

— Tiens donc ? Intéressant… Monsieur, je venais m'entretenir avec monsieur Fouquet. Puisqu'il n'est pas ici, il est sans doute dans la cellule placée en dessous de la vôtre. J'aimerais y descendre de la même façon que je suis descendu chez vous. Auriez-vous l'obligeance de me prêter main-forte ? Le fracas de l'orage et de la pluie est notre meilleur allié. Il couvre tous les autres bruits. Vous nous raconterez alors ce secret qui a produit une si forte impression sur le roi. Nul doute que cela intéressera fort monsieur Fouquet, et je ne voudrais en rien le priver de ce récit.

— Mais bien volontiers, Monsieur, répondit monsieur de Grille.

Les deux prisonniers se mirent au travail et parvinrent à desceller les pierres de la cheminée que le gel d'hivers innombrables avait largement fendues.

Quand le trou pratiqué fut suffisamment grand, Lauzun s'y engouffra, suivi par monsieur de Grille.

Cette fois, Lauzun ne put retenir une exclamation d'aise : ils étaient bien dans la cellule de Nicolas Fouquet.

Neuf ans de captivité avaient vieilli ses traits et terni ses cheveux. L'ancien surintendant des finances de Louis XIV et seigneur de Vaux-le-Vicomte n'était déjà plus qu'une ombre, un homme brisé par la souffrance. Jamais il n'avait été autorisé à revoir Marie-Madeleine de Castille, sa femme, ni ses enfants.

L'existence n'était plus pour lui qu'une interminable succession de jours dont il espérait la venue du dernier pour mettre fin à son calvaire.

Lauzun, qui l'avait connu jadis resplendissant, fut d'abord saisi par cette vision. Où était donc l'écureuil espiègle et ambitieux qui, par son énergie et son charisme, avait provoqué la jalousie du Roi Soleil ?

Fouquet aussi avait reconnu Lauzun. Les deux hommes se tombèrent dans les bras l'un de l'autre, tant il est vrai que le malheur commun rapproche les êtres. Puis Lauzun présenta monsieur de Grille à Fouquet.

— Ainsi, Monsieur, lui dit Fouquet, vous voilà donc prisonnier de Sa Majesté comme monsieur de Lauzun et moi-même pour avoir fait planer une ombre sur son insatiable désir de gloire. J'ai déplu au roi par la magnificence de ma demeure de Vaux, monsieur de Lauzun a déplu à sa favorite madame de Montespan, et vous l'avez inquiété par un secret que vous lui avez révélé. Ce secret, Monsieur, monsieur de Lauzun et moi-même brûlons de le connaître.

— Je savais que vous en seriez curieux comme moi, reprit Lauzun, c'est pourquoi je n'ai pas fait parler monsieur avant que nous soyons en votre présence. Monsieur de Grille, nous vous écoutons.

— Ne craignez-vous pas qu'en demeurant ici trop longtemps nous ne soyons surpris ?

— N'ayez crainte, assura Fouquet, depuis neuf ans que je suis ici personne ne vient voir les prisonniers à cette heure, surtout lorsqu'il pleut comme cette nuit. Monsieur de Lauzun et vous-même remonterez dans vos cellules au chant du coq, car monsieur de Saint-Mars est aussi matinal que couche-tôt.

Monsieur de Grille raconta donc à Lauzun et à Fouquet comment il avait acquis auprès du duc de Vendôme les tapisseries de la *Tenture de l'Histoire de Diane* du château d'Anet, et leur révéla l'existence de la descendance du roi Henri II et de Diane de Poitiers.

— Mais je croyais que les Valois étaient éteints, s'exclama Lauzun. Et puis j'ignorais que le roi Henri II eût eu des enfants de madame de Valentinois.

— Sa Majesté aussi, semble-t-il, conclut monsieur de Grille.

— Le roi, qui avait déjà craint si fort un écureuil, ne devait pas voir avec plaisir l'existence d'un rival au trône, ajouta Fouquet avec une mordante ironie à l'égard de celui qui l'avait dépouillé de tout. Ces Saint-Rémy doivent lui avoir ôté le sommeil.

Monsieur de Grille leur raconta ensuite comment le roi l'avait envoyé en mission avec Henriette d'Angleterre auprès du roi Charles II, comment elle lui avait confié le traité, comment il avait mystérieusement disparu et comment elle l'avait ensuite accusé de trahison puis fait arrêter.

— Vous avez, semble-t-il, été victime d'une machination, lui dit Fouquet. Madame devait agir sur les ordres du roi, qui lui avait ordonné de vous compromettre par ruse. Ce Gustave, son homme de main dont vous nous avez parlé, a dû vous subtiliser l'enveloppe contenant le traité durant votre sommeil, obéissant en cela aux instructions de sa maîtresse. Il la lui a ensuite remise, et Madame a pu ensuite vous accuser d'avoir égaré ou transmis le traité à un tiers. Les accusations de haute trahison et de lèse-majesté étaient dès lors aisées à proférer, et permettaient de vous envoyer au secret pour le restant de vos jours.

Fouquet était bien placé pour connaître les bassesses dont le grand roi était capable pour abattre un ennemi. Monsieur de Grille en était lui-même arrivé aux mêmes conclusions que l'ancien surintendant.

— Nul doute que le roi fait rechercher à présent ce monsieur de Saint-Rémy, ajouta Fouquet. Savez-vous où il demeure ?

— Je l'ignore, répondit monsieur de Grille.

— Et les tapisseries ? Sont-elles toujours chez vous, dans votre maison d'Arles ?

— Oui, ainsi d'ailleurs que ma femme et mes enfants. Combien donnerais-je pour leur donner de mes nouvelles, et leur apprendre où je suis !

— Procédons par ordre, répliqua Fouquet à qui sa tendre Marie-Madeleine manquait aussi cruellement. J'ai entendu monsieur de Saint-Mars dire l'autre jour à un officier que monsieur d'Artagnan était parti pour Arles.

— Qu'est-ce à dire ? demanda monsieur de Grille en pâlissant.

— Je crois, mon cher Monsieur de Grille, reprit Fouquet, que monsieur d'Artagnan, ne se déplaçant jamais que pour de *grandes affaires*, est allé sur ordre du roi s'emparer de ces tentures, et peut-être même aussi de votre femme et de vos enfants. C'est lui qui m'a arrêté jadis, je connais ses manières d'agir, son peu de scrupules et son aveugle soumission au roi.

Un silence glacé tomba sur la cellule du surintendant déchu. Monsieur de Grille était anéanti.

Les trois prisonniers virent l'aube poindre à travers la meurtrière de la cellule de Fouquet. Il était temps pour Lauzun et monsieur de Grille de regagner les leurs.

Alors que Lauzun remontait dans le conduit de la cheminée à l'aide d'une corde, Fouquet dit à monsieur de Grille :

— Soyez fort, Monsieur, il le faut. Moi-même je n'ai dû qu'à la force de ma volonté de ne pas sombrer dans la folie. Croyez bien que ce que je croirai pouvoir faire pour vous, je le ferai. Allez, à présent, et priez Dieu qu'Il nous vienne en aide.

Monsieur de Grille acquiesça, bredouilla quelques paroles inintelligibles puis remonta à son tour chez lui à l'aide de la corde.

Lorsque le coq chanta, Lauzun et lui avaient regagné leurs cellules au-dessus de celle de Fouquet.

Au même moment, le pas martial de monsieur de Saint-Mars retentit dans l'escalier de la forteresse. Il venait en effet tous les matins s'assurer que ses prisonniers étaient toujours là et donner ses instructions aux sentinelles pour la journée.

Il entra d'abord chez Fouquet et posa la question rituelle, question absurde dans une prison et dont il se moquait bien de la réponse :

— Avez-vous passé une bonne nuit, Monsieur ?

— Excellente, Monsieur de Saint-Mars, excellente, répondit tout aussi mécaniquement Fouquet comme chaque jour, alors qu'il ne dormait presque plus depuis neuf ans.

Saint-Mars jeta un rapide coup d'œil dans la cellule, puis, n'ayant rien remarqué d'anormal, il fit mine de sortir.

— Monsieur de Saint-Mars, l'arrêta Fouquet, de grâce, donnez-moi un valet pour m'aider à maintenir un train de vie décent, quoique modeste. Je ne puis tout faire moi-même, bien que la captivité m'ait appris à me servir tout seul.

— Je verrai ce que je peux faire, lui répondit monsieur de Saint-Mars en sortant.

Fouquet entendit les lourds verrous de sa porte que l'on fermait à double tour.

Puis il entendit monsieur de Saint-Mars monter chez Lauzun.

*

Les trois prisonniers recommencèrent leurs réunions secrètes plusieurs fois par semaine. Depuis les révélations que monsieur de Grille lui avait faites, Fouquet projetait de fournir à Saint-Rémy les moyens de renverser Louis XIV.

— Nul doute, disait-il, que ce descendant d'Henri II ferait un bien meilleur roi que le nôtre. Et puisqu'il descend de la duchesse de Valentinois, peut-être vit-il toujours dans la région d'Anet. Je vais écrire à mon épouse, pour qu'elle voie le duc de Vendôme que je sais en froid avec le roi. Elle pourra certainement apprendre quelque chose.

Ainsi fut fait. Marie-Madeleine de Castille était la seule personne à qui l'on avait l'autorisation de porter des courriers de Fouquet.

Elle reçut la lettre de son mari à Vaux, dans l'ancien monument de sa splendeur. Comme toutes les autres, la lettre était cryptée, elle seule connaissait le code. En rayant deux mots sur trois, la lettre, d'anodine, devenait politique. Elle contenait tout ce que monsieur de Grille avait raconté à Fouquet et à Lauzun en cette nuit d'orage que j'ai décrite, et le projet de l'ancien surintendant de renverser le roi pour le remplacer par Saint-Rémy.

Marie-Madeleine écrivit donc à Louis-Joseph de Vendôme, qui l'invita chez lui, à Anet. Le duc était si fier de son statut de prince du sang qu'il ne redoutait en rien la colère de son royal cousin s'il venait à apprendre la chose. De plus, il avait, malgré ses manières brusques en apparence et ses mœurs volontiers grossières, trop de noblesse pour ne pas recevoir dans l'épreuve qu'elle traversait l'épouse de celui qui s'était autrefois montré si généreux et obligeant à son égard.

Vendôme, comme son grand-père César, était un frondeur dans l'âme, dont la révolte était encore renforcée par le peu d'intérêt que le roi lui manifestait depuis plusieurs années en ne faisant plus jamais appel à lui dans ses campagnes militaires.

Recevoir chez lui l'épouse de Fouquet était donc une façon pour lui de marquer sa désapprobation à l'égard des agissements du monarque.

Ce fut donc par une belle après-midi de printemps que la voiture de Marie-Madeleine, partie de Vaux, s'arrêta devant le grand portail d'Anet.

Aussitôt, les chiens de bronze aboyèrent et remuèrent la queue, et le cerf frappa trois fois du pied. Il était trois heures lorsque la voiture s'engouffra sous le porche, et déjà Louis-Joseph de Vendôme venait à la rencontre de son invitée.

— Monseigneur, commença Marie-Madeleine lorsque Vendôme et elle furent seuls, je viens de la part de mon époux, qui a appris certaines *choses* au sujet de la duchesse de Valentinois.

— Je vous écoute, lui dit Vendôme. Nous sommes ici dans ce qui fut le temple de Diane.

— Mon époux est incarcéré à Pignerol avec un certain monsieur de Grille, à qui paraît-il vous avez vendu il y a quelques années certaines des tapisseries de la *Tenture de l'Histoire de Diane* qui se trouvaient ici.

— C'est exact. Mais quel crime avait donc commis ce monsieur de Grille ?

— Il n'est pas nécessaire d'avoir commis un crime pour être victime d'une lettre de cachet, répondit sèchement Marie-Madeleine.

— Pardonnez-moi, mes mots ont dépassé ma pensée. Mais connaissez-vous la raison de son incarcération ?

— Monsieur de Grille a révélé au roi l'existence d'un descendant du roi Henri II et de la duchesse de Valentinois. Il a donc été mis au secret par Sa Majesté, qui craignait que monsieur de Grille ne répande la nouvelle. Le roi a peur. Peur de se voir contester le trône.

Marie-Madeleine fit une pause, puis reprit :

— Êtes-vous au fait de l'existence de ce descendant ? Ne vit-il pas encore aujourd'hui dans les environs d'Anet ?

— Pourquoi ces questions, Madame ?

— J'ai cru comprendre, Monseigneur, que le roi ne vous témoignait plus l'attachement qu'il avait pour vous auparavant. Votre présence en cette demeure en est la preuve. Ne devriez-vous pas plutôt être sur le front aux côtés de Sa Majesté ?

— Je trouve, Madame, que vous avez bien de l'audace de venir chez moi me dire de pareilles choses, mais enfin, au nom de nos années d'amitié et de tous les services que m'a rendus autrefois votre époux, continuez.

— Êtes-vous toujours un loyal sujet du roi ?

— Mais bien entendu, comme se doit de l'être un prince du sang, descendant comme lui du bon roi Henri IV.

— Votre fidélité est-elle au roi, ou à Louis ?

— Louis est le roi, Madame… répondit Vendôme pour ne pas avoir à répondre.

— Vous parlez comme votre oncle au pire moment de son engagement dans la Fronde. Son sang, qui est celui de César, votre grand-père, coule dans vos veines, vous êtes un révolté. Puisque me voilà éclairée sur vos sentiments à l'égard du roi, je puis donc vous confier que mon époux projette de le remplacer par le descendant d'Henri II et de madame de Valentinois.

— Vous voulez parler de monsieur de Saint-Rémy ? lui dit Vendôme.

— Oui, c'est lui que mon époux me nomme dans sa lettre. Monsieur de Saint-Rémy. Ah, il existe donc bel et bien !

— Oui. Je connais même l'endroit où il se trouve. Mais cela, Madame, permettez-moi de ne pas vous le dire, car figurez-vous, puisque l'heure est aux confidences, que j'ai moi aussi des projets pour lui.

— Des projets ? interrogea Marie-Madeleine.

— Assez semblables à ceux de monsieur Fouquet, répondit Vendôme, le regard perçant et un fin sourire sur les lèvres.

*

Ce matin-là, au château d'Anet, le maréchal Louis-Joseph de Vendôme, arrière-petit-fils du roi Henri IV et de sa favorite Gabrielle d'Estrées, recevait dans son bureau situé juste à côté de ses appartements.

— Monsieur Lully, disait-il au génial compositeur de la Cour de Louis XIV, je veux ce qu'il y a de plus beau. Je veux qu'on dise partout : « C'est à Anet, chez le maréchal de Vendôme, que Lully fut au sommet de son art ». Faites-nous donc une pastorale héroïque, un de ces opéras légers et champêtres où des bergers folâtrent avec des bergères.

— C'est que la Cour est bien assagie… renchérit le musicien.

— Justement ! coupa Vendôme. Assez, il nous faut de la jeunesse, de l'amour, des fêtes, que diable !

— Que diriez-vous du mythe d'Acis et Galatée, où le géant Polyphème et le berger Acis se disputent le cœur de la belle Galatée ?

— Très bien, très bien… dit le maréchal de Vendôme en posant négligemment ses bottes sur son bureau.

Il faut vous dire que le maréchal avait gardé de ses exploits guerriers auprès du jeune Louis XIV des manières venues directement des camps. Sa quête effrénée des plaisirs des sens l'avait conduit à aimer aussi bien les dames que certains de ses officiers.

— Puis-je me permettre de vous demander de combien de temps je dispose ? l'interrogea Lully.

— Trois mois. Vous avez trois mois. Mais je fais confiance à votre talent, Monsieur. Passez voir mon trésorier, il vous versera un acompte. Je sais que vous autres artistes travaillez mieux lorsqu'une bourse vous pend au nez. Et puis celle que vous ouvre mon cousin vous a certainement rendu très difficile…

Ce mépris des petites gens combiné à cette orgueilleuse et détestable façon de dire « mon cousin » en parlant du roi irritait profondément Lully. Mais un artiste comme lui songeait d'abord au prestige supplémentaire qu'il tirerait de cette commande, quoique sa réputation ne fût plus à faire, étant le musicien favori du roi. Lully en était arrivé à ce stade où, ayant tout, il voulait encore plus.

Peut-être est-il temps d'expliquer la raison de ce rendez-vous matinal de Lully et du maréchal.

Monsieur de Vendôme s'apprêtait à recevoir à Anet le Grand Dauphin, fils de Louis XIV, dont il avait été longtemps un des familiers et qui, malgré leur éloignement des derniers temps, lui avait annoncé sa venue, comme vous le savez déjà. Une partie de la Cour viendrait bien sûr avec lui, et il fallait être prêt à transformer Anet en palais des plaisirs.

Depuis un mois tous les corps de métiers s'affairaient dans la maison et dans le parc. Le Nôtre terminait le canal, et son neveu Claude Desgots achevait le vestibule en posant sur l'escalier la magnifique rampe ornée du chiffre du maréchal de Vendôme. On s'affairait aussi dans la Galerie de Diane où aurait lieu la représentation de l'opéra de Lully. Depuis les fêtes somptueuses données par Diane de Poitiers pour Henri II, puis la venue d'Henri III et de Catherine de Médicis au baptême du fils du duc d'Aumale, cette galerie n'avait que peu servi et sentait l'ennui à plein nez. Il fallait en particulier dépoussiérer les tableaux où le beau corps de Diane disparaissait sous le voile des ans. La belle duchesse de Valentinois allait bientôt retrouver tout son éclat dans la galerie de sa demeure.

Lorsque le maréchal traversa la galerie après le départ de Lully pour entendre la messe, une armée de laquais s'occupait de rendre à ce lieu féerique son lustre d'autrefois.

Le maréchal travailla un peu à ses affaires après la messe, puis alla dîner.

J'ai choisi de vous conter cette journée de la vie du maréchal pour plusieurs raisons. Je n'en dévoilerai qu'une pour l'instant, à savoir que le maréchal, aujourd'hui, était seul. Oui, il était seul en sa maison d'Anet. D'ordinaire, en effet, cet homme fastueux avait toujours chez lui des amis, qu'il régalait en festins, théâtre et musique. Il avait aussi pris des poètes sous sa protection, comme La Fontaine. Mais de poète, aujourd'hui, il n'y en avait pas non plus.

C'est donc seul que nous le suivons à son dîner, et seul que nous le voyons rentrer, pensif, dans ses appartements, et regarder à travers les fenêtres les belles frondaisons du parc. Les ouvriers de Le Nôtre, sous la direction du maître un instant libéré par le roi, s'activaient à finir de creuser le canal, pendant que des ouvriers terminaient la construction de l'hémicycle qui devait relier l'aile gauche au pavillon du gouvernement.

Le maréchal prit ses éperons d'or et sortit en direction des écuries. Il ordonna qu'on selle son cheval, et partit faire une promenade dans la forêt de Dreux.

Lancé au triple galop dans les bois, il semblait pourtant soucieux.

Cet exil à Anet allait-il durer longtemps encore ? Lui qui jadis avait si bien servi le roi sur les champs de bataille allait-il être à jamais tenu à l'écart des entreprises militaires de Louis ? Le Grand Dauphin, ce grand niais incapable, allait-il à jamais le remplacer aux armées ? Vendôme avait tout essayé, jusqu'à flatter le dauphin au point d'en devenir un des plus proches familiers. « Mon pauvre Vendôme », lui disait parfois le dauphin persuadé de faire là une plaisanterie spirituelle qui n'amusait que lui, « comme votre père et votre grand-père César, vous êtes un bâtard. Je vous plains, les rois se lassent toujours des bâtards. C'est à se demander si je ne le suis pas moi-même, puisque je vous aime bien. » Le dauphin était un homme épais en toutes choses qui ne se rendait pas compte qu'il montait un peu plus chaque jour Vendôme contre lui.

Le maréchal ralentit sa course, puis revint vers Anet. Il traversa la forêt de manière à arriver à l'arrière du couvent des Cordeliers, au fond du parc. Là, il mit pied à terre, et entra.

Il fut introduit dès son arrivée dans une cellule sombre, dans laquelle le soleil radieux du dehors ne pénétrait qu'à peine, éclairant seulement un livre sur lequel était penché un homme assis et de dos. Ce dernier se retourna vers le maréchal de Vendôme, et lui demanda :

— Que venez-vous faire ici ? Et que me voulez-vous ?

— Tout doux, mon ami, tout doux. Asseyez-vous, et écoutez-moi.

*

La nuit était tombée sur Anet, une nuit chaude d'août, une nuit qui devait être celle du triomphe du duc de Vendôme. Le Grand Dauphin et sa Cour soupaient dans les jardins, au son des violons de Lully.

Vendôme était ce soir-là plus rieur encore que de coutume, vous savez maintenant pourquoi. L'heure de sa vengeance ayant sonné, il pouvait donner libre cours à sa bonne humeur. Le Roi Soleil avait envoyé depuis Versailles à la joyeuse assemblée d'Anet des vins de toutes sortes et de nombreuses victuailles. En échange, son fils et le duc de Vendôme avaient envoyé d'Anet jusqu'à Versailles de splendides poissons pêchés dans la rivière d'Eure et le gibier ramené de la chasse dans la forêt de Dreux.

« Madame de La Fayette aurait tant aimé voir Anet », déplorait une dame de la Cour. « La mort l'a surprise bien trop tôt ». De fait, l'auteur de *La Princesse de Clèves* était morte quelque temps auparavant, sans avoir jamais vu la « belle maison d'Anet » qu'elle avait tant vantée dans son roman. Elle l'avait d'ailleurs autant vantée qu'imaginée, car ce fut en vain que ses lecteurs cherchèrent dans la demeure le fameux portrait du duc de

Nemours au siège de Metz, qui provoque dans le roman une si grande rêverie chez l'héroïne. Madame de Sévigné s'amusa d'ailleurs de cette vaine recherche dans une de ses lettres à sa fille, aujourd'hui disparue, disant que les lettrés se reconnaissaient entre eux à leurs visages empreints de déception de ne pas trouver ce portrait.

À dix heures, Vendôme, le Grand Dauphin et toute la Cour s'acheminèrent vers la Galerie de Diane, dans l'aile de la chapelle, où nous avions vu tant de serviteurs s'affairer quelques semaines plus tôt pour lui rendre son lustre d'autrefois. Permettez-moi de vous en ouvrir les portes avant même l'entrée de la Cour.

Il vous faut d'abord imaginer une lumière éblouissante, diffusée par d'innombrables lustres et candélabres, jetant des reflets de feu sur les croissants de lune entrelacés et les monogrammes d'Henri et Diane incrustés dans chacun des caissons du plafond. Quand vos yeux se seront habitués à cette lumière, vous verrez sur les murs d'innombrables portraits de la duchesse de Valentinois, de membres de sa famille, et à l'une des extrémités de la galerie, un grand portrait d'Henri II à cheval. L'armée de laquais qui avait travaillé dans cette galerie depuis des semaines lui avait rendu tout son éclat, la débarrassant de la poussière qui l'avait peu à peu ternie au fil des ans. Autant que le triomphe de Louis-Joseph de Vendôme, c'était donc aussi ce soir-là le triomphe de Diane de Poitiers. Resplendissante sur chacun des portraits de la galerie, elle était elle aussi présente à cette fête du duc de Vendôme, plus d'un siècle après sa mort. C'est d'ailleurs pour elle et pour elle seule que l'orchestre de Lully répétait les dernières notes d'*Acis et Galatée*.

Vous avez eu le privilège d'entrer les premiers dans cette galerie. À présent, il serait malséant de laisser plus longtemps piétiner monseigneur le dauphin et sa Cour à l'entrée, laissons donc le duc de Vendôme leur en ouvrir les portes.

« Ce ne furent que des exclamations et des cris d'enthousiasme », relata plus tard un membre de la Cour qui fut le témoin de cette mémorable soirée.

— Est-ce ici que se trouve le portrait du duc de Nemours au siège de Metz ? demanda une dame au duc de Vendôme.

En posant cette question, ses yeux jetaient des feux plus puissants encore que ceux de la galerie.

— Vous avez trop lu madame de La Fayette, lui répondit ce dernier. Il n'y a, à Anet, aucun portrait de cette sorte.

Soupirs, consternation parmi les dames.

— C'est que, à Anet, il n'y a de conquérant que vous, Duc, complimenta le Grand Dauphin.

Le duc de Vendôme gardait un œil rivé sur la femme qui lui avait posé la question de savoir où se trouvait le portrait de *La Princesse de Clèves*. Elle parcourait en ce moment la galerie, observant chacun des portraits qui la décoraient.

Parvenue devant un portrait d'homme lancé à l'assaut d'une place forte, situé entre deux portraits des filles de Diane, elle demanda :

— N'est-ce point le duc de Nemours ? Chaque portrait porte un nom, sauf celui-ci. Expliquez-nous, Duc. En vérité, votre demeure est bien belle, mais bien mystérieuse aussi.

Ce portrait était en réalité celui d'Henri de Saint-Rémy, le fils d'Henri II et de Diane de Poitiers, lancé à l'assaut d'Amboise au moment de la conjuration qui lui avait valu son triste destin. Il avait été peint sur ordre de la duchesse de Valentinois quelque temps avant sa mort, en hommage à son enfant chéri tragiquement disparu. Le cadre comportait d'ailleurs en haut et en bas deux motifs représentant un cénotaphe, semblables à ceux des cheminées.

— Non, Madame, ce n'est pas le duc de Nemours. Il s'agit du frère aîné de la duchesse de Valentinois, mentit à dessein le duc de Vendôme.

La Cour prit place devant l'estrade qui avait été dressée à l'extrémité de la galerie, à l'opposé du portrait équestre d'Henri II. Un magnifique rideau de velours rouge était placé devant, élégamment drapé.

La musique commença sous la direction de Lully, auteur de la pastorale héroïque, plongeant l'assistance dans une Grèce légendaire où le berger Acis, jalousé par le géant Polyphème, courtisait la belle Galatée. Qu'il me soit permis de préciser que le décor représentait bien plus les monts du Forez rendus célèbres au début du siècle par Honoré d'Urfé dans *L'Astrée* que les montagnes de la Grèce où l'histoire était censée se dérouler. Mais de ces questions, en ce temps-là, on n'avait cure.

Une nymphe fit son apparition sur la scène, entourée d'un chœur de dieux et de déesses, et se mit à chanter :

« L'Amour en ces beaux lieux nous a tous rassemblés
Célébrons les faveurs dont il nous a comblés. »

Ce refrain fut ensuite repris par le chœur tout entier, plongeant les spectateurs dans l'enchantement du « paradis d'Anet ».

Le duc de Vendôme voyait avec triomphe la Cour se pâmer chez lui, à Anet, dans le culte des sens et de l'amour. « Je te tiens, Louis le Grand, je te tiens dans ma main, toute ta Cour est chez moi, avec ton propre fils, elle y trouve plaisir et divertissement et te fuit, toi, monarque glaçant et despote. Avant peu tu seras bien contraint de me rappeler à tes côtés. D'autant que tu n'auras plus de fils, les plaisirs trop vifs d'Anet en auront eu raison », se disait-il en lui-même.

Une fois que les dernières notes des violons de Lully eurent retenti dans la galerie, la Cour redescendit dans les jardins où un grandiose feu d'artifice fut tiré. Jamais, depuis les fêtes données par Diane de Poitiers pour Henri II, Anet n'avait connu un tel déploiement de faste.

Le Grand Dauphin avait sa chambre dans ce qui est aujourd'hui le salon rouge, qui s'ouvre sur le vestibule. Le duc de Vendôme avait personnellement veillé à la nouvelle décoration de cette chambre, qui était destinée à recevoir ses invités de marque. Le plafond était orné d'une ronde de chauve-souris, allusion à la nuit dont la lune était la reine comme Diane, déesse de la lune et de la chasse, était la reine d'Anet. De grands bouquets parfumaient l'atmosphère. Seule subsistait du décor d'origine la cheminée ornée d'un lourd cénotaphe.

En cette heure avancée de la nuit, une armée de laquais finissait de préparer la chambre de monseigneur. Les uns bassinaient le lit, les autres arrangeaient les fleurs, d'autres encore allumaient les candélabres.

Au même instant, un homme encapuchonné et à la mine sombre quittait le couvent des Cordeliers au fond du parc d'Anet, seul lieu endormi et silencieux au milieu de cette fête triomphale. C'était le descendant de l'homme du tableau de la Galerie de Diane, c'était un Saint-Rémy.

Le Grand Dauphin, quant à lui, avait désiré s'entretenir en particulier avec le duc de Vendôme.

Les deux hommes remontèrent dans la Galerie de Diane, encore jonchée de fleurs et éblouissante de clarté. Le Grand Dauphin admira une nouvelle fois les tableaux représentant la duchesse de Valentinois, ceux à la gloire des victoires du duc de Vendôme qui avaient remplacé certaines des tapisseries de la *Tenture de l'Histoire de Diane* vendues à monsieur de Grille, et les quelques tapisseries de cette même tenture toujours en place dans la galerie.

— J'ai vanté à Sa Majesté la beauté de ces tapisseries de madame de Valentinois racontant l'histoire de la déesse de la chasse, son homonyme. Sa Majesté désire les acquérir auprès de vous pour les joindre à ses collections, dit le Grand Dauphin à Vendôme.

— Je n'ai rien à refuser à Sa Majesté, répondit le duc, même s'il est vrai que ces tapisseries sont un des joyaux de cette maison et que je ne m'en séparerai pas sans quelque chagrin. Dites à Sa Majesté que je me rends à ses désirs, et qu'elle veuille bien me faire savoir les termes du marché.

— Monsieur de Louvois s'en chargera. Ce n'est pas aux princes de traiter de ce genre de détails.

— Un mot encore, Monseigneur, ajouta Vendôme, ces tapisseries sont celles qui me restent d'une série qui à l'origine comptait plus de pièces. J'en ai déjà vendu certaines il y a quelques années. Il me paraît nécessaire d'en informer Sa Majesté.

— C'est bien, Monsieur. Vous recevrez bientôt la visite de monsieur de Louvois. Je vous souhaite le bonsoir. Vous nous avez éblouis, Monsieur, et votre demeure d'Anet est toujours une maison enchantée.

— Monseigneur, c'est toujours un grand honneur de vous recevoir chez moi. Permettez-moi de vous raccompagner jusqu'à vos appartements.

Le duc de Vendôme reconduisit donc le Grand Dauphin jusqu'à sa chambre. Puis il rentra lui-même dans la sienne.

Monsieur de Saint-Rémy entra dans le vestibule plongé dans l'obscurité, monta l'escalier au chiffre de Louis-Joseph de Vendôme, et alla gratter à la porte des appartements de ce dernier.

Quelques instants plus tard, il s'y engouffrait.

— Alors ? lui demanda le duc.

— Je l'ai, dit Saint-Rémy en sortant un flacon de son pourpoint.

— Donnez, répondit Vendôme en s'en emparant. Êtes-vous bien sûr de son effet ?

— Absolument certain, Monseigneur. Je suis allé me le procurer à Paris, chez la veuve Monvoisin, qui fait des merveilles en ces sortes de choses.

— Parfait. Vous aviez bien dissimulé votre visage et déguisé votre voix, j'espère ? Non qu'elle ait eu des chances de vous connaître, mais parce qu'on n'est jamais trop prudent.

— Bien sûr. Mais puis-je savoir à quoi vous comptez employer cette liqueur empoisonnée ?

— J'y viens. C'est un cadeau pour le roi que je compte faire à monseigneur le dauphin lorsqu'il quittera Anet, afin qu'il remette lui-même ce flacon à madame de Montespan, qui l'offrira au roi, sachant fort bien qu'il raffole de cette liqueur.

— Vous… Vous allez tuer le roi ?

— Monsieur de Saint-Rémy, continua Vendôme sans répondre, monsieur Fouquet et moi-même avons de grands projets pour vous. Vous plairait-il de ceindre la couronne de France ?

Monsieur de Saint-Rémy n'en croyait pas ses oreilles. Ce que fomentaient le duc et l'ancien surintendant, c'était de tuer le roi et de lui offrir la couronne, à lui !

— Mais pourquoi vouloir m'offrir la couronne, et non la ceindre vous-même ? Je suis un Valois descendant d'Henri II, certes, mais vous êtes vous-même un Bourbon descendant d'Henri IV.

— Non, la couronne n'est pas pour moi. Je n'en veux pas. J'aime la liberté, la fronde, la vie au grand air, et faire ce qui me plaît. J'aime Anet, sa poésie, sa discrétion, son élégance, sa campagne, ses bois giboyeux, son verdoyant vallon, mais n'ai que peu de goût pour Versailles, sa grandeur, son ennui et ses puants marécages. Ce que j'aime à l'armée, c'est la rude vie des camps, et non la parade. Je ne suis pas fait pour être roi.

— Et le dauphin, qu'en faites-vous ?

— C'est un incapable. Son père mort, il nous suffira d'apparaître pour lui faire prendre la fuite.

— Avez-vous suffisamment de partisans ?

— J'en ai des milliers. À commencer par les armées que j'ai commandées pendant de si nombreuses années. Le roi n'a pu que leur imposer un nouveau maréchal, mais point leur ôter la fidélité qu'ils me conservent toujours au fond de leurs cœurs. La plupart n'ont jamais aimé le roi, qui s'attribue sans cesse tout le mérite de leurs victoires. J'ai entendu dire que, pour se les concilier, Louis envisageait la construction à Paris d'un hôtel pour les soldats invalides. Ce qu'il ignore, c'est que ce projet, dont le mobile n'échappe à personne, a fait rire plus d'un homme aux armées. Oui, Monsieur de Saint-Rémy, à mon appel j'aurai des milliers d'hommes avec moi.

— Et monsieur Fouquet ? Quel rôle joue-t-il dans toute cette affaire ?

— Monsieur Fouquet met à notre disposition sa cassette, encore bien remplie malgré les pillages du roi. C'est son épouse, Marie-Madeleine, qui nous fera passer les sommes nécessaires. L'ancien surintendant veut se venger de ce que le roi lui a fait subir après l'éblouissante nuit de Vaux. Et puis, je suis prince du sang, et bien que vivant sur un grand train je ne me suis jamais trouvé à court d'argent.

— Et si nous échouons ?

— Louis n'osera pas lever la main sur moi, il n'osera pas mettre à mort un arrière-petit-fils d'Henri IV ni l'emprisonner. Mon grand-père César a frondé toute sa vie contre Richelieu puis contre Mazarin sans que ni l'un ni l'autre ne puissent rien faire contre lui. L'exil a été parfois pour lui un moyen de se faire oublier, mais un exil bien temporaire et que lui-même avait choisi. Jamais les troupes des deux cardinaux ni les troupes royales ne sont venues l'arrêter sous les murs d'Anet.

Vendôme fit une pause, puis reprit, voyant qu'il n'avait pas répondu comme l'espérait Saint-Rémy :

— Rassurez-vous, ce qui vaut pour moi vaut aussi pour vous. Vous avez ma parole d'honneur que je vous protégerai et que, placé sous ma protection, vous n'aurez rien à craindre.

— Puis-je vous demander de me l'écrire et de signer de votre main ? L'affaire est de trop d'importance.

— Un billet de moi trouvé sur vous signe ma perte et ne vous garantit de rien, vous. Non, nous sommes parmi les gentilshommes les plus élevés du royaume, la parole du descendant d'Henri IV doit donc suffire à celui d'Henri II. Et puis, songez que vous avez beaucoup plus à gagner dans cette aventure qu'à perdre.

Saint-Rémy accepta donc cette nuit-là de tenter sa chance, celle du trône.

Ce n'est que vers quatre heures du matin qu'il prit congé du duc de Vendôme, et que les animaux nocturnes du parc d'Anet virent une ombre regagner le couvent des Cordeliers.

De retour dans sa cellule de moine, il se prit à rêver de Versailles. Et si ce rêve devenait réalité ?

Au mur, un portrait de l'ambitieuse Diane de Poitiers, la « plus que reine », son aïeule, semblait le pousser à gravir toujours plus haut les marches de l'escalier du pouvoir.

Il s'endormit sous son regard, et ce regard fortifia encore toutes ses résolutions.

*

Après le départ d'Anet du Grand Dauphin et de la Cour, le duc de Vendôme reçut en effet une visite de monsieur de Louvois, qui venait pour la première fois dans l'ancienne demeure de Diane.

— Monseigneur, dit monsieur de Louvois à Vendôme, je viens de la part de Sa Majesté qui souhaite acquérir vos belles tapisseries de la *Tenture de l'Histoire de Diane.*

— Oui, répondit le duc, monseigneur le dauphin m'en a parlé la semaine passée. Je lui ai assuré que j'étais aux ordres de Sa Majesté.

— Si j'en juge par les œuvres splendides que madame de Valentinois, sans pourtant y être allée, a inspirées dans la demeure d'Ancy-le-Franc que je viens d'acquérir en Bourgogne, ces tapisseries dont l'existence s'est déroulée en sa présence doivent être des merveilles !

— En effet, répondit le duc. Mais venez avec moi, Monsieur de Louvois, je vais vous les montrer.

Louvois suivit donc le duc de Vendôme jusqu'à la Galerie de Diane.

— Quelles œuvres splendides ! s'extasia-t-il. Ces tapisseries de l'École de Fontainebleau surpassent de loin celles des Gobelins que l'on fabrique aujourd'hui. Et puis, quel paganisme ! Le beau-frère de madame de Valentinois avait assurément plus de religion, puisqu'il a fait placer une inscription pieuse au-dessus de chaque scène tirée de la mythologie. L'ancienne maîtresse des lieux n'en avait visiblement que faire.

— Trouveriez-vous par hasard que madame de Montespan soit plus croyante que ne l'était madame de Valentinois ? lui demanda Vendôme, ravi de pouvoir décocher un trait à la si flamboyante et dédaigneuse Athénaïs.

Il savait aussi fort bien combien Louvois détestait la favorite de Louis XIV.

— Monseigneur, répondit Louvois, permettez-moi de ne pas me prononcer là-dessus. La marquise entend très régulièrement la messe et…

— Allons, rit Vendôme, vous êtes habile… et prudent ! Monsieur de Lauzun, qui était pourtant un ami intime de Sa Majesté, n'a-t-il pas été enfermé à Pignerol où se trouve aussi monsieur Fouquet pour avoir insulté madame de Montespan ?

Il y eut un moment de silence. Vendôme perçut que Louvois voulait changer de conversation, de peur de se laisser entraîner malgré lui sur une pente dangereuse.

— Monseigneur, dit le ministre, permettez-moi d'en revenir au sujet de notre affaire.

— Bien volontiers. Mais avant, il me faut vous redire ce que j'ai pu dire l'autre jour à monseigneur le dauphin pour qu'il en informe Sa Majesté : ces tapisseries constituent une partie seulement du cycle de la *Tenture de l'Histoire de Diane*. J'en ai déjà cédé plusieurs, et celles que vous voyez sont celles qui me restent.

— Sa Majesté le sait fort bien. Monsieur de Grille, votre acquéreur, vient d'être mis au secret pour crimes de haute trahison et de lèse-majesté.

Ces derniers mots de Louvois, prononcés sans émotion aucune et tombés pourtant avec le tranchant d'un couperet, avaient visiblement produit une forte impression sur Vendôme.

— Sa Majesté me croit-elle son complice, et seriez-vous le messager de ma disgrâce ?

— Non, Monseigneur, mais qu'il me soit permis de vous dire que davantage de discernement dans vos fréquentations ne saurait assurément vous nuire, et que vous devriez n'accorder votre confiance qu'avec plus de prudence.

— Je vous assure qu'il n'est personne parmi mes amis qui ne soit un dévoué et loyal serviteur du roi.

Sans répondre aux dernières paroles de Vendôme, Louvois proposa son prix pour les tapisseries :

— Vingt mille livres pour l'ensemble, cela vous convient-il ?

Le duc, à mille lieues de pouvoir discuter quoi que ce fût, acquiesça.

Le lendemain, les belles tapisseries de Diane de Poitiers quittèrent Anet et rejoignirent le garde-meuble royal.

En voyant s'éloigner le convoi, Vendôme se dit que, bientôt, il ne tarderait pas à récupérer ces tentures, ainsi qu'à être débarrassé du roi et, par là même, de Louvois.

*

Versailles, Appartement des Bains.

— Entrez ! lança de sa voix impérieuse la superbe Athénaïs de Rochechouart Mortemart, marquise de Montespan, favorite du Roi Soleil, mollement étendue sur un canapé, ses longs cheveux épandus sur son corps et la tête appuyée sur sa main.

— Madame, dit le Grand Dauphin en pénétrant dans l'appartement, j'arrive d'Anet, où monsieur de Vendôme m'a chargé de vous remettre un présent pour Sa Majesté.

— Donnez, Monseigneur, vous me faites languir, dit l'altière favorite d'une voix soudain lassée et inexpressive, bien dépitée en vérité que le présent ne fût pas pour elle.

Le dauphin remit alors le flacon de liqueur que vous connaissez à madame de Montespan.

— Voyez, Madame, ajouta-t-il, il s'agit de la liqueur préférée du roi.

— En effet, je la reconnais. Merci, Monseigneur.

Puis le dauphin quitta la marquise en traversant la chambre et le cabinet des Bains, pour se rendre à ses appartements sans ressortir du palais.

Quelques jours plus tard, lorsque la nuit fut venue, madame de Montespan reçut chez elle à Paris une vieille femme vêtue de noir, à la mine tantôt rieuse, tantôt sinistre. C'était la veuve Monvoisin, dite La Voisin, devineresse et empoisonneuse, chez qui, vous vous en souvenez, monsieur de Saint-Rémy s'était procuré la fameuse liqueur quelques semaines plus tôt.

Madame de Montespan l'interrogea en lui montrant le flacon de liqueur :

— Puis-je faire boire cette liqueur au roi sans réduire à néant les effets de votre poudre d'amour ? C'est un présent qui lui est fait et que je suis chargée de lui remettre. Je me suis souvenue que vous m'aviez mise en garde contre certaines boissons qui rendaient vos filtres impuissants… En fait-elle partie ?

— Oui, à ce qu'il me semble. Mais, attendez, il me semble que je connais ce flacon…

— Comment ?

— Oui, c'est bien celui-là. Madame, il s'agit là d'une liqueur néfaste certes pour les poudres d'amour, mais pour une autre raison que celle à laquelle vous pensez.

— Expliquez-vous, je ne comprends pas. Et cessez de vous croire toujours obligée de parler par énigmes. Je ne vous paie pas pour cela, mais au contraire pour voir clair.

— Cette liqueur, Madame, contient un violent poison, parfaitement incolore et inodore.

— Mais… comment pouvez-vous alors l'affirmer, si rien ne trahit sa présence ?

— Je l'affirme parce que j'ai vendu moi-même ce flacon et son contenu il y a quelques semaines à un homme que je ne connaissais pas.

« Quoi, se dit Athénaïs en se souvenant de la part de qui le flacon lui avait été remis, monsieur de Vendôme chercherait-il à empoisonner le roi ? »

Et la marquise posa à La Voisin toute une série de questions qui décrivaient physiquement monsieur de Vendôme, sans le nommer. Mais l'homme mince qu'avait vu La Voisin, même masqué, ne correspondait en rien au corpulent duc de Vendôme.

« Certainement un homme à sa solde, et agissant sous ses ordres », pensa Athénaïs.

— C’est bon, dit la marquise à La Voisin, je n’ai plus besoin de vous. Vous pouvez vous retirer.

L’empoisonneuse sortit, et laissa madame de Montespan à ses pensées. Elle venait de découvrir une conspiration qui visait à empoisonner le roi. Qu’allait-elle faire ? Dénoncer Vendôme à Louis XIV ? On ne dénonçait pas un prince du sang pour tentative de régicide comme un Lauzun pour insultes à la maîtresse du roi. L’affaire était grave. En parlant, elle risquait sa place, alors même que le roi la délaissait depuis déjà quelque temps au profit de mademoiselle de Fontanges. Le roi lui saurait peut-être gré en particulier de cette révélation, mais il ne lui pardonnerait pas aux yeux du monde d’avoir accusé son cousin, un descendant d’Henri IV. Elle connaîtrait alors peut-être pire que la mort : l’exil, la complète disgrâce.

Et puis, après tout, comment justifierait-elle au roi de savoir que le flacon de liqueur contenait du poison ? Ou bien elle passerait pour la complice de Vendôme d’une manière encore pire qu’en se taisant, ou bien alors elle serait obligée d’avouer qu’elle faisait appel aux devineresses et aux empoisonneuses. Or, trop de soupçons pesaient déjà sur elle de ce côté-là, à cause notamment des imprudences de sa caméristе, mademoiselle des Œillets.

Madame de Montespan décida donc de ne rien dire au roi. Elle garda le flacon, et s’en servit contre mademoiselle de Fontanges.

Ce que l’Histoire n’a jamais su, c’est donc que la pauvre Marie-Angélique de Fontanges n’est ni morte de sa belle mort des suites de ses couches, ni à cause de gants empoisonnés, mais rongée par le violent poison que Vendôme, Fouquet et Saint-Rémy destinaient au roi pour mener à bien leur complot.

Madame de Montespan cherchait en effet à ce moment-là à se débarrasser de la trop envahissante petite provinciale devenue sa rivale dans le lit du roi, et pour ce faire, usa de l'arme que le destin avait si opportunément mise en sa possession.

Malheureusement pour Athénaïs, la mort de mademoiselle de Fontanges signa sa disgrâce, bien qu'aucune preuve formelle du meurtre n'ait pu être apportée contre elle.

Ce fut aussi ainsi que le projet fomenté par Vendôme et Fouquet de remplacer Louis XIV par Saint-Rémy, descendant d'Henri II et de Diane de Poitiers, ne put jamais se concrétiser.

Fouquet mourut à Pignerol dans d'atroces souffrances, après s'être levé de table pour aller se coucher. Des rumeurs d'empoisonnement coururent. On prononça beaucoup à l'époque le nom de monsieur de Vendôme. Ces rumeurs étaient-elles fondées ? Vendôme avait-il voulu se débarrasser d'un ancien complice, devenu un témoin gênant ? Toujours est-il que Marie-Madeleine, la veuve de l'ancien surintendant, n'eut plus jamais ses entrées à Anet. Jamais plus Vendôme n'accepta de la voir, prétextant toujours quelque empêchement.

Lauzun fut libéré des geôles de Pignerol grâce à l'amour que lui portait encore la Grande Mademoiselle, cousine du roi. Or, ledit Lauzun, qui n'était pas homme à n'avoir de commerce qu'avec une seule femme, raconta toute l'affaire de monsieur de Grille à madame de Monaco au cours d'un séjour qu'il fit dans la principauté, à cette femme superbe dont il s'était jadis violemment épris lorsqu'elle n'était encore que Catherine Charlotte de Grammont et pas encore promise au prince de Monaco. La Grande Mademoiselle, elle, qui approchait le roi de trop près et trop souvent, n'eut pas droit à ces confidences de la part de Lauzun, car il aurait été fâcheux pour ne pas dire dangereux pour Lauzun que le roi apprît qu'il connaissait aussi bien que lui le secret de monsieur de Grille. Madame de Monaco fut donc, grâce à Lauzun, parfaitement informée du secret de monsieur de Grille.

Monsieur de Grille demeura donc seul à Pignerol quelques années encore, avant de suivre Saint-Mars au fort d'Exilles puis sur l'île de Sainte-Marguerite, au large de Cannes. Saint-Mars lui fit faire tout le voyage jusqu'à Sainte-Marguerite avec un masque sur le visage, dans une chaise à porteurs, suscitant la curiosité des Provençaux qui voyaient passer l'étrange cortège.

Ainsi naquit la légende de l'homme au masque de fer, qui n'était autre qu'Eustache de Grille, surnommé en prison « Eustache Danger ». Ce cousin éloigné des Grimaldi par le mariage, au temps de Diane de Poitiers, du chevalier Grillo, son aïeul, et d'une Spinola, passa — ô cruelle destinée — des années entières de captivité à quelques encablures de la Principauté de Monaco, qui avait aussi hérité du titre de Valentinois.

Il devait finir ses jours à Paris, à la Bastille, en 1709.

Il ne reste plus aujourd'hui que quelques tapisseries de la *Tenture de l'Histoire de Diane*. Il m'est souvent arrivé de rêver, à Écouen ou au musée de Rouen où se trouvent trois d'entre elles, devant les « G » entrelacés que monsieur de Grille y avait fait apposer sur les emblèmes de la duchesse de Valentinois. Ces « G », ce sont ceux de l'homme au masque de fer. L'homme qui en savait trop.

Madame de Monaco n'écrivit-elle pas, d'ailleurs, dans ses *Mémoires,* peu après la mort de Louis XIV : « L'inclination que mon jeune cœur éprouva jadis pour M. de Lauzun ne venait pas seulement de sa belle apparence, mais bien aussi d'un je-ne-sais-quoi de mystérieux qui seyait si bien à sa personne, au point qu'il me fit un jour entrevoir au cours d'un séjour qu'il fit à Monaco toute une sombre machination ourdie contre l'un de ses sujets par le cruel souverain d'un pays étranger au nôtre, par crainte de se voir contester sa couronne » ? Phrase sibylline en apparence, mais transparente à présent pour vous qui avez déjà eu l'occasion de la lire plus haut par-dessus l'épaule de Grace Kelly. Il s'agissait bien, sous la plume de Catherine Charlotte de Grammont, princesse de

Monaco, d'une allusion directe à Louis XIV, à monsieur de Grille, à la famille de Saint-Rémy de Valois, descendant d'Henri II et de la duchesse de Valentinois, ainsi qu'à l'affaire de l'homme au masque de fer.

Ces *Mémoires,* jamais publiés en raison de la grave crise de succession qui s'ouvrit à Monaco après la mort de la princesse, furent conservés parmi les autres archives du palais. Nous avons vu plus haut comment Grace Kelly fut la première princesse de Monaco depuis trois siècles à se mettre en quête de ce précieux document, pour les raisons que nous connaissons.

*

Les dépenses folles que Louis-Joseph de Vendôme avait faites pour réaménager sa demeure d'Anet et y donner des fêtes grandioses le ruinèrent en quelques années. Il fut contraint d'envisager la vente de son hôtel parisien au roi de France pour éponger ses dettes. Sur l'emplacement de cet hôtel fut édifiée l'actuelle place Vendôme.

Suprême ironie du destin, Louis-Joseph fut appelé à l'aide par Louis XIV, qu'il avait voulu assassiner quelques années plus tôt, lorsque son petit-fils, le duc d'Anjou, devenu roi d'Espagne sous le nom de Philippe V, se trouva en difficulté pour conserver son trône. Vendôme partit alors pour l'Espagne, et remporta l'éclatante victoire de Villaviciosa qui sauva la couronne de Philippe. En guise d'hommage posthume, Vendôme fut enterré dans le caveau des rois d'Espagne, au palais de l'Escurial.

Madame de Montespan, quant à elle, quitta définitivement la Cour en 1691 et fit l'acquisition du château d'Oiron, dans le Poitou. On se souvient que cette propriété avait appartenu autrefois au grand écuyer d'Henri II, et que le roi y avait fondé une école de cavalerie.

Un jour d'hiver, Athénaïs, qui se promenait dans la somptueuse galerie Renaissance, eut le regard attiré par un beau meuble à secrets que, depuis son acquisition de la demeure il y avait quelques semaines à peine, elle n'avait encore jamais ouvert.

Elle en fit jouer les mécanismes et, dans un tiroir, trouva une lettre, jaunie par le temps. Elle l'ouvrit, et quelle ne fut pas sa surprise lorsqu'elle vit que la lettre portait la signature de Diane de Poitiers ! Cette lettre était celle que la duchesse de Valentinois avait envoyée à son fils Henri de Saint-Rémy, lorsqu'il faisait ses classes à l'école de cavalerie d'Oiron fondée par son père Henri II. Cette même lettre dont nous vous avons présenté le contenu plus haut, et qui commençait par ces mots si émouvants : « Mon très cher fils » pour se terminer par « Votre bien tendre et dévouée mère. Diane de Poitiers ».

Athénaïs fut-elle prise de remords en lisant cette lettre en pensant au peu d'affection qu'elle n'avait cessé de manifester envers ses enfants bâtards nés de ses amours avec le roi comme envers son fils légitime, le duc d'Antin ? Non. Sa longue repentance n'avait pas encore commencé. Ses souvenirs de Versailles étaient encore si proches…

En revanche, la conspiration du duc de Vendôme et de Fouquet qu'elle avait réduite à néant après les révélations de La Voisin lui revint en mémoire. Et si cette conspiration avait eu pour but de placer un descendant de ce fils de la duchesse de Valentinois sur le trône ?

Elle chassa bientôt cette pensée de son esprit, jugeant qu'il n'était plus temps pour elle de se mêler de politique. Pourtant, cette lettre ne la quitta plus jamais et la guida sur la voie du repentir. Elle légua tous ses biens à son fils, le duc d'Antin, et commença une vie pieuse où les charités sans nombre alternèrent avec les dévotions les plus sincères.

En 1707, lorsqu'elle rendit l'âme à Bourbon-l'Archambault où elle était allée prendre les eaux, on trouva sur elle la lettre de la duchesse de Valentinois, qui fut remise entre les mains du roi alors qu'il se promenait avec la jeune duchesse de Bourgogne, descendante de Diane de Poitiers par les Savoie, dans les jardins de Versailles.

Le roi lut donc la lettre en même temps qu'il apprit la mort de la belle Athénaïs qui avait partagé avec lui les plus belles années de sa vie et de son règne.

Il avait entre les mains la preuve que tout ce que lui avait dit autrefois monsieur de Grille sur la descendance de la duchesse de Valentinois et d'Henri II était vrai. Il replia la lettre sans un mot, et la rangea dans son pourpoint, avant de reprendre sa promenade, l'air fort en colère.

— Quoi, mon père, le rappel à Dieu de madame de Montespan ne vous cause-t-il aucun chagrin ? s'étonna la duchesse de Bourgogne alors qu'ils arrivaient au Bosquet des Bains d'Apollon édifié à l'emplacement du beau bosquet du Marais que la marquise avait naguère imaginé et dessiné de sa main.

— Ma fille, dès lors que la marquise avait quitté la Cour, elle était morte pour moi.

Ce furent les uniques paroles que prononça le grand roi en hommage à son ancienne maîtresse défunte. Sa pensée était déjà ailleurs. Monsieur de Grille avait dit vrai, les Saint-Rémy existaient bel et bien. Lui, le Roi Soleil, n'avait pas réussi à éradiquer cette vermine. Pour la première fois de son règne depuis la nuit de Vaux qui fut fatale à Fouquet, il ressentit l'impuissance et l'échec. Mais il avait trop pratiqué la maîtrise de lui-même en s'astreignant depuis un demi-siècle aux règles rigides et immuables de l'étiquette pour laisser paraître quoi que ce fût sur son visage, devenu aussi impassible que le masque de cire qui en fut réalisé à la fin de sa vie.

Monsieur de Grille, le prisonnier masqué, rendit l'âme en 1709 à la Bastille, et fut enterré dans le cimetière Saint-Paul, bien loin du soleil de sa bonne ville d'Arles qu'il ne revit jamais depuis le jour où il avait apporté la *Vénus* au jeune Louis XIV.

Le roi apprit sa mort alors qu'il passait dans la Galerie des Glaces, où se trouvait depuis si longtemps la *Vénus d'Arles* que monsieur de Grille lui avait apportée. Il se souvint alors qu'elle lui avait été présentée comme une statue de Diane, mais que, la déesse lui rappelant par trop la duchesse de Valentinois et son bâtard, et la statue étant abîmée, il avait tout fait pour lui donner tous les attributs de Vénus dans la restauration qui en avait été faite. Le roi regarda un moment la statue, et continua son chemin.

Il perdit dans les trois années suivantes son fils, ses petits-fils et arrière-petits-fils, à l'exception du futur Louis XV, le seul qui, par sa mère, Marie-Adélaïde de Savoie, duchesse de Bourgogne, eût du sang de la duchesse de Valentinois dans les veines. Ironie de l'Histoire.

Le roi ne goûta pas l'ironie et ne survécut pas à ce terrible constat. Sur son lit de mort, il crut voir sur le ciel de son lit le tableau qu'il avait jadis contemplé avec effroi à Ancy-le-Franc en compagnie de Louvois : Judith, sous les traits de Diane de Poitiers, tranchant la tête d'Holopherne. Une tête qui avait les traits d'Henri IV. Le fondateur de la dynastie des Bourbons, son grand-père à lui, Louis XIV. Malédiction.

Ce fut en prononçant ce dernier mot fort peu chrétien à demi-voix que le grand roi s'éteignit le 1er septembre 1715 au matin. L'horloge de la cour de marbre s'arrêta, et Versailles devint pour un temps le palais de la Belle au bois dormant.

## Chapitre 7 :
## La duchesse du Maine

Après la mort de Louis-Joseph de Vendôme, sa veuve, née Bourbon-Condé et qu'il avait épousée déjà fort âgé, et donc bien après la réception offerte au Grand Dauphin que j'ai décrite, vécut encore quelques années à Anet. À sa mort, ce fut sa mère, la princesse de Condé, qui devint propriétaire de la demeure. Elle mourut à son tour en 1723, et Anet passa donc à une autre de ses filles, jeune sœur de la duchesse de Vendôme, Anne-Louise-Bénédicte de Bourbon-Condé, épouse du duc du Maine, bâtard légitimé de Louis XIV et de madame de Montespan.

Afin de régler les frais considérables occasionnés par la succession de la princesse de Condé, les livres qui composaient la bibliothèque d'Anet créée du temps de Diane de Poitiers et sans cesse enrichie au fil des ans furent vendus.

Ce fut donc dans une demeure sans livre que la lettrée duchesse du Maine s'installa, elle qui avait été jadis la reine des Nuits de Sceaux qu'illuminaient les plus brillants esprits du siècle. Amusant paradoxe.

*

Château de Chantilly.

Louis III de Bourbon-Condé, en proie à une violente colère, avait entrepris de sermonner durement le fils que lui avait donné mademoiselle de Nantes, fille de Louis XIV et de madame de Montespan. Ce fils rebelle se nommait Charles, comte de Charolais, et il avait été séduit quelques temps auparavant par une belle jeune femme, Jeanne de Saint-Rémy de Valois, fille de Thomas de Saint-Rémy de Valois, de scandaleuse réputation.

— Non, mon fils, vous n'épouserez pas cette bâtarde ! Je vous l'interdis !

— C'est fait, père, et mon épouse attend notre premier enfant.

— Comment ?

— Oui, père, vous allez être grand-père…

— Comment as-tu pu faire une chose pareille, sans mon consentement ? Es-tu devenu fou ? Mêler le sang des Condé, le sang glorieux de France, à celui d'une bâtarde dont le père est un débauché de la pire espèce !

— Une Valois, père…

— Il suffit ! Hors de ma vue ! Jamais je ne reconnaîtrai l'enfant que tu as fait à cette bâtarde comme mon descendant, tu entends ?

— Très bien ! Alors j'irai voir le roi, qui le légitimera, lui !

— C'est ce que nous verrons. En attendant, tu ne seras plus mon fils qu'aux yeux du monde. Je ne souhaite plus ta présence à mes côtés.

Le prince de Condé s'assit alors à son bureau et rédigea une lettre. Il la sabla, la cacheta et la tendit à son fils.

— Mon fils, encore ne sais-je pas si je dois continuer à vous nommer ainsi, vous partez pour Anet. Cette lettre est à l'attention de votre tante, la duchesse du Maine, qui, je l'espère, acceptera de vous garder chez elle pour un temps.

Le jeune comte de Charolais, jetant un regard de défi et de mépris à son père, tourna les talons et quitta Chantilly pour Anet.

Quelques mois plus tard naquit Louis-Thomas, le fils que lui avait donné Jeanne de Saint-Rémy.

*

Août 1747.

Il était deux heures du matin, le beau domaine d'Anet était tout entier plongé dans un profond sommeil. Dans la chambre au décor somptueux qu'elle s'était fait aménager à l'une des extrémités de l'ancienne Galerie de Diane où je vous ai plus d'une fois conduits, la duchesse du Maine songeait. Était-elle en train de revivre en rêve les grandioses Nuits de Sceaux qu'elle offrait jadis à la turbulente jeunesse de la vieille Cour de la fin du règne du Roi Soleil, son beau-père ? Regrettait-elle de n'avoir pu offrir à son mari cette régence auquel le grand roi l'avait destiné et qui lui avait été indûment ravie par feu le duc d'Orléans ? Songeait-elle encore à cette gloire tant désirée qu'elle s'employa toute sa vie à conquérir ? Nul ne le savait, pas même sa secrétaire particulière, Rose de Staal-Delaunay, installée dans une chambre plus petite à l'autre extrémité de l'ancienne Galerie de Diane. Pourtant, cette femme savait tout de la duchesse ; d'humble condition, ses talents littéraires et mondains l'avaient très tôt fait remarquer par sa maîtresse, qui l'avait mariée à un homme de condition pour lui marquer son estime et la garder auprès d'elle. Rose de Staal-Delaunay était entièrement dévouée à la duchesse, et les liens si particuliers entre les deux femmes expliquaient qu'on ne les trouvait jamais très loin l'une de l'autre.

Soudain, Rose ouvrit un œil. Des bruits de sabots, de roues et des hennissements se faisaient entendre. Elle sauta de son lit, se précipita vers la fenêtre et entrouvrit les rideaux qui donnaient directement sur le grand portail au cerf. Une voiture était arrêtée devant l'entrée d'Anet, et Rose vit, à la lueur d'une lanterne tenue par un laquais, un homme et une femme sortir de la voiture.

— Holà, quelqu'un ? cria l'homme, dont Rose crut reconnaître la voix.

— Qui va là ? demanda-t-elle en ouvrant sa fenêtre. Savez-vous l'heure qu'il est, et chez qui vous vous trouvez ?

— Bien le sais, Madame Delaunay, répondit l'homme. Car c'est vous, n'est-ce pas ? Rien n'échappe à monsieur de Voltaire.

— Monsieur de Voltaire ! s'exclama Rose, qui avait bien reconnu cette voix si particulière. Monsieur de Voltaire, à pareille heure chez madame la duchesse ! Mais qui donc est avec vous ?

— Madame du Châtelet voyage en ma compagnie. Elle réclame l'honneur d'être l'hôte de la duchesse. Et puis nous avons faim, oui, très faim, et ne désirons rien de plus qu'un souper et un lit pour nous reposer des fatigues de la route.

Rose devait écrire plus tard que Voltaire et madame du Châtelet ressemblaient cette nuit-là à deux « spectres » sortis du tombeau.

— Je vais appeler pour que l'on s'occupe de vous et que l'on vous prépare vos appartements, répondit Rose. Et puis je vais prévenir Madame.

Rose donna des ordres pour que l'on accueille comme il se devait monsieur de Voltaire et sa douce Émilie, puis elle alla frapper à la porte de la duchesse.

— Madame ! Madame ! C'est moi, Rose !

— Eh bien, qu'y a-t-il donc ? Et quel est ce vacarme que j'entends dans la cour ?

— C'est monsieur de Voltaire, Madame. Il vient d'arriver au château et y demande le gîte et le couvert. J'ai cru bon d'accéder à sa demande, puisqu'il a l'honneur d'être tenu en grande estime par Madame.

— Il est vrai, Rose, mais enfin voyez l'heure ! Ces philosophes sont tellement au-dessus des contingences de la vie humaine qu'ils confondent le jour, la nuit, et les heures entre elles. Est-il seul ?

— Non, Madame.

— Ah ? Et avec qui vient-il ?

— Avec madame du Châtelet.

— Peste ! Cette femme est une insupportable créature. Et qui plus est, qui se pique de science ! Vous verrez : dans moins d'une heure, son appartement ne sera plus qu'un véritable repaire d'alchimistes avec globes terrestres, cornues et animaux empaillés. Pauvre duchesse de Valentinois qui avait ces choses en horreur : elle doit se retourner dans sa tombe. Enfin, vous avez bien fait de donner des ordres ; je ne puis rien refuser à monsieur de Voltaire auquel me rattachent tant de souvenirs de jeunesse.

— Dois-je vous aider à vous habiller pour les recevoir ?

— Oui, faites, ma bonne Rose. Qu'il ne soit pas dit qu'une Bourbon-Condé, veuve d'un prince de sang royal, laisse ses invités mourir de faim et de froid en ses murs.

Rose aida la duchesse à passer une robe et à se raviver le teint.

Quand elle fut prête, la duchesse traversa l'aile centrale, puis l'aile gauche, et fit son apparition en majesté dans le grand vestibule de feu le duc de Vendôme. Elle descendit lentement le grand escalier, puis tendit sa main à baiser à monsieur de Voltaire.

— Monsieur de Voltaire, quelle joie de vous revoir chez moi ! Quelle surprise aussi, à pareille heure…

— Que Madame la Duchesse veuille bien me pardonner. Mon amie et moi-même étions bien fatigués par la route, et l'apparition des murs d'Anet dans la nuit fut pour nous comme l'apparition de l'étoile aux mages d'Orient…

— Vous n'avez rien perdu de votre légendaire esprit, Monsieur, je vous en félicite. Je vois que vous êtes toujours inséparable de Madame… ajouta la duchesse en toisant avec dédain madame du Châtelet.

— Oui, la science de la marquise et les mots qui naissent sous ma plume se fécondent mutuellement et nous ravissent tous deux. Oserais-je vous demander de nous héberger chez vous pour quelques jours ? Il me tarde de goûter au séjour d'Anet dont tant de poètes avant moi ont fait l'éloge.

— Mais bien entendu, répondit la duchesse. Ma chère Rose a déjà donné des ordres pour que l'on vous prépare vos appartements. Voyez : mes domestiques sont en train de s'occuper de vos bagages.

À ce moment, une porte donnant sur le vestibule s'ouvrit, et un domestique en grande livrée annonça que le souper était servi. Le séjour d'Anet s'annonçait prometteur.

Une table somptueuse garnie des mets les plus délicats attendait la duchesse et ses invités. Ils y prirent place, monsieur de Voltaire à la droite de la duchesse, face à la cheminée, et madame du Châtelet à sa gauche. Rose s'assit en face de la duchesse, de sorte que les deux femmes présidaient un souper grandiose au beau milieu de la nuit.

— En vérité la demeure d'Anet est bien celle d'une déesse descendue parmi les hommes, Madame, complimenta monsieur de Voltaire en contemplant les plats disposés sur la table.

— Je suis sensible à votre gracieux compliment, répliqua la duchesse. L'esprit de la duchesse de Valentinois hante toujours ces lieux, et je me dois de respecter ses préceptes. Voyez vous-même : comme le dit la devise qui orne la cheminée, aucun des mets sur cette table n'a été acheté ; ils sont tous les fruits du domaine et des bois qui l'entourent. Mais trêve de badinage ; comment se portent vos œuvres, Monsieur ?

— À merveille. J'ai d'ailleurs rédigé, pour les faire représenter chez vous à Anet, deux comédies. L'hommage que je vous rends dans l'un des prologues devrait assez vous convaincre de l'infini respect que j'ai pour vous.

— Dites un peu, Monsieur, demanda la coquette duchesse dont l'âge respectable sembla un instant s'abolir pour laisser place à la jeune femme séductrice de sa jeunesse.

Monsieur de Voltaire se leva, et devant une duchesse aux yeux brillants, à l'avance conquise par ses vers à sa gloire, commença :

— « Jugeant des autres par elle, elle croit que pour plaire on n'a qu'à le vouloir ; que tous les arts, ornés d'une grâce nouvelle, de briller dans Anet se feront un devoir, dès que du Maine les appelle… »

— Un instant, Monsieur, l'interrompit la duchesse. Toutes ces comédies sont-elles de la même tournure ?

— Oui, Madame. Anet et vous-même les avez inspirées.

— Alors je veux les voir cette semaine. Nous aurons comédie tous les soirs. Comme à Sceaux ! Ah ! Le théâtre, les lettres ! Monsieur de Voltaire, c'est le vent de l'esprit et de la jeunesse que vous ramenez dans cette maison.

— J'écris aussi un ouvrage plus sérieux, reprit monsieur de Voltaire soudain plus grave.

— Un livre de philosophe, dit la duchesse du Maine en riant.

— À la frontière de l'histoire et de la philosophie, oui, Madame. Un livre qui s'intitule *Le Siècle de Louis XIV*.

— Mais c'est le livre dont vous m'aviez entretenu il y a quelques années. Celui où vous projetiez de parler de…

— C'est cela même, Madame, l'interrompit monsieur de Voltaire.

— Et cette… affaire, en avez-vous parlé ?

— Oui, et c'est même une des raisons de ma venue en ces lieux.

— Vous m'expliquerez tout ceci demain, dit la duchesse soudain assombrie et visiblement désireuse de ne pas poursuivre cette conversation. Je vous présenterai également mon neveu, le comte de Charolais, et son fils Louis-Thomas. Des… différends avec son père, le prince de Condé, ont amené le comte à venir résider chez moi quelque temps. Inutile de les réveiller à cette heure. Il est fort tard, vous m'avez tirée du sommeil à une heure avancée de la nuit, et la reine des abeilles dont j'avais autrefois pris le sobriquet aspire au repos. Mais rassurez-vous : elle recevra de nouveau dans sa ruche dès le lever du soleil. Soyez à neuf heures dans mon cabinet de travail. Nous reprendrons cette conversation là où nous l'avons laissée ce soir. Lorsque vous aurez fini de souper, mes gens vous conduiront à vos appartements.

La duchesse du Maine et Rose prirent congé de leurs hôtes et regagnèrent leurs appartements dans l'aile de la chapelle. Monsieur de Voltaire et madame du Châtelet restèrent seuls dans la grande salle à manger, et devisèrent encore jusqu'à une heure avancée. Puis ils allèrent à leur tour se coucher.

Le lendemain matin, Voltaire se rendit comme convenu dans les appartements de la duchesse du Maine. Celle-ci était en compagnie du comte de Charolais et du jeune Louis-Thomas de Bourbon-Condé, né de son mariage avec Jeanne de Saint-Rémy de Valois.

— Ah, Voltaire ! s'exclama la duchesse.

Puis, se tournant vers le comte de Charolais :

— Mon neveu, je crois que vous serez bien aise de rencontrer l'un des plus brillants esprits de notre siècle : le voici.

Le prince et le poète échangèrent mille courtoisies, puis tout le monde s'assit et engagea la conversation.

— Vous me disiez hier, reprit la duchesse à l'intention de Voltaire, que vous écriviez en ce moment votre grand projet de *Siècle de Louis XIV*, et que vous y parliez de l'affaire…

Voltaire tressaillit et arrêta la duchesse du regard. Celle-ci comprit, et le rassura :

— N'ayez crainte, le comte et son fils peuvent fort bien entendre de quoi il s'agit. Je m'en porte garante. Je disais donc que vous parliez dans votre ouvrage de l'affaire de l'homme au masque.

— Oui, Madame, répondit Voltaire.

— Et qui, selon vous, pouvait-il être ?

— Un grand personnage, sans aucun doute. Mon hypothèse est qu'il se serait agi d'un descendant du roi Henri II et de Diane de Poitiers. J'ai pensé que nulle part je ne pourrais mieux vérifier mes suppositions qu'à Anet, temple de la duchesse de Valentinois.

— Je peux vous éclaircir sur ce point, intervint le comte de Charolais. La mère de monsieur mon fils, dit-il en désignant Louis-Thomas, est une Saint-Rémy de Valois, ce qui m'a valu quelques difficultés avec le prince, mon père.

— Une descendante du roi Henri II et de Nicole de Savigny, donc ? demanda Voltaire.

Le visage du comte de Charolais s'éclaira d'un fin sourire.

— Allons, Monsieur de Voltaire, pourquoi déguiser ainsi votre pensée ? Vos soupçons sont justes. L'ancêtre de mon épouse, Henri de Saint-Rémy, n'était autre que le fils d'Henri II et de la duchesse de Valentinois, confié à Nicole de Savigny pour faire croire qu'elle en était la mère. Le stratagème avait été le même pour Diane de France, autre enfant du roi et de Diane de Poitiers, à qui l'on avait trouvé une mère « d'adoption », une Piémontaise nommée Filippa Duci et que le roi aurait séduite lors d'une campagne militaire.

— L'homme au masque était donc un Saint-Rémy ? demanda Voltaire. Un Valois qui aurait pu jeter une ombre sur le règne du grand roi Bourbon, qui trouva ainsi un moyen de s'en débarrasser ?

Le comte de Charolais raconta alors à Voltaire tout ce que vous savez déjà, à savoir l'affaire de l'achat des tapisseries d'Anet auprès du duc de Vendôme par monsieur de Grille, sa lettre au roi révélant l'existence d'un Saint-Rémy menaçant son trône, sa venue à Paris pour remettre la *Vénus d'Arles* à Louis XIV, son expédition avec Henriette d'Angleterre auprès du roi Charles II pour la signature du traité de Douvres, puis son arrestation et son enfermement au secret sous le nom d'Eustache Danger, nom de code qui lui avait été donné en raison du secret qu'il connaissait.

— Ce monsieur de Grille était donc l'homme au masque ? interrogea Voltaire.

— Oui, répondit le comte de Charolais. Sa découverte dans les tapisseries de la *Tenture de l'Histoire de Diane* de l'existence d'un fils du roi Henri II et de la duchesse de Valentinois et la révélation qu'il en a faite au roi l'ont irrémédiablement condamné à finir ses jours au secret pour qu'il ne parle à personne d'autre de sa découverte. Il en allait de la sûreté du trône.

— Et Saint-Rémy ? demanda encore l'écrivain.

— Le roi ne parvint jamais à mettre la main dessus. Les Saint-Rémy se cachent.

— Mais vous-même, comment avez-vous connu votre épouse ? insista Voltaire.

— Chez ma tante, répondit le comte de Charolais en regardant la duchesse du Maine.

— Le beau-père du comte de Charolais, Saint-Rémy, venait souvent chez moi, autrefois, à Sceaux, dit la duchesse. Notre Cour était si libre, si jeune, si gaie. Et j'avoue que j'ai jadis enrôlé ce monsieur de Saint-Rémy de Valois dans la conspiration que j'ai initiée contre le régent avec l'aide des Espagnols pour rendre la régence au duc du Maine mon époux, comme le prévoyait le testament du feu roi Louis XIV. Cette conspiration a malheureusement échoué.

Voltaire, effrayé par ces révélations, choisit pour sa propre sûreté, et afin de ne pas nuire à sa protectrice la duchesse du Maine, de n'en rien dire dans son livre du *Siècle de Louis XIV*. D'autres affaires lui avaient déjà valu suffisamment d'ennuis. Pourtant, il opta pour un moyen plus anodin, parce que plus grossier en apparence et donc invraisemblable, de dénoncer la monarchie. Sous sa plume, l'homme au masque de fer devint un frère jumeau de Louis XIV, avec le succès que l'on connaît.

De plus, la conversation que je viens de rapporter fut brusquement interrompue par l'irruption dans la pièce d'une madame du Châtelet en furie, se plaignant du froid qui régnait dans sa chambre et de la dureté de son lit.

La marquise, durant cette semaine à Anet, ne changea pas moins de six fois d'appartement, recommençant chaque matin la même scène. Voltaire et elle passaient tout le jour dans leurs chambres, et n'apparaissaient que le soir pour la comédie, de sorte qu'on ne les appelait plus dans toute la maison que « les revenants ». Voltaire fit jouer ses pièces à Anet devant la duchesse du Maine, et fut très applaudi.

Quelque temps plus tard, il perdait madame du Châtelet, et écrivait pour la première fois la légende de l'homme au masque de fer.

*

Versailles, 1764, cabinet des Dépêches.

Louis XV recevait secrètement le comte de Charolais.

— Mon cousin, vos extravagances ont achevé de ruiner ma patience.

— Sire…

— Taisez-vous ! Non content d'avoir épousé une bâtarde sans le consentement de votre père et de lui avoir fait un fils, voilà à présent que vous multipliez les démarches à Versailles pour que je le légitime !

— Mon fils est deux fois de sang royal…

— Pourtant ma volonté est qu'il parte pour l'exil sur-le-champ, en Angleterre, avec ordre de ne jamais reparaître sur la terre de France.

— Sire, pardonnez au fils ce qui n'a pas su vous plaire chez le père…

— Je ne pardonne pas, j'ordonne. Faites entrer votre fils, mon cousin.

Louis-Thomas de Bourbon-Condé fut introduit tout aussi secrètement que son père dans le cabinet des Dépêches.

— Monsieur, lui dit le roi, je vous ordonne de partir immédiatement pour l'exil en Angleterre et de ne jamais revenir en France.

Louis-Thomas, sous le choc d'un ordre qui le frappait si durement, regarda son père, qui lui fit comprendre d'un regard qu'il avait tout tenté pour essayer de le garder près de lui et de le faire reconnaître par le roi.

— Vous ne direz mot à quiconque de ma décision, continua le roi, sous peine de finir vos jours au secret dans quelqu'une de nos forteresses. Vous partirez de nuit, dans un mois jour pour jour. Voici un ordre que vous remettrez au capitaine du vaisseau qui vous attendra à Calais.

Le roi fit une pause. L'image de l'homme au masque de fer ne cessait de se présenter à son esprit, lui causant un violent mal de tête qu'il ne parvenait qu'avec peine à dissimuler.

— Vous pouvez vous retirer, Monsieur, reprit le roi, en le dévisageant avec cruauté. Un fiacre vous attend au bas du petit degré. Ainsi je suis assuré que ni vous ni votre père ne croiserez personne qui en déduirait que vous venez de mon cabinet.

Le comte de Charolais et son fils s'inclinèrent, puis montèrent dans le fiacre qui les attendait et les ramena à Chantilly.

## Chapitre 8 :
## Le duc de Penthièvre et la princesse de Lamballe

Les deux fils de la duchesse du Maine étant morts sans descendance, Anet revint au duc de Penthièvre, petit-fils de Louis XIV et de madame de Montespan. Le duc était donc le cousin du roi Louis XVI. Son fils aîné, le prince de Lamballe, avait épousé Marie-Louise de Savoie-Carignan, qui devint par conséquent princesse de Lamballe. Sa fille Adélaïde avait épousé Philippe d'Orléans, futur Philippe Égalité.

Le prince de Lamballe était un débauché, délaissant sa douce épouse pour folâtrer avec toutes les femmes qu'il croisait. Il mourut jeune d'une maladie vénérienne, laissant la princesse veuve, âgée de seulement dix-huit ans, et qui n'avait pas eu d'enfant de lui.

La princesse de Lamballe était une jeune personne pleine de charme et de délicatesse, aussi vertueuse que son beau-père, le duc de Penthièvre, qui la chérissait plus qu'aucun de ses enfants. Et de fait la fille du duc, la duchesse d'Orléans, était loin d'avoir les qualités de cœur de la princesse de Lamballe, sa belle-sœur. Elle était froide, ambitieuse, calculatrice, en un mot une femme redoutable en tout point semblable à son mari. La reine Marie-Antoinette détestait d'ailleurs autant le duc que la duchesse d'Orléans.

Le duc de Penthièvre, lui, avait perdu sa femme très jeune, et ce décès en avait fait un saint. Il distribuait chaque année la moitié de ses revenus aux pauvres, et servait lui-même la soupe aux plus démunis pendant l'hiver. Grand amiral de France et gouverneur de Bretagne, il aimait particulièrement sa maison d'Anet, où il vivait la plupart du temps avec sa belle-fille, la princesse de Lamballe.

Cette dernière fit très tôt la connaissance de la jeune dauphine Marie-Antoinette, dont elle devint l'une des meilleures amies. Tout naturellement, la princesse fut comblée de bienfaits lorsque la dauphine devint reine de France. L'amitié de la reine fit de la princesse de Lamballe une des personnes les plus en vue de la Cour.

Dans le parc de Rambouillet, non loin de la charmante laiterie que Louis XVI devait faire plus tard construire pour sa femme, le duc de Penthièvre avait fait édifier pour sa belle-fille la princesse de Lamballe une petite chaumière dite « aux coquillages ». En effet, cette chaumière à l'extérieur rustique était décorée à l'intérieur de coquillages multicolores, formant de faux miroirs, une fausse cheminée, et tout un décor de niches et de pots entrelacés de guirlandes de fleurs. Ce décor féerique miroitait le soir à la lumière des bougies du lustre central. À côté, un petit cabinet peint de fleurs et d'amours permettait à la princesse de se changer, devant une glace qu'encadraient deux automates lui présentant joyaux et parfums de toutes sortes.

La princesse de Lamballe était la confidente de la reine, et fut pendant des années l'amie indispensable. Mais la reine s'entícha bientôt de la comtesse de Polignac, une femme qui savait la faire rire mieux que la sérieuse princesse. Cette dernière tomba donc dans une semi-disgrâce, et quitta de plus en plus souvent la Cour pour vivre à Paris ou auprès de son beau-père, le duc de Penthièvre, à Anet.

*

Paris, 1777.

Un homme et une femme marchaient dans les rues obscures de la ville.

— Où m'emmenez-vous ? demanda la femme.

— Dans la loge maçonnique à laquelle j'appartiens, ma chère, répondit l'homme. Vous ne tarderez pas à constater que je la préside également.

— Vous ? La reine ne se trompe donc pas du tout sur votre compte, vous êtes une canaille, répondit la femme. Si vous n'étiez pas mon beau-frère…

— Tout doux, Madame, tout doux. N'êtes-vous pas vous-même une adepte de ce charlatan de Mesmer, qui fait fureur place Vendôme avec son fameux baquet ? Allons, ce genre de reproches ne peut me venir de vous. La sage amie de la reine n'est pas en réalité si sage qu'elle veut bien le faire croire…

Les deux personnages dont je viens de rapporter la conversation tournèrent à l'angle d'une rue, c'est le moment de prêter attention pour tenter de distinguer leurs traits à la lueur du réverbère.

Mais oui ! Cet homme à l'air faux et cette femme élégante et réservée… Ces deux personnes n'étaient autres que le duc d'Orléans et la princesse de Lamballe.

— Le duc de Penthièvre sait-il ? demanda la princesse.

— Ah ! Madame, non, et fort heureusement ! À l'heure qu'il est notre beau-père bien aimé doit être en train de se mettre au lit, pendant que ses gens doivent clore les portes d'Anet. Mon épouse est auprès de lui.

— Philippe, il est encore temps, rebroussons chemin…

— Qu'avez-vous donc soudain, Madame ? Hier vous avez accepté de m'accompagner. N'avez-vous donc plus envie de porter secours aux laissés-pour-compte de ce monde en leur apportant la foi en des idées nouvelles de progrès ? Ne voyez-vous pas que le monde change ?

— Ne vais-je pas être reconnue ?

— Mettez ce masque, tout le monde en portera un ce soir. Excepté moi.

— Philippe, je m'en vais… dit la princesse en faisant demi-tour.

— Arrêtez-vous ! lui dit le duc en la prenant par le bras. Où est donc la Lamballe éprise de mystère, de nouveauté, lectrice de *L'Encyclopédie* et de tous les ouvrages d'un genre nouveau que le siècle a produits ? L'air de Versailles vous a-t-il à ce point rendue sourde et aveugle aux cris de souffrance du peuple crevant de misère ? Ne voulez-vous pas participer à cet élan de générosité que l'assemblée de ce soir entend insuffler dans tous les esprits ?

— C'est entendu, Philippe, je vous suis. Mais à la seule condition que nous nous séparions une fois entrés et que vous ne révéliez à quiconque mon identité.

— Vous avez ma parole, Madame.

Parvenus à l'emplacement de l'ancien hôtel de Marguerite de Valois qu'elle s'était fait construire au début des années 1600 en face du Louvre sur la rive gauche de la Seine, ils entrèrent dans le seul édifice encore debout du palais, la chapelle dite « des Louanges ». Cette chapelle était, à l'époque où nous sommes arrivés, cernée de maisons hautes. Plus rien ne restait du palais de la reine Margot, les financiers auxquels Louis XIII l'avait vendu pour éponger les dettes de sa tante ayant détruit l'édifice et les jardins pour en faire un terrain à bâtir. Seule demeurait, debout et intacte, la chapelle.

À l'entrée de la chapelle, le duc se fit reconnaître et entra sans difficulté avec la princesse, dont le visage était dissimulé par un masque de velours noir. Philippe d'Orléans se dirigea vers l'autel, tandis que la princesse se fondit dans la foule.

Étrange destinée que celle de cette chapelle de Marguerite de Valois, devenue temple païen pour assemblées de loges maçonniques !

La princesse, très pieuse, ne put s'empêcher d'éprouver quelque dégoût de se trouver en ce lieu pour une pareille assemblée et dans d'aussi étranges et mystérieuses circonstances. Tous les participants portaient un masque. Leurs vêtements élégants qui émergeaient parfois sous leurs capes noires trahissaient leurs hautes naissances. Il s'agissait visiblement de membres de la Cour appartenant à la plus haute noblesse du royaume. Il sembla même à madame de Lamballe sentir le parfum entêtant de plusieurs dames attachées de près au service de la reine, et qui étaient donc ses subordonnées depuis que lui avait été confiée par Marie-Antoinette la charge ô combien prestigieuse de Surintendante de sa Maison.

Soudain, le duc d'Orléans ordonna que tous fissent silence. Il annonça que deux nouveaux membres allaient être admis dans la communauté.

— Mes frères, commença-t-il, dans ces lieux élus par la dernière des Valois pour soutenir le sceptre du premier Bourbon…

Madame de Lamballe entendit derrière elle une femme répéter avec un ton moqueur : « La *dernière* des Valois… » et murmurer ensuite à son voisin « Que ne faut-il entendre ! »

La princesse n'écouta pas un mot du discours de Philippe d'Orléans, qui devait être un jour Philippe Égalité. Elle ne prêta pas une grande attention non plus aux deux adoubements qui eurent lieu ce soir-là. Les paroles qu'elle avait entendues derrière elle l'intriguaient bien davantage.

Ne pouvant se retourner, et craignant d'être reconnue, elle ne cessait d'échafauder des hypothèses sur l'identité des deux personnes qui avaient parlé à voix basse.

Le plus étrange était qu'il semblait à madame de Lamballe connaître la voix de la femme qui avait murmuré, mais elle ne parvenait pas à se souvenir du lieu où elle l'avait entendue. Peut-être aussi ne s'agissait-il là que d'une ressemblance comme il en existait tant dans les œuvres de Dieu.

Lorsque la séance fut terminée et que l'assemblée se fut dispersée sans que madame de Lamballe eût pu identifier les deux interlocuteurs sous leurs masques et leurs capes, le duc d'Orléans ramena la princesse à son hôtel de Passy. Elle ne lui dit mot de ce qui s'était passé et ils se quittèrent le plus simplement du monde en se souhaitant la bonne nuit. Il était pourtant quatre heures du matin et ces deux hauts personnages, l'une par naïveté peut-être, l'autre par félonie sûrement, venaient de faire gravir à la monarchie la première marche de son échafaud.

La princesse, cette nuit-là, ne parvint pas à trouver le sommeil. Elle avait ôté sa robe avec grâce et enfilé une élégante chemise de nuit, que la reine lui avait offerte lorsqu'elle n'était encore que dauphine de France. Elle avait congédié ses domestiques, désirant par-dessus tout demeurer seule.

Après s'être mise au lit en laissant près d'elle une veilleuse destinée à éloigner d'elle les mauvais rêves, elle se releva brusquement, prit dans ses mains la faible lumière et passa dans la bibliothèque contiguë à sa chambre. Elle chercha un gros volume intitulé *Des Rois et des Reines du Royaume de France*. Quand elle l'eut trouvé, elle revint dans sa chambre, et ouvrit le volume au chapitre intitulé *Des Rois Valois*. Son attention se porta plus précisément sur le roi Henri II et sa descendance directe, intégralement éteinte comme le lui confirma l'ouvrage.

Qui était donc cette femme qui avait tenu derrière elle d'aussi étranges propos dans la chapelle ? La descendante d'un bâtard d'une des maîtresses du roi Henri II ? Et d'abord, en sous-entendant l'existence d'un descendant des Valois, parlait-elle d'elle-même ou de quelqu'un d'autre ?

Madame de Lamballe décida de mener son enquête. Pour tenter d'en savoir davantage, le meilleur moyen ne serait-il pas pour elle de rentrer au sein d'une de ces loges maçonniques ? Une fois encore, sa profonde piété et sa fidélité à la monarchie se révoltaient devant une pareille idée. Mais ne fallait-il pas payer ce prix pour, justement, tenter d'identifier les ennemis de Dieu et du roi ?

Jusqu'à l'aube, des sentiments contraires agitèrent l'esprit et le cœur de la princesse. La douce et tendre petite fille qu'elle avait été autrefois vivait toujours en elle, mais son mariage avec un prince débauché et son veuvage un an plus tard, quand elle n'avait pas encore vingt ans, lui avaient donné une force peu commune devant les difficultés de l'existence, et une volonté de fer. Elle n'était pas femme à reculer devant le danger, ayant remis son existence entière entre les mains de son Créateur.

À huit heures, comme chaque matin, la princesse fut éveillée par sa femme de chambre. Puis elle passa à sa toilette et reçut Léonard, le célèbre coiffeur de la reine qui était aussi le sien. Par un effet extraordinaire de sa volonté, pas une marque de fatigue ne venait ternir le visage de la princesse. Ses joues arboraient comme à l'accoutumée une fraîche teinte rosée, et ses jeux pétillaient de vivacité.

— Ah, Léonard, lui dit-elle lorsque cet extravagant personnage fut entré avec ses innombrables boîtes de poudres et de parures, venant de chez la reine, je suis certaine que vous aurez bien des choses à m'apprendre…

— Madame, dit Léonard en s'inclinant, vous ne serez point surprise d'apprendre que Sa Majesté a une fois de plus refusé une audience ce matin à monsieur le cardinal de Rohan, qui était venu en personne à Versailles la solliciter.

— Rien d'étonnant à cela, en effet, répondit la princesse. Le cardinal s'est comporté d'une façon si scandaleuse à l'égard de la mère de Sa Majesté, l'impératrice Marie-Thérèse, et de sa Cour, lorsqu'il était ambassadeur à Vienne… Je comprends fort bien la reine de ne pouvoir lui accorder son pardon. Il est des choses qu'on n'oublie jamais.

À ce moment, alors que Léonard s'apprêtait à coiffer les longs et soyeux cheveux de la princesse, la camériste de cette dernière frappa à la porte et annonça que le duc d'Orléans venait de se présenter à la porte de l'hôtel pour annoncer à madame de Lamballe que le duc de Penthièvre s'était trouvé mal à Anet. À ces mots, la princesse remit à plus tard sa séance avec Léonard qui ne fit que poudrer et qu'arranger sa chevelure pour qu'elle soit en état de recevoir, et alla accueillir son beau-frère au salon.

— Ah, Philippe, que s'est-il donc passé ? Votre femme étant à Anet avec son père, elle a dû tout vous dire…

— Oui, le duc a eu un malaise, suivi d'une forte fièvre. On a craint un moment, mais les médecins ont visiblement fait merveille. La lettre est datée d'hier, aujourd'hui tout doit être arrangé.

— Tant mieux, mais je ne serai vraiment tranquille que lorsque je l'aurai vu, répliqua la princesse qui fut toujours pour sa famille et ses amis d'une fidélité à toute épreuve. Je pars pour Anet.

Elle donna immédiatement des ordres pour que l'on prépare ses bagages et sa voiture.

— Pour votre voiture, c'est inutile : la mienne est devant chez vous, lui dit le duc. Je vous accompagne. L'air de la campagne me fera du bien, et la maison d'Anet est si accueillante. M'est avis que le capitaine des chasses du duc prépare de fort belles réjouissances pour l'automne. Et puis durant ce séjour nous pourrons nous parfaire en poésie avec le chevalier de Florian et les beaux esprits des lieux.

— Tiens donc, lui dit la princesse d'un air moqueur, vous êtes décidément un homme imprévisible. Hier, la politique, aujourd'hui la poésie. Avez-vous donc de si bonnes raisons de quitter pour un temps votre cher Palais-Royal pour lequel vous délaissez même Versailles ?

— Non, ma chère, mais ce sera pour moi l'occasion de vous parler plus avant de ce que vous avez vu hier soir. Et cela d'autant plus discrètement que nous serons sur les routes et à la campagne.

— Bien, c'est entendu. Mes malles sont-elles prêtes ? demanda la princesse à sa camériste.

— Oui, Madame. Où faut-il les mettre ? interrogea cette dernière.

— Sur la voiture du duc. Je pars pour Anet, chez le duc de Penthièvre. Vous prendrez soin de la maison en mon absence. J'y serai durant une semaine environ et vous ferai savoir le moment de mon retour.

Après avoir donné ses instructions pour la bonne tenue de son hôtel, madame de Lamballe monta dans la voiture du duc d'Orléans, et ils prirent aussitôt la direction de Dreux.

— Parlez, Philippe, je vous écoute, commença la princesse qui rompit ainsi le silence de la voiture. Vous sembliez tout à l'heure avoir tant de choses à me dire.

— Avez-vous reconnu l'un des deux hommes que j'ai fait rentrer hier soir au sein de notre loge ?

— Non, et il faisait si sombre que je distinguais à peine leurs traits.

— Eh bien, il y avait un certain Cagliostro, que certains prétendent mage, devin, sorcier. Un homme qui aurait vu la construction des pyramides et la naissance de Notre Seigneur, à ce qu'il prétend, grâce à un élixir de longue vie.

— Ah ! Ah ! Ah ! rit la princesse de Lamballe. Un charlatan de plus ! La différence entre nous, Philippe, c'est que moi j'en vois beaucoup comme monsieur Mesmer, mais que je n'y crois pas. Ils m'intriguent et ils m'amusent, c'est tout.

— Cet homme a la réputation d'être un mage. Il sait tout, il voit tout. À tel point qu'il est entré au service du cardinal de Rohan qui passe désormais des heures à s'entretenir avec lui, et le présente à ses amis.

— Comment ? Un charlatan protégé par un prince de l'Église ? s'indigna la princesse. Décidément ce Rohan est un homme bien déplaisant.

— Madame, je vous croyais l'esprit plus ouvert.

— C'est justement parce que j'ai lu les philosophes que les Lumières de notre siècle sont venues éclairer mon esprit. Vous me racontez depuis notre départ des fables d'un autre âge, et il est fort curieux que ce Cagliostro ait été reçu dans cette assemblée de gens que vous m'avez dit éclairés et soucieux de répandre le bien dans l'humanité. Dites-moi plutôt : comment entre-t-on dans une loge ? Que faut-il faire ?

— Ah, je retrouve là la Lamballe d'autrefois, pieuse, certes, mais aussi curieuse, aventurière, celle que notre indigne reine n'avait pas encore muselée et asservie à son trône.

— Assez, Philippe, pas un mot de plus contre la reine. Le plus indigne des deux, c'est bien vous, qui confondez souvent répandre le bien et soulager la misère avec flatter les bas instincts du peuple. Répondez à ma question.

— Rien de plus simple, Madame. Une loge dans la mouvance de la nôtre est en ce moment à la recherche de sa Grande Maîtresse. Nous vous proposerons pour cette charge. Une princesse du sang ne saurait occuper une autre place.

— Cette loge, demanda la princesse, compte-t-elle des femmes ?

— Elle ne compte *que* des femmes, répliqua le duc, toutes les femmes de notre loge que vous avez vues hier et d'autres encore. Il est d'ailleurs d'usage que la Grande Maîtresse, après la cérémonie de son intronisation, reçoive chez elle les femmes qui en font partie pour un dîner et un bal.

— Un bal de femmes ? rit la princesse. Eh bien, j'accepte, vous me tiendrez informée de vos démarches. À présent changeons de conversation, j'aperçois le grand cerf du portail. Nous voilà arrivés.

Madame de Lamballe espérait secrètement par ce moyen découvrir l'identité de la femme qui avait parlé derrière elle à son voisin lors de l'assemblée de la veille et nié l'extinction de la lignée des Valois de manière si menaçante.

Quelques instants plus tard, la voiture s'arrêta devant la nymphe du portail et le fidèle Fortaire, valet du duc de Penthièvre, accueillit comme il se devait le duc et la princesse.

Il les conduisit auprès de leur beau-père, déjà veillé par sa fille, la duchesse d'Orléans. Il était en train de boire un bouillon de poulet pour retrouver des forces, et son visage indiquait que la fièvre était passée et qu'il ne tarderait pas à recouvrer sa santé.

Madame de Lamballe se rendit à la chapelle afin de prier pour le prompt rétablissement du duc.

Elle demeura à Anet environ une semaine pendant laquelle elle prodigua ses bons soins au duc de Penthièvre, puis elle s'en retourna à Paris avec le duc et la duchesse d'Orléans.

Le duc lui promit de la tenir bientôt informée de ses démarches pour la faire accéder à la charge de Grande Maîtresse.

Léonard, qui arriva le lendemain du retour de madame de Lamballe pour sa séance de coiffure quotidienne, ne pouvait se douter de ce qui était en train de se passer dans l'esprit de la princesse.

Cette dernière demanda une perruque légère, et pour cause : une nouvelle et lourde charge allait bientôt peser sur ses épaules.

*

La princesse de Lamballe, grâce à sa nouvelle charge, fit bientôt la connaissance d'une certaine marquise de Boulainvilliers, l'une des plus anciennes membres de la loge maçonnique. Cette femme venait tout récemment de quitter sa demeure de campagne où elle résidait auparavant la majeure partie de l'année pour venir s'installer durablement dans son petit hôtel du village de Passy, non loin de celui de madame de Lamballe. Elle proposa à la princesse de venir chez elle prendre une tasse de chocolat.

Alors que la marquise et madame de Lamballe devisaient dans le salon ouvert sur le jardin, une femme entra, apportant le chocolat et les tasses.

— Ma pupille, Jeanne de Saint-Rémy de Valois, expliqua la marquise de Boulainvilliers. J'ai recueilli cette pauvre enfant alors qu'elle n'avait pas six ans, dans un dénuement tel que j'en eus pitié. Du sang royal, pourtant, mais dans quelle misère !

— Je ne remercierai jamais assez madame de Boulainvilliers de m'avoir placée auprès d'elle, dit Jeanne à la princesse de Lamballe d'une voix qui, bien que drapée derrière un voile de modestie, lui rappela aussitôt celle qui avait tenu les propos qu'elle avait surpris à cette assemblée où l'avait emmenée le duc d'Orléans.

Ayant entendu successivement le nom puis la voix de la jeune protégée de la marquise, madame de Lamballe faillit pousser un cri, mais ne laissa rien paraître sur son visage de son agitation intérieure. C'était elle, à n'en point douter, la mystérieuse inconnue qui avait parlé derrière elle l'autre nuit !

Jeanne fit mousser le chocolat comme c'était l'usage à l'époque, puis servit une tasse à chacune des deux femmes. Elle sortit ensuite en faisant la révérence.

— Je m'efforce de lui donner la meilleure éducation qui soit possible, continua la marquise à l'intention de la princesse. Je l'ai emmenée l'autre jour dans le salon de madame de Monaco, à l'hôtel de Valentinois. Je dois dire qu'elle s'y est admirablement comportée, et que je n'ai pas eu à rougir de sa présence, bien au contraire. Madame de Monaco a même eu la bonté de louer son élégance.

— Je vois, répondit madame de Lamballe, que madame de Monaco règne toujours sans partage sur le village de Passy. Son hôtel de Valentinois demeure le lieu de tout ce que Paris compte de beaux penseurs.

— Il est vrai que vous êtes une amie intime de la reine, et que les propos forts libres qui se tiennent à l'hôtel de Valentinois ne doivent point être à votre goût. Je vous fais mes excuses, je ne voulais en rien vous être désagréable. Rassurez-vous sur ce point : il m'est arrivé d'y rire, mais je n'y fais jamais de politique. Je ne vous contais cela que dans le but de vous faire l'éloge de ma pupille.

— Puis-je vous demander, Madame, s'il vous est arrivé d'emmener cette jeune personne à des assemblées comme les nôtres ?

— Je dois vous avouer que oui, et cette idée ne me serait jamais venue si Jeanne ne m'en avait fait elle-même la demande. Elle est à la fois fière de ses origines et adepte des idées nouvelles. Combien de fois l'ai-je surprise lisant un ouvrage de Voltaire, de Diderot, de Montesquieu ou de Rousseau ? Je n'ai pourtant aucun de ces auteurs dans ma bibliothèque, qui ne compte presque que des livres d'histoire naturelle.

— Il n'est pas bon qu'un jeune esprit comme le sien s'imprègne de pareilles choses. Il est de votre devoir de l'en détourner, répondit madame de Lamballe.

— Comme je voudrais être en mesure de le faire ! déplora la marquise. Mais Jeanne n'est plus une enfant, et il m'est devenu fort difficile de lui interdire quoi que ce soit.

— Envoyez-moi donc votre pupille la semaine prochaine, Madame, dit la princesse de Lamballe en se levant pour prendre congé. Je me fais fort d'y réussir moi-même, et de vous rendre ainsi un grand service.

— Je vous saurai un gré infini du service que vous me rendrez, répondit la marquise. Jeanne viendra chez vous dans une huitaine, et y demeurera aussi longtemps que vous voudrez bien la garder.

Ce fut sur ces paroles que les deux femmes se séparèrent.

À l'étage, Jeanne, plongée dans la lecture du *Contrat social*, ignorait encore ce qu'on avait décidé la concernant. La princesse de Lamballe avait résolu de s'occuper personnellement d'elle.

Huit jours plus tard, en effet, Jeanne se fit annoncer chez madame de Lamballe.

— Entrez, mon enfant, entrez, lui dit la princesse, descendue de ses appartements pour l'accueillir elle-même dans le grand vestibule de son hôtel.

— Madame, lui dit Jeanne en faisant la révérence, la marquise de Boulainvilliers m'a chargée de vous faire toutes ses amitiés.

— Vous avez beaucoup de chance d'avoir rencontré la marquise. C'est une femme de cœur comme l'on en trouve fort peu aujourd'hui, où les coquetteries en tous genres ont pris la place des charités.

La princesse était une habituée de ce genre de sermons, qui avaient fini par lasser la reine et lui faire préférer la compagnie de la frivole et rieuse comtesse de Polignac. Mais il faut dire en hommage à la princesse qu'elle était elle-même une femme de grand cœur, dont la fidélité à ses amis pouvait aller jusqu'au sacrifice de son propre bonheur. Elle distribuait aux pauvres des charités sans nombre, et ne restait jamais insensible au malheur d'autrui.

La princesse installa Jeanne juste à côté de ses appartements.

Sur le mur de la chambre, Jeanne remarqua tout de suite un portrait du roi Henri II, son aïeul. Un portrait de Marie-Antoinette lui faisait face, dominant un épais bouquet de roses.

Jeanne se hâta de redescendre au salon où la princesse lui avait donné rendez-vous. Il faisait beau ce jour-là, et la maison, ouverte sur le jardin plein de fleurs odorantes, embaumait. À voir la princesse de Lamballe dans son particulier, il était impossible de savoir qu'elle était veuve depuis si longtemps, car elle donnait à tout ce qu'elle touchait une grâce exquise.

La princesse invita Jeanne à s'asseoir, et commença en ces termes :

— Vous avez sans doute remarqué le portrait du roi Henri II qui se trouve dans votre chambre ?

— Si fait, Madame, et je vous en remercie. C'est une délicatesse qui me va droit au cœur.

— Voyez-vous, nous sommes vous et moi un peu cousines, poursuivit madame de Lamballe. Vous n'ignorez pas que je compte pour ma part au nombre de mes ancêtres la duchesse de Valentinois et la reine Catherine de Médicis.

— Est-ce ce lien qui explique l'intérêt que vous avez la bonté de me manifester ?

— Votre malheur est la première cause de cet intérêt que je vous porte. Comment imaginer qu'une Valois puisse se trouver dans un pareil état ?

— Madame, vous me faites par trop entrevoir à présent que toutes vos bontés ne vous ont en fait été dictées que par une malsaine curiosité, qui me blesse et m'attriste, venant de surcroît d'une personne telle que vous, répliqua sèchement Jeanne.

— Vous vous méprenez sur mes intentions, mon enfant. Je ne cherche qu'à vous secourir. Mais de grâce, il vous faut y mettre un peu du vôtre, et quitter cette mine farouche qui s'imprime trop souvent sur votre joli visage.

— C'est bien, je vous promets que vous n'aurez pas à vous plaindre de ma docilité.

— Je ne vous demande qu'un peu de patience et de douceur. Je vous offre avec joie mon amitié, et espère de tout cœur pouvoir gagner très bientôt la vôtre.

— Ah, Madame ! soupira Jeanne en s'effondrant en sanglots, il est vrai que je suis bien seule, et bien malheureuse…

La princesse, émue par cette souffrance confiée avec tant d'abandon, vint s'asseoir aux côtés de Jeanne, et lui prit doucement l'épaule en séchant ses pleurs à l'aide d'un mouchoir au chiffre de la reine. Elle donna ensuite ce mouchoir à la jeune femme, à laquelle la présence des lettres « M » et « A » entrelacées n'échappa point.

— Racontez-moi vos malheurs, lui dit doucement la princesse. Vous ne pouvez porter seule un tel fardeau, et je suis certaine que cette confession vous mènera sur le chemin de la guérison.

L'infinie tendresse qui émanait de toute la personne de madame de Lamballe convainquit Jeanne de faire ce qu'elle lui demandait. Jamais encore elle ne s'était vraiment confiée à quiconque, pas même à la marquise de Boulainvilliers.

Elle raconta alors à la princesse comment elle descendait d'Henri de Saint-Rémy, fils caché du roi Henri II et de la duchesse de Valentinois, l'instrumentalisation de sa famille depuis des siècles par les seigneurs d'Anet, et la misère dans laquelle elle avait elle-même toujours vécu. Jeanne raconta tout : la mort de son père dans la misère, les violences que sa mère exerçait sur elle, la mendicité puis le commerce de ses charmes dont elle avait ensuite vécu… jusqu'au jour de sa rencontre avec la marquise, qui l'avait prise sous sa protection.

Madame de Lamballe écouta ce récit sans jamais l'interrompre, encourageant la jeune femme du regard.

Puis, quand elle eut fini :

— Votre récit me fait voir que les malheurs ne vous ont en effet pas épargnée. Restez ici tant qu'il vous plaira, j'écrirai ce soir à la marquise.

— Merci, Madame, répondit Jeanne entre deux sanglots.

— Pourtant, mon enfant, il me faut vous dire que votre goût pour les idées nouvelles et les mauvaises lectures a beaucoup peiné madame de Boulainvilliers. Ces auteurs à la mode ne sont bons qu'à monter les têtes, et à semer le trouble dans les esprits déjà égarés par le malheur. Promettez-moi d'y renoncer, vous valez bien mieux que cela.

— Je m'y engage, Madame, répondit Jeanne, plus assurée dans ses paroles que dans ses véritables intentions.

— Allez, maintenant, je ne vous retiens plus, dit la princesse. Cet entretien doit vous avoir épuisée, tant il a dû vous faire remonter de douloureux souvenirs. Mais je suis persuadée que demain, vous vous sentirez déjà mieux.

Jeanne se leva, tenant toujours le mouchoir au chiffre de Marie-Antoinette dans sa main, et, esquissant une révérence, prit congé de la princesse pour retourner dans ses appartements.

Quand elle l'eut perdue de vue, madame de Lamballe partit pour Versailles, où ses fonctions de Surintendante de la Maison de la Reine l'appelaient. Elle laissa Jeanne aux soins de sa première femme de chambre.

De sa fenêtre où elle se tenait, la jeune femme vit la princesse monter gracieusement dans sa voiture, qui s'ébranla quelques instants plus tard dans l'allée du parc.

Puis elle entendit des coups frappés à sa porte. Elle ouvrit, et vit la femme de chambre de la princesse qui venait s'assurer qu'elle ne manquait de rien. Elle lui répondit que tout était pour le mieux, la remercia et la congédia.

Une belle après-midi s'ouvrait devant elle. Comme tout ceci se passait un lundi et que c'était le jour où madame de Monaco recevait les « beaux esprits », par opposition au mercredi où elle recevait exclusivement l'aristocratie, Jeanne décida de se rendre à l'hôtel de Valentinois, situé en face de l'hôtel de madame de Lamballe. Elle prévint la femme de chambre de la princesse qu'elle sortait, mais ne dit mot de l'endroit où elle allait. Comme celle-ci n'avait aucunement reçu l'ordre de garder Jeanne prisonnière, elle ne s'opposa point à la laisser quitter l'enceinte de l'hôtel et du parc. La jeune femme sortit donc à deux heures.

*

Hôtel de Valentinois, Passy, Paris.

On se pressait ce jour-là chez madame de Monaco, qui trônait dans son salon. Elle n'avait pas pour habitude de se mêler au gros de l'assemblée. Elle se voulait princesse éclairée, certes, mais si on lui avait donné à choisir entre le prestige du titre ou l'éclair du génie, sans nul doute aurait-elle choisi le premier. Personne n'entrait donc dans son cénacle sans lui avoir été présenté. Jeanne y ayant été introduite par la très respectable marquise de Boulainvilliers, elle y trouvait toujours fort bon accueil.

Ce jour-là, on venait de présenter à madame de Monaco un certain comte de Cagliostro. Cet homme prétendait détenir un élixir de longue vie lui permettant de traverser les siècles comme d'autres les jours. Il avait, disait-il, suscitant les murmures d'admiration de l'assemblée, vu bâtir les pyramides, mourir le Christ ou partir les croisades.

Preuve que toutes les époques, fussent-elles le Siècle des Lumières, comportent leur part d'ombre, comme un miroir de ce qu'elles ont par ailleurs de brillant.

Jeanne, qui avait toujours eu un goût certain pour la provocation, demanda alors à cet homme à propos duquel elle hésitait entre le mage prodigieux et l'odieux charlatan :

— Puis-je savoir, Comte, si vous avez connu Diane de Poitiers ?

— Si fait, Madame. La duchesse de Valentinois m'a fait le grand honneur de me recevoir à plusieurs reprises en sa belle maison d'Anet, qui est aujourd'hui à monsieur de Penthièvre.

— Ce n'est pas la preuve que je vous demande, répondit Jeanne avec dédain. Chacun sait le nom de la demeure de madame de Valentinois, et il n'est pas besoin de l'avoir connue pour cela.

Le silence le plus complet régnait à présent dans la pièce. Le gant avait été jeté, et chacun attendait de voir qui de Jeanne ou de Cagliostro allait l'emporter. Imperceptiblement, un cercle s'était formé autour d'eux, aux aguets, prêt à porter aux nues le vainqueur et à piétiner le vaincu. Madame de Monaco observait la scène depuis son trône, dans la même posture que de coutume, mais son extrême intérêt se lisait dans le face-à-main qu'elle avait porté à ses yeux myopes. La tension qui régnait aurait pu être comparée à celle du Colisée, lorsque la vie ou la mort du vaincu était suspendue à la décision de César.

Cagliostro avait eu un mouvement de recul devant l'attaque de Jeanne. Mais les vipères aussi reculent. Pour mieux frapper leur ennemi.

— Madame, répliqua-t-il, au cours d'un séjour que je fis à Anet la duchesse de Valentinois me parla de certains diamants qu'elle destinait à un Saint-Rémy. Sans doute les avez-vous encore en votre possession, puisqu'il est votre aïeul ? Madame de Boulainvilliers serait sans doute fort aise de le savoir, elle qui vous croit dans un extrême dénuement.

— Madame, dit Jeanne à madame de Monaco, cet homme que vous recevez chez vous vient à la fois d'insulter le sang dont je descends et de m'accuser de vivre aux dépens de ma protectrice. Je ne saurai reparaître chez vous tant que ce charlatan viendra y cracher son venin.

Tous les yeux étaient à présent rivés sur madame de Monaco.

— Je regrette de ne pouvoir vous défendre en cette occurrence, mon enfant. Vous avez provoqué monsieur de Cagliostro, il s'est défendu, certes trop violemment je vous l'accorde, mais il est dans son droit.

Jeanne, écrasée sous le poids du verdict, laissa la haine qu'elle avait accumulée depuis son enfance passer dans son regard, qui balaya l'assemblée.

Puis, retrouvant aussitôt la fière conscience de son nom, elle quitta sans un mot le salon, laissant là l'assemblée éberluée et Cagliostro triomphant.

Un homme seulement la suivit et lui proposa de la raccompagner. Il s'appelait Réteau de Villette, gazetier de son état. Les débats de l'hôtel de Valentinois lui fournissaient une abondante matière pour ses écrits, toujours respectueux, et il avait été admis par madame de Monaco qui avait trouvé là un moyen de faire parler encore plus largement de son salon.

Jeanne le remercia pour sa délicatesse, mais refusa qu'il la raccompagne. Néanmoins elle lui dit qu'il la trouverait soit à l'hôtel de Lamballe, soit à celui de Boulainvilliers, s'il lui prenait l'envie de la revoir un jour. Jeanne avait cru percevoir que ce jeune homme galant et séduisant, qu'elle quitta à la porte de l'hôtel de Valentinois avec une œillade des plus engageantes, ne lui était pas indifférent.

Quelques minutes plus tard, Jeanne était de retour à l'hôtel de Lamballe, où elle s'enferma dans ses appartements. Elle fit si bien et sut manœuvrer avec tant d'adresse qu'elle obtint de la femme de chambre de la princesse la promesse de ne rien lui dire de son escapade de l'après-midi.

Madame de Lamballe rentra de Versailles pour le souper, et raconta à Jeanne sa journée avec la reine : Trianon, Léonard, les dernières créations de la modiste Rose Bertin…

Il en fut ainsi tous les jours pendant deux semaines, de sorte que Jeanne, qui ne l'avait pourtant jamais vue ni approchée, n'ignorait plus rien de sa lointaine « cousine » Marie-Antoinette, du moins comme elle ne tarderait pas à l'appeler pour se faire valoir elle-même.

Au bout de deux semaines, la princesse de Lamballe, satisfaite de son élève et ignorant avoir couvé un serpent en son sein, la raccompagna chez la marquise de Boulainvilliers.

Pendant son séjour à l'hôtel de Lamballe, Jeanne avait échafaudé un plan, et elle comptait bien le mettre dès que possible à exécution.

*

Le duc de Penthièvre, ami comme tout prince de son temps des arts et des lettres, recevait ce jour-là à Anet le chevalier de Florian et le peintre Fragonard, venu avec son jeune fils Alexandre-Évariste pour lui montrer ce qu'il lui avait décrit comme « les merveilles d'Anet ».

— Quelle bonne idée, Monsieur Fragonard, dit le duc en accueillant le peintre, de m'avoir demandé si vous pouviez venir avec votre fils. Nous adorons les enfants qui viennent mettre un peu de gaieté dans cette maison. La princesse, ma belle-fille, sera ravie de ce petit pensionnaire. Et puis Anet vous changera de Versailles…

— Votre bonté me permettra de montrer à Alexandre toutes les œuvres de l'art que recèle votre demeure. Car je veux qu'il soit peintre, naturellement…

— Naturellement, reprit le duc de Penthièvre. Comme son père.

Puis se tournant vers le jeune Alexandre :

— Puissiez-vous faire une carrière aussi brillante que celle de votre père !

Le duc prévint la princesse de Lamballe, qui accueillit le peintre, son fils et le chevalier de Florian dans l'escalier d'honneur. Puis on se mit à table.

— Vous arrivez de Versailles ? demanda la princesse de Lamballe à Fragonard.

— Oui, Madame.

— Puis-je vous demander des nouvelles de la reine ?

— La reine n'a jamais été aussi inaccessible que depuis qu'elle s'est entichée de la comtesse de Polignac, qui ne cesse de lui répéter que ma peinture surannée sent trop le règne précédent. Sa Majesté ne m'accorde plus désormais que de rares instants, préférant les services de cette Vigée-Lebrun qui, certes douée d'un talent certain, n'en est pas moins une débutante… Vraiment,

Madame, je fais partie de ceux qui, nombreux, regrettent votre présence de plus en plus rare à la Cour.

— C'est ainsi, je n'y vais plus que lorsque les devoirs de ma charge m'y appellent ou que la reine désire m'avoir auprès d'elle. Mais mon existence hors de la Cour n'est pas si pénible, puisque me voilà auprès du duc.

Puis, changeant de sujet :

— Nous vous emmènerons faire une promenade dans le parc tout à l'heure. Votre petit Alexandre pourra ainsi contempler les merveilles créées pour madame de Valentinois.

Après le dîner, le duc, la princesse, le chevalier, le peintre et son fils sortirent se promener dans le parc.

— Il y a eu quelques remaniements, expliqua le duc. Nous avons placé en particulier la sculpture qui surmontait la *Fontaine de Diane* dans un nymphée, plus dans le goût de la nature.

— Oui, répondit Fragonard, la nature est à la mode.

Ils arrivèrent devant le nymphée où était maintenant installée la sculpture qui surplombait la *Fontaine de Diane* au temps de la favorite d'Henri II.

Le petit Alexandre-Évariste avait pris avec lui un fusain et du papier, et entreprit de dessiner la statue de Diane enserrant langoureusement le cerf royal. Ce dessin, il ne le savait pas encore, mais il devait s'en servir bien des années plus tard, après la Révolution, pour composer son célèbre tableau dans le plus pur style troubadour en vogue à l'époque, *Diane de Poitiers dans l'atelier de Jean Goujon*, aujourd'hui au Musée du Louvre.

— C'est bien, mon fils, lui dit Fragonard.

— Restez là si vous voulez, dit la princesse de Lamballe à Alexandre, votre père et nous allons poursuivre notre promenade.

Et le petit Alexandre-Évariste, pris dans une délicieuse rêverie annonciatrice du Romantisme à venir en art et en littérature, passa l'après-midi à dessiner la belle Diane au cerf…

En quittant le duc de Penthièvre et la princesse de Lamballe quelques jours plus tard, quelque chose en lui était triste. Il avait changé. Comme tant d'autres artistes avant lui, il avait lui aussi vécu le rêve d'Anet.

— Regardez, dit le duc à sa belle-fille en lui montrant un dessin que son valet venait de lui apporter. N'est-ce pas charmant ?

— Si, en effet, s'extasia madame de Lamballe en regardant à son tour le dessin. Qui l'a réalisé ?

— C'est le petit Alexandre-Évariste, le fils de Fragonard, qui l'avait laissé dans sa chambre à notre attention. Je vois se profiler devant lui une magnifique carrière.

Il me faut à présent vous montrer le dessin, que du reste vous connaissez peut-être. On se souvient de l'après-midi que le petit Fragonard avait passé à dessiner la Diane au cerf. Certes. Mais il avait jugé ce travail trop simple, et il avait imaginé de replacer l'œuvre dans l'atelier du sculpteur Jean Goujon lors d'une visite de Diane de Poitiers. On voyait Diane sur une sorte de trône, regardant la sculpture la représentant et faisant ses commentaires à l'artiste. Auprès d'elle, une femme et un homme richement vêtus.

Ce dessin n'était encore qu'une ébauche, qui se trouve aujourd'hui encore dans la salle des gardes d'Anet, mais cette ébauche devait devenir, après la Révolution, le magnifique tableau dont nous avons parlé, l'une des plus célèbres œuvres du peintre.

*

2008, château d'Anet.

Nous retrouvons les deux scientifiques qui viennent d'exhumer les restes de Diane de Poitiers en compagnie du propriétaire du château.

— Où se trouve ce dessin ? demandèrent les deux scientifiques à monsieur de ***.

— Nous l'avons mis dans la salle des gardes, à gauche de la cheminée.

— Pourrions-nous le voir ?

— Bien sûr, je vous y emmène.

Les trois hommes arrivèrent devant le tableau.

— Il ne s'agit là que d'une esquisse, précisa monsieur de ***. Le petit Alexandre-Évariste Fragonard est devenu après la Révolution un grand peintre d'Histoire, à l'époque où le style troubadour faisait fureur. Il a peint beaucoup plus tard un tableau à partir de ce dessin. Le tableau est au Louvre.

Monsieur de *** ouvrit un grand livre ancien posé sur une table de la salle des gardes.

— Tenez, dit-il aux deux scientifiques, j'en ai ici une reproduction. Elle est en noir et blanc, mais elle vous donne une idée du tableau.

— L'artiste a quand même modifié bien des choses entre le dessin et le tableau, remarqua l'un des scientifiques. Regardez : Jean Goujon n'est pas dans la même posture et Diane n'est pas habillée de la même manière. Et… attendez une minute…

Il fit une pause, visiblement intrigué. Il regarda attentivement la reproduction du tableau du Louvre, puis courut à nouveau au dessin près de la cheminée.

— Le chien, dit-il soudain, le chien aux pieds de Diane…

— Eh bien ? lui demandèrent son homologue et monsieur de ***.

— Le chien ne regarde pas dans la même direction.

En effet, sur l'esquisse du petit Fragonard exposée à Anet, le chien avait la tête droite, tandis que sur le tableau du Louvre le chien avait la tête penchée et regardait vers le sol.

— Qu'est-ce à dire ? demanda monsieur de ***.

— Sur l'esquisse qui vous appartient, répondit l'un des deux scientifiques, le chien est dans la même posture que sur la sculpture de la *Fontaine de Diane*. En revanche, sur le tableau du Louvre, sa tête et son museau sont baissés, ce qui est exactement la position que doit avoir le chien pour déclencher le mécanisme qui ouvre le cénotaphe et découvre la maquette du château au temps de Diane. Nous le savons bien, puisque c'est précisément en appuyant sur le museau du chien que nous avons déclenché le mécanisme.

— Ce qui voudrait dire, reprit monsieur de ***, que le fils de Fragonard connaissait l'existence de ce mécanisme et l'aurait actionné lors de son séjour à Anet ?

— C'est fort probable en effet, répondirent les scientifiques. Il n'a pas eu le temps d'en savoir plus et a dû aussitôt actionner le mécanisme en sens inverse, mais, dans son tableau, il a certainement voulu laisser un indice à la postérité. Un indice qui, bien qu'il l'ait sûrement ignoré, menait tout droit à la lignée des Saint-Rémy de Valois.

Vous me jugerez certainement assez audacieux de prétendre ainsi trouver un indice touchant de si près aux intrigues de la couronne de France dans une œuvre du fils de Fragonard. Pourtant, étant, par mon arrière-grand-mère Jeannie Gobillard, épouse de Paul Valéry, l'arrière-arrière-petit-neveu de Berthe Morisot, elle-même descendante de Fragonard, j'ai pu entendre bien des choses dans le cercle familial à propos du sens caché des œuvres d'Alexandre-Évariste. Son père n'avait-il pas été le grand peintre du règne de Louis XV, un intime du roi, reçu dans les coins les plus secrets du palais de Versailles ? N'avait-il pas surpris de secrètes conversations entre les plus hauts personnages du royaume ? Dès lors, son fils aurait-il pu rester indifférent à ces questions ?

*

1783, château d'Anet.

Ce soir-là, dans la salle des gardes du château, le duc de Penthièvre et madame de Lamballe conversaient devant le grand feu de la cheminée.

— La reine ignore l'erreur qu'elle commet en vous préférant la comtesse de Polignac, dit le duc de Penthièvre à sa belle-fille. C'est une écervelée qui ne songe qu'à se divertir en dépensant des sommes folles.

— Je suis inquiète pour la reine, mon père, répondit la princesse de Lamballe. Elle a déjà suffisamment d'ennemis à la Cour pour ne pas s'en attirer davantage encore.

— Votre belle-sœur d'Orléans arrive demain avec le duc pour nous rendre visite.

La princesse de Lamballe tressaillit.

— Quoi ? Qu'avez-vous ? lui demanda le duc. L'aimez-vous donc si peu ? Il est vrai qu'elle n'a pas toujours été tendre à votre égard comme au mien, mais j'aimerais que vous tâchiez de vivre bien avec elle.

— Et comment le pourrais-je, mon père ? interrogea la princesse. Depuis le Palais-Royal où ils résident, la duchesse et son époux ne cessent de monter le peuple contre la monarchie. Ils vivent dans une débauche qui me dégoûte, et qui fait horreur à la reine qui ne veut plus les voir.

— Je le sais, répondit le duc en soupirant. Et croyez bien que j'en souffre cruellement moi-même. Voyez-vous, ma fille, je suis bien aise de vous avoir auprès de moi, car vous m'êtes plus fidèle qu'aucun de mes enfants.

Fortaire, le fidèle valet du duc, entra un instant et remit du bois dans la cheminée, qui crépita de nouveau. Il ressortit, et le duc se retrouva de nouveau seul avec la princesse. Ils demeurèrent encore une heure à converser, notamment de l'aumône aux pauvres du lendemain. Comme chaque hiver, les plus démunis du village d'Anet et des alentours viendraient recevoir des mains de leur duc bien-aimé un bol de soupe et une pièce de monnaie destinée à soulager leur misère. La princesse serait comme souvent aux côtés du duc pour faire la charité. Toute la journée, on s'était activé dans le château de Diane pour préparer les légumes et l'argent nécessaires à l'aumône.

Le duc et la princesse allèrent se coucher alors que le cerf du porche poursuivi par les quatre chiens frappait onze fois du pied. Aucun bruit ne résonna plus alors dans Anet endormi.

Le lendemain matin, comme à l'accoutumée, le duc de Penthièvre et la princesse de Lamballe assistèrent à la messe depuis le balcon de la chapelle ouvert sur la Galerie de Diane. Puis Fortaire annonça l'arrivée du duc et de la duchesse d'Orléans. Le duc et la princesse se rendirent dans la cour pour les accueillir à leur descente de voiture.

— Ah, mon fils, ah, ma fille, que je suis aise de votre venue, dit le duc en les embrassant tous deux.

— Eh bien, dit perfidement la duchesse à sa belle-sœur, vous voilà loin de la Cour ? La reine a une drôle de façon d'être fidèle à ses amis…

— Je suis ici de mon plein gré, ma sœur, répondit sèchement la princesse de Lamballe. Quant à la reine, vous en parlez bien légèrement, vous qui ne l'avez pas vue depuis des mois.

La duchesse fusilla du regard sa belle-sœur, peu habituée à perdre ainsi la face devant cette douce créature qu'elle croyait incapable de se défendre.

— Mes enfants, reprit le duc qui sentit la tension entre sa fille et sa bru, entrez, entrez donc. Fortaire me fait dire que le dîner est prêt, et nous devons nous hâter pour l'aumône de cet après-dîner.

Dans la salle à manger, la conversation porta sur la vie à Paris et à Versailles.

— Alors, mon frère, dit la princesse de Lamballe au duc d'Orléans, il paraît que vous menez grand train au Palais-Royal…

— Grand train, grand train… vous exagérez beaucoup, ma sœur. Je m'amuse, il est vrai, mais voilà tout.

— Il est curieux cependant que vos *amusements* irritent autant la reine.

— Ma sœur, vous connaissez mieux que moi le caractère fantasque et l'humeur changeante de notre cousine. Sinon, que feriez-vous ici au lieu d'être à Versailles ? La comtesse de Polignac s'y trouve, elle. On donne cet après-dîner *Le Barbier de Séville* au petit théâtre de Trianon. La comtesse a mené les répétitions de main de maître, et la duchesse et moi regrettons de ne pouvoir assister à la représentation où la reine fera merveille, j'en suis sûr.

— Dans ce cas, reprit la princesse de Lamballe, dont le bon cœur supportait bien des choses en se taisant à l'exception de la perfidie de son beau-frère et de sa belle-sœur, que n'êtes-vous restés à Versailles ? L'aumône aux pauvres d'Anet sera pour vous un piètre divertissement en comparaison.

— L'envie que nous avions d'assister à la représentation ne pouvait lutter contre le bonheur de nous trouver auprès de vous et de notre beau-père, répondit le duc d'une voix mielleuse et fausse en regardant le duc de Penthièvre.

— Dites plutôt que la reine ne vous avait pas invités, répondit la princesse.

— Ma fille, dit le duc de Penthièvre à la princesse de Lamballe, je ne vous reconnais plus. De grâce, cessez de chercher querelle à votre beau-frère et à votre belle-sœur.

— Est-ce ma faute, mon père, répondit la princesse, s'ils viennent toujours en votre maison pour semer la discorde ? La débauche dans laquelle ils vivent est au centre de toutes les conversations, ils discréditent la monarchie, ils sapent tous les fondements de l'ordre tels qu'ils existent depuis des siècles.

Ayant prononcé ces paroles, la princesse se leva de table, contenant sa colère, et dit :

— Excusez-moi, j'ai encore des instructions à donner pour l'aumône.

Puis elle quitta la salle à manger et remonta dans ses appartements.

Sur l'un des murs de sa chambre trônait un grand portrait de Marie-Antoinette, sous lequel elle veillait en permanence à placer un grand vase de fleurs qu'elle allait elle-même cueillir dans le parc d'Anet. C'était le fameux portrait de la reine en simple robe blanche, à la paysanne, qui avait tant fait scandale au salon du Louvre où il avait été exposé. La princesse de Lamballe en avait alors fait l'acquisition, comme pour rendre chaque jour un éternel hommage à cette reine pour qui elle devait un jour donner sa vie.

La princesse revêtit une robe semblable à celle de la reine sur le portrait, jugeant indécent de se montrer aux nécessiteux avec une tenue trop somptueuse. Puis elle enfila par-dessus un épais manteau, de fourrure certes, mais d'une grande sobriété. Ce fut ainsi vêtue qu'elle accompagna son beau-père, le duc de Penthièvre, faire l'aumône aux pauvres dans la cour du château d'Anet.

L'hiver était rude. Une véritable colonne de nécessiteux s'étendait depuis le porche jusqu'à près d'un kilomètre sur la route longeant l'église, qu'empruntaient jadis Henri et Diane pour leurs promenades à cheval dans la forêt.

Les temps avaient bien changé. Cette cour d'honneur qui jadis avait accueilli les rois et leurs Cours dans un faste éblouissant ressemblait aujourd'hui à la cour d'un hospice. La disette sévissait depuis des mois, fauchant les vies comme le moissonneur fauche son blé à la belle saison.

Fortaire avait fait placer les marmites de soupe sur des bûchers à même les pavés de la cour d'honneur. Il y en avait trois : une pour le duc de Penthièvre, une pour la princesse de

Lamballe et une pour la duchesse d'Orléans. Cette dernière, toujours préoccupée des intérêts du peuple lorsqu'il n'y avait rien d'autre à faire pour lui que de beaux et creux discours, prétexta une vilaine migraine pour échapper au « supplice » de l'aumône et demeura avec son époux. Ce fut donc Fortaire qui prit sa place, et qui distribua la soupe aux pauvres avec le duc de Penthièvre et la princesse de Lamballe.

— Allez, disaient-ils tous trois en donnant à chacun de la soupe et une pièce de monnaie, faites-en bon usage et priez Notre Seigneur qui en ce jour s'appuie sur nous, ses serviteurs, pour soulager votre misère.

Les yeux de tous les pauvres diables brillaient d'une espérance retrouvée, de cette bonté qui transparaissait à travers toutes les actions du duc et de sa belle-fille.

Si être né implique de nombreux devoirs à l'égard d'autrui, nuls autres que le duc de Penthièvre et la princesse de Lamballe n'appliquèrent mieux ce commandement.

À mesure que la soupe répandait sa chaleur bienfaitrice dans les corps meurtris et glacés, la lueur de l'espoir se rallumait dans les regards pleins d'une éternelle reconnaissance pour leur seigneur et sa belle-fille.

La distribution dura quatre heures, puis, quand le dernier nécessiteux eut eu son bol de soupe et sa pièce d'argent, le duc et la princesse, exténués et glacés, mais heureux d'avoir contribué à soulager la misère autour d'eux, s'en retournèrent à l'intérieur se changer et prendre une bonne tasse de chocolat autour du feu de la salle des gardes où nous les avions déjà vus la veille au soir.

On voit toujours au château d'Anet le célèbre tableau intitulé *La famille du duc de Penthièvre buvant une tasse de chocolat*, qui trône dans la salle des gardes. Je ne résiste donc pas à l'envie de vous les montrer dans les mêmes postures.

*

1783, Paris.

Une femme enveloppée dans une cape sombre traversait les rues de Paris en direction du Mont-de-Piété. Arrivée à destination, elle se mit à la queue au milieu d'une foule composée, davantage que de miséreux, de pauvres héritiers d'objets inutiles.

Parvenue au guichet, elle sortit d'une belle aumônière un diamant étincelant.

— Combien pour cette pierre ? demanda-t-elle d'une voix visiblement habituée aux marchandages de toute espèce.

Elle n'obtint pas de réponse immédiatement, tant l'expert était subjugué par la pureté du brillant.

— Alors, Monsieur, reprit-elle avec cette voix impérieuse qui trahissait la femme du monde sous ses modestes habits, combien pour cette pierre ?

— Le diamant est d'une pureté admirable. Je peux vous en proposer mille livres, répondit l'expert.

— C'est d'accord, mille livres et cette pierre reste ici en gage, répondit la femme.

Après avoir reçu la somme annoncée, elle sortit et rentra chez elle. Un homme la suivait, qu'elle ne remarqua pas.

Cette femme était la comtesse de La Motte-Valois.

Une fois chez elle, elle trouva son époux et lui jeta dédaigneusement la bourse.

— Mille livres, mon ami ! Continuerez-vous donc à vous opposer aux sorties de votre femme ? Il me semble que ces promenades me réussissent mieux à moi que le jeu ne vous réussit à vous…

— Diable ! Qu'avez-vous donc fait ?

— J'ai gagé au Mont-de-Piété un de ces diamants de la cassette.

— Un diamant de la duchesse de Valentinois !

— Et après ? Préféreriez-vous que nous mourions dans la misère ? Ces pierres sont à moi, elles ont été léguées à mon aïeul François de Saint-Rémy par Diane de Poitiers, sa grand-mère, j'en use comme bon me semble.

— Ne vous fâchez pas, Madame.

— Remerciez-moi plutôt, car sans moi, vous seriez dans la rue, Monsieur.

— Vous ne m'avez pas compris. Je crains seulement que cette pierre que vous avez gagée n'ait attiré l'attention de l'expert et du commis qui l'ont examinée. Un pareil diamant n'est porté que par des rois…

— N'ayez crainte, mon ami. Je n'ai gagé qu'une seule pierre, en disant qu'elle me venait d'un bijou de famille, ce qui en outre est entièrement vrai !

— Gardez-vous alors de gager les autres au même endroit.

— Me croyez-vous sotte à ce point ? Vous avez ma parole.

Au pied de l'immeuble, l'homme qui avait suivi la comtesse de La Motte-Valois depuis le Mont-de-Piété jusque chez elle repartit après avoir noté l'adresse. Suivons-le à travers les rues de Paris jusqu'à une élégante boutique où il pénétra. Sur la devanture, deux noms étaient inscrits en lettres d'or : Boehmer et Bassenge.

— Alors, lui dit Boehmer en se levant vivement, avez-vous vu des pierres qui fassent l'affaire au Mont-de-Piété ? Nous en avons absolument besoin pour terminer le collier que nous voulons proposer à la reine.

— Vous ne croyez pas si bien dire, lui dit l'homme qui était son commis. Une femme a gagé ce matin un diamant d'une taille et d'une pureté telles que l'expert qui l'a examiné en est d'abord resté muet avant d'octroyer mille livres à sa propriétaire.

— Cette femme, qui est-elle ? Et où demeure-t-elle ? Vous vous êtes renseigné, j'espère !

— Oui, Monsieur. J'ignore son nom, mais elle demeure au 4 rue Saint-Claude, dans le Marais.

— C'est bien, je vais m'y rendre. Si cette femme a d'autres diamants comme celui-ci, elle pourra nous permettre d'achever le collier. Quant à vous, retournez au Mont-de-Piété, et tâchez d'en apprendre davantage. On ne sait jamais…

Le lendemain, monsieur Boehmer se rendit au 4 rue Saint-Claude, et se fit annoncer chez la comtesse de La Motte-Valois dont son commis avait entretemps appris le nom.

— Que puis-je pour vous, Monsieur ? lui demanda la comtesse en lui ouvrant. Et quelle est la raison de votre visite ? Les joailliers de la couronne, chez moi !

— Madame, commença Boehmer embarrassé, on m'a rapporté que vous aviez gagé hier au Mont-de-Piété un fort beau diamant…

— C'est exact, mais asseyez-vous, je vous prie. Les nouvelles vont vite, et je suis fort surprise que celle-ci soit parvenue à votre connaissance. Êtes-vous donc espion, ou joaillier ?

— Les deux, Madame. Je m'étonne surtout qu'une femme telle que vous se rende au Mont-de-Piété, répondit Boehmer en regardant l'élégant appartement de la comtesse.

— C'est que, voyez-vous, je tiens à participer aux bontés que ma cousine accorde aux pauvres du royaume, et que, bien qu'à mon aise, je ne dispose pas de sa cassette, mentit en riant la comtesse qui avait tout intérêt à ne pas paraître dans le besoin. Ainsi donc il m'arrive parfois de me séparer d'un bijou pour mieux assurer mon salut dans l'autre monde et venir en aide à autrui.

— Voilà qui est bien admirable, Madame, répondit Boehmer. Mais vous avez parlé de votre cousine…

— La reine, Monsieur. Je suis la comtesse de La Motte, mais je suis née Valois.

— Voyez-vous souvent Sa Majesté ? demanda Boehmer, les yeux aussi brillants que des diamants.

— Oui, Monsieur, bien entendu, mentit Jeanne, mais pourquoi ces questions ?

— Ah, Madame, quel bonheur de vous rencontrer ! s'exclama Boehmer. Voilà… Mon associé, monsieur Bassenge, et moi-même avons créé à l'intention de Sa Majesté un collier de brillants qui, je l'espère, lui plaira. Mais il nous manque des pierres pour achever le collier et le présenter à Sa Majesté. Auriez-vous en votre possession ce que nous recherchons, Madame ? Et puisque vous êtes cousine de la reine, ne pourriez-vous pas la préparer à accueillir favorablement la parure que nous lui destinons et que seule Sa Majesté sera digne de porter ?

— Monsieur, dit la comtesse avec aigreur en se levant soudain, je ne suis point accoutumée à de telles façons de boutiquier !

— Pardonnez-moi, Comtesse, répondit Boehmer, mais l'affaire est de trop d'importance pour mon associé et moi qui avons déjà englouti une fortune dans la création de ce collier, d'où ces questions.

— Je regrette, Monsieur, mais ce ne sont pas là mes affaires, et vous en usez avec moi d'une manière qui ne me sied guère.

— Comtesse…

— Je songerai à ce que vous m'avez dit lorsque sera venu le temps de faire mes Pâques. Revenez me voir à ce moment-là, nous reparlerons de tout ceci. Sa Majesté distribue de nombreuses aumônes à cette occasion, et il est d'usage pour son entourage d'en faire autant. Je réserve d'autres pierres pour mes charités, je m'adresserai donc à vous si besoin quand il sera temps.

— Merci, Comtesse. Monsieur Bassenge et moi espérons avoir très bientôt de vos nouvelles.

Après ces paroles de congé, monsieur Boehmer sortit de chez la comtesse.

Celle-ci se laissa choir dans un large fauteuil. Et si, pour elle, une nouvelle vie était sur le point de commencer ? Elle sortit de son corsage le mouchoir aux armes de la reine que lui avait donné autrefois madame de Lamballe, du temps où elle était encore Jeanne de Saint-Rémy de Valois, protégée de madame de Boulainvilliers, bien avant son mariage. Elle contempla longuement les initiales « MA » entrelacées, et se laissa glisser dans une douce rêverie.

*

Madame de La Motte-Valois revit très vite Boehmer et Bassenge, et leur vendit les diamants de la duchesse de Valentinois, son aïeule. En échange, elle exigea de surcroît de voir le collier destiné à la reine Marie-Antoinette.

Éblouie par le joyau, elle en garda un souvenir si vif que, lorsqu'elle apprit que la reine l'avait refusé et que le cardinal de Rohan était prêt à tout pour regagner les faveurs de la souveraine, elle imagina alors tout un plan machiavélique pour voler le collier. Un plan, à dire vrai, admirablement bien conçu, et qui devait faire connaître enfin à Jeanne de Saint-Rémy de Valois une vie digne de sa naissance.

Avec la complicité d'un gazetier dont elle fit un faussaire, ce Réteau de Villette que nous avions déjà aperçu jadis à l'hôtel de Valentinois où il avait été le seul de l'assemblée réunie autour de madame de Monaco à se montrer délicat à l'égard de Jeanne, la comtesse de La Motte-Valois persuada le cardinal de Rohan que la reine regrettait de ne pas avoir acheté le collier. Elle réussit aussi à le convaincre que la reine avait finalement décidé de l'acheter, et qu'elle l'avait choisi, lui, pour négocier cet achat. En échange de ce service qu'il lui rendrait, elle lui promettait son retour en grâce.

La comtesse de La Motte-Valois apporta au cardinal d'innombrables fausses lettres de la reine, rédigées et signées par Réteau de Villette, et organisa même une entrevue nocturne dans un bosquet de Versailles entre le cardinal et une comédienne déguisée en Marie-Antoinette.

Rohan était si sûr d'avoir vu la reine et d'avoir eu ses lettres entre les mains qu'il acheta le collier, et le remit chez la comtesse de La Motte-Valois à un homme qu'il croyait être un émissaire de la reine. Cet homme n'était autre que monsieur de La Motte.

La comtesse de La Motte-Valois avait réussi à voler le collier, qu'elle se hâta de dépecer pour aller vendre les diamants à Londres et à Amsterdam. C'était son mari qui devait s'en charger.

Rohan avait payé la première échéance, et il avait été convenu entre lui et les joailliers que la reine s'acquitterait des suivantes. Comme rien ne se passait, Boehmer et Bassenge allèrent à Versailles trouver Marie-Antoinette, qui ne comprit bien évidemment rien à leur demande et finit par découvrir toute l'affaire.

Le jour de l'Assomption, le 15 août 1785, à Versailles, le cardinal de Rohan fut convoqué par Louis XVI et sommé de s'expliquer, en présence de la reine. Il en fut incapable, et fut arrêté au beau milieu de la Galerie des Glaces, en sortant du cabinet du roi, devant toute la Cour, dans ses habits pontificaux.

La comtesse de La Motte-Valois fut, elle aussi, arrêtée. Il y eut procès devant le parlement, la reine ayant insisté pour qu'il ait lieu et qu'il lui permette d'être blanchie de ce scandale qui ternissait sa réputation. Mais le parlement n'avait pas oublié les outrages que le roi Louis XV lui avait fait subir autrefois. Il décida donc en cette occasion de se venger de la monarchie. Pour ce faire, il acquitta le cardinal, désignant donc implicitement la reine comme coupable dans cette affaire.

La comtesse de La Motte-Valois fut fouettée, marquée de la lettre « V » des voleuses et enfermée à la prison de la Salpêtrière, où elle devait demeurer recluse pour le restant de ses jours.

Pourtant, avec la complicité d'un gardien, elle réussit très vite à s'évader, et s'embarqua pour l'Angleterre.

Arrivée à Londres, elle se mit en quête de Louis-Thomas de Bourbon-Condé, son cousin, le fils, exilé par Louis XV, du comte de Charolais et de Jeanne de Saint-Rémy de Valois, sa tante. Elle vint loger chez lui, de sorte que dans ce modeste appartement londonien habitaient, à la veille de la Révolution française, une Valois et un Condé exilés.

Ils avaient tous les deux du sang des Saint-Rémy.

*

1791, Palais des Tuileries.

La reine écrivait à la lueur d'un chandelier quand le roi entra.

— Que faites-vous, Madame ? lui demanda-t-il.

— J'écris à Londres, à la princesse de Lamballe. Je lui demande d'intercéder en notre faveur auprès du roi George et de son ministre Pitt afin qu'ils nous aident à vaincre les factieux et les assassins qui nous cernent un peu plus chaque jour.

Elle se mit à pleurer. Le roi s'approcha d'elle et lui prit doucement les épaules dans ses mains.

— Courage, Madame.

— Oh ! Louis, dit-elle en sanglotant, elle d'habitude si forte et digne, je suis fatiguée à force d'écritures. Je ne comprends pas ce silence de ma famille et de nombre de nos amis envers moi. Si c'est par politique qu'on ne me dit rien, on a bien tort, et on m'expose beaucoup. Ma chère Lamballe est peut-être notre dernier espoir de sauver, je ne dirai pas même notre trône, mais la vie de nos enfants.

— Comment se porte la princesse ?

— Elle m'assure dans sa lettre ne manquer de rien. Mais je connais suffisamment son élégance et son bon cœur pour savoir qu'elle dirait la même chose si elle était plongée dans la plus noire misère à seule fin de m'apaiser.

— J'ai appris que la comtesse de La Motte-Valois venait de publier ses *Mémoires* à Londres. Car c'est à Londres qu'elle s'est réfugiée après son évasion de la prison de la Salpêtrière. La princesse ne vous en parle pas dans sa lettre ?

— Non, elle n'en dit mot. Peut-être pour ne pas avoir à me rapporter les termes orduriers que cette femme maudite doit continuer à proférer sur mon compte.

— Quoi qu'il en soit, dites aussi à la princesse de surveiller madame de La Motte-Valois. On la dit la maîtresse de William Pitt, à qui elle a été présentée par notre ambassadeur, le comte d'Adhémar. Je vous avoue que cette rumeur n'augure rien de bon pour nous, si elle se révélait exacte. Mais ne vous alarmez point, ce ne sont pour l'heure que des on-dit. La princesse pourra certainement en apprendre davantage, si elle ne le sait déjà.

— Le comte d'Adhémar, un des meilleurs acteurs de mon théâtre de Trianon, présentant une de nos plus mortelles ennemies au ministre anglais ! En vérité je crois que je deviens folle.

— *Rege ab avo sanguinem, nomen, et lilia.* « De mon royal ancêtre me viennent mon sang, mon nom et mes lys. »

— Qu'est-ce donc que cela, Louis ?

— La devise que madame de La Motte-Valois prétend être la sienne et qu'elle a fait imprimer en première page de ses *Mémoires.*

— Son orgueil ne connaît plus aucune limite. Vous avez raison, Louis : il faut tout tenter. Je vais demander à la princesse de rencontrer ce William Pitt. Maintenant, s'il vous plaît, laissez-moi seule. La fatigue et le souci alourdissent tant mes paupières que je veux terminer cette lettre au plus vite. Allez dormir, Louis. Madame Campan est là et m'aidera à me mettre au lit.

— Bonsoir, Antoinette, lui dit le roi en lui baisant tendrement la main et en l'appelant de ce diminutif qui était chez lui la manifestation de son affection débordante pour sa femme.

Puis le roi sortit. Marie-Antoinette demeura seule, seule avec sa plume, seule pour dire toute sa détresse à cette amie qu'elle regrettait tant d'avoir négligée durant les années heureuses de Versailles au profit de madame de Polignac.

La reine se hâta de terminer sa lettre en n'omettant pas de demander à la princesse de Lamballe de rencontrer William Pitt pour le convaincre d'intervenir contre la Révolution. Elle la plia et la cacheta, la glissa sous son oreiller puis appela madame Campan pour l'aider à passer sa chemise de nuit.

La reine se coucha, pendant que sa femme de chambre soufflait les flammes des candélabres. La pendule égrena alors les douze coups de minuit, mais ce ne fut que vers une heure du matin que la reine put trouver le sommeil.

Le lendemain soir, la famille royale devait s'enfuir, quitter nuitamment Paris pour gagner la frontière où l'attendaient les troupes royalistes. La reine attendait ce moment depuis six mois, le roi ayant longuement hésité, et il arrivait enfin !

La reine, prévoyante, s'était plainte l'hiver précédent d'avoir trop froid dans ses appartements des Tuileries. Elle avait donc envoyé madame Campan au garde-meuble de la couronne, situé place de la Concorde, alors place Louis XV, et lui avait dit de récupérer certains objets des collections royales pour qu'ils ne tombent pas dans les mains des révolutionnaires. Parmi tant d'autres œuvres et objets, la fidèle camériste de Marie-Antoinette avait ramené aux Tuileries les tapisseries de la *Tenture de l'Histoire de Diane*, pour les unes saisies autrefois par d'Artagnan chez monsieur de Grille à Arles sur ordre de Louis XIV, pour les autres demeurées à Anet chez le maréchal de Vendôme, acquises par le grand roi par l'entremise de monsieur de Louvois et du Grand Dauphin.

Les murs de la chambre de la dernière reine de France aux Tuileries avaient donc été recouverts de ces tapisseries de la duchesse de Valentinois durant l'hiver 1790-1791. En les contemplant, Marie-Antoinette pouvait imaginer à quoi pouvait ressembler cette belle maison d'Anet qui lui avait été tant vantée par le duc de Penthièvre et sa chère madame de Lamballe. Elles lui rappelaient aussi la comtesse de La Motte-Valois qui, depuis la sinistre affaire du collier, semblait avoir passé un pacte avec le démon pour anéantir la monarchie des Bourbons.

Au soir où nous sommes arrivés, c'est-à-dire la nuit du 19 au 20 juin 1791, les tapisseries n'étaient plus sur les murs de la chambre de la reine, et ce depuis près de deux mois. Certes l'arrivée du printemps et de l'été rendait superflues ces chaudes tentures, mais il y avait une autre raison, plus romanesque, si j'ose dire.

On avait en effet roulé ces tapisseries et on les avait rangées dans de grandes malles de voyage, où elles constituaient un lit confortable pour la vaisselle qu'on emportait aussi. Les tapisseries de la *Tenture de l'Histoire de Diane* qui ornaient autrefois la galerie d'Anet faisaient donc partie du nécessaire que les souverains emporteraient dans leur fuite. N'avaient-elles pas été à l'origine de la conjuration d'Amboise, de l'affaire de l'homme au masque de fer et de l'affaire du collier de la reine, trois affaires qui, chacune en leur siècle, avaient été si menaçantes pour la monarchie ? Il ne fallait donc en aucune manière les laisser tomber entre les mains des factieux. Qui sait, en effet, ce qu'ils auraient pu en faire ?

Les tapisseries étaient donc conservées depuis le mois d'avril dans l'armoire de fer du palais des Tuileries, que Louis XVI avait aménagée pour garder tous ses documents confidentiels en un lieu fermé à clé et connu de lui seul ainsi que d'un petit nombre de fidèles. Elles n'avaient été sorties de cette armoire que pour être emportées dans les malles de la famille royale en fuite.

J'ai toujours regretté que, dans son beau film *La Nuit de Varennes*, Ettore Scola n'ait pas évoqué ces tapisseries de la même manière qu'il évoque le somptueux habit rouge de Louis XVI avec lequel il était allé inspecter la rade de Cherbourg en 1787 et qui lui aussi, nous indique le réalisateur, voyageait avec la famille royale, ce 21 juin 1791. La fin d'un monde, le début d'un nouveau : c'est ce qu'a peint avec talent le cinéaste. N'est-ce pas lui prêter main-forte que d'évoquer, elles aussi en fuite, les tapisseries qu'une favorite royale au sommet de sa gloire et de sa beauté avait commandées pour la célébrer sous les traits d'une déesse immortelle et qui, par trois fois, faillirent renverser les lys de France ?

Les tapisseries furent saisies lors de l'arrestation de la famille royale à Varennes, puis vendues aux enchères comme l'avait été quelques années auparavant tout le mobilier de Versailles et le serait bientôt celui d'Anet. Comme ces tentures n'intéressaient personne, un certain Grillo dont le nom vous dira sûrement quelque chose put les racheter pour une fort modique somme.

Ce fut ainsi que, le lendemain du retour à Paris de Louis XVI et de Marie-Antoinette, les belles tapisseries de Diane partirent, non pour Arles, cette fois, puisque les Grillo avaient définitivement quitté cette ville, mais pour la ville de Gênes, en Italie, dont ils étaient originaires.

Au même moment, comme un signe annonciateur de l'anéantissement prochain de la monarchie, dans ses appartements des Tuileries, la reine de France constatait avec effroi dans son miroir que ses cheveux étaient devenus blancs.

Elle poussa un hurlement, si effrayant qu'il n'est pas certain que les Grillo, en route vers l'Italie, ne l'aient pas entendu.

Les Grillo, autrefois dépouillés de leurs biens par Louis XIV et notamment de ces tentures qui avaient été saisies au profit du garde-meuble royal, venaient par le plus grand des hasards de récupérer ces œuvres, ultimes témoins de leur splendeur passée.

De génération en génération chez les Grillo, on évoquerait désormais le séjour à Anet du chevalier chez Diane de Poitiers, la spoliation et l'anéantissement de la famille par Louis XIV, et la revanche qu'il s'agissait de prendre.

*

1791, Londres.

Un gentilhomme anglais à la tournure élégante fendait la foule qui se pressait dans les rues de la vieille cité. Soudain, un homme le bouscula.

— Excusez-moi, Monsieur, lui dit ce dernier dans le français le plus pur.

« Encore un émigré », pensa l'Anglais. Et de fait, en ce début de Révolution française, c'était un flot d'émigrés qui envahissait la capitale de l'Angleterre.

L'Anglais fit encore quelques pas et pénétra dans une maison, dont la discrète façade sur la rue dissimulait d'élégants intérieurs. Il entra dans un salon où toute la *gentry* anglaise semblait s'être donné rendez-vous.

— Lord Spencer ! l'apostropha une femme de sa connaissance. Comme vous avez bien fait de venir ! Vous avez donc eu ma lettre ! Vous allez voir, cette femme est passionnante, et le Tout-Londres ne parle que d'elle ! Mais asseyez-vous, ça va commencer…

L'assistance s'assit, observant tout à coup un silence mêlé de curiosité. Une femme, celle pour laquelle ils étaient tous venus, fit son entrée dans le salon, un livre à la main.

Cette femme, vous la connaissez. Elle prit place dans un grand fauteuil que surplombait un portrait de la déesse Diane, et commença sa lecture :

— « Je m'appelais Jeanne de Saint-Rémy de Valois, j'étais la confidente et l'amie de la reine de France Marie-Antoinette dont la couronne est aujourd'hui en péril. J'ai vu le jour à Fontette sous le règne du roi Louis XV… »

Oui, il s'agissait bien de la comtesse de la Motte-Valois, que nous avions vue à l'œuvre dans la sinistre affaire du collier dont elle avait été l'instigatrice. Échappée de la prison de la Salpêtrière où elle aurait dû finir ses jours, elle avait, comme on le sait, gagné Londres où elle s'était réfugiée chez son cousin Louis-Thomas de Bourbon-Condé. Elle venait de publier ses *Mémoires*.

Ce livre avait eu un succès considérable auprès de l'aristocratie anglaise. La comtesse de la Motte-Valois l'avait en effet composé comme une véritable hagiographie où elle se présentait comme une proche amie de la reine, ce que vous savez n'être que pure fiction. Le succès du livre avait été tel que la comtesse, qui n'avait pas perdu son sens des affaires, en donnait des lectures publiques depuis plusieurs semaines. C'est à une de ces lectures « publiques » — entendons par là lecture devant toute la noblesse anglaise — que nous avons suivi Lord Spencer, venu tout exprès de ses terres d'Althorp pour voir et entendre celle dont tout Londres parlait.

Pendant la lecture de la comtesse, Lord Spencer ne pouvait détacher ses yeux du tableau qui la surplombait. Une Diane chasseresse mollement alanguie avec une inscription dans un cartouche : « Comme le cerf bruit après le décours des eaux, ainsi brait mon âme après toi, ô Dieu ».

Il sortit un instant de sa contemplation au moment où la comtesse rappelait ses origines royales, et son aïeul le roi de France Henri II. Alors que la Cour de France s'était moquée de cette ascendance par la main gauche, la noblesse anglaise n'éprouvait qu'un respect mêlé de pitié et d'admiration pour cette femme romanesque qui avait su prendre en main son destin et renouer avec ce qui lui était dû comme personne de sang royal.

Lorsque la lecture fut terminée, une pluie d'applaudissements se fit entendre. La comtesse triomphait. Enfin reconnue par son milieu, après tant d'humiliations subies en France, elle ne s'était jamais sentie aussi forte, aussi avide de conquêtes.

Quand la foule des auditeurs s'en fut allée, Lord Spencer, qui était resté assis au fond du salon, s'avança vers la comtesse et lui baisa la main.

— Comtesse, lui dit-il en français avec une pointe d'accent anglais, j'organise une grande fête chez moi, à Althorp, dans une huitaine, en l'honneur du roi, qui est un de mes amis. Serez-vous des nôtres ?

La comtesse, radieuse, accepta l'invitation avec l'enthousiasme que l'on peut imaginer. Un riant avenir semblait lui être promis.

*

Écosse, Loch Leven.

Trois jours après cette rencontre à Londres, la comtesse et Lord Spencer eurent une nouvelle occasion de lier connaissance lors d'une grande partie de campagne organisée par Lord Montgomery, gentilhomme écossais descendant de Gabriel de Montgomery, qui involontairement avait tué le roi de France Henri II plus de deux siècles auparavant. Étrange coïncidence, mais il y a plus. La propriété des Montgomery avait cette particularité de donner sur l'île et sur le château en ruines de Loch

Leven, où Marie Stuart avait été emprisonnée par ses lords révoltés et d'où elle s'était échappée avant d'être la captive et la victime de sa cousine Elisabeth Ire d'Angleterre. Tout en ces lieux faisait donc un formidable écho aux origines de la comtesse de la Motte-Valois.

Lorsque cette dernière arriva, Lord Montgomery l'aida à descendre de voiture, suivi par un Lord Spencer tout aussi empressé.

— Avez-vous fait bon voyage, Milady ?

— Oui, Milord Montgomery, excellent. Ah ! Les beaux et sauvages paysages d'Écosse…

— Vous connaissez déjà, je crois, Lord Spencer ?

— Oui, dit ce dernier, la comtesse et moi avons fait connaissance à Londres il y a quelques jours.

Les yeux brillants de Lord Spencer croisèrent ceux de la comtesse qui, par pudeur ou au contraire afin d'exciter encore davantage sa hardiesse, se baissèrent et disparurent sous le rebord emplumé de son chapeau.

— Ah, je vois, reprit Lord Montgomery. Lord Spencer est allé à une des lectures que vous donnez de vos *Mémoires*. Tout Londres ne parle que de vous, ma chère, et votre renommée aura tôt fait de s'étendre à l'Angleterre et à l'Écosse entières !

Lord Spencer donna son bras à la comtesse, et au milieu d'un élégant décor d'hommes et de femmes vêtus de blanc à la mode de l'Ancien Régime, évoluant dans les allées et les pelouses du parc, ils devisèrent.

— Savez-vous que vous m'intriguez, Comtesse ? lui dit Lord Spencer.

— En quoi ai-je mérité d'attirer votre attention ? Un homme de votre condition ne doit pas laisser indifférentes les créatures de mon sexe.

— Certes. Mais vous êtes différente. Et puis votre vie est si… romanesque.

— Êtes-vous en admiration devant ma personne, ou devant mes royales origines ? demanda la comtesse avec une soudaine noirceur dans le regard. Je vous le dis, plus d'un a essayé de me séduire, mais aucun jusqu'à présent n'y a réussi.

— J'aime votre audace, Comtesse. Une Valois comme vous, obligée de quémander son pain, dédaignée par le monarque, et qui a osé provoquer le scandale pour faire entendre sa voix !

— Une descendante d'Henri II n'a pas le droit de se laisser égorger sans mot dire.

— Tout de même, cette affaire de collier… Ce Rohan, quel homme stupide ! Je vous comprends d'avoir été tentée d'abuser de sa crédulité. Mais votre reine…

— Elle n'a eu que ce qu'elle méritait. Depuis des années elle refusait de me recevoir, déchirait mes lettres sans les lire, alors qu'elle aurait pu en un éclair changer mon existence. Je n'ai aucun regret. Elle est allée elle-même à sa ruine, et rien désormais n'arrêtera plus la fatalité qui pèse sur elle.

— Que vous êtes belle dans vos haines, Comtesse ! Elles doivent être bien fortes, pour qu'une telle force émane de vous.

— Prenez garde, Milord, c'est une force de destruction. Elle pourrait bien vous emporter à votre tour…

— Peu m'importe, Comtesse. Voyez-vous, je suis aussi un maudit, un homme rongé par l'ambition, la haine et la démesure. Nous finirons tous les deux comme Prométhée, enchaînés à un rocher et le foie dévoré par un rapace, pour nous être révoltés contre les dieux, contre le destin, contre la fatalité. Mais nous, au moins, nous aurons lutté !

— Et votre femme ?

— Ah ! Ma femme… Une ogresse, une Messaline abandonnée aux plaisirs de toutes sortes, à qui je n'ai jamais inspiré le moindre amour. Je la hais !

— On dit… enfin… j'ai entendu dire que vous la maltraitiez, et qu'elle avait décidé de vivre séparée de vous.

— Oui, mon épouse a quitté Althorp. Mais non parce que je la maltraitais, mais parce qu'elle m'a toujours méprisé. Depuis j'erre à la recherche d'une femme qui me ressemble, une femme qui recherche autre chose que les simples divertissements de la vie de Cour, une femme ambitieuse et volontaire. Voyez-vous, j'aspire depuis des années à devenir le premier conseiller du roi, mais jamais ma femme n'a consenti à m'y aider. Sa frivolité et sa froideur à mon égard n'avaient d'égal que son égoïsme. Il aurait été si simple pour elle d'augmenter par ses paroles mon crédit à la Cour !

— Et… vous pensez que je pourrais réussir, moi, à cette besogne, Milord ? Est-ce ce que je dois comprendre ? demanda la comtesse.

— S'il vous plaît. Je vous en aurais une éternelle reconnaissance. Nul mieux que vous ne sait manœuvrer les âmes et les esprits.

— Ah, Milord, vous m'avez mal écoutée l'autre jour : il y a Cagliostro.

— Il y *avait* Cagliostro, Comtesse, je vous ai fort bien écoutée au contraire. N'est-il pas en prison en Italie à l'heure qu'il est ?

— Si fait. Mais ne me suis-je pas moi-même échappée de la Salpêtrière, une des plus sinistres prisons de Paris ? À croire que j'ai à moi seule fait tomber la Bastille !

La comtesse et Lord Spencer rirent à ces mots, d'un rire étrange.

— Vous me plaisez beaucoup, Comtesse. Accepteriez-vous de venir vous installer à Althorp ? De cette manière nous nous verrions plus souvent.

— Mais, Milord, ma réputation, et mon mari…

— Votre mari, Comtesse, est reparti pour Paris, après avoir amassé à Londres une petite fortune grâce à la vente des diamants du collier de votre reine.

— Comment le savez-vous ? Je ne l'ai pas écrit, et je ne pense pas en avoir parlé à quiconque.

Le regard de la comtesse devint soudain plein de frayeur.

— Mon Dieu ! Seriez-vous… seriez-vous Cagliostro ?

— Non, rassurez-vous, je ne suis ni mage ni devin.

— Mais alors…

— Oui, Comtesse, il se trouve que j'ai moi-même eu affaire à votre mari, à qui j'ai acheté en grand nombre de somptueux diamants.

— Vous voulez dire… des diamants du collier de Boehmer et Bassenge ?

— Absolument. Vous voyez bien que je sais tout.

— Ces diamants, où sont-ils ?

— Chez moi, à Althorp. Je vous les montrerai quand vous viendrez. Car vous viendrez à la réception que j'y donne, n'est-ce pas ?

— Je vous ai donné ma parole, Milord. Mais pour ce qui est de m'y installer… nous en reparlerons.

— Comme vous voudrez. Je ne voudrais pas porter atteinte aux scrupules d'une femme telle que vous.

Au même moment, alors qu'ils en étaient à ce point de leur conversation, un gondolier d'opérette tel qu'il en existait dans toutes les demeures aristocratiques de l'époque proposait de conduire les invités de Lord Montgomery sur l'île du château de Loch Leven pour visiter les ruines. Le goût romantique pour l'Histoire et les vestiges du passé commençait à poindre sous les Lumières de l'Ancien Régime.

— Voulez-vous que nous y allions ? proposa Lord Spencer à la comtesse.

— Allons-y, Milord, je vous suis. Après tout, je dois bien une prière à ma parente.

— Votre parente ?

— Oui, Marie Stuart. Une Valois par alliance !

— Ah, suis-je bête, mais bien sûr. Venez, Comtesse.

Lord Spencer embarqua le premier dans la gondole, et aida la comtesse à y prendre place.

Quelques minutes plus tard, Lord Spencer et la comtesse de la Motte-Valois voguaient vers les ruines de la sinistre geôle de Marie Stuart, tandis qu'un léger brouillard commençait à lécher les rives de l'île.

— Vous tremblez, Comtesse, lui dit Lord Spencer. Êtes-vous effrayée ?

— Moi, effrayée ? Allons, Milord, disons plutôt que j'ai froid, voilà tout.

— Vous n'avez donc peur de rien ?

— L'ennui seul est ce que je redoute en ce monde.

La gondole accosta aux rives de l'île. Les sombres ruines de la vieille forteresse semblaient surgir du brouillard comme dans un songe. Au loin, la demeure de Lord Montgomery et la foule des invités vêtus de blanc avaient disparu derrière le rideau de brume qui montait du lac.

Lord Spencer et la comtesse étaient seuls. Seuls sur cette île fantomatique. Le gondolier était reparti pour aller chercher d'autres invités en quête de mystère.

— Dire que ma parente a vécu enfermée ici durant des mois, dit la comtesse en contemplant les ruines au pied desquelles ils se trouvaient à présent. Étrange destin que celui commencé dans les riants paysages d'Anet, de Chambord et de Chenonceau, et achevé de prison en prison sous la hache du bourreau.

— Vous avez bien dit « Anet », n'est-ce pas ? demanda Lord Spencer.

— Oui, eh bien ? répondit la comtesse, étonnée de cette question.

— L'autre jour, alors que j'étais venu à votre séance de lecture, j'ai vu derrière vous un portrait. Un portrait de la déesse Diane, avec une inscription.

— « Comme le cerf bruit après le décours des eaux, ainsi brait mon âme après toi, ô Dieu », égrena la comtesse.

— Oui, parfaitement, c'est cela même, dit Lord Spencer. Figurez-vous que ce tableau ne m'est pas inconnu. William Bekering, cousin de l'un de mes ancêtres, était ambassadeur d'Angleterre à la Cour de France de votre aïeul, le roi Henri II. Il a laissé une longue description du séjour qu'il fit chez la favorite du roi, la célèbre Diane de Poitiers, duchesse de Valentinois, à Anet. Ce tableau, à l'en croire, se trouvait dans la Galerie de Diane. Il raconte la somptueuse collation que la duchesse de Valentinois lui offrit dans cette galerie après l'audience que le roi lui avait accordée. Il y admira les nombreux portraits de la favorite. Le tableau dont nous parlons et qui se trouve en votre possession attira plus particulièrement son attention, car il porte un cartouche où figure le psaume que vous venez de citer. Or, ce psaume était, paraît-il, cher au cœur du roi Henri II, à qui il arrivait de le fredonner au cours de ses parties de chasse avec la belle Diane.

— On ne peut rien vous cacher, Milord, tout ceci est exact.

— N'avez-vous pas dit dans vos *Mémoires* descendre du roi Henri et d'une certaine dame de… Savigny, je crois ?

— Si fait. Mais pourquoi cet interrogatoire ? Douteriez-vous de mes dires ?

— Je souhaite simplement savoir comment ce tableau se trouve entre vos mains. Il est en effet fort curieux que vous vous trouviez en possession d'un bien ayant appartenu à la duchesse de Valentinois.

La comtesse parut soudain troublée. Elle ne répondit rien, et fit quelques pas en direction des ruines. Lord Spencer la somma de répondre en la retenant par le bras, mais elle se déroba et continua de s'éloigner. Ils ne tardèrent pas à se retrouver tous deux au centre de l'ancien donjon de Loch Leven. La comtesse, pour la première fois de sa vie, eut peur. Le regard de Lord Spencer s'était fait menaçant. Il se jeta sur elle.

— Vous serez à moi, Madame, même si j'ignore encore bien des choses sur vous. Vous serez mon éminence grise à la Cour, et ma maîtresse dans mon particulier.

— Vous êtes une canaille, Milord, lui répondit la comtesse en se débattant.

— Peu m'importe, Comtesse, je vous veux, je vous désire…

— Je vais crier, ne faites pas un pas de plus !

— Et qui vous répondra ? Nous sommes seuls !

— Milord, de grâce, reprenez vos esprits. Le gondolier va revenir avec d'autres invités. Épargnez-nous la honte d'être surpris.

— À une seule condition.

— Je n'ai plus le choix, je l'accepte. Quelle est-elle ?

— Vous viendrez vivre à mes côtés. Ensemble nous pourrons accomplir de grandes choses.

— Soit. J'attendrai chez moi une lettre de vous, Milord. En attendant, quittons cette île, j'entends la gondole qui revient.

— Je vous ferai savoir mes volontés dans trois jours. Tenez-vous prête, Comtesse.

Lord Spencer et la comtesse de la Motte-Valois rembarquèrent pour l'autre rive du lac. Personne ne soupçonna jamais ce qui venait de se passer entre eux. Désormais, leurs destins étaient intimement liés.

Le jour de la grande réception donnée par Lord Spencer à Althorp arriva. Madame de La Motte-Valois avait revêtu ses plus beaux atours, ceux qu'elle avait jadis portés à Versailles et avec lesquels elle avait si bien trompé le cardinal de Rohan. Il faut bien dire que vêtue ainsi, cette jolie femme qu'était Jeanne était proprement irrésistible.

Lord Spencer se porta à sa rencontre avec un de ses amis dès qu'il la vit arriver. Or, un observateur attentif aurait remarqué la surprise contenue peinte sur les visages de Jeanne et de l'ami de Lord Spencer lorsqu'elle descendit de voiture et se trouva face à eux.

— Madame de La Motte-Valois ! s'exclama Lord Spencer. Enfin, vous voilà, vous commenciez à nous manquer. Puis-je vous présenter le comte d'Adhémar, l'ancien ambassadeur de votre pays dans notre vieille Angleterre ?

— Comte… dit Jeanne en lui tendant sa main à baiser. Qu'il est inattendu de faire votre connaissance ici, quand tout Versailles ne parlait jadis que de vos exploits dans les comédies de Trianon où vous donniez la réplique à la reine !

— Inattendu est le mot, Madame, répondit le comte d'Adhémar sans perdre la maîtrise de lui-même.

Pendant que des laquais prenaient les bagages de la comtesse, Lord Spencer donna son bras à Jeanne, et lui dit tout bas à l'oreille en l'entraînant vers sa demeure :

— Je suis sûr que vous brûlez d'envie comme moi…

— Milord, je vous en prie, de quoi parlez-vous ? répondit Jeanne avec une pruderie feinte.

— Je suis sûr que vous brûlez d'envie de voir les beaux diamants de votre collier…

— Où sont-ils ? dit-elle avec une soudaine étincelle dans le regard.

— Dans mon secrétaire, au premier, dans ma chambre. Venez.

Lord Spencer entraîna Jeanne par l'arrière de la demeure afin d'éviter la foule des invités qui déjà envahissait les parterres et les salons. La porte ouvrait sur un escalier de service qui desservait les appartements des membres de la famille, et qu'empruntaient les domestiques pour remplir leurs offices auprès de leurs maîtres.

Arrivé à sa chambre, Lord Spencer, le regard troublé de désir, fit volte-face devant Jeanne en la saisissant voluptueusement par les épaules.

— Les diamants, Milord ! ordonna la comtesse.

— Ouvrez ce secrétaire, lui dit Lord Spencer en lui tendant une clé. Le premier tiroir à gauche.

Jeanne ouvrit, avide comme autrefois lors de sa première rencontre avec le collier chez Boehmer et Bassenge. Même au fond du tiroir, les brillants étincelaient. Avec eux, c'était tout le parfum enivrant de la Cour de France qui refaisait surface, avec ses bals et ses farandoles continuelles.

— Restez auprès de moi, Jeanne ! supplia Lord Spencer, à genoux devant elle.

— Alors, protégez-moi, Milord.

Jeanne s'installa dès lors dans un petit appartement d'Althorp, où elle suspendit le tableau de Diane provenant d'Anet et dont Lord Spencer lui avait parlé chez Lord Montgomery. Pour le gros de la domesticité, la comtesse de La Motte-Valois était une amie de Lord Spencer. Nombreux étaient ceux qui avaient décelé plus que de l'amitié entre eux.

Ce fut donc ainsi que Jeanne devint la maîtresse de Lord Spencer. Intriguant pour le compte de son amant, elle intriguait aussi et surtout pour elle, faisant de longs et fréquents séjours à Londres. De méchantes langues allaient même jusqu'à dire qu'elle entretenait avec le Premier ministre William Pitt des relations qui auraient fait pâlir Lord Spencer de jalousie. Ces méchantes langues, de fait, disaient vrai, à ceci près que Lord Spencer fermait les yeux pourvu qu'aucun des projets du ministre ne lui échappât grâce à l'espionnage de Jeanne.

Un matin, celle-ci quitta Althorp de très bonne heure, et prit le chemin de Londres.

Lord Spencer profita de son absence pour aller contempler le portrait de la déesse Diane qui le fascinait tant, et dont William Bekering, cousin de l'un de ses ancêtres et ambassadeur anglais dépêché jadis à Anet auprès de Diane de Poitiers, avait tant parlé dans ses lettres. Il fit décrocher le tableau du mur de la chambre de Jeanne, et l'emporta dans le grand salon où il fut placé parmi les plus belles œuvres de sa collection personnelle. Un visiteur d'Althorp de nos jours trouvera d'ailleurs ce tableau à l'endroit exact où Lord Spencer le fit placer en ce jour de 1791 et où vous vous souvenez que Lady Diana elle-même, alors qu'elle était encore enfant, l'avait contemplé en compagnie de son père à la fin des années 1960.

« La comtesse me pardonnera sûrement ce geste, se dit Lord Spencer en lui-même, lorsqu'elle verra que c'est l'admiration que j'éprouve pour cette œuvre si pleine de mystère qui me l'a fait commettre. Qui ne serait pas flatté de voir une œuvre lui appartenant exposée dans le grand salon d'Althorp parmi tant de chefs-d'œuvre ? »

Il devait pourtant très bientôt regretter ce geste.

*

Londres, résidence du Premier ministre William Pitt.

— Allons, Will, signez cette lettre, minaudait la comtesse de La Motte-Valois en caressant sensuellement le visage de William Pitt avec une plume.

— Vous détestez donc tant votre pauvre roi, pour me demander de signer cette lettre ? demanda le ministre.

— C'est surtout la reine que je hais. Votre signature sur ce papier, signifiant le refus de l'Angleterre de s'engager aux côtés de l'Armée des Princes, la perd. Jamais les aristocrates français émigrés ne pourront parvenir à vaincre seuls la Révolution.

— Et qu'a l'Angleterre à y gagner ? Et qu'ai-je à y gagner, moi ?

— Pour l'Angleterre, l'affaiblissement de la France où règne la guerre civile, où un régime fort vient d'être renversé sans avoir été remplacé par un autre, est une victoire. Pour vous, s'il vous reste un peu d'ambition, c'est l'occasion de graver votre nom dans l'Histoire anglaise. En ne bougeant pas, vous ferez plus contre la France que ce qu'ont fait des siècles de guerres. Et puis…

— Et puis ?

— Et puis je ne vous en aimerai encore que davantage, lui dit la comtesse en lui donnant un fougueux baiser.

Le ministre, tout aux embrassements de Jeanne qu'il croyait toute à lui alors qu'elle l'espionnait pour le compte de Lord Spencer autant que pour son propre compte à elle, signa la lettre que sa belle sirène tenait toujours d'une main.

Aussitôt, Jeanne quitta les lèvres du ministre, plia la lettre et la cacheta avec le sceau placé sur le bureau de Pitt.

— Vous resterez dans l'Histoire ! dit-elle au ministre en sortant de son bureau.

Mais à peine fut-elle dans le vestibule et eut-elle refermé la porte qu'elle faillit pousser un cri de stupeur et d'épouvante mêlées.

Devant elle se tenait la princesse de Lamballe.

— Comtesse, quelle surprise de vous trouver ici, dit cette dernière.

— Ce serait plutôt à moi de m'étonner de vous trouver à Londres, Madame. Mais puisque je n'ai jamais été à vos yeux comme à ceux de la reine qu'une éternelle solliciteuse éconduite, permettez-moi de me retirer.

Et Jeanne, ayant prononcé ces paroles, quitta la princesse sans un regard.

Madame de Lamballe entra à son tour quelques minutes plus tard chez William Pitt.

*

1791, Londres.

Arrivée au coin de la rue Stratford, madame de Lamballe fit arrêter son coche et attendit à l'intérieur. Quelques minutes plus tard, une voiture de louage vint s'arrêter à quelques mètres, et Jeanne de La Motte-Valois en descendit. Ce ne fut que lorsqu'elle fut rentrée chez elle que la princesse quitta à son tour sa voiture.

— Inutile de m'attendre, dit-elle au cocher.

La voiture s'ébranla et repartit. Alors la princesse entra par la porte où s'était engouffrée Jeanne quelques minutes auparavant. Elle gravit l'escalier à pas menus, et aperçut la comtesse de La Motte-Valois à travers la porte entrouverte de l'étage. Elle paraissait très affairée, cherchant et rangeant des affaires comme pour un départ précipité. Sur une table, à côté d'un petit coffret d'or, une lettre était posée, cette fameuse lettre que la princesse venait récupérer. Une lettre qui, supprimée, pouvait peut-être sauver les monarques français prisonniers. Cette pensée ôta toute autre considération et toute peur de l'esprit de la princesse, qui, poussant la porte, entra. Aussitôt, Jeanne, surprise, fit volte-face. La stupeur qui se lisait sur son visage n'était pas exempte d'une certaine frayeur qu'elle cherchait en vain à dissimuler.

— Qui vous a permis d'entrer chez moi ? Que voulez-vous ? demanda vivement Jeanne de La Motte-Valois à madame de Lamballe.

— Vous le savez fort bien, Comtesse, lui répliqua cette dernière. Je veux la lettre.

— La lettre ? répliqua Jeanne, feignant d'ignorer de quoi il s'agissait.

— Oui, la lettre de monsieur Pitt que vous vous apprêtez à porter à Aix-la-Chapelle. Celle où il tente de dissuader l'Armée des Princes de venir en aide à la famille royale, en refusant d'engager l'Angleterre à leurs côtés.

— Jamais vous n'aurez cette lettre ! hurla la comtesse qui, se sentant prise au piège, revint à sa nature profonde de bête sauvage. Jamais !

La comtesse de La Motte-Valois n'eut pas même le temps de jeter son regard perçant sur la lettre posée sur la table : madame de Lamballe avait été plus prompte, et s'en était emparée.

Aussitôt la comtesse sortit une dague de son corsage, en poussant un hurlement de rage. Elle fondit sur la princesse de Lamballe, en disant :

— Je t'écraserai comme ta putain d'Autrichienne !

La princesse esquiva le coup, la lame de la dague siffla dans l'air et alla se ficher dans la porte. Madame de Lamballe alla se réfugier dans le fond de la pièce, près de la fenêtre, là où se trouvait précédemment la comtesse de La Motte-Valois. Il n'y avait désormais plus moyen de fuir. La comtesse se trouvait devant la porte et barrait le passage.

— Reconnaissez-vous cette dague ? demanda Jeanne à la princesse avec un rire mauvais en désignant l'arme dont un rayon de lumière éclairait en ce moment les pierres précieuses placées aux deux extrémités du manche. C'est le couteau de chasse de la duchesse de Valentinois, la « plus que reine », mon illustre ancêtre, celle dont le sang coule dans mes veines mêlé au sang bleu des Valois, ce sang royal que vous avez foulé aux pieds, vous et vos maîtres ! Je vous envoie les précéder en enfer !

À ces mots, la comtesse se précipita sur madame de Lamballe, qui lui saisit le bras. Une lutte acharnée au corps à corps s'engagea entre les deux femmes.

La princesse se trouva de nouveau acculée à la fenêtre. Ne sachant comment se tirer de cette situation, elle l'ouvrit et regarda la hauteur depuis laquelle il lui faudrait sauter pour s'échapper. La distance était si grande de cette fenêtre au sol qu'elle en eut le vertige.

— C'est inutile, Madame, vous ne m'échapperez pas ! lui dit la comtesse de La Motte-Valois en se précipitant à nouveau sur elle avec sa dague.

Madame de Lamballe esquiva une nouvelle fois le coup, et la comtesse, lancée à grande allure, perdit l'équilibre puis bascula par la fenêtre ouverte.

Madame de Lamballe, reprenant son souffle, entendit un bruit sourd, puis se pencha par la fenêtre.

La comtesse de La Motte-Valois gisait sans vie sur le pavé de la rue, la tête noyée dans une mare de sang. La dague de Diane de Poitiers, quant à elle, avait été projetée près d'une borne à plusieurs mètres du cadavre de la comtesse.

Aussitôt la princesse fut prise d'une violente nausée, et sortit son mouchoir. Mais elle devait partir, et vite, avant que l'incident ait ameuté toute la ville de Londres. Déjà de nombreux passants étaient massés autour du corps de Jeanne.

Avant de sortir de la pièce, madame de Lamballe eut le regard attiré par le petit coffret d'or posé sur la table et que la comtesse s'apprêtait à emporter aussi.

Elle s'en approcha et l'ouvrit. Comme Diane de Poitiers avant elle, comme Jeanne, comme Lord Spencer, elle eut le visage illuminé par les feux de diamants étincelants. Un billet était roulé dans la cassette. La princesse, malgré ses scrupules, le lut : « En gage de mon indéfectible attachement. » Une signature figurait au bas : « Spencer ».

Madame de Lamballe tressaillit en murmurant pour elle-même :

— Les diamants de Boehmer et Bassenge ! Ceux du collier de la reine !

Alors, elle glissa la cassette dans son aumônière et sortit de la pièce, haletante.

Elle descendit l'escalier quatre à quatre, et sortit par une autre porte que celle par laquelle elle était entrée, qui donnait sur la rue de derrière. Personne ne pouvait ainsi établir de lien entre elle et la mort de la comtesse.

Madame de Lamballe, le cœur battant, mais affectant une complète tranquillité, passa non loin du groupe massé autour du corps de la comtesse de La Motte-Valois. Au coin de la rue, elle feignit de rajuster ses bas sur la borne, et d'un geste habile ramassa la dague qui avait glissé jusqu'à cet endroit. Elle quitta les lieux du drame au moment où la nouvelle commençait à se répandre dans tout le quartier.

Rentrée chez elle, ce ne fut que très peu de temps qu'elle y demeura. Deux heures à peine après l'incident, une voiture la conduisit à Douvres.

Madame de Lamballe quittait l'Angleterre pour Aix-la-Chapelle.

Au même moment, à Paris, le roi et la reine de France étaient ramenés de force aux Tuileries au milieu d'une foule de sans-culottes échevelés et hostiles, après l'échec de leur fuite et leur arrestation à Varennes.

Au même moment, à Londres, Louis-Thomas de Bourbon-Condé arrivait au bas de chez lui et devant le cadavre de sa cousine Jeanne de La Motte-Valois. La nausée et l'horreur qui s'emparèrent de lui ne l'empêchèrent pas d'aller à l'étage.

— Maudite lignée ! Maudits ! Nous sommes maudits ! murmura-t-il.

Là, en haut de l'escalier, sur le palier, il ramassa un mouchoir. Après l'avoir déplié, il y lut les lettres : « MA ». Louis-Thomas savait que Jeanne possédait un mouchoir aux armes de Marie-Antoinette, certainement égaré par une dame de compagnie de la reine et ramassé à terre par hasard lors d'une visite à Trianon, et qui l'avait aidée à persuader jadis le cardinal de Rohan qu'elle était une intime de la reine. Louis-Thomas ne s'étonna donc pas. Vous, en revanche, vous souvenez qu'un mouchoir aux initiales de la reine avait été donné à Jeanne par madame de Lamballe lorsqu'elle l'avait accueillie chez elle, du temps où elle vivait chez madame de Boulainvilliers.

Il entra dans la pièce et, à la vue du désordre qui y régnait, en déduisit qu'une lutte sauvage devait avoir eu lieu juste avant le drame entre Jeanne et une personne dont il ferait l'impossible pour découvrir le nom. Sur la table, il remarqua que la dague de la comtesse, la lettre du ministre Pitt et la cassette de pierreries que Jeanne y avait posées le matin même n'y étaient plus. Il lui fut impossible de trouver le moindre indice sur l'identité de la personne qui était, selon toute apparence, venue surprendre la comtesse de La Motte-Valois. « Ces pierreries lui avaient été données par Lord Spencer, se dit-il. Aurait-il voulu les reprendre ? Et la lettre de Pitt ? Aurait-il voulu perdre le ministre en l'engageant par son silence dans un conflit aux côtés des émigrés français pour sauver la couronne de France, et ainsi prendre sa place ? Jeanne ne m'avait pas caché son ambition démesurée. Qui sait jusqu'où il aurait pu aller… »

Louis-Thomas descendit prendre le cadavre de Jeanne dans ses bras et le ramena chez lui. Il l'étendit sur son lit, et en guise d'adieu, chercha sur son corps disloqué la lettre, la cassette, la dague. Rien. La malheureuse n'avait rien sur elle, sauf le mouchoir aux initiales de la reine. « Peut-être en avait-elle deux », se dit Louis-Thomas. Selon toute vraisemblance, on avait donc suivi Jeanne pour lui voler ce qu'on savait être en sa possession. Le voleur, sans doute même devenu assassin, devait avoir agi avec préméditation. Il devait donc s'agir d'une personne bien informée. Or, Louis-Thomas n'avait-il pas vu Jeanne s'installer ces derniers mois chez Lord Spencer, pour lequel elle semblait éprouver une étrange fascination ? Qui d'autre que lui aurait pu connaître l'existence de la lettre du Premier ministre anglais adressée à l'Armée des Princes ?

Louis-Thomas, prince déchu de Valois et de Bourbon-Condé, fit enterrer sa cousine dans le cimetière de Saint-Paul, au cœur de Londres. Les funérailles de la lointaine descendante d'Henri II et de la légendaire Diane de Poitiers furent d'une simplicité extrême, et l'assemblée fort peu nombreuse. La mort violente et par là même suspecte de Jeanne de La Motte-Valois avait éloigné de sa cause beaucoup de ceux qui fréquentaient assidûment son salon quelques mois auparavant. Des rumeurs couraient sur la raison de sa mort. Certains parlaient de suicide, auquel le remords d'avoir tué la monarchie française aurait poussé la comtesse. D'autres parlaient de meurtre. Et comme la comtesse avait été vue dernièrement en compagnie de Lord Spencer, naturellement les soupçons s'étaient portés sur lui.

Alors que l'on descendait le cercueil de Jeanne dans la fosse, Louis-Thomas pensait déjà à sa vengeance. Il lui fallait venger le sang humilié des Saint-Rémy de Valois. Lui-même, exilé et banni hors de France, et Jeanne, selon toute vraisemblance assassinée.

Après avoir déposé un lys sur la tombe de Jeanne en murmurant la devise des Saint-Rémy, Louis-Thomas partit pour Althorp. Il lui fallait voir ce Lord Spencer dont on parlait tant à propos de la mort de Jeanne.

*

1791, Althorp.

— Que me vaut l'honneur de votre visite, Monsieur ? lui demanda Lord Spencer qui, assis à son bureau, lisait des lettres tout en caressant son chien préféré. J'ai appris l'affreuse disparition de votre cousine, et croyez bien que j'en suis très sincèrement navré. Votre famille semble poursuivie par une implacable fatalité. Vous, exilé ; votre cousine, selon toute apparence assassinée…

— Milord, dit à son tour Louis-Thomas, je sais les relations étroites que vous avez entretenues avec ma cousine ces derniers mois.

— Viendriez-vous m'accuser ? demanda Lord Spencer, une pointe de menace dans la voix.

— Non, Milord, je viens m'informer. Il se trouve qu'un tableau de famille représentant la déesse Diane avec un cartouche contenant un psaume a disparu, qu'une lettre a été subtilisée ainsi qu'une dague appartenant à la comtesse et la cassette de pierreries que vous aviez offerte à ma cousine.

— Vous voyez bien qu'il ne peut s'agir de moi ! s'exclama Lord Spencer. Je n'avais aucune raison de reprendre des diamants que j'avais donnés. Quant à la dague, qu'aurais-bien pu en faire ? N'en avons-nous pas une collection suffisante à Althorp ? répondit Lord Spencer avec ironie.

— Pour les pierreries et la dague, soit. Mais ma cousine ne vous avait-elle pas parlé d'une lettre de la plus haute importance pour ses affaires et qui se trouvait en sa possession ni de ce tableau de famille ?

— Votre cousine, Monsieur, ne se livrait pas aussi aisément que vous semblez le penser. Elle ne m'a jamais dit un mot de la lettre. Du reste la comtesse avait très bien compris que rien ne sied mieux aux femmes que le mystère. Pour le tableau dont vous me parlez, c'est la comtesse elle-même qui l'a apporté ici et en a décoré l'un des murs de sa chambre.

— Au fait, Milord ! hurla Louis-Thomas. Si ce n'est pas vous, qui aurait pu commettre ces vols … et sans doute même ce crime ?

— De qui était cette lettre qui a été dérobée à Jeanne… euh… à votre cousine ? demanda Lord Spencer.

— Très bien, répondit Louis-Thomas, je vois que je n'obtiendrai de vous aucune information si je ne vous dévoile pas un peu mon jeu.

— *Indeed*[13], appuya Lord Spencer. Alors ?

---

[13] « En effet. »

— Cette lettre était de William Pitt, répondit Louis-Thomas.

— Alors c'est du côté des relations du ministre qu'il faut sans doute chercher.

— J'oubliais que c'est vous-même, Milord, reprit Louis-Thomas avec une pointe d'ironie, qui avez jeté ma cousine dans les bras du ministre, pour qu'elle puisse espionner tous ses faits et gestes et vous en rendre compte. Tout ceci dans le but de prendre un jour sa place. En échange, vous lui avez laissé carte blanche pour faire ses propres affaires. Vous êtes donc très bien placé pour savoir qui entrait chez le ministre à toute heure du jour et de la nuit.

— Justement, reprit Lord Spencer, je me souviens avoir vu un jour votre cousine me faire son rapport l'air fort troublé, affolé même.

— Quand cela ?

— Il y a trois ou quatre jours.

— Et que vous a-t-elle dit ?

— En sortant de chez le ministre, votre cousine avait croisé l'amie de votre reine, la princesse de Lamballe.

Tout à coup, Louis-Thomas poussa un cri. Le mouchoir aux initiales de Marie-Antoinette venait à nouveau de se présenter à son esprit. Il fouilla dans sa poche, et le sortit.

— Mais bien sûr ! C'est elle qui a volé les diamants, la dague et la lettre ! Et c'est très certainement elle aussi qui a tué Jeanne ! s'exclama Louis-Thomas. Lamballe, la putain de la reine !

Ce n'était plus à présent le mouchoir qu'il désirait déchiqueter entre ses mains, mais la princesse elle-même. « Je la trouverai, et elle paiera », se jura-t-il en lui-même.

En sortant de chez Lord Spencer, Louis-Thomas aperçut le grand salon d'Althorp par la porte entrouverte, et voulut un instant aller en admirer les chefs-d'œuvre, renommés à travers toute l'Europe et dont toute personne bien née avait au moins entendu parler. Lord Spencer essaya de le retenir, mais il était trop tard ; Louis-Thomas venait de voir le tableau de Diane accroché à l'un des murs du salon.

— Il me semble que vous en avez menti, dit-il à Lord Spencer, la bouche menaçante et dédaigneuse. Je croyais vous avoir entendu dire que la comtesse avait placé ce tableau dans sa chambre… Il est donc fort curieux de le voir à présent dans le salon … À moins que vous ne soyez allé le décrocher chez elle pour l'emmener ici et ainsi enrichir votre collection personnelle …

— C'est que je comptais faire une surprise à Jeanne… euh… je veux dire à la comtesse, votre cousine.

— Vous vous moquez, Milord. Il suffit. Je vois à présent fort clair en vous. Vous vous êtes servi de la comtesse pour servir vos ambitions, et non content d'en avoir fait votre putain, vous l'avez volée.

— Mais enfin…

— Il suffit, Milord. Après tout, les Saint-Rémy de Valois n'ont-ils pas toujours été piétinés par la France ? Il n'est guère étonnant que l'Angleterre ne leur réserve guère un autre sort.

— Monsieur, je ne saurai tolérer une telle insulte faite à mon nom, menaça Lord Spencer.

— Vous la tolérerez, pourtant, répondit Louis-Thomas avec un imperturbable calme. Jusqu'à ce que nous nous retrouvions.

— Vous refusez de vous battre en duel ?

— Milord, je n'ai pas pour habitude de me battre avec des faquins, voleurs qui plus est. Adieu.

Après ces paroles, Louis-Thomas de Bourbon-Condé rejoignit sa voiture, et quitta Althorp sans même accorder un regard au maître des lieux. Il se contenta de lui crier lorsque sa voiture s'ébranla :

— *Remember!*

En ce jour de 1791, le dernier du sang des Saint-Rémy de Valois avait juré de se venger à la fois de la princesse de Lamballe et des Spencer, qui tous avaient piétiné sa cousine la comtesse de La Motte-Valois.

Pour les Spencer, cette vengeance devrait attendre encore bien des années, et même deux siècles, jusqu'à une certaine Lady Diana, princesse de Galles. Nous en reparlerons.

*

Aix-la-Chapelle était devenue un repaire d'émigrés. C'était là que les projets des princes pour sauver la famille royale étaient élaborés. Le comte de Provence, frère du roi, venait d'y arriver, sa voiture, précédant celle du roi lors de la fuite de Varennes, ayant réussi à passer la frontière sans encombre. La marquise de Las Casas, dame d'honneur de la princesse de Lamballe, avait quitté la France dans la voiture du comte de Provence, et se trouvait donc elle aussi à Aix-la-Chapelle lorsque la princesse y arriva.

— Ah, Madame, dit la marquise à madame de Lamballe, c'est un bien grand malheur. À l'heure qu'il est, Leurs Majestés devraient être en sûreté au milieu de nous. Le sort en a décidé autrement, et les voilà retombés entre les mains des factieux.

— Un bien grand malheur, en effet, répliqua la princesse. J'ai moi aussi bien des nouvelles à vous apprendre.

La marquise raconta à madame de Lamballe son départ des Tuileries le soir du 20 juin avec le comte de Provence, déguisés, les fatigues du voyage et surtout l'angoisse d'être reconnus avant d'avoir passé la frontière. Elle lui raconta aussi ce qu'elle avait pu apprendre de l'arrestation de la famille royale à Varennes, à laquelle elle n'avait par définition pas assisté. Madame de Lamballe lui raconta quant à elle son entrevue avec le ministre anglais William Pitt, et la mort de la comtesse de La Motte-Valois.

— Cette femme aura causé bien du tort à la monarchie, soupira la marquise.

— Oui, dit la princesse. Voici la dague avec laquelle cette furie a tenté de me poignarder, ajouta-t-elle en sortant le couteau de son corsage. Une dague que je ferai porter chez le duc de Penthièvre, à Anet, pour qu'il garde toujours en mémoire le jour où il a failli perdre sa chère belle-fille et qu'il puisse rendre grâce au Ciel de m'avoir conservé la vie.

— Mon cousin s'en chargera. Il m'a annoncé son arrivée dans une semaine.

— Non, ma chère, répondit la princesse en prenant amicalement les mains de la marquise dans les siennes, je ne veux pas que votre cousin courre le risque de retourner en France lorsqu'il sera venu se mettre en sûreté ici. Il sera plus utile au roi et à la reine en étant libre ici plutôt que prisonnier avec eux, là-bas.

Madame de Lamballe, brisée par les émotions et la fatigue, demanda qu'on lui prépare en hâte ses appartements, et remit au lendemain son entrevue avec le comte de Provence. Elle exigea d'être seule.

Quand ce fut le cas, elle sortit la lettre de William Pitt qu'elle avait arrachée à la comtesse de La Motte-Valois, l'approcha de la flamme d'une bougie et la brûla. Un intense soulagement l'envahissait peu à peu à mesure qu'elle observait la lettre se consumer. Quand il n'y eut plus qu'un tas de cendres qu'elle fit disparaître, la princesse se mit au lit et s'endormit.

*

Alors que madame de Lamballe à Aix-la-Chapelle avait sombré depuis quelques minutes dans un profond sommeil, au même instant Louis-Thomas de Bourbon-Condé arrivait à Douvres. Il avait en effet retrouvé et fouillé la demeure londonienne où avait logé la princesse, et avait trouvé des papiers indiquant son prochain départ pour Aix-la-Chapelle.

La nuit était sombre. Louis-Thomas s'embarqua à bord d'un navire marchand qui leva l'ancre vers le milieu de la nuit. La traversée se déroula sans encombre et, une fois à terre, il partit au triple galop vers Aix-la-Chapelle.

Madame de Lamballe était logée au palais où résidait également le comte de Provence. Sa fenêtre donnait sur les jardins.

Un soir où la princesse avait quitté ses appartements et avait laissé sa fenêtre ouverte, Louis-Thomas monta chez elle à l'aide d'une corde, aussi agile qu'un chat. Sur son bureau, où brûlait toujours une bougie, une lettre inachevée était posée. Non, pas une lettre, ou plutôt une dernière lettre. Un testament.

Louis-Thomas le prit, et le lut. La princesse y exprimait son souhait de rompre avec la loge maçonnique où elle avait été introduite par le duc d'Orléans. Les idées de progrès des Lumières, qui avaient fait répandre tant de sang, elle les avait désormais en horreur et ne songeait plus qu'à défendre avec acharnement la monarchie, écrivait-elle. Elle recommandait son âme à Dieu, en le suppliant seulement de bien vouloir la laisser revoir son cher beau-père, le duc de Penthièvre, dans sa belle demeure d'Anet, et la reine aux Tuileries. Après quoi, son sort lui devenait indifférent, et c'est à son beau-père qu'elle léguait tous ses biens s'il lui arrivait malheur, notamment son charmant petit hôtel du village de Passy. Elle léguait également à sa sœur sa vaisselle d'argent et de porcelaine, ainsi que ses pierreries et émaux en tous genres, notamment, écrivait-elle, « certains diamants du collier de la reine retrouvés à Londres ».

Malgré sa haine, Louis-Thomas ne put s'empêcher d'éprouver une certaine admiration pour le courage de cette femme et sa fidélité, tant à sa famille qu'à ses amis. Si sa propre famille, les Condé, ne l'avait pas rejeté, si le roi Louis XV ne l'avait pas condamné à l'exil et donc à la disparition, lui aussi aurait été droit, lui aussi aurait eu la même vertu que madame de

Lamballe. Mais la vie ne l'avait pas voulu. Elle l'avait jeté malgré lui dans la lutte pour la survie, dans la haine et la vengeance. Il n'avait pas eu le choix.

Louis-Thomas reposa le testament de la princesse sur le bureau, en prenant bien soin de le replacer tel qu'il l'avait trouvé. Il savait à présent que madame de Lamballe partait pour Anet, et de là, pour Paris, et qu'elle avait les diamants de la duchesse de Valentinois que Lord Spencer avait rendus à la comtesse de La Motte-Valois. Grâce à la destruction de la lettre de William Pitt qu'elle avait volée à Jeanne de La Motte-Valois et brûlée, l'Armée des Princes n'allait plus tarder à entrer en guerre contre la France pour rétablir le roi sur son trône. Madame de Lamballe allait en prévenir le duc de Penthièvre et surtout la reine, il fallait l'arrêter au plus vite. Et lui reprendre les diamants, qui lui revenaient de droit, en tant que descendant des Saint-Rémy.

Louis-Thomas repartit de la même façon qu'il était venu, et s'évanouit dans la nuit.

« Anet ! » pensait Louis-Thomas. Vous savez en effet qu'il connaissait très bien les lieux puisque lui-même et son père, le comte de Charolais, s'y étaient réfugiés chez la duchesse du Maine, sa grand-tante, lorsque le prince de Condé les avait chassés de Chantilly et avait refusé de reconnaître son petit-fils.

C'est donc vers l'ancienne demeure de la duchesse de Valentinois que Louis-Thomas de Bourbon-Condé se dirigea, précédant la princesse de Lamballe de quelques heures.

Exilé, proscrit, oublié, il n'était pas question pour lui de se présenter au château. Il se contenta de l'admirer depuis le haut de la colline de l'église. Rien n'avait changé. Le rythme immuable des heures, des jours et des saisons continuait d'y suivre son cours, salué depuis deux siècles par les automates du porche. La chapelle luisait dans le soleil, ses deux pyramides dressées, triomphantes, vers le ciel d'azur.

Au loin, Louis-Thomas aperçut un nuage de poussière. Il ne tarda pas à se rendre compte que ce nuage était celui de la voiture de la princesse de Lamballe. Celle-ci était partie d'Aix-la-Chapelle à vive allure et n'avait que fort peu relayé, gagnant ainsi beaucoup de temps.

La voiture suivit encore quelques lacets, puis s'arrêta devant la nymphe ornant le grand portail.

Fortaire, le valet du duc de Penthièvre que nous avons déjà aperçu dans ce livre, courut accueillir la princesse. Le vieux duc suivait à pas lents, mais si heureux de revoir sa belle-fille adorée. Elle tomba dans ses bras, et ils rentrèrent tous deux dans la demeure.

Le lendemain, le duc de Penthièvre trouva la princesse de Lamballe en prières, agenouillée dans la belle chapelle de Philibert de l'Orme, les yeux fixés sur les anges porteurs des instruments de la Passion.

— Seigneur, je voudrais moi aussi souffrir comme vous pour racheter une part de la folie des hommes ! disait-elle.

— Et moi, dit le duc arrivant derrière elle, je supplie Notre Seigneur d'épargner la personne qui m'est la plus chère au monde.

— Père ! s'exclama la princesse en se relevant de son prie-Dieu.

— Vous êtes donc bien malheureuse…

— Pas lorsque je vous vois. Mais j'ai bien des choses à vous dire.

Alors, sous le regard des anges innombrables ornant les caissons de la lumineuse coupole, madame de Lamballe raconta tout à son beau-père : la mort de la comtesse de La Motte-Valois, la lettre de William Pitt, l'Armée des Princes, ses inquiétudes concernant la reine et l'avenir de la monarchie.

— Et si vous demeuriez ici et n'en bougiez plus ? demanda le duc.

— Impossible, mon cher père, répondit la princesse, quoiqu'il me serait bien doux de rester auprès de vous. Mais la reine est trop seule. Elle a trop besoin de moi. Dans quelques semaines il me faudra vous quitter pour aller la rejoindre aux Tuileries.

*

La princesse de Lamballe sortit d'Anet à neuf heures du soir. La nuit, déjà profonde, serait froide. Enveloppée dans un épais manteau à capuchon, elle franchit d'un pas ferme, mais toujours gracieux, le grand porche de la vieille demeure. Comme à l'accoutumée, l'automate de l'horloge qui le surmontait se mit en marche ; comme pour saluer son passage, les chiens aboyèrent, et le cerf frappa neuf fois du pied. Une voiture l'attendait, et un laquais en allumait les lanternes. Posant sa fine mule de velours cramoisi sur le marchepied, elle se retourna et jeta un dernier regard sur cette maison si chère à son cœur. La brume et l'obscurité rendaient l'observation difficile ; pourtant, à la lueur vacillante des lanternes, la nymphe du tympan semblait sourire une dernière fois en signe d'adieu.

Alors qu'elle s'apprêtait à s'asseoir et à refermer la portière, la main d'un homme accouru en toute hâte muni d'un flambeau agrippa son bras.

— Faites très attention, ne vous mettez pas en danger inutilement. Votre dévouement à la reine ne doit pas vous faire oublier votre beau-père aimant, qui attend avec impatience votre retour. C'est assez d'avoir perdu mon fils, qui fit de vous une veuve si jeune.

— Je vous le promets et vous ferai parvenir de mes nouvelles. Adieu, cher père.

La princesse embrassa tendrement le duc, puis la portière se referma, le laquais remonta le marchepied, grimpa à l'arrière de la voiture, et sous les cris et coups de fouet du cocher la voiture s'ébranla en prenant la route de Paris.

Le duc de Penthièvre regarda les lumières s'éloigner dans les ténèbres. Un sombre pressentiment ne le quittait plus depuis quelques jours, transformant ses nuits, jadis si calmes, en d'interminables moments d'angoisse.

— Fortaire ! appela-t-il, les yeux toujours fixés sur la route qui avait englouti la voiture.

Ce dernier accourut aussitôt, lui aussi muni d'un flambeau, prêt à recevoir les ordres du duc.

— Je vais me mettre au lit. Veillez s'il vous plaît à me tenir prêt un bon bouillon. Pendant que je rentrerai, vous me le préparerez vous-même dans les cuisines, inutile de réveiller tout le monde. Puis vous me l'apporterez dans ma chambre et m'aiderez à me coucher.

Fortaire acquiesça, et sans même attendre la fin des instructions de celui qu'il connaissait si bien, s'en retourna en courant vers le château, repassa sous le porche et s'engouffra dans le passage qui menait aux cuisines.

Le duc s'en retourna lui aussi chez lui, l'esprit empli de pensées inquiètes. Pourquoi sa chère belle-fille, hier encore à l'étranger, était-elle revenue en France au mépris de sa vie, dans cette France révolutionnaire au bord du chaos ? Avait-il, lui, l'ami des humbles, qui distribuait chaque année aux nécessiteux la moitié de ses revenus et n'hésitait pas à leur servir lui-même la soupe, chéri une héroïne de tragédie prête à sacrifier son bonheur et peut-être même sa vie pour donner à une reine en péril un gage supplémentaire de son amitié ?

Le duc gravit le majestueux escalier du vestibule au chiffre du maréchal de Vendôme, traversa la salle des gardes emplie du souvenir d'Henri et de Diane, puis entra dans sa chambre.

Au milieu des croissants de lune entrelacés, triomphants symboles de Diane « la plus que reine » et restes émouvants de nuits si différentes de celle-ci, un majestueux tableau du comte de Toulouse, né des amours de Louis XIV avec madame de Montespan et père du duc de Penthièvre, regardait en direction de l'alcôve. Sur le mur se trouvait la tapisserie aux vives couleurs représentant Joseph expliquant ses songes à Pharaon que nous connaissons bien.

En posant la tête sur son traversin, le duc songea qu'il aurait lui aussi grand besoin que l'on dissipe quelque peu ses incertitudes. Il demeura un moment immobile et silencieux, contemplant les flammes si fragiles du chandelier. Un quart d'heure plus tard, les lumières de sa chambre s'éteignirent.

En bas, dans la salle à manger, seul Fortaire veillait encore. Il rapportait la tasse de bouillon qu'il venait de servir au duc. L'inscription qu'il connaissait pourtant fort bien et qui trônait sur le manteau de la cheminée depuis les temps heureux de la duchesse de Valentinois attira plus particulièrement son attention : « Nous ornons nos tables de mets qui ne sont pas achetés ». Il haussa les épaules, soupira, puis reprit son chemin vers les cuisines. Cette année en effet, comme celle où tout avait commencé, et bien d'autres encore, la disette avait fortement sévi, et il avait fallu presque tout acheter, et au prix fort.

Alors que Fortaire, à mi-chemin entre la salle à manger et les cuisines, était plongé dans ses réflexions, là-bas, dans sa voiture, quelque part sur la route glacée entre Anet et Paris, madame de Lamballe songeait elle aussi. Je n'aurai pas la prétention de dire que je sais à quoi elle songeait, mais sans doute me sera-t-il permis de formuler quelques hypothèses. Comment allait-elle trouver la reine ? On la disait fort changée depuis l'échec de la fuite à Varennes, à tel point que ses cheveux auraient soudainement blanchi. Aurait-elle toujours plaisir à parler des années d'insouciance, des fêtes de Trianon et du hameau, des étourdissements de son petit théâtre ou de l'intimité de la grotte de son domaine ? C'était peu probable. L'épreuve de la Révolution s'était durement abattue sur cette femme déjà maintes fois éprouvée, notamment par le deuil de son fils aîné. Elle ne vivait désormais plus que pour ses deux enfants restants, ne trouvant, selon ses propres mots, de consolation qu'auprès d'eux.

« Ai-je eu raison de revenir, se demandait la princesse, malgré toutes les lettres où la reine m'en dissuadait au nom de son inébranlable amitié pour moi ? » Ce doute de madame de Lamballe, je n'en ai pas la preuve. Mais n'est-il pas permis de supposer que, même chez les âmes les plus fortes, le Malin s'ingénie à distiller le doute au seuil du pas décisif ? C'est précisément ce doute qui rend l'acte héroïque, car il s'agit d'un acte conscient, au mépris du danger.

La princesse poussa à son tour un profond soupir, et bercée par les cahots de la voiture, ne tarda pas à s'endormir. Pour elle, une seule chose était certaine : rien ne serait plus comme jadis.

Vestiges d'un temps lointain, les deux flèches de la chapelle d'Anet semblaient prendre le ciel à témoin : c'était la fin de l'âge d'or.

Nous venons de décrire l'inquiétude du duc de Penthièvre lorsque madame de Lamballe quitta Anet pour Paris, en pleine nuit, inquiétude dont il fit part à son valet Fortaire. Son pressentiment était qu'elle ne reviendrait jamais. Il faudrait désormais au vieux duc vivre de son souvenir, et il n'était pas rare de voir les larmes embuer ses yeux lorsqu'il sentait dans une pièce le doux parfum de la princesse.

Louis-Thomas prit lui aussi le chemin de Paris derrière madame de Lamballe, qu'il continuait de suivre à la trace.

Arrivée à Paris, devant les Tuileries, la princesse se précipita chez la reine.

— Lamballe ! s'écria Marie-Antoinette en la voyant entrer, introduite par madame Campan.

— Ah ! Madame ! s'exclama la princesse, faisant à la reine une profonde révérence. Dieu soit loué, vous voilà saine et sauve.

La princesse fit alors à la reine le même récit qu'elle avait déjà fait, à Anet, au duc de Penthièvre.

— La comtesse de La Motte-Valois ! Toujours elle ! s'exclama la reine. Cette femme sans qui rien de tout ce que nous endurons ne serait arrivé… Tant pis pour elle, son châtiment est juste, ce qui ne m'empêchera pas de prier pour son âme.

— Vous n'avez pas changé, Madame, lui dit la princesse.

— Si, Lamballe. Mes cheveux sont devenus blancs.

La vie reprit aux Tuileries comme si de rien n'était, même si depuis Varennes les promenades dans le jardin étaient plus courtes. Juillet succéda à juin, puis ce fut le mois d'août.

La famille royale dut quitter le palais devant l'assaut des révolutionnaires. Le roi, la reine, leurs enfants, Madame Élisabeth, sœur du roi, Madame de Tourzel, Gouvernante des Enfants de France, et sa fille Pauline, ainsi que madame de Lamballe furent conduits dans une sinistre geôle de la tour du Temple.

Quelques jours après leur arrivée, des commissaires vinrent quérir la princesse de Lamballe pour la conduire à la prison de La Force.

*

Septembre 1792.

Saisi de panique devant l'avancée de l'armée autrichienne qui volait au secours de la monarchie française pour écraser la Révolution, le peuple de Paris décida de se débarrasser de tous les aristocrates détenus dans les prisons afin qu'ils ne vinssent pas apporter leur aide aux Autrichiens. Ce fut le début de sanglants massacres, le peuple s'étant rendu lui-même jusque dans les cachots pour égorger les prisonniers. Au milieu de ces massacres, madame de Lamballe, haletante, rasant les murs, parvint à sortir de sa cellule et à rejoindre la cour de la prison. Il ne lui restait plus que quelques mètres à parcourir pour échapper à la mort. Autour d'elle, un spectacle d'horreur avait lieu. On aurait dit que tous les plus bas et barbares instincts de l'humanité étaient réunis dans cette cour. Encore quelques mètres. Depuis longtemps les gardes de la porte avaient déserté leurs postes pour aller, eux aussi, couper des têtes. Atteindre la porte, c'était donc avoir la vie sauve.

Madame de Lamballe parvint à sortir. Mais Louis-Thomas, qui se tenait à l'angle du mur de la prison, hurla à plusieurs sans-culottes qui venaient participer à la boucherie :

— Citoyens ! Allez-vous laisser échapper la putain de l'Autrichienne, la princesse de Lamballe que voilà ? Ah ! La garce, elle vous échappe !

Et ce faisant, il désignait la victime à ses bourreaux. Ces derniers fondirent sur elle, qui, malgré l'héroïque empire sur elle-même qu'elle avait en toutes circonstances, laissa échapper un cri de terreur.

Victime de sa fidélité à la dernière reine de France et victime de la race maudite des Saint-Rémy issue d'Henri II et de Diane de Poitiers, la princesse de Lamballe, violée puis décapitée, rendit l'âme.

Pendant que les sans-culottes allaient porter sa tête fichée sur une pique sous les fenêtres de Marie-Antoinette au Temple, Louis-Thomas se jeta sur le cadavre de la princesse. Astucieusement cachées dans la doublure de sa robe, les pierreries dérobées à la comtesse de La Motte-Valois brillaient de mille feux. Louis-Thomas s'en empara, et quitta les lieux.

Au même moment, au Temple, apprenant que le peuple massé dans la cour souhaitait lui montrer la tête de son amie assassinée, la reine avait perdu connaissance dans les bras du roi.

Tout était clair pour elle désormais : plus rien n'arrêterait la troupe des assassins.

## Chapitre 9 :
## Des suites de l'affaire

Louis-Thomas, qui était reparti pour Londres aussitôt après avoir repris les diamants sur le cadavre de madame de Lamballe, revint s'établir à Paris après la Révolution. Ruiné, et donc pour en tirer un maximum de profit, il décida de vendre ces pierres au seul joaillier de la capitale qui avait traversé la Révolution sans jamais s'exiler, suspendre ses activités ou faire faillite. Ce joaillier, situé dans le quartier du Louvre, était un nommé Mercurizzo, originaire d'Italie comme son nom le laisse entendre.

Ceci se passait en 1798, à l'époque où Paris s'étourdissait en fêtes de toutes sortes pour oublier la Terreur et l'ombre de la guillotine qui avait plané si longtemps sur la capitale. C'était l'époque du Directoire, celle des Incroyables et des Merveilleuses, celle enfin où se mêlaient aristocrates et anciens révolutionnaires dans une commune volonté d'oubli de la Révolution.

Mercurizzo avait depuis peu un nouvel associé, originaire d'Italie lui aussi. Ce fut ensemble qu'ils reçurent Louis-Thomas.

— Voici les pierres dont je souhaite me séparer, commença Louis-Thomas en les présentant aux joailliers.

Mercurizzo, les ayant observées attentivement avec une visible excitation, s'excusa un instant avant de disparaître. Il revint quelques minutes plus tard avec, dans ses bras, un lourd registre jauni par le temps, qu'il ouvrit sur le bureau devant lequel ils se tenaient tous trois.

— Regardez ici, Grillo, dit-il à son associé en lui désignant une page du livre. Qu'en pensez-vous ?

En entendant ce nom, la stupeur se fit jour un instant dans les yeux de Louis-Thomas, mais aucun des deux joailliers ne s'en aperçut, plongés qu'ils étaient dans les pages poussiéreuses du vieux grimoire. Puis ils disparurent un bon moment dans le bureau d'à côté, toujours avec le livre.

« Grillo… se demandait Louis-Thomas. Y aurait-il un lien ? » Puis, à peine s'était-il posé la question : « Non, voyons, c'est impossible. Ce doit être un homonyme, une simple coïncidence. »

Au bout d'un quart d'heure environ, les joailliers revinrent s'asseoir en face de Louis-Thomas.

— Monsieur, nous connaissons bien ces pierres, dont la pureté est unique au monde, dit Mercurizzo. Il n'y a donc aucun doute possible. Ce sont celles qui ont été jadis commandées à notre maison par le roi Henri II pour sa favorite, la duchesse de Valentinois. C'est en effet sous le règne de ce roi que nous avons commencé nos activités en France.

Après un instant de pause, Mercurizzo demanda à Louis-Thomas :

— Puis-je vous demander, Monsieur, qui vous êtes, et comment il se fait que vous soyez en possession de ces pierres ? Vous comprendrez bien qu'il s'agit là en effet d'une transaction un peu particulière, qui ne peut se faire sous le couvert de l'anonymat…

Louis-Thomas leur révéla alors que coulaient dans ses veines les sangs des Condé et des Saint-Rémy de Valois.

À ce dernier nom, il observa que le regard de Grillo avait pris soudain une intensité particulière.

Ce fut pourtant Mercurizzo qui reprit la parole :

— Vous êtes donc un parent de la défunte comtesse de La Motte, née Saint-Rémy de Valois ? demanda-t-il.

— Oui, elle était ma cousine, répondit Louis-Thomas.

Mercurizzo s'enfonça en soupirant dans son fauteuil.

— Je comprends tout dans ce cas, ajouta-t-il. Voyez-vous, comme nous l'avons observé mon associé et moi-même, ces pierres ont été presque imperceptiblement retaillées, et d'une manière si particulière qu'elle était devenue aux yeux de toute la profession la marque du travail de messieurs Boehmer et Bassenge, nos concurrents à la Cour, pour la confection du célèbre collier à l'origine de l'affaire manigancée par votre cousine. Il m'arrivait fréquemment de croiser ces messieurs dans l'antichambre de la reine, et je n'ai rien ignoré de leurs recherches lorsqu'il s'est agi pour eux de trouver des pierres dignes de venir compléter leur fabuleux collier avant de le lui présenter. Ces pierres qui furent montées sur le collier puis qui en furent desserties et qui, j'en suis persuadé, sont celles que vous nous apportez aujourd'hui…

Grillo, quoique toujours silencieux, ne semblait pas perdre une miette de cette conversation, qui semblait visiblement l'intéresser au plus haut point.

Mercurizzo reprit :

— Je pense aussi comprendre à présent comment la comtesse de La Motte apprit l'existence du collier. Je pense en effet que nos confrères allèrent la consulter pour savoir où trouver des pierres dignes de la parure qu'ils destinaient à la reine. Qui d'autre qu'une Valois aurait pu les mettre sur le chemin de ces diamants ? Peut-être même ces pierreries étaient-elles en la possession de la comtesse elle-même, qui les leur vendit avant de dérober le collier ?

Louis-Thomas, un fin sourire sur les lèvres, reprit :

— Vous êtes très perspicace, Monsieur, et l'on a bien raison de dire que, pour exercer votre métier, il faut être aussi un peu enquêteur… Mais permettez que je vous éclaire sur la suite.

Louis-Thomas leur raconta alors tout ce que vous avez pu découvrir au fil de mon récit, et laissa en particulier s'épancher sa haine envers ce Lord Spencer qui avait, leur raconta-t-il, si odieusement instrumentalisé, déshonoré et volé sa cousine Jeanne de Saint-Rémy de Valois, comtesse de La Motte.

— *Remember !* lui ai-je dit, répétait-il aux joailliers, ajoutant aussitôt :

— Je le retrouverai, et il payera.

Alors que Louis-Thomas, une fois la vente des diamants conclue, allait franchir la porte du joaillier donnant sur la rue, Grillo lui dit en lui serrant la main :

— Au revoir, Monsieur. Vous pouvez compter sur la maison Mercurizzo pour prendre grand soin de vos intérêts et du patrimoine dont vous avez hérité de votre aïeule la duchesse de Valentinois…

— Qu'avez-vous dit ? lui dit Louis-Thomas, dont le regard avait soudain pris une singulière expression. Comment savez-vous que la duchesse…

Il ne put terminer sa phrase, persuadé qu'il était de n'avoir rien dévoilé sur les véritables origines féminines de la lignée des Saint-Rémy de Valois lors de l'échange qu'il venait d'avoir avec les joailliers.

— Ne vous étonnez pas, lui répondit Grillo, imperturbable. N'avez-vous pas dit vous-même tout à l'heure que, pour exercer notre métier, il faut être aussi un peu enquêteur ? J'irai même plus loin encore, ajouta-t-il, les joailliers, comme les banquiers, recueillent tant de secrets de la part de leurs clients qu'on peut bien dire qu'ils partagent aussi leur haine envers leurs ennemis… *Remember*.

« Ce n'est ni une coïncidence ni un homonyme. C'est lui ! » se dit en lui-même Louis-Thomas lorsque la porte se fut refermée. « Ce Grillo ne peut être qu'un membre de la famille de l'infortuné monsieur de Grille, qui avait acquis plusieurs tapisseries de la *Tenture de l'Histoire de Diane*, et qui est mort sous un masque de fer ; ce monsieur de Grille dont père s'était entretenu avec monsieur de Voltaire en ma présence lorsque ma tante nous avait recueillis à Anet. Qui d'autre que lui pourrait savoir que les Saint-Rémy, descendants d'Henri II, descendent aussi de Diane de Poitiers ? »

Tout en marchant, il continuait à réfléchir. Les derniers mots de Grillo, en particulier, ne quittaient pas son esprit : « Les joailliers, comme les banquiers, recueillent tant de secrets de la part de leurs clients qu'on peut bien dire qu'ils partagent aussi leur haine envers leurs ennemis… *Remember.* »

« Que voulait-il dire ? » se demandait Louis-Thomas.

Tout à coup, après avoir encore intensément réfléchi et retourné les mystérieux derniers mots du joaillier dans tous les sens, il eut la révélation : « Mais bien sûr ! Cela ne pouvait signifier qu'une seule chose : « Si vous ne retrouvez pas Spencer pour vous venger vous-même de lui, c'est moi, Grillo, qui vous vengerai. »

— Patience, ignoble faquin, murmura entre ses dents Louis-Thomas avec un étrange sourire à l'intention de l'image détestée de Lord Spencer qui ne quittait jamais son esprit. Je suis plus certain à présent que je ne l'ai jamais été que tu payeras ! Tôt ou tard, toi ou tes descendants. Mais tu payeras !

Louis-Thomas s'était trouvé en effet un précieux allié pour accomplir sa vengeance en la personne de Grillo. N'était-il pas l'associé de ce Mercurizzo dont la maison de haute joaillerie, déjà en faveur comme nous l'avons vu auprès des monarques français de l'Ancien Régime, allait devenir, à partir du Premier puis du Second Empire, l'incontournable fournisseur des Bonaparte, de leurs Cours ainsi que de toutes les têtes couronnées d'Europe ? Les pierreries de la duchesse de Valentinois ne devaient-elles pas encore servir à la fabrication du diadème du sacre de l'impératrice Joséphine, épouse de Napoléon Ier ? Ce joyau ne devait-il pas plus tard passer entre les mains de la comtesse de Castiglione, favorite de Napoléon III ? Et ne devait-il pas être acquis par la famille de Polignac, quelque temps avant le mariage du prince Pierre de Polignac avec la future mère du prince Rainier, héritière de la Principauté de Monaco, avant d'être finalement offert à la princesse Grace par son époux ?

## Épilogue

Soirée du 30 août 1997, hôtel Ritz, place Vendôme, Paris.

Lady Diana, princesse de Galles, pénètre dans le grand hôtel parisien, accompagnée de Dodi Al-Fayed. Ils ont atterri à Orly il y a quelques heures à peine, après avoir quitté Saint-Tropez et ces vacances dont les photos ont fait le tour du monde.

Ce que personne n'a jamais su, c'est que c'était dans un but bien précis qu'ils venaient au Ritz. Dodi avait en effet été contacté quelques jours auparavant par la maison Mercurizzo qui, informée des projets qu'il avait formés avec la princesse de Galles, souhaitait lui proposer plusieurs modèles de bagues de fiançailles. Dodi avait accepté de venir les voir à Paris, et avait aussitôt informé Diana de cette conversation. La princesse, quoique certainement moins sûre que son *boy-friend* de son souhait de s'engager avec lui, avait ri en rougissant, puis s'était laissée convaincre par cette séduisante proposition de virée romantique éclair à Paris.

— *Is he already here*[14]*?* demanda Diana au directeur du Ritz dès son arrivée dans l'hôtel.

— *He is, your highness*[15], lui répondit le directeur. *Would you please follow me upstairs*[16]*?*

Le directeur conduisit Diana et Dodi au premier, dans la plus belle suite dont les rideaux avaient été soigneusement tirés.

Un joaillier les attendait en effet dans le grand salon de la suite. Devant lui, posés sur une table basse, quatre écrins, dont trois petits et un d'une taille bien supérieure.

Chacun des petits contenait une bague.

---

[14] « Est-il déjà arrivé ? »

[15] « Oui, Votre Altesse. »

[16] « Veuillez me suivre à l'étage.»

Diana essaya successivement chacune d'entre elles, tout en disant avec une tendresse mêlée d'humour à Dodi :

— *Oh, come on, Dodi, you're crazy*[17] *!*

— Qu'y a-t-il dans le dernier écrin ? demanda Dodi.

— C'est une surprise, répondit le joaillier.

Puis il ouvrit l'écrin et le présenta à Diana. À l'intérieur étincelait un joyau composé de multiples diamants de la plus belle eau. S'il n'évoquait rien à Dodi, la princesse de Galles, elle, le reconnut aussitôt, tant son souvenir était demeuré vif à son esprit.

— Ce diadème, expliqua le joaillier, a appartenu à l'impératrice Joséphine, puis à madame de Castiglione. Personne ne l'a porté depuis la favorite de Napoléon III, excepté la princesse Grace de Monaco à un dîner juste après son mariage en 1956 et à l'un de ses derniers Bals de la Croix-Rouge. Ainsi qu'à un dîner officiel à Buckingham Palace en 1981. *Remember.*

En entendant ce mot prononcé par le joaillier d'une voix si étrange et avec un regard si perçant, Diana tressaillit. Ce mot restait intrinsèquement attaché à cette soirée de 1981 où la princesse Grace et elle-même avaient trouvé sous leurs assiettes des billets de menaces. Elle n'avait jamais oublié qu'ils s'achevaient précisément par : *« REMEMBER ».*

Le joaillier précisa que le prince Rainier, ne supportant plus la vue du joyau après la mort de son épouse, l'avait rendu à la maison Mercurizzo.

— Nulle autre que vous ne serait plus digne de porter ce joyau, dit le joaillier à Diana.

— Je n'en veux pas, n'insistez pas, répondit celle-ci.

— Mais pourquoi ? lui demanda Dodi. Monsieur a raison. Laisse-toi faire, je te l'offre.

Puis il alla conclure la vente avec le joaillier.

---

[17] « Allons, Dodi, tu es fou ! »

Ce fut ainsi que, cette nuit-là, la princesse de Galles se fit offrir malgré elle le diadème par Dodi Al-Fayed, ravi de conforter encore davantage sa position auprès d'elle en lui faisant ce présent qui avait appartenu aux plus célèbres et aux plus belles femmes de l'Histoire. Dans quelques jours, il en était persuadé, le monde entier apprendrait quel cadeau il venait de faire à Diana. La gloire de la famille Al-Fayed serait son œuvre.

Les paroles du joaillier ne quittaient pas l'esprit de Diana : « Personne ne l'a porté depuis la favorite de Napoléon III, excepté la princesse Grace de Monaco à un dîner juste après son mariage en 1956 et à l'un de ses derniers Bals de la Croix-Rouge. Ainsi qu'à un dîner officiel à Buckingham Palace en 1981. *Remember.* » Or, la princesse Grace, menacée de mort par un billet comme elle-même l'avait été à ce dîner à Buckingham, était morte brutalement en 1982 dans un accident de voiture comme le billet le lui avait prédit un an auparavant !

En repensant à ces billets du palais de Buckingham, un terrible pressentiment s'empara d'elle.

Lorsque le joaillier fut parti, elle dit à Dodi, prenant un prétexte :

— Partons d'ici. Tout de suite. Sinon nous serons encore cernés par les journalistes.

— Bien, comme tu voudras. Je vais dire au directeur de faire avancer la voiture devant l'hôtel.

— Non, pas devant. Partons par-derrière, pour n'être pas vus.

Et ce fut ainsi qu'eut lieu la fameuse scène filmée par les caméras de sécurité du Ritz, l'entrevue devant la sortie de service de l'hôtel entre Diana, Dodi, leur garde du corps Trevor Rees-Jones et le chauffeur monsieur Paul.

Pendant ce temps, un homme attendait dans une Fiat Uno blanche garée à l'arrière du Ritz. Cet homme n'était autre que le joaillier qui venait de quitter Diana et Dodi.

Lorsqu'il les vit sortir de l'hôtel et monter en voiture, il alluma son moteur et sortit de sa place tous phares éteints. Il dut accélérer très vite pour ne pas les perdre de vue, car la voiture qui emportait la princesse de Galles roulait vite, très vite.

La rue de Rivoli, la place de la Concorde, les souterrains… Il accéléra de plus en plus, jusqu'à rattraper la voiture de la princesse à l'entrée du tunnel de l'Alma. Il la dépassa par la droite, donna un violent coup de volant à gauche lorsqu'il fut à la hauteur de la voiture et l'envoya percuter le treizième pilier du tunnel, en criant par sa fenêtre entrouverte :

— *Remember!*

Puis il redressa les roues de la Fiat Uno et quitta le tunnel à vive allure.

Après Grace de Monaco quinze ans auparavant, ce fut au tour de Lady Diana Spencer, princesse de Galles, de rendre l'âme.

Les prédictions du palais de Buckingham étaient devenues réalité.

Les Grillo avaient vengé leur famille et celle des Saint-Rémy de Valois.

On rechercha la Fiat Uno, ce fut en vain. Elle avait disparu.

Seule la princesse de Kent suspectait ce qui s'était réellement passé. Dans la voiture quittant le Ritz, Diana lui avait téléphoné : "Je suis à Paris avec Dodi. Un joaillier que nous avons rencontré pour voir des bagues de fiançailles vient de nous présenter le diadème de la princesse Grace qu'elle portait lors de notre rencontre à Buckingham. Après avoir ouvert son écrin devant nous, il a dit d'une manière étrange ce même mot qui figurait sur les billets de menaces que la princesse de Monaco et moi avions reçus : *« REMEMBER »*. J'ai peur, horriblement peur …"

Dodi ne comprenait rien à ce que Diana disait à la princesse de Kent, qui n'entendit jamais la suite, car un bruit d'une violence inouïe, comme une explosion, était sorti du téléphone. La voiture de Diana venait de percuter le pilier du tunnel de l'Alma. « Diana, que se passe-t-il ? hurla la princesse. Diana ! » Aucune réponse.

Follement inquiète et désemparée, en proie à une insoutenable angoisse, elle essaya en vain pendant un bon moment de rappeler Diana, se levant, allant à la fenêtre, se rasseyant puis se relevant à maintes reprises. Se sentant au bord de l'évanouissement, elle eut tout de même encore la force de faire quelques pas jusqu'à sa salle de bains pour se passer un peu d'eau fraîche sur le visage. Sa radio, posée à côté du lavabo et qu'elle avait oublié d'éteindre, annonçait déjà l'accident. Les secours venaient en effet de reconnaître la princesse de Galles.

*

À Althorp, Diana fut enterrée sur une île située au milieu d'un petit lac, dans le parc. Son frère Charles Spencer avait souhaité pour elle une sépulture digne de la Diane des Anciens.

La princesse de Kent lui avait suggéré l'idée de l'île. N'avait-elle pas en tête les tapisseries de la *Tenture de l'Histoire de Diane* où Latone était représentée donnant naissance à Diane et Apollon sur l'île de Délos, que Jupiter avait fait apparaître pour lui servir d'asile contre la jalousie de Junon ? La déesse reine n'avait-elle pas condamné Latone à n'accoucher ni sur terre ni sur mer ? L'île n'était-elle pas un ingénieux contournement de la malédiction ?

Peut-être aussi pensait-elle au tableau figurant jadis dans la galerie d'Anet et aujourd'hui accroché dans le grand salon de la demeure des Spencer pour les raisons que l'on connaît. Le cartouche de ce tableau ne disait-il pas : « Comme le cerf bruit après le décours des eaux, ainsi brait mon âme après toi, ô Dieu » ? Pour que l'âme de la princesse puisse rejoindre plus facilement le Seigneur, ne fallait-il donc pas la placer auprès de l'eau ?

Le public qui défile devant la tombe de la princesse de Galles n'est pas informé des considérations philosophiques et mythologiques, d'une érudition toute païenne, qui ont présidé à la création de ce mausolée.

Lady Diana, victime des amours adultères de Diane de Poitiers et d'Henri II, doit néanmoins la poésie de son dernier séjour au goût prononcé de la duchesse de Valentinois pour le mythe de Diane chasseresse.

Le mausolée d'Althorp est en quelque sorte la dernière création de l'École d'Anet.

En se recueillant le lendemain des funérailles sur la tombe de Lady Diana, la fille de Grace de Monaco, la princesse Stéphanie, à qui la mort de la princesse de Galles rappelait tant celle de sa mère, se dit une fois encore qu'elle aurait dû parler de cette voiture qu'elle et sa mère avaient croisée et de ce *« Remember! »* que le conducteur avait crié à Grace. Pourtant, une fois encore et une fois pour toutes, elle décida de garder le silence. Il ne fallait pas que le public sût que la très respectable Grace Kelly, princesse de Monaco, avait été la petite amie du bandit Johnny Stompanato. Il ne fallait pas non plus que le public sût que les Grimaldi avaient eu connaissance de l'identité de l'homme au masque de fer de son vivant même, sans dénoncer le crime.

Alors qu'elle se recueillait, Stéphanie repensa soudain aux paroles de sa soi-disant chanson d'amour *Ouragan,* en réalité seule allusion voilée à la vérité du drame qu'elle se soit jamais permise en sa vie : « Comme un ouragan, la tempête en moi a balayé le passé, dévasté ma vie, c'est un incendie, qu'on ne peut plus arrêter… Désir, trahir, mourir, rougir… » Puis surtout : « On ne dit jamais ces choses-là, un sentiment secret d'accord, un sentiment qui hurle fort ! ». Preuve que les mots et le chant n'avaient pas suffi à guérir sa blessure.

Non, elle « ne dirait jamais ces choses-là ». Pour sauvegarder la mémoire de sa mère. Pour sauvegarder l'honneur des princes de Monaco.

À ses côtés devant la tombe de Diana, la princesse de Kent pensait, elle aussi. Devait-elle parler du coup de téléphone que la princesse de Galles lui avait passé en sortant du Ritz, juste avant de percuter le pilier du tunnel de l'Alma ? Non. Il ne fallait pas que le public sût, par le récit des événements du Ritz, que le projet de fiançailles entre Diana et Dodi n'était pas qu'une rumeur. Pour sauvegarder l'honneur de la princesse de Galles, et par-delà celui de la couronne d'Angleterre. Pour préserver la sensibilité de ses enfants, leurs relations avec leur père, et enfin garantir la solidité du trône futur de l'aîné des petits princes. Pourtant, ce *« Remember! »* que le seul rescapé de l'accident, le garde du corps Trevor Rees-Jones, avait entendu et avait écrit sur un papier depuis sa chambre d'hôpital à l'intention des enquêteurs… Ce *« Remember! »*… N'était-ce pas ce même mot qu'elle avait lu elle-même sur le billet que lui avait montré la princesse de Galles le lendemain de la mort de Grace, ce billet disparu dont elle était le seul témoin encore vivant à avoir eu connaissance ?

Si les deux femmes avaient parlé, et s'étaient parlé, je n'aurais pas eu à écrire ce livre, car la vérité aurait d'elle-même éclaté au grand jour. Les enquêteurs n'auraient eu dans un premier temps qu'à orienter leurs recherches vers la maison Mercurizzo, et n'auraient pas tardé à apprendre, avec l'aide précieuse que n'aurait pas manqué de leur fournir la direction du Ritz, qui était le joaillier de cette enseigne qui était venu rencontrer Diana et Dodi dans la soirée qui avait précédé leur mort. Ils seraient ainsi parvenus jusqu'à un certain Grillo, associé des Mercurizzo comme l'avait été autrefois l'un de ses ancêtres au lendemain de la Révolution française.

J'ai mené ma propre enquête. Aujourd'hui, plus de vingt ans après la mort de la princesse de Galles, la maison Mercurizzo est formelle : elle ne compte plus aucun associé du nom de Grillo. Quand et où est-il donc parti ?

Pour tenter d'obtenir quelques indices, je suggère aux enquêteurs de se tourner vers le Musée national de la Renaissance du château d'Écouen qui a acquis en 2007, et présente depuis cette date dans ses collections, les deux tapisseries de la *Tenture de l'Histoire de Diane* que nous avions vues chez Grillo en 1956, dans sa villa de Monaco. Auprès de qui le musée, bien loin de connaître les faits que nous avons racontés et donc en toute innocence, aurait-il pu les acquérir, sinon auprès de Grillo lui-même juste avant qu'il disparaisse sans laisser de trace après avoir vengé sa famille et la lignée des Saint-Rémy de Valois ?

*

Je ne résiste pas à l'envie de vous citer un poème extrait des *Fables* du chevalier de Florian, protégé du duc de Penthièvre et grand admirateur d'Anet. Je le place volontairement à la fin de mon récit, car les sous-entendus qui y sont contenus nécessitent, pour les comprendre, d'avoir lu tout ce qui précède.

Est-il encore besoin de préciser que le grillon n'est autre que monsieur de Grille, mort emprisonné pour avoir tenté de révéler au grand jour le secret de Diane de Poitiers qu'il aurait dû garder caché ?

Ce petit poème, composé à l'époque des massacres de septembre 1792 où la princesse de Lamballe fut assassinée et où le chevalier de Florian était entré dans la garde nationale de Sceaux, prend donc derrière son apparence légère toute sa portée révolutionnaire. Florian, Florian, pourquoi assassiner ainsi dans ces vers l'Ancien Monde qui t'avait nourri ?

### *LE GRILLON*

*Un pauvre petit grillon*
*Caché dans l'herbe fleurie*
*Regardait un papillon*
*Voltigeant dans la prairie.*
*L'insecte ailé brillait des plus vives couleurs.*
*L'azur, la pourpre et l'or éclataient sur ses ailes ;*
*Jeune, beau, petit-maître, il court de fleurs en fleurs,*
*Prenant et quittant les plus belles.*
*Ah ! disait le grillon, que son sort et le mien*
*Sont différents ! Dame nature*
*Pour lui fit tout, et pour moi rien.*
*Je n'ai point de talent, encor moins de figure.*
*Nul ne prend garde à moi, l'on m'ignore ici-bas :*
*Autant vaudrait n'exister pas.*
*Comme il parlait, dans la prairie*
*Arrive une troupe d'enfants :*
*Aussitôt les voilà courants*
*Après ce papillon dont ils ont tous envie.*
*Chapeaux, mouchoirs, bonnets, servent à l'attraper ;*
*L'insecte vainement cherche à leur échapper,*
*Il devient bientôt leur conquête.*
*L'un le saisit par l'aile, un autre par le corps ;*
*Un troisième survient, et le prend par la tête :*

*Il ne fallait pas tant d'efforts*
*Pour déchirer la pauvre bête.*
*Oh ! Oh ! dit le grillon, je ne suis plus fâché ;*
*Il en coûte trop cher pour briller dans le monde.*
*Combien je vais aimer ma retraite profonde !*
*Pour vivre heureux, vivons caché.*

**Note aux lecteurs**

Le récit contenu dans ce livre est une pure fiction.

De grandes libertés y ont été prises avec la vérité historique.

L'intrigue qui mène, dans le roman, aux décès tragiques
des princesses Grace et Diana est totalement imaginaire.
Elle se propose de rendre hommage à deux femmes inoubliables,
en donnant un sens, inscrit dans la Grande Histoire dont elles se
sont montrées dignes, à ce qui
n'en a pas et pour cette raison nous révolte d'autant plus :
la soudaineté et la violence d'un accident fatal,
auquel succède un infini de silence.

## Bibliographie

Je tiens à remercier pour leurs passionnantes recherches historiques qui ont nourri mon imaginaire et ma fiction :

S.A.R. la Princesse Michael de Kent, *The Serpent and the Moon : Two Rivals for the Love of a Renaissance King* (*La lune et le serpent : Diane de Poitiers et Catherine de Médicis, deux rivales dans le cœur du roi*), Touchstone, New-York, 2004 – Pour la traduction française : Éditions Jean-Claude Lattès, 2005

Ivan Cloulas, *Diane de Poitiers*, Fayard, 1997

Odile Caylux, *La famille de Grille,* texte rédigé à l'occasion d'une conférence donnée en 2011, Site du Patrimoine d'Arles (patrimoine.ville-arles.fr)

## Liste des principales œuvres littéraires auxquelles il est fait référence dans cet ouvrage

Joachim du Bellay, *Les Regrets*

Olivier de Magny, ode *Louanges du jardin d'Anet*

Brantôme, *Recueil des Dames*

Madame de La Fayette, *La Princesse de Clèves*

Madame de Sévigné, *Lettres*

Voltaire, *Le Siècle de Louis XIV* ; *Le Comte de Boursoufle* ; *La Prude*

Chevalier de Florian, *Fables*

## Liste des principales œuvres d'art citées dans cet ouvrage

Vous trouverez ici une liste des principales œuvres d'art citées dans le roman, outre le château d'Anet lui-même et quelques autres belles demeures où se déroule l'action. En effet, bien que le texte de ce livre soit une pure fiction, il s'appuie néanmoins sur des œuvres d'art bien réelles dont j'ai, en divers endroits, romancé la véritable histoire pour les besoins de mon récit :

*Diane*, dit aussi portrait idéalisé de Diane de Poitiers, peinture, collection Spencer, Althorp (cf. article du critique d'art Louis Dimier : *« An Idealized Portrait of Diane de Poitiers »*[18], *Burlington Magazine,* 1913)

*La Diane d'Anet* ou *Diane appuyée sur un cerf*, sculpture placée autrefois au sommet de *La Fontaine de Diane* qui ornait l'une des cours du château d'Anet. Cette sculpture se trouve aujourd'hui à Paris au Musée du Louvre (moulage placé à Anet).

*Diane de Poitiers dans l'atelier de Jean Goujon*, peinture d'Alexandre-Évariste Fragonard, Musée du Louvre, Paris

*La Nymphe de Fontainebleau*, bronze de Benvenuto Cellini qui ornait autrefois le portail d'entrée du château d'Anet, aujourd'hui à Paris au Musée du Louvre (moulage placé à Anet)

Avant-corps central du château d'Anet, aujourd'hui à Paris à l'École des Beaux-Arts

La *Tenture de l'Histoire de Diane*, série de tapisseries à la gloire de Diane de Poitiers :

*La Conception de Diane et Apollon, avec Latone mise en fuite par le serpent Python*, Musée national de la Renaissance, château d'Écouen (acquisition par le musée en 2007)

---

[18] *« Un Portrait Idéalisé de Diane de Poitiers »*

*La Naissance de Diane et Apollon et leur transformation en divinités planétaires*, Musée national de la Renaissance, château d'Écouen (acquisition par le musée en 2007)
*La Noyade de Britomartis*, Metropolitan Museum, New-York
*Le Blasphème de Niobé*, Metropolitan Museum, New-York
*Diane implore de Jupiter le don de chasteté*, Musée des Antiquités, Rouen
*Les Paysans de Lycie transformés en grenouilles*, acquise en vente au XIXème siècle par le nouveau propriétaire du château d'Anet et donc de retour à son lieu d'origine, avant d'être intégralement brûlée en 1997 dans l'incendie de son atelier de restauration
*La Mort d'Orion*, acquise en vente au XIXème siècle par le nouveau propriétaire du château d'Anet et donc de retour à son lieu d'origine, avant d'être intégralement brûlée en 1997 dans l'incendie de son atelier de restauration
*La Mort de Méléagre*, acquise en vente au XIXème siècle par le nouveau propriétaire du château d'Anet et donc de retour à son lieu d'origine, avant d'être intégralement brûlée en 1997 dans l'incendie de son atelier de restauration
*Le Sacrifice d'Iphigénie*, acquise en vente au XIXème siècle par le nouveau propriétaire du château d'Anet et donc de retour à son lieu d'origine, avant d'être intégralement brûlée en 1997 dans l'incendie de son atelier de restauration
*Le Triomphe de Diane*, fragment, collection privée

*Tombeau de Louis de Brézé, Grand Sénéchal de Normandie*, sculpture, cathédrale de Rouen (moulage à Paris à la Cité de l'architecture et du patrimoine)

*Judith coupe la tête d'Holopherne*, peinture, Chambre de Judith, château d'Ancy-le-Franc

*Diane au bain surprise par Actéon*, fresque, Chambre de Diane, château d'Ancy-le-Franc

Fresque de la Tour de la Ligue, château de Tanlay

*Vénus d'Arles*, sculpture, Musée du Louvre, Paris

## Liste des principaux films cités dans cet ouvrage

Bien que le récit soit une pure fiction, il s'appuie néanmoins sur deux films en particulier qui existent bel et bien même si j'en ai totalement romancé la genèse et le contexte en les mêlant, ainsi que leurs célèbres acteurs, à une intrigue imaginaire pour les besoins de mon roman :

*Thunderball* (*Opération Tonnerre*) de la série des *James Bond*, film de Terence Young, chanson-thème interprétée par Tom Jones, avec Sean Connery dans le rôle de 007. L'ouverture du film a réellement été tournée au château d'Anet, et l'on y voit très bien en particulier plusieurs tapisseries de la *Tenture de l'Histoire de Diane* qui ont brûlé depuis.

*Diane (Diane de Poitiers)*, film de David Miller avec Lana Turner dans le rôle de Diane de Poitiers et Roger Moore dans le rôle d'Henri II. Les costumes ont été réalisés par Walter Plunkett, génial créateur d'Hollywood et célèbre notamment pour avoir réalisé les costumes de *Gone with the wind* (*Autant en emporte le vent)* avec, dans les rôles principaux, Vivien Leigh et Olivia de Havilland, cette dernière ayant par ailleurs œuvré en faveur de la première rencontre entre le Prince Rainier et Grace Kelly. L'une des très nombreuses et magnifiques robes portées par Lana Turner dans le film *Diane de Poitiers* - dont beaucoup existent encore de nos jours et constitueraient, avec les dessins de ces tenues par Walter Plunkett, un ensemble éblouissant à exposer en hommage à une époque phare de la MGM et du grand cinéma hollywoodien - est la réplique exacte d'une robe portée par Diane de Poitiers dans un portrait du seizième siècle. Le film a aussi révélé le jeune Roger Moore et lancé sa carrière. Il incarna d'ailleurs plus tard lui aussi le célèbre James Bond. Dans une de ses dernières interviews à la télévision, le grand acteur se souvenait encore avec émotion de la belle scène lors de l'accession au trône d'Henri II où il dit à Diane de Poitiers/Lana Turner : *« You made me a prince ; now make me a king »* (*« Vous avez fait de moi un prince ; à présent faites de moi un roi »*). Ce film fut aussi le dernier de Lana Turner pour la MGM. Lorsque

Diane de Poitiers quitte la Cour de France à la fin du film, c'est en même temps Lana Turner qui quitte les studios de la MGM où elle avait tant brillé : tout un symbole.